Völlig überstürzt verlässt Zoe ihr Zuhause in Kalifornien. Vor drei Wochen ist ihr Mann gestorben und sie reist zu ihrer Schulfreundin Camille in Frankreich. Im Schaufenster eines Ladens in Cluny sieht sie einen muschelförmigen Anhänger und entschließt sich spontan, den »Chemin«, den Jakobsweg, zu gehen. Ein alter Freund Camilles, Monsieur Chevalier, verspricht ihr, dass »der Weg sie verändern werde« – eine Idee, die sie anspricht.

Beim Aufbruch beobachtet sie einen Mann, den sie für einen französischen Ladendieb hält. Als sie ihm auf dem Weg erneut begegnet, ist sie entsprechend misstrauisch.

Tatsächlich ist der Mann der englische Ingenieur Martin. Er hat einen knie- und rückenschonenden Wanderkarren erfunden und einen Prototyp gebaut. Um die Karrentechnik zu testen, scheint ihm der Jakobsweg gerade passend – es gibt Wegweiser, Herbergen und jede Menge Gelegenheit, an dem Karren herumzubasteln. Nur ärgerlich, dass ihm gleich zum Wanderstart eine schlecht ausgerüstete Kalifornierin die vorgebuchte Unterkunft wegschnappt.

Martin und Zoe kämpfen jeder für sich mit frostigen Temperaturen, schrägen Mitwanderern und den Kapriolen des eher unhandlichen Karrens. Nach und nach revidieren sie ihre jeweiligen ersten Eindrücke, spüren die gegenseitige Anziehung. Aber sie sind eigentlich grundverschiedene Menschen. Und solche Begegnungen führen erfahrungsgemäß doch nie zu etwas. Oder vielleicht doch?

»Eine herrliche Geschichte von Menschen, die Selbstzweifel überwinden und alte Lasten abwerfen.« *Herald Sun, Sydney*

Bestseller-Autor *Graeme Simsion* (»Das Rosie-Projekt«), und seine Frau, Psychologin und Autorin *Anne Buist*, haben »Zum Glück gibt es Umwege« gemeinsam geschrieben, jeder aus seiner Perspektive. Beide haben den Jakobsweg von Cluny bis Santiago begangen, Örtlichkeiten und Wegbeschreibungen gehen auf eigenen Augenschein zurück, und so manche Begegnung auf dem Camino ist, fiktiv abgewandelt, in die Romanhandlung eingeflossen.

Weitere Informationen finden Sie auf www.fischerverlage.de

GRAEME SIMSION & ANNE BUIST

Zum Glück gibt es Umwege

EIN JAKOBSWEG-ROMAN

Aus dem australischen Englisch
von Annette Hahn

FISCHER Taschenbuch

Aus Verantwortung für die Umwelt hat sich der S. Fischer Verlag zu einer nachhaltigen Buchproduktion verpflichtet. Der bewusste Umgang mit unseren Ressourcen, der Schutz unseres Klimas und der Natur gehören zu unseren obersten Unternehmenszielen.

Gemeinsam mit unseren Partnern und Lieferanten setzen wir uns für eine klimaneutrale Buchproduktion ein, die den Erwerb von Klimazertifikaten zur Kompensation des CO_2-Ausstoßes einschließt.

Weitere Informationen finden Sie unter: www.klimaneutralerverlag.de

Erschienen bei FISCHER Taschenbuch
Frankfurt am Main, Mai 2021

Die Originalausgabe erschien 2017
unter dem Titel »Two Steps Forward«
im Verlag Text Publishing Company, Melbourne, Australien.
© Graeme Simsion 2017

Für die deutschsprachige Ausgabe:
© 2019 S. Fischer Verlag GmbH, Hedderichstr. 114,
D-60596 Frankfurt am Main

Illustration der Landkarte Simon Barnard
Satz: Pinkuin Satz und Datentechnik, Berlin
Druck und Bindung: GGP Media GmbH, Pößneck
Printed in Germany
ISBN 978-3-596-70229-9

Menschen, die mit uns wanderten, Menschen, die uns Unterkunft gewährten, und Menschen, die den Jakobsweg beständig instand halten, haben uns zu diesem Buch inspiriert.

Wir hoffen, es inspiriert andere, ihre eigene Reise anzutreten.

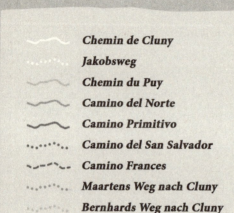

FRANKREICH

Paris

Cluny
Tramayes
La Bénisson Dieu
Les Écharmeaux
St Jean St Maurice
Le Cergne
Pommiers
Montverdun
Montbrison
Montarcher

Geneva

Lyon

St Privat d'Allier
Saugues
Le Puy en Velay
St Alban sur Limagnole
Corn
Conques
Nasbinals
Figeac
St Chély d'Aubrac
Cahors
Estaing

Bordeaux

Condom
Moissac
Lectoure
Aire sur l'Adour
Toulouse

Montpellier

Marseille

Navarrenx
Ostabat
Saint Jean Pied de Port

Mittelmeer

Barcelona

Irgendwann ist es Zeit aufzubrechen,
auch wenn man nicht weiß, wohin.

Tennessee Williams

Midlife bedeutet, dass man das Ende der Leiter
erreicht und erkennt: Sie lehnt an der falschen Wand.

Joseph Campbell

1

ZOE

Das Schicksal offenbarte sich mir in Form einer silbernen Muschel, die ich in der mittelalterlichen Stadt Cluny in der Auslage eines Antiquitätengeschäfts entdeckte. Sie lag auf dem Rücken, als warte sie auf Botticellis Venus, die sie wohl mit bunten Edelsteinchen am Rand ihrer weiß emaillierten Innenfläche zu locken versuchte. Aus irgendeinem Grund lockte sie mich.

Vielleicht wollte mir das Universum eine Botschaft übermitteln – da mein Kopf sich noch in einer anderen Zeitzone befand, war das schwer zu ergründen. Seit ich mein Haus in Los Angeles ein allerletztes Mal verlassen hatte, war ich vierundzwanzig Stunden unterwegs gewesen und gleichsam gefühllos. Ich schätze, ich stand noch immer unter Schock.

LAX: »Nur ein Gepäckstück?« Ja, und darin mein gesamter Besitz, abgesehen von den drei Kisten Papierkram, die ich meinen Töchtern zurückgelassen hatte.

Flughafen Charles de Gaulle: unangenehmer Schalterbeamte, der mir vor einer Frau mit Burka den Vorzug geben wollte. Meinen Protest verstand er nicht, was jedoch gut war, weil er sie dann in die Pass-Schlange der Europäischen Union schickte, in der es weitaus schneller voranging als in meiner außereuropäischen Schlange.

Der Einreisebeamte: jung, perfektes Englisch. »*Holiday?*« Und als ich ihm meinen Pass zeigte: »*Vacation?*« Jetzt also noch mal mit amerikanischem Vokabular.

»*Oui.*« Das musste als Antwort erst mal reichen.

»Wo werden Sie wohnen?«

»*Avec une amie á Cluny.*« Ich meinte Camille, die ich ein Vierteljahrhundert nicht mehr gesehen, und einen Urlaub, zu dem sie mich seit unserer gemeinsamen College-Zeit in St. Louis immer wieder gedrängt hatte. Und den Keith dreimal gecancelt hatte.

Unterdrücktes Schmunzeln über mein Schulfranzösisch. »Ihr Visum ist neunzig Tage für ganz Kontinentaleuropa gültig und läuft am 13. Mai ab. Wenn Sie länger bleiben, machen Sie sich strafbar.« Das hatte ich nicht vor. Mein Rückflug ginge sogar schon in einem Monat. Falls mein Geld überhaupt so lange reichte.

Im Zug Richtung Zentrum: *Paris!* Trotz allem, was passiert war, verspürte ich ein freudiges Kribbeln bei der Vorstellung, im Musée d'Orsay vor einem Monet zu stehen, im Centre Pompidou eine Ausstellung zu besuchen oder in einem Café auf dem Montmartre eine elegante Französin zu skizzieren.

Metro-Station Cluny – La Sorbonne, mitten im Quartier Latin: »Hier ist nicht das Cluny, das Sie suchen. Ihre Adresse liegt in der Bourgogne. Das ist nicht weit. Weniger als zwei Stunden mit dem TGV, dem Schnellzug Richtung Mâcon.«

Gare de Lyon: »Einhundertsiebenundvierzig Euro.« Sollte das ein Witz sein? »Der langsame Zug ist billiger. Aber der fährt nicht von hier.«

Gare de Bercy: »Vier Stunden, neunzehn Minuten, dann weiter mit dem *autobus.* Einhundertfünfunddreißig Euro. Nur für den Zug.«

Als ich Cluny endlich erreichte – südöstlich von Paris, auf halber Strecke Richtung Italien –, ging gerade die Wintersonne unter, und bei leichtem Nieselregen hingen runde Lichthöfe um die Laternen. Ich hatte es nur geschafft, weil völlig Fremde mich von Bahnsteigen zu Fahrkartenschaltern zu Bushaltestellen weitergereicht hatten wie einen Staffelstab. Womit sie gutes Karma gesammelt haben.

Meinen Koffer im Schlepptau, folgte ich den Schildern ins *Centre-Ville*. Eines der Räder rappelte mittlerweile ganz entsetzlich, und ich hoffte, Camilles langatmige Beschreibung würde sich in einen kurzen Weg übersetzen. Gleichzeitig mit Strom und Wasser hatte ich auch mein Handy abgemeldet.

Irgendwann stieß ich auf einen großen Platz, der auf einer Seite von einem gigantischen Kloster beherrscht wurde.

Eine Gruppe junger Männer und eine Frau trudelten aus einer Bar. Sie trugen lange graue Mäntel mit handgemalten Mustern darauf. Vom Mantel der Frau war ich besonders angetan: der Künstler oder die Künstlerin hatte sehr gelungen die Farben und Schnörkel japanischer Anime übertragen.

Ich schaffte ein *Excusez-moi*, ehe mich mein Französisch verließ. »Kunststudentin?«

»Maschinenbau«, erwiderte sie auf Englisch.

Ich zeigte ihnen Camilles Wegbeschreibung. »Geh über den Platz« hatte sie auf Französisch geschrieben, aber nicht, in welche Richtung.

»Wir kennen uns hier auch nicht so gut aus«, sagte die Studentin. »Besser, Sie fragen in einem Geschäft nach.«

So landete ich dann vor der Antiquitätenhandlung, die ich wegen der Gans aus dunklem Metall, die sich vor der Tür reckte, zunächst für eine Fleischerei gehalten hatte. Ich hatte schon immer eine Affinität zu Gänsen gehabt. Sie arbeiten als Team, kümmern sich umeinander und sind lebenslang monogam. Außerdem ist die Gans das Symbol für Suche oder Richtung – und ich suchte gerade den richtigen Weg zu meiner dusseligen College-Freundin.

Der Sog der steinverzierten Muschel im Fenster war stark, fast schon unheimlich. Nach den jüngsten Ereignissen hatte ich mich gefragt, ob ich mit dem Universum überhaupt noch in

Einklang lebte – es schien also klug, einem so klaren Signal zu folgen. Mit meinem Koffer polterte ich die Stufen hinauf.

Ein gepflegter Mann um die Fünfzig mit schmalem Oberlippenbärtchen lächelte leicht verkrampft. »Bonjour, Madame.«

»Bonjour, Monsieur. Äh … das da.« Ich zeigte mit dem Finger. »S'il vous plaît.«

»Madame ist Amerikanerin?«

»Ja.« War das so offensichtlich? Er reichte mir den Talisman, und als ich ihn in Händen hielt, überkam mich das Gefühl, auf das ich mich bei allen wichtigen Entscheidungen meines Lebens verlassen hatte: So soll es sein.

»Madame will den Chemin gehen?«

»Pardon …?«

»Der Camino Francés. Nach Santiago de Compostela.«

Zu diesem Pilgerweg durch Spanien hatte ich vage Assoziationen – beim Blättern in Shirley MacLaines Autobiographie war ich vor einiger Zeit darauf gestoßen. Was dieser Muschel-Talisman, der mich mitten in Frankreich angelockt hatte, damit zu tun haben sollte, war mir jedoch schleierhaft.

Mein verständiges Nicken wertete der Antiquitätenhändler wohl als Bestätigung, dass ich wortwörtlich auf Shirley Mac-Laines Spuren wandeln wollte.

»Diese Muschel wird Madame sicher nach Santiago bringen.«

»Ich will nicht nach … Warum diese Muschel?«

»Das ist ein Jakobsmuschel, der Symbol von Pilgerweg. Zum Grab von Apostel Jakobus. In Santiago.«

»Okay …«

»Der Schiff von Heilige Jakobus war voll mit diese Muscheln …«

Das stand allerdings in keiner der Bibeln, die ich bisher gelesen hatte. Ich drehte die Muschel in meiner Hand, schloss die Augen und versank einen Moment in den Gedanken und

Gefühlen, für die ich bislang zu abgelenkt gewesen war. Der Antiquitätenhändler hüstelte.

»Wie viel?«, wollte ich wissen.

»Zweihundertfünfzehn Euro.«

Dollar und Euro: in etwa gleich. Ich hatte noch nie mehr als hundert Dollar für ein Schmuckstück ausgegeben.

»Die ist aus später neunzehnter Jahrhundert«, erklärte er. »Vergoldete Silber und Emaille. Möglicherweise gehörte jemand aus Österreichisch-Ungarische Monarchie.«

»Ich bin sicher, sie ist es wert.« Nun ja, nicht allzu sicher. »Aber das kann ich mir nicht leisten.« Das wäre so gewesen, als hätte der gute Jack in dem Märchen sein ganzes Geld für die Bohnen ausgegeben.

»Der Chemin kostet nicht viele Geld. Pilger bekommen viele umsonst.«

»Nein ... *merci*«, sagte ich und legte die Muschel wieder hin.

Madame hatte nicht vor, weiter als bis zu Camille zu gehen. Der Antiquitätenhändler wirkte enttäuscht, wies mir jedoch in einem Mischmasch aus Englisch und Französisch den Weg.

Ich zog meinen Koffer eine Anhöhe hinauf und hoffte, ich hätte *à droite* nicht mit *tout droit* verwechselt – nicht rechts mit geradeaus. Der Talisman ging mir nicht aus dem Sinn. *Das Schicksal spricht zu jenen, die zu hören bereit sind.*

Als ich den alten Stadtkern hinter mir gelassen hatte, sah ich nach oben. Auf dem Hügel lag ein Friedhof, und auf der Kuppe zeichnete sich gegen den langsam dunkler werdenden Himmel eine riesige Ulme ab. Ein großer schlanker Mann lief darauf zu und zog etwas hinter sich her, das wie eine kleine Schubkarre aussah. Es war ein seltsamer Anblick, aber das einzelne Rad seines Fahrzeugs lief weitaus runder als meine Kofferrolle, die sich genau diesen Moment aussuchte, um kaputtzugehen.

2

MARTIN

Meine letzte Probefahrt mit dem Karren, rauf zum Friedhof und wieder runter, setzte den Schlusspunkt unter ein Projekt, das sechs Monate zuvor begonnen hatte: an einem sonnigen Tag, an dem jede Menge Touristen durch Cluny spazierten und ich meinen Morgenkaffee im *Café du Centre* trank.

So mancher könnte es für Glück halten, dass ich ausgerechnet in dem Moment, als der Holländer die Straße entlangtaumelte, an einem der Außentische saß. Es gibt nun mal Menschen, die eher an das Zufällige glauben als an gute Vorbereitung und was man aus gebotenen Gelegenheiten macht.

»Taumeln« war übertrieben. Er hielt sich erstaunlich gut, wenn man bedenkt, dass er wahrscheinlich Ende fünfzig und leicht übergewichtig war und einen Golf-Trolley auf dem Rücken trug. Unter dem Ding hingen zwei große Räder, und als er vorbeikam, sah man, warum er sie nicht nutzte: eines davon war fast rechtwinklig abgespreizt. Ich sprang auf und stützte ihn.

»*Excusez-moi*«, sagte ich. »*Vous avez un problème avec la roue?*« – Haben Sie ein Problem mit dem Rad?

Er schüttelte den Kopf, womit er aus mir unerfindlichen Gründen das Offenkundige leugnete, denn er war außer Atem und schwitzte, obwohl es am frühen Morgen dieses Augusttags noch kühl war.

»Sind Sie Engländer?«, fragte er – nicht gerade taktvoll, da ich intensiv an meinem Akzent gearbeitet hatte.

Ich streckte die Hand vor. »Martin.«

»Martin«, wiederholte er. Der Sprachwechsel trug nicht unbedingt zur Verbesserung der Kommunikation bei.

»Und Sie?«, wollte ich wissen.

»Holländer. Ich habe kein Problem mit der Straße. Das Problem ist der Trolley.«

Er musste *roue*, Rad, als *rue*, Straße, verstanden haben. Wir setzten die Unterhaltung auf Englisch fort, und ich erfuhr, dass er Maarten hieß. Er ging nicht golfen, sondern wandern, und im Trolley befanden sich seine Kleidung und sonstige Utensilien. Er hatte am Stadtrand gezeltet und hoffte nun jemanden zu finden, der das Rad reparierte.

Die Chancen dafür schätzte ich ziemlich gering. Er würde problemlos Schokolade, überteuerten Burgunderwein und Souvenirs vom Kloster finden, aber so was wie eine Werkstatt war mir nicht bekannt. Vielleicht gäbe es eine im Industriegebiet, aber dann würde er frustrierend lange brauchen, sie zu finden, und sich möglicherweise wegen irgendeiner Vorschrift oder eines Streiks oder fehlender Mitarbeiter die Beine in den Bauch stehen, bis ein Monteur sich irgendwann herabließe, ihm zu helfen.

»Ich könnte das für Sie reparieren«, bot ich an.

Wie sich herausstellte, brauchte ich dafür den ganzen Tag minus der Zeit für meine Vorlesung. Damals arbeitete ich erst seit wenigen Monaten an der renommierten Ingenieur-Hochschule ENSAM, konnte dort jedoch alle Räume und Materialien nutzen.

Das Rad war nicht mehr zu retten und wohl von Anfang an recht instabil gewesen. Unser Problem weckte die Neugier einiger Studenten, woraus sich bald ein improvisierter Design-Workshop ergab. Ganz im Sinne von Bildung und Gemeinschaftsarbeit demontierten wir die aufblasbaren Räder einer alten Sackkarre und schweißten sie an Maartens Trolley. Der

Gummibezug des Handgriffs war auch irgendwann schon abgefallen, also fertigten wir einen Ersatz aus geriffeltem Metall. Das Ergebnis war definitiv eine Verbesserung. Natürlich wurden Maarten, sein Trolley und die gesamte Konstruktionsgruppe in ihren bemalten Mänteln ordnungsgemäß für unsere Schul-Webseite abgelichtet.

Irgendwann im Verlauf unserer Arbeit stellte ich Maarten die offenkundige Frage. »Wohin geht eigentlich deine Reise?«

»Nach Santiago de Compostela. Ich gehe den Jakobsweg.«

»Von hier aus?«

Eine frühere Kollegin in England, Emma, hatte den Weg bereits »absolviert« und war mehr als ein bisschen stolz darauf. Ich meinte mich jedoch zu erinnern, dass sie von einem Ort an der französisch-spanischen Grenze aus gestartet war.

Maarten klärte mich auf. »Logischerweise stammten früher nicht alle Pilger aus diesem einen Ort. Und im zehnten Jahrhundert konnte man nicht einfach in ein Flugzeug oder einen Zug steigen, nach Saint-Jean-Pied-de-Port reisen und dort bequem von einem Hotel aus starten. Man begann den Jakobsweg vor seiner eigenen Haustür, so wie ich.« Tja, Emma, hör dir das gut an – und geh das nächste Mal von Sheffield aus los.

In ganz Europa gab es Zuführwege, so auch den Chemin de Cluny, auf dem Maarten unterwegs war. Die meisten trafen dann an der spanischen Grenze in Saint-Jean-Pied-de-Port zusammen, wo die letzte, achthundert Kilometer lange Etappe begann: der Camino Francés oder »Französischer Weg«, den Emma gegangen war. Maarten hatte jetzt schon 790 Kilometer hinter sich, von Maastricht aus.

»Warum dieser Wagen?«, fragte ich.

Er tippte sich an die Knie. »Die meisten nehmen einen Rucksack, aber das geht ganz schön auf die Gelenke und den Rücken. Und viele Pilger sind nicht mehr die Jüngsten.«

Das konnte ich gut nachvollziehen. Mein altersreifer Versuch, den Londoner Marathon zu bewältigen, hatte zu einer Knie-OP geführt sowie dem Rat, derartige Belastungen in Zukunft zu meiden.

»Und wo haben Sie den her?«

»Den hat ein Amerikaner konstruiert.«

»Sind Sie damit zufrieden? Abgesehen von den Rädern?«

»Das Ding ist Mist«, sagte er.

Als wir um acht Uhr abends fertig waren, bot ich Maarten einen Platz auf dem Fußboden meines Wohnzimmers an.

»Und ich lade dich zum Essen ein«, fügte ich hinzu, »aber ich will alles über deinen Rollwagen wissen.«

»Hast du doch gesehen. Ist ganz simpel.«

»Nein, ich meine Details aus der Praxis. Wie lässt er sich manövrieren, wo liegen die Probleme, was würdest du ändern?«

Mir war eine Idee gekommen: Ich war überzeugt, ein besseres Design entwickeln zu können. Bevor ich allerdings mit den Entwürfen dazu beginnen könnte, gäbe es noch einige Fragen zu klären, aber das Wichtigste wäre zu verstehen, welche Anforderungen er erfüllen musste. Und wie ich meinen Studenten immer sagte, erfuhr man nichts über Anforderungen, indem man auf dem Hintern saß und eine Wunschliste verfasste. Man musste raus ins Feld, idealerweise mit einem Prototyp, und herausfinden, worauf es ankam. Genau das hatte Maarten 780 Kilometer lang mit dem Produkt getan, mit dem ich konkurrieren würde.

Wir diagnostizierten, dass der Trolley auf unebenem Terrain schwer zu ziehen und auf engen Wegen unbequem zu manövrieren war, weil sich der Griff ständig in der Hand drehte. Aus diesem Grund hatte Maarten der Fahrradroute folgen müssen, die häufig an unschönen Hauptverkehrsstraßen entlangführte.

Beim Käse fragte ich ihn über das Pilgern aus. Ich bin nicht religiös, mich interessierte die Logistik. Auch Maarten war nicht religiös. Er war aus einer Beamtenstellung wegrationalisiert worden und rechnete nicht damit, noch einmal einen Job zu bekommen. Die Gründe für seine Reise waren eher vage, doch die Wahl der Route ergab durchaus einen Sinn.

»Gute Beschilderung, überall Wasser, Herbergen mit Dusche und warmer Mahlzeit. Bricht man sich ein Bein oder kriegt einen Herzinfarkt, wird man von anderen Pilgern gefunden.«

Meine Wohnung lag einen kurzen Spaziergang vom Zentrum entfernt. Ich hatte sie über Jim Hanna bekommen, einen ausgewanderten New Yorker, der in Cluny eine Französin geheiratet hatte, mit der er in den Staaten zusammengekommen war. Die Ehe war mittlerweile gescheitert, hatte zuvor allerdings eine Tochter hervorgebracht, die ihn für die nächste Zukunft an Frankreich band.

Jim hatte mir zwei alte Lehnsessel organisiert, in denen Maarten und ich es uns nun gemütlich machten und *Eau de Vie de Prune* tranken, Pflaumengeist. Der Schnaps war meine erste Anschaffung in Cluny gewesen, aber nachdem ich einen Abend lang ausgiebig meine Sorgen darin ertränkt hatte, war ich mit dem Ausschenken zurückhaltender geworden.

»Keine Familie?«, erkundigte ich mich.

Er schüttelte den Kopf. »Meine Partnerin ist gestorben. Und bei dir?«

»Eine Tochter in Sheffield. Siebzehn.«

Sarah und ich schickten uns sporadische Textnachrichten. Sie hätte lieber gehabt, ich wäre geblieben, aber dann wäre sie unweigerlich in den Schuldzuweisungsstreit zwischen Julia und mir geraten, bis sie die Hälfte ihres Lebens damit verbracht hätte, zu überlegen, was sie wem erzählt, wann sie bei wem wohnt und auf wessen Seite sie sich vermeintlich schlägt. Ich wusste nur zu gut, welchen Schaden voneinander entfremdete Eltern einem Teenager zufügen konnten.

»Was willst du machen, wenn du den Weg hinter dir hast?«, fragte ich Maarten.

»Deshalb gehe ich ihn ja. Um darüber nachzudenken.«

»Und bis jetzt hast du keine Idee?«

»Ich habe noch viel Zeit. Wenn mir bis Santiago nichts eingefallen ist, kann ich auf dem Heimweg weiter überlegen.«

Am Morgen sah ich Maarten hinterher, wie er von der EN-SAM aus seinen Weg mit dem reparierten Trolley fortsetzte. Das Ding kam kaum mit den Pflastersteinen zurecht, und ich hatte schon die Radaufhängung eines verbesserten Modells vor Augen, das von kniekranken Wanderern über den Penninenweg in England, über den Appalachenweg in Nordamerika und von Tausenden von Pilgern über den Jakobsweg nach Santiago de Compostela gezogen würde.

Einen brauchbareren Gepäckwagen zu entwickeln wäre denkbar einfach gewesen. Allein die Räder zu verbreitern hätte einen Unterschied bewirkt, und mit einer Federung wäre das Fahrverhalten abseits befestigter Wege deutlich besser geworden. Allerdings war ich auf der Suche nach einer dramatischeren Innovation.

Die ausschlaggebende Idee dazu kam durch genau die Technik zustande, für deren Unterrichtung ich bezahlt wurde.

»Also«, meinte ich zu den vier Studenten, die nach der Vorlesung noch geblieben waren, »wir stecken fest. Wie schaffen wir es, unser kreatives Potential zu fördern?«

»Mit Bier.«

»Manchmal, ja. Aber petzt euren Eltern bloß nicht, dass ich das gesagt habe. Wie noch?«

Pascale, die Studentin mit dem à la Anime bemalten Mantel, hob die Hand. »Wir könnten die Grenzbereiche austesten, Dr. Eden … die Parameter bis zu den Randwerten hin ausweiten.«

»Gut, weiter … Mit welchen Parametern können wir spielen?«

»Dem Achsabstand?«

»Und die Extremwerte wären?«

»Unendlich – und null: beide Räder zu einem einzigen zusammengeschoben. Aber …«

»Was hat sie gesagt?«

»Ein einzelnes Rad.«

»Nein, danach?«

»*Aber.*« Gelächter.

»Richtig, Leute. Wir sollen nicht Gründe finden, um eine Idee zu verwerfen, sondern nach Möglichkeiten suchen, sie umzusetzen.«

»Wenn das Problem in der Stabilität liegt, bauen wir einfach einen zweiten Griff dran. Ganz einfach.«

Das endgültige Design erinnerte nach sechs Monaten Entwicklungsarbeit mehr an Rikschas oder Sulkies als an Golf-Trolleys und war erheblich wendiger als Maartens Gefährt. Durch das einzelne Rad war ein ausgefeiltes Federungssystem möglich, das in beeindruckender Weise auf verschiedene Untergründe reagierte.

Der mit Halteclips versehene Hüftgurt erinnerte ein wenig an das Geschirr eines Pferdewagens, aber so hatte man die Hände frei und konnte Wanderstöcke einsetzen, wie sie viele Pilger zur Entlastung und Unterstützung benutzten. Maarten hatte angemerkt, durch Flüsse und über Zäune sei der Trolley schwer zu manövrieren, also hatte ich meinen Karren mit Riemen versehen, mit denen er – zumindest kurzzeitig – auf dem Rücken getragen werden konnte.

Von Anfang an hatte ich versucht, einen Investor zu finden, und konnte nach vielen E-Mails das Interesse eines chinesischen Herstellers und zweier Händler für Outdoor-Equipment wecken, einer davon in Deutschland, einer in Frankreich. Sie alle wären im Mai auf einer Pariser Fachmesse zugegen, wollten sich jedoch nicht mit einem Prototyp zufriedengeben, sondern forderten den Nachweis, dass mein Gepäckwagen ausgedehnte Wanderungen überstehen konnte. Insbesondere die Franzosen verlangten Beweise, dass er mit den – natürlich einzigartigen – landschaftlichen Bedingungen ihrer Heimat zurechtkäme. Eine solch umfangreiche Testphase hätte ich allerdings nicht finanzieren können.

Etwa eine Woche lang grübelte ich hin und her und kam immer wieder zu demselben Ergebnis. Mein Dozentenvertrag endete Mitte Februar. Danach müsste ich etwas Neues und vor allem Lohnenderes finden, um meine Finanzen aufzustocken, und dafür wäre der Gepäckwagen meine beste Chance. Und die Person, die am besten geeignet wäre, das Ding zu testen, Reparaturen und Verbesserungen vorzunehmen und im Anschluss den potentiellen Investoren die Ergebnisse zu präsentieren, war ich selbst.

Ich würde von Cluny aus den Chemin gehen, den Karren also tausendneunhundert Kilometer über französischen und spanischen Boden ziehen, Fotos und Videoaufnahmen machen und einen Blog erstellen, um die Neugier potentieller Käufer zu wecken. Am 11. Mai müsste ich Santiago erreichen, dann blieben mir zwei Tage, um zur Pariser Messe zu reisen. Wenn ich gleich nach Vertragsende aufbrach und jeden Tag fünfundzwanzig Kilometer zurücklegte, könnte ich es sogar mit einer Woche Reservezeit schaffen.

Allerdings war ein Start im Winter nicht gerade ideal. Die Herbergen auf der zweiwöchigen Strecke von Cluny nach Le Puy waren vermutlich geschlossen und der Wanderweg über das Zentralmassiv zugeschneit, so dass ich die Straße nehmen müsste.

Mit meinen Ersparnissen könnte ich pro Tag auf hundert Euro zurückgreifen, genug für eine einfache Unterkunft und Essen. Darüber, dass ich bei meiner Ankunft in Paris wieder pleite wäre, machte ich mir erst einmal keine Gedanken.

Es tat mir leid, Cluny zu verlassen. Die Studenten und die Akademie hatten mich herzlich aufgenommen, obwohl sie mich nicht gerade in der besten Zeit meines Lebens kennengelernt hatten.

Ich erreichte den Friedhof oben am Hügel. Irgendwo hatte ich mal gelesen, dass in Frankreich jeder Friedhof per Gesetz Trinkwasser bereitstellen musste. Und tatsächlich befand sich direkt hinter dem Eingangstor ein Wasserhahn mit dem Hinweis *eau potable*, aus dem mir beim Aufdrehen eiskaltes Wasser über die bloßen Beine spritzte.

Der Friedhof bot die schönste Aussicht auf die Stadt und ihre Umgebung. Ich blieb ein paar Minuten stehen, ließ meinen Blick über die Felder schweifen und versuchte, in der einsetzenden Dämmerung durch den Nieselregen hindurch den Wanderweg auszumachen.

3

ZOE

Als ich mit meinem kaputten Koffer Camilles Adresse am Ortsrand erreichte, regnete es mittlerweile kräftig. Ein Minivan bog in die Hauseinfahrt, eine Frau stieg aus und knallte die Tür hinter sich zu. Sie trug leuchtend blauen Lidschatten und dazu passenden Nagellack. Mit der engen Jeans, den hochhackigen Stiefeln und nackter Taille trotz der Kälte sah sie aus wie Camille – allerdings eine jüngere Camille als die, die ich damals gekannt hatte. Es musste also ihre Tochter Océane sein. Der Eindruck der Reife ließ nach, als sie den Mund öffnete und den Mann ankeifte, der mit einem Bein aus dem Wagen gestiegen war.

Ich verstand kein Wort, doch das brauchte ich auch nicht. Océane fuhr herum und stürmte den Weg zur Haustür hinauf.

Der Mann sah mich an und zuckte die Achseln. Ihr Vater? Ich konnte mich nicht mehr an seinen Namen erinnern. Bevor er wieder einsteigen konnte, marschierte eine ältere Océane-Version den Weg hinunter und stieß weitere Verwünschungen aus. Diesmal war sie in meinem Alter, schlank auf jene verhärmte Weise, wie man sie von Frauen in französischen Filmen kennt, mit stachlig kurzen schwarzen Haaren, einer Zigarette zwischen den Fingern und Mokassins an den Füßen. Camille. Als der Mann rückwärts rausfuhr, schlug sie einmal auf die Motorhaube, drehte sich dann mit derselben Präzision um wie zuvor ihre Tochter und stürmte an mir vorbei Richtung Haus.

Eine Sekunde später blieb sie wie angewurzelt stehen, drehte sich um, öffnete den Mund und stemmte eine Hand in die Hüfte.

»Camille. Ich bin's, Zoe«, sagte ich.

Sie sah mich an, als wäre ich eine Fremde. Das war ich vermutlich auch. Und außerdem völlig durchnässt. Vielleicht hätte ich vorher anrufen sollen.

»O mein Gott! Wolltest du nicht erst morgen anreisen? Du musst sofort mit reinkommen.«

Camille umarmte und küsste mich, dann hakte sie sich bei mir ein und führte mich und meinen Koffer ins Haus.

Irgendwo lief ziemlich laut ein Fernseher. Ein Golden Retriever kam in den Flur galoppiert und begann zu bellen, als Camille mich in die Küche zog. »Ich kann nicht glauben, dass du endlich da bist! Wir haben so viel zu bequatschen! So viel Zeit, und so viel ist passiert!«

Damit hatte sie vollkommen recht. Ich hatte mir eingeredet, ich müsse sie von Angesicht zu Angesicht treffen, weil die letzten Ereignisse zu einschneidend gewesen waren, um sie nur zu schreiben. Aber vielleicht hatte ich auch Angst gehabt, dass mein neues Leben, wenn es schwarz auf weiß vor mir stünde, plötzlich Realität annähme.

Camille fing an, Sachen aus dem Kühlschrank zu räumen. Die Küche war unordentlich, Kataloge und Zeitschriften lagen überall herum. Ihr Sohn – Bastien, acht – saß in der Ecke auf dem Boden in ein Videospiel vertieft, das Schussgeräusche von sich gab.

»Bist du allein?«, fragte Camille über die Schulter.

»Ja, ich schätze, ich …«

»Ich meine, in deinem Leben. Deshalb bist du hier, *non*?« Sie schnappte sich das Telefon. Als sie wieder auflegte, grinste sie spitzbübisch. »Jim. Ich hatte ihn für morgen eingeladen, aber jetzt kommt er heute. Amerikaner. Geschieden. Immobilienmakler aus New York.« Sie rieb Daumen und Zeigefinger zusammen. »Wie lautet dein Plan?« Auch jetzt wartete sie meine Antwort nicht ab.

»Morgen kommst du mit uns mittagessen, d'accord? Du besichtigst das berühmte Kloster, und am Montag gehen wir in Lyon shoppen.«

Océane kam dazu und fing sofort an, mit Camille zu streiten, möglicherweise über dasselbe Thema wie mit ihrem Vater. Die Situation kam mir bekannt vor. Ich hatte jede nur erdenkliche Diskussion mit halbwüchsigen Mädchen geführt.

Camille riss den Kühlschrank auf und griff nach einer Flasche Wein.

»Océane wollte, dass ihr Freund mit bei ihrem Vater übernachtet. Das geht natürlich nicht, sie ist erst vierzehn. Aber sie hat ihm gesagt, dass sie die Pille nimmt, und jetzt beschwert er sich bei mir.«

Diese Diskussion hatte ich dann wohl doch nicht geführt. Als dieses Thema aufkam, waren meine Mädchen schon auf dem College gewesen.

Camille schenkte zwei Gläser ein und reichte mir eines. »Ihr Vater ist eine *poule mouillée.*«

Ein nasses Huhn? Ach nein, eher unser Hasenfuß. Ein Weichei, Loser, Würstchen also. Nun, so einen hatte es vor ihm schon mal gegeben. Nach dem *crétin* in St. Louis.

»Du führst wohl immer noch ein sehr … umtriebiges Leben.«

Camille machte eine große Armbewegung. »Nein, nein, das ist alles vorbei. Jetzt bin ich Ehefrau und Mutter. Cluny ist nicht Paris. Aber du bist ja völlig durchnässt. Océane, zeig Zoe ihr Zimmer. *Dein* Zimmer.«

Bis zum Abendessen war ich geduscht und umgezogen und eher benommen als müde.

»Machst du hier Urlaub?«, wollte Gilbert wissen, den Camille als ihren »momentanen Ehemann« vorstellte.

»Nicht unbedingt …«

Die Türglocke unterbrach unser Gespräch. Jim war vielleicht fünf Jahre älter als ich, trug eine schwarze Stoffhose und einen teuer wirkenden Blazer. Sah ein bisschen wie George Clooney aus. Er küsste Camille auf die Wangen, begrüßte Gilbert in perfekt klingendem Französisch und sah mich an. Ich hoffte, er wäre kein Republikaner. Eine politische Diskussion wäre das Letzte, was ich jetzt gebrauchen konnte.

Wir stellten uns vor und nahmen Platz.

»*Lapin.*« Camille stellte eine Servierplatte in die Mitte. »Ich weiß noch, dass du kein rotes Fleisch isst, und habe zwei Kaninchen im Gefrierschrank.« Sie kannte die Geschichte, wie mein Vater und meine Brüder in meinem Beisein ein Reh erschossen hatten, als ich acht war. Ich wäre sowieso Vegetarierin geworden, allerdings wohl nicht so früh. Camille hatte das nie verstanden.

»Und? Was bringt dich nach Cluny?«, erkundigte sich Jim.

Zum ersten Mal wurde es am Tisch vollkommen still. Unter dem Blick fünfer Augenpaare war all das, was unmöglich in geschriebene Worte zu fassen gewesen war, unmöglich auszusprechen.

»Camilles Einladung steht schon fünfundzwanzig Jahre.«

Jim lächelte. »Du wirst also eine Weile bleiben? Wir sollten mal ausgehen.«

Als er sich, das leere Weinglas in der Hand, zum Nachschenken an Gilbert wandte, fuchtelte ich Camille ein heftiges *Auf keinen Fall* zu.

»Fliegt da eine Mücke?«, wollte Gilbert wissen.

»Ich kann dir eine Insider-Stadtführung anbieten.«

»*Lapin?*« Camille reichte mir erneut den Teller.

Während sie in der Küche verschwand und Gilbert eine weitere Flasche Wein holte, fragte Jim: »Bist du das erste Mal in Frankreich?«

»Ja. Ich bin viel gereist. Aber nie außerhalb der USA.«

Er lächelte. Hätte ich einen Fremdenführer gesucht, hätte ich es schlechter treffen können.

»*Fromage* aus der Region«, verkündete Camille. In der letzten Woche hatte ich vegan gelebt und über einen endgültigen Wechsel nachgedacht, aber nach all dem Brot und Chicorée fühlte ich mich jetzt wie ausgehungert. Und der Käse war köstlich. Drei Sorten, alle cremig, einer aus Ziegenmilch, einer mit Blauschimmel.

Jim erhob sich und küsste mich auf beide Wangen.

»Mittwoch dann? Zum Mittagessen?«

»Äh …« Doch die Frage war rein rhetorisch gewesen. Wenn man wie George Clooney aussah, war das wohl normal.

»Ich kann nicht«, sagte ich zu Camille, sobald die Tür hinter ihm ins Schloss fiel.

»Aber er ist doch … perfekt.«

»Ich bin noch nicht bereit.«

»Man muss immer bereit sein«, sagte Camille.

Endlich sagte ich, was ich den ganzen Abend über hatte sagen wollen. Gedämpft bahnte es sich seinen Weg, wie eine unfertige Geschichte, ohne Herz und Seele, eine Tatsache ohne Substanz.

»Keith ist tot.«

»*Mon Dieu!* Du hast mir gar nichts gesagt.« Camille drückte mich an sich. »Männer! Das Herz, ja? Unvorhersehbar.«

Gilbert runzelte die Stirn. »Das ist sehr traurig. Wann?«

Zumindest hörte hier *einer* zu.

»Vor drei Wochen.«

Ich fiel in Océanes Bett. Ich dachte, ich würde zehn Stunden schlafen, doch nach zweien war ich schon wieder hellwach.

Camille war … genau so, wie ich es hätte erwarten können. Damals auf dem College hatte ich ihr durch eine schwere Zeit geholfen und gewusst, sie würde dasselbe für mich tun, aber mich mit den ortsansässigen Junggesellen zu verkuppeln war nicht die Art von Hilfe, die ich brauchte. Was ich brauchte, war Luft: eine Auszeit, um meine Wunden zu lecken, meine aufgewühlten Gefühle zu sortieren und Balance in meine Chakren zu bringen. Nichts in meinem neuen Leben fühlte sich real an; es war, als hätte man all meine Emotionen in eine Kiste geworfen, den Deckel zugeklappt und ein Schloss davorgehängt.

Gedanken an die Muschel hielten mich lange wach. Was wollte sie mir sagen? Am Morgen hatte ich eine Antwort. Die Gans war der Schlüssel: Ich brauchte eine neue Richtung, einen Neuanfang. Beim Frühstück teilte ich Camille mit, ich wolle einen Spaziergang machen, um den Kopf freizubekommen. Einen sehr langen Spaziergang.

4

MARTIN

Ich hatte meine Abreise für den nächsten Tag geplant, Sonntag, erfuhr dann aber zu spät, dass mein *credencial* – der Pilgerausweis, den man für eine Unterkunft in den Herbergen vorweisen musste – nicht im Touristenbüro erhältlich war. Die Frau schimpfte, ich würde zur falschen Jahreszeit wandern, in der niemand erwarten könne, dass sie die nötigen Unterlagen parat habe, telefonierte grummelnd mit dem hiesigen Vertreter der Jakobus-Gesellschaft und vereinbarte einen Termin für Sonntagnachmittag. »Tut mir leid, aber vorher hat er keine Zeit. *Monsieur.*«

Dann wollte ich eine neue Landkarte für mein britisches Militär-GPS-Gerät abholen. Da sie nur per Einschreiben geliefert wurde, hatte ich sie zu einem der Outdoor-Läden in Cluny schicken lassen. Das Versandteam in London hatte die Auslieferung per E-Mail bereits bestätigt, aber bis ich die Sache im Touristenbüro geklärt und mit Jim die Miete beglichen hatte, war das Geschäft geschlossen.

Am Sonntag lag es dann auch ein wenig an Jim, dass nicht alles nach Plan verlief. Er fing mich an der Tür ab und lud mich zu einem ausgiebigen Frühstück ein, möglicherweise getrieben von dem Gefühl, seinen einzigen Freund hier in Cluny zu verlieren. Sein Französisch war passabel, aber trotzdem haben Ausländer immer mit gewissen gesellschaftlichen Barrieren zu kämpfen.

Wir tranken Kaffee, aßen Croissants und redeten lang und breit über nichts Besonderes, abgesehen davon, dass die verheiratete Französin, die Anfang des Jahres mal hinter ihm her gewesen war, eine Kalifornierin namens Zoe zu Besuch hatte. Jim hatte sie mit Hilfe seines Charmes zu einem Date überredet.

Fünfzehn Minuten vor der Mittagspause betrat ich den Outdoor-Laden. Der Inhaber selbst war nicht da, und die hakennasige ältere Dame, die mich bediente, deutete auf einen Stand mit Landkarten aus Papier.

»*Un USB*«, erklärte ich. »*Une livraison.*« Eine Lieferung.

Sie tat, als verstehe sie nicht, und als ich meine Anfrage in langsamem, präzisem Französisch wiederholte, schüttelte sie den Kopf. Man könne ja wohl nicht erwarten, dass sie über persönliche Vereinbarungen des Inhabers Bescheid wisse.

Unser Dilemma wurde unterbrochen, als eine Frau von etwa vierzig Jahren das Geschäft betrat. Sie trug konventionelle Kleidung – Jeans, langer Wollpullover und Turnschuhe –, hatte jedoch etwas an sich, das mich spontan auf die Idee brachte, sie könnte aus der christlichen Gemeinschaft im nahe gelegenen Taizé stammen. Mit unverhohlener Abscheu musterte sie die Jagdausrüstungen.

»*Bonjour, excusez-moi*«, wandte sie sich an *Madame* mit einem Akzent, der mich mit meinem wie den Präsidenten der französischen Akademie für Spracherhaltung klingen ließ und zudem deutlich über ihre Herkunft Aufschluss gab: Amerika – und wie ich hätte wetten mögen: Kalifornien. Angesichts der Tatsache, dass sich zu dieser Jahreszeit nur wenige Touristen nach Cluny verirrten, musste sie Jims neue Flamme sein. Sie war sein Typ: attraktiv, blaue Augen, schulterlanges kastanienbraunes Haar, offenes Lächeln, englischsprachig und dazu bestimmt, ihn sitzenzulassen, sobald ihr Urlaub beendet wäre.

»*Je non parle français très bien*«, fuhr sie fort. Ich hätte nicht widersprochen.

Sie imitierte das Aufsetzen eines Rucksacks. »*Une* … Rucksack.«

Bevor ich eingreifen und übersetzen konnte, erwiderte *Madame* in hinreichend verständlichem Englisch: »Natürlich. Welche Größe brauchen Sie?«

Zoe – wer sollte es sonst sein? – beschrieb mit den Händen eine Kastenform, und *Madame* verschwand ins Lager, was mir Gelegenheit bot, hinter der Theke nach meinem USB-Stick zu suchen. Ich stöberte zwischen Briefumschlägen und kleinen Päckchen, und als ich aufblickte, sah ich, dass Zoe mich mit verschränkten Armen beobachtete. Als *Madame* zurückkehrte, zog Zoe sie beiseite und flüsterte ihr etwas ins Ohr. *Madame* sah mich böse an, obwohl ich mittlerweile mit Unschuldsblick die Landkarten begutachtete.

Der Rucksack, den sie mitgebracht hatte, fasste mindestens siebzig Liter, was in etwa der von Zoe angezeigten Größe entsprach. Perfekt, falls sie plante, ihn mit Designerklamotten zu füllen und nicht weiter als vom Taxi bis zur Gepäckaufgabe eines Flughafens zu transportieren. Als *Madame* sich erneut zu mir umwandte, spähte Zoe verstohlen auf das angehängte Schild. Ich hätte ihr sagen können, dass es unwahrscheinlich war, einen Preis darauf zu finden.

»Wie viel?«, wollte sie wissen.

»Einhundertachtundfünfzig Euro.«

»Oh. Haben Sie etwas Billigeres? Ein Modell aus dem letzten Jahr vielleicht?« Sie lachte, und zu meiner Überraschung stimmte *Madame* mit ein. Nach einer kurzen, gedämpften Unterhaltung verschwand *Madame* erneut nach hinten. Zoe blieb stehen, offenkundig, um ein Auge auf mich zu haben.

Ich wollte mich gerade vorstellen – »Ich glaube, wir haben einen gemeinsamen Freund« –, als ich die eindeutige Missbilligung in ihrem Blick bemerkte.

Stattdessen nahm ich also einen Kompass von seinem Verkaufsständer und tat, als würde ich ihn in die Tasche schieben. Ich sah, wie Zoe schwankte, ob sie mich anblaffen oder *Madame* rufen solle, und gerade, als sie zu Letzterem anhob, legte ich den Kompass – den ich nur in meiner anderen Hand versteckt hatte – auf den Ständer zurück.

Sie brauchte einen Moment, um zu durchschauen, dass ich mich mit einem Taschenspielertrick, wie man ihn einer Siebenjährigen vorführt, über sie lustig gemacht hatte. Einem Trick, den ich vor zehn Jahren tatsächlich – und mehr als einmal – meiner siebenjährigen Sarah vorgeführt hatte.

Sie schüttelte bedächtig den Kopf, deutete auf das Hinterzimmer, in das *Madame* verschwunden war, und tat, als würde sie mich – zweihändig, in amerikanischer Polizeimanier – mit einer Pistole bedrohen. Die Botschaft war klar: Welcher Idiot klaut in einem Waffenladen? Allerdings war die Aussicht, dass *Madame* mit einer 45er in der Hand zurückkehrte, gleichermaßen unwahrscheinlich wie lächerlich. Ich grinste, Zoe grinste zurück und hielt sich dann sogar die Hand vor den Mund, um nicht laut loszuprusten.

Ich dachte noch: Hoffentlich stellt Jim uns irgendwann einmal einander vor, aber dann fiel mir ein, dass ich ab morgen ja auf dem Weg nach Santiago wäre, nur in Gesellschaft meiner selbst. Ich spürte spontan Bedauern. Es war lange her, dass ich einen spielerischen Moment wie diesen – vielleicht sogar den Anflug einer Verbindung – mit einer Frau erlebt hatte. Wahrscheinlich hatte ich es überhaupt nur zugelassen, weil diese Zoe für Jim reserviert war.

Madame kehrte zurück und schüttelte den Staub von einem kleineren Rucksack. »Den hier können Sie geschenkt haben«, sagte sie. Der Grund war auf den ersten Blick erkennbar, wenn auch vielleicht nicht für eine Amerikanerin. Es handelte sich um eine *édition spéciale* für die Fußballweltmeisterschaft 2010 mit Bildern vom französischen Team samt Trainer. Anders als bei ihrem Titelgewinn acht Jahre später hatten sich die Franzosen damals auf höchst peinliche Weise blamiert und jede Menge öffentlichen Spott über sich ergehen lassen müssen, bis hin zu einer parlamentarischen Untersuchung. Es war lange her, aber in Frankreich klang diese Blamage immer noch nach.

Zoe verließ das Geschäft mit ihrem Schnäppchen, jedoch nicht ohne vorher ein letztes Lächeln in meine Richtung geschickt zu haben. *Madame* winkte mit ihrem Schlüsselbund. »*Fermé.*«

»*Attendez*«, sagte ich – warten Sie –, doch es hatte keinen Zweck zu streiten. Mit etwas Glück würde nach der Mittagspause der Inhaber wieder da sein. Als ich ging, kontrollierte ich die Öffnungszeiten: Sonntagnachmittag geschlossen. Und den ganzen Montag auch.

5

ZOE

In der Touristeninformation drehte eine junge Frau das Schild gerade auf *Fermé*.

»Könnten Sie noch eine Minute warten?«, bat ich. »Ich brauche Informationen über den Jakobsweg – den Chemin. *S'il vous plaît*.«

Sie bat mich einzutreten. »Schon okay. Wir haben noch fünf Minuten.«

Es dauerte ein wenig länger. Sie hatte einige Broschüren, aber mehr über Geschichte und Sehenswürdigkeiten als zu praktischen Hinweisen. Überraschenderweise schienen alle Franzosen Englisch zu sprechen und gern Auskunft zu geben. Der Typ im Antiquitätenladen hatte mir einen viertelstündigen geschichtlichen Vortrag gehalten, bevor er mir die Muschel verkaufte, und versichert, die meisten Pilger seien eher spirituell denn religiös unterwegs.

»Haben Sie einen Reiseführer?«, fragte ich die Frau.

»Der kommt im Februar raus.«

Aha. Ich hatte L. A. am 13. Februar verlassen.

»Wohin wollen Sie?«, erkundigte sie sich. »Gehen Sie ganz bis nach Santiago oder nur bis zur spanischen Grenze?«

»Wie weit ist es? Bis zur Grenze?«

»Tausendeinhundert Kilometer. Etwa siebenhundert Meilen.«

Einen Moment lang überwältigte mich das Entsetzen. Es war ein vertrautes Gefühl, und ich wusste, wie ich damit umgehen musste – in diesem Fall passte mein Mantra allerdings so gut, dass ich fast aufgelacht hätte. *Ein Tag nach dem anderen.*

Mein Rückflug war für den 16. März gebucht ... in dreißig Tagen. Ich rechnete zwei Tage, um von der Grenze nach Paris zu kommen. Also achtundzwanzig Tage für siebenhundert Meilen ...

»Haben Sie einen Taschenrechner?« Ich imitierte das Drücken von Rechentasten.

Sie zog einen unter der Theke hervor.

Genau fünfundzwanzig Meilen pro Tag. Wie schnell konnte ich gehen? Vier Meilen pro Stunde? Dann wären es etwa sechs Stunden am Tag. Wenn ich früh losging, könnte ich mittags damit durch sein und hätte am Nachmittag Zeit, einen Schlafplatz zu finden und die Sehenswürdigkeiten zu besichtigen. Bei zwanzig Euro pro Tag bliebe mir gerade genug übrig, um nach Paris zurückzukommen. Wenn der Typ im Antiquitätenladen recht hatte und alles auf dem Weg billig oder umsonst wäre, würde es reichen.

Ich gab ihr den Taschenrechner zurück. »Bis zur spanischen Grenze, denke ich.«

»Wunderbar. Der Abschnitt in Frankreich ist schwieriger, aber nicht so überlaufen, die Landschaft ist schöner, und es gibt besseres Essen und besseren Wein.« *Bessere Menschen* schwang zwischen ihren Worten mit. »In Spanien ist es eine *autoroute* der Pilger; für die Herberge muss man sich jeden Tag beeilen, und es gibt ...« Sie machte eine Geste fürs Schlafen und dann hektische Kratzbewegungen. Bettwanzen.

»Haben Sie eine Landkarte?«, fragte ich.

»Die Karte ist im Reiseführer.«

Aha.

»Sie brauchen keine. Folgen Sie einfach den Muscheln. Hinweiszeichen. An Bäumen und an Pfählen. Der Heilige Jakobus weist Ihnen den Weg.«

37

Ein idyllischer Spaziergang auf uralter Route durch französische Landschaft. Einfaches Leben, Zeit für Achtsamkeit und Erneuerung. Vielleicht geschah es jetzt schon. In diesem Jagdgeschäft hatte ich mich selbst überrascht, als ich das vielleicht erste Mal seit Keith' Tod gelacht hatte. Aber Witze über Waffen?

»Wann wollen Sie los?«

»Heute.« Ich antwortete, ohne nachzudenken, und wusste sofort, es war richtig. Wann, wenn nicht jetzt? Wer, wenn nicht du? Ich musste mit mir allein sein und mich mit Keith' Tod auseinandersetzen, bevor ich auch nur daran denken konnte, mit Camille shoppen zu gehen. Sie hatte es nicht verdient, dass eine Freundin aus ferner Vergangenheit sie mit ihrem Schmerz belastete. Und Océane hätte ihr Zimmer wieder für sich.

»Aber es ist Winter.«

»Ich bin in Minnesota aufgewachsen.« *Dort* war es kalt. Hier hatte es vier oder fünf Grad. Beim Gehen würde mir warm werden. »Und Spanien liegt im Süden, richtig?«

Sie schrieb mir den Namen eines Cafés auf. »Monsieur Chevalier trifft sich dort mit einem anderen *pèlerin* – Pilger. Um vierzehn Uhr.« Sie verdrehte die Augen, vielleicht weil noch jemand so dumm war, im Winter zu pilgern. »Für wenig Geld bekommen Sie von ihm den Ausweis für die Herbergen. Und gute Ratschläge.«

Ich aß bei Camille zu Mittag, was viel entspannter war als das Abendessen. Gilbert war mit Freunden unterwegs, Bastien aß mit seinem Videospiel vor Augen, und falls Océane im Haus war, sah ich sie nicht.

»Du musst bleiben!«, sagte Camille. »Wie willst du da genügend Kleider mitkriegen? Gesichtscreme?«

»Ich muss ein paar Sachen hierlassen, falls das für dich okay ist.«

»Viel zu viel Zeit zum Nachdenken!«

Sie stopfte mir Proviant in den Rucksack, nahm mich lange in den Arm, gab mir ihre Telefonnummer für meinen Moment der Erkenntnis, dass das alles eine verrückte Idee sei, und wünschte mir schließlich viel Glück und *courage*.

Das Café lag am anderen Ende der Stadt. Der Barkeeper deutete auf einen Tisch in der Ecke, an dem ein Mann um die sechzig saß, freundliches Gesicht, Brille und ein Pflasterkreuz auf dem halbkahlen Kopf. Hautkrebs, mutmaßte ich. Vom vielen Wandern in der Sonne.

»*Bonjour*«, sagte ich. »Monsieur Chevalier?«

Der Franzose musterte mich über seine Brille hinweg. Er hatte braune Augen mit langen Wimpern und Grübchen in den Wangen.

»*Oui*. Und Sie sind …?« Sein Englisch mit französischem Akzent erinnerte mich an seinen Namensvetter – ich rechnete schon halb damit, dass er anfing zu singen.

»Zoe Witt.« Ich erklärte, die Dame aus dem Touristenbüro habe mich geschickt, und streckte die Hand aus. Monsieur Chevalier ergriff sie, beugte sich dann aber vor und küsste mich auf beide Wangen.

»Trinken Sie einen Kaffee?«

Mein Blick musste mich verraten haben. »Sie sind eingeladen«, sagte er und hob drei Finger, nicht zum Barkeeper sondern zu einem großen Mann in vertrauter Karojacke, der an der Theke wartete. Der Ladendieb aus dem Jagdgeschäft.

Monsieur zog ein Leporello in Reisepassgröße hervor, in dem lauter freie Felder für Stempel waren, wie bei einem Abzeichenheft der Pfadfinder. In das erste Feld »Cluny« stempelte er eine Jakobsmuschel und etwas, das wie ein Lamm aussah. Meinen ersten Stempel hatte ich mir also allein damit verdient, dass ich aufbrechen wollte.

»Wie viel?«, erkundigte ich mich.

»Das kostet nichts.«

»Aber die Frau in der Touristeninformation …«

»Dies ist Ihre erste Lektion des Chemin: Nimm, was dir angeboten wird. Sie werden Gelegenheit bekommen, anderen zu helfen, und diese werden Sie dann ebenfalls nutzen.«

Der Ladendieb kam mit drei Kaffee an den Tisch: zwei kleinen Espressi und einer größeren Tasse mit einem Milchkännchen samt zwei Päckchen Zucker. »*Merci.*« Noch eine gute Tat, die ich weitergeben würde. Der Ladendieb redete in schnellem Französisch auf Monsieur Chevalier ein. Seiner Körpersprache nach zu urteilen, beschwerte er sich wohl halbherzig, dass er die Rechnung hatte begleichen müssen.

Er streckte mir seine Hand entgegen, und ich schüttelte sie. Sein Blick fiel auf meine Brust. Franzosen waren nicht besser als Amerikaner. Ich spürte, dass sich zwischen uns etwas veränderte, aber nicht unbedingt zum Guten. Er nahm Platz, ohne sich vorzustellen.

Ich verstand. Bevor er seinen komischen Trick veranstaltet hatte, war ich Zeuge geworden, wie er tatsächlich etwas hatte stehlen wollen. Peinlich.

Er sah etwas älter aus als ich, war aber anscheinend gut in Form. Etwa eins fünfundachtzig, braune Haare, frisch geschnitten, leicht misstrauischer Blick aus Augen, die nichts verrieten. Bestimmt ein Jäger. Charmant, wenn er es darauf anlegte.

Monsieur Chevalier wandte sich wieder an mich. Er war den Jakobsweg von Cluny nach Santiago viermal gegangen plus einmal in entgegengesetzte Richtung.

»Warum gehen Sie?«, wollte er wissen.

»Schwer zu erklären. Ich habe das Gefühl, meine Verbindung zum Universum verloren zu haben …«

Er fragte nicht weiter. Stattdessen gab er mir ein paar Ratschläge. Meine Turnschuhe seien nicht perfekt, würden für den Anfang aber reichen. Ich solle jeden Tag die Strümpfe wechseln und abends nicht mehr tragen, wenn sie nass seien; Blasen

– *ampoules* – seien unvermeidlich, könnten jedoch behandelt werden, indem ich Nadel und Faden durchziehe und den Faden darin beließe. Ich brauche Sicherheitsnadeln, um gewaschene Kleidung an meinem Rucksack zu befestigen, damit sie tagsüber trocknen könne.

»Nur zwei Dinge auf dem Jakobsweg sind sicher«, stellte Monsieur Chevalier dann fest. »Das Erste sind *ampoules*. Das Zweite ist, dass Sie weinen werden, wenn Sie die Kathedrale in Santiago erreichen.«

Da ich nicht vorhatte, weiter als bis zur spanischen Grenze zu gehen, wäre kein Weinen vonnöten, auch wenn ich wusste, dass ich es irgendwann einmal zulassen sollte.

Monsieur Chevalier sah meine Jakobsmuschel und wurde einen Moment lang still, als würde er irgendeine Botschaft empfangen.

»Zoe«, sagte er dann, und mit seinem Akzent klang mein Name exotisch, »diese Muschel wird nach Santiago gehen. Und wenn Sie Ihre Reise beenden, werden Sie finden … was Sie verloren haben.«

Er betrachtete sie noch eine Weile, vielleicht, weil er ebenso spürte wie ich, dass sie etwas ausstrahlte. »Ich habe vor, im April den spanischen Abschnitt zu gehen. Vielleicht sehe ich Sie wieder.« Und zuletzt: »Der Weg wird Sie verändern.«

Ich trank meinen Kaffee, nahm meinen Rucksack und machte mich auf den Weg Richtung Spanien.

6

MARTIN

Als Zoe aufbrach, empfand ich ihr und Monsieur Chevalier gegenüber alles andere als Wohlwollen. Die halbkahle Version eines Gerard Depardieu, mit seiner gekünstelten Erhabenheit plus einem Anflug Fanatismus war der jüngeren Frau gegenüber vorhersehbar charmanter. Mehr überrascht war ich, dass Zoe sich offenbar entschieden hatte, Jim zu versetzen, und das aus diffusen spirituellen Gründen. Und dass ihr Budget, das offenbar nicht für einen Rucksack oder eine Tasse Kaffee reichte, 275 Euro für ein Souvenir hergegeben hatte.

Die Jakobsmuschel, die ich beim Händeschütteln an einer Kette um ihren Hals entdeckt hatte, war eine Weile im Fenster des Krimskramsladens ausgestellt gewesen. Vor einem Monat hatte ich mich nach dem Preis erkundigt, weil ich dachte, sie könnte Sarah als Andenken an meine Pilgerreise gefallen. Spätes neunzehntes Jahrhundert, vielleicht aus Wien, vielleicht aus Russland, sagte der Händler und beobachtete meine Reaktion, um zu sehen, welche Version ich wohl bevorzugte. Ich hätte erschwinglich bevorzugt.

Während Monsieur Chevalier voll Verzückung vom Camino schwärmte, hörte ich schweigend zu: Er schien zu wissen, wovon er sprach, und war mit seinen Ratschlägen wahrscheinlich großzügiger, als er es mit mir allein gewesen wäre.

Nach Zoes Abgang wechselte er wieder zu Französisch. »Ich will mir Ihre Schuhe ansehen.«

»Die habe ich nicht dabei. Aber ich bin damit schon gelaufen. Ich bin ein geübter Wanderer.«

Das war ein wenig übertrieben, aber immerhin war ich erst vor einem Jahr mit meinem Freund Jonathan, einem Brigadier der Britischen Armee, ein paar Tage durch den Lake District gewandert.

»Der Chemin ist kein gewöhnlicher Weg.«

»Es sind gute, feste Wanderstiefel. Ich bin damit sehr zufrieden.«

»Für neunzig Tage brauchen Sie leichte Stiefel. Schwere Stiefel sind ein großer Fehler. Da gibt es garantiert Blasen. Und außerdem Knieprobleme.«

Wenn irgendetwas mich dazu bringen konnte, seinen Rat anzunehmen, dann das Risiko von Knieverletzungen. Aber ich würde einen schweren Karren ziehen und war auf Rutschfestigkeit und guten Halt für meine Knöchel angewiesen.

»Werden Sie Ihren Rucksack selbst tragen?«

Abgesehen von dem nicht unerheblichen Detail, dass ich mein Gepäck nicht tragen, sondern ziehen würde, gab es ja wohl nicht viele Optionen. Sherpas ließen sich in Frankreich sicher nicht leicht auftreiben.

»Gibt es denn eine Alternative?«, fragte ich.

»Man kann sein Gepäck transportieren lassen, per Taxi.« Das war mir neu. Ich wusste, dass es auf dem spanischen Camino diese Möglichkeit gab, aber für Frankreich hatte ich im Internet nichts gefunden. »Wenn Sie körperlich dazu nicht in der Lage sind, ist das nachvollziehbar. Ansonsten … Werden Sie in den Herbergen übernachten?«

»Ich wollte Hotels und Privatunterkünfte nutzen und dachte, ich hole mir den Ausweis nur für alle Fälle.«

»Sie sollten die Herbergen aufsuchen. In dieser Jahreszeit verdienen die Betreiber wenig Geld. Es ist äußerst großzügig von ihnen, dass sie überhaupt geöffnet haben.«

Monsieur Chevalier legte meinen Pilgerpass auf den Tisch. Wie jeder französische Beamte hielt er es für nötig zu demonstrieren, dass sein Beruf ein hohes Maß an persönlichem Ermessen erforderte.

»Ich werde Ihnen den Ausweis geben, aber Sie müssen in den Herbergen übernachten.« Die Worte *Bürokratie* und *Pedant* stammen beide aus dem Französischen.

Mit feierlicher Geste stempelte er das erste Feld ab und fügte das Datum hinzu. »Vierzig Euro.«

Ein halbes Tagesbudget. Ich reichte ihm einen Fünfzig-Euro-Schein, den *Monsieur* argwöhnisch inspizierte, bevor er mir das Wechselgeld gab. Meine Reaktion darauf muss er bemerkt haben.

»Weniger als fünfzig Cent pro Tag. Auf dem Weg werden Sie sehen, wie viel Ehrenamtliche dafür tun, dass Ihre Reise sicher und komfortabel ist. Es ist nur angemessen, dafür ein wenig zurückzugeben.«

Nun gut. Aber den Vortrag hätte er sich sparen können.

Dann sah er mich eindringlich an und gab mir, so wie Zoe, seinen Segen. »Der Weg wird Sie verändern. Er verändert jeden.«

Er hielt das zweifellos für etwas Gutes.

7

ZOE

Der Himmel war wolkenlos, und die Wintersonne wärmte ein wenig. Die blauen und gelben Jakobsmuschel-Markierungen – Schildchen von etwa fünf mal fünf Quadratzentimetern – waren an Laternen- und Zaunpfählen, Toren, Bäumen und Gebäuden leicht auszumachen. Die Straße aus der Stadt hinaus stieg erst leicht an, wurde dann flacher und führte mich in meinen ersten Wald.

Es war eine lichtere Version als zu Hause, in hellen und gedämpften Farben. Eine meiner glücklicheren Kindheitserinnerungen bestand darin, wie ich dichte Lagen dunkler Herbstblätter wie diese hier mit den Füßen vom Boden aufwirbele. Die Bäume waren kahl, und vereinzelte Nadelbäume erinnerten mich an Weihnachtsfeste in Nordkalifornien und Colorado.

Durch die Sonnenlichtflecken hindurch sah ich in einiger Entfernung ein Reh und beobachtete es eine Weile, während ich mir der tiefen Stille bewusst wurde. Schließlich drehte sich das Tier um, sprang mit einem Satz über einen Baumstamm und verschwand in die Dunkelheit.

Der Weg führte mich durch Wälder und Ackerland. Im matschigen Untergrund kleiner, mit Steinmauern umgrenzter Weideflächen waren Hufspuren zu erkennen. Eine große weiße Kuh erhob sich aus ihrem Bett im Schlamm, um mein Vorwärtskommen zu verfolgen, und mir wurde bewusst, wie friedvoll meine Reise verlaufen würde. So allein in der Natur hätte ich Zeit für Gedanken, Gefühle und Erinnerungen. Ich hob meine Hand an den Talisman. Die Jakobsmuschel bot ein Nest für den kleinen Herz-Anhänger, den Keith mir geschenkt hatte. Er und ich waren verschieden gewesen, aber wir hatten gelernt, einander zu verstehen und unser Leben im Rahmen dieser Unterschiede zu gestalten.

Im Moment musste ich jedoch über dringendere Dinge nachdenken. Die früheren Pilger hatten Unterkunft und Nahrung in Krankenhäusern und Klöstern gefunden. Viele davon standen noch immer, und laut der Broschüre im Informationsbüro boten manche auch Betten an. Aber wo waren sie?

Nach zwei Stunden, während die Sonne sich allmählich dem Horizont näherte, erreichte ich ein kleines Dorf. *Sainte Cécile*, stand auf dem Schild. Die Autowerkstatt und das Café schienen seit längerem nicht mehr geöffnet, und durch die Fenster der Bäckerei konnte ich Farbeimer und Abdeckplanen erkennen. Die öffentlichen Toiletten waren geschlossen. Es gab nur eine Kirche und ein Restaurant – und einen halbwüchsigen Jugendlichen, der am Straßenrand saß. Die Musik aus seinem Handy klang in der Stille laut und befremdlich, und er nahm mich nicht wahr. Eine der Kühe im Stall hinter ihm hob kurz den Kopf.

Auf mein Klopfen hin öffnete eine kleine grauhaarige Frau die Tür des Restaurants. *»Fermé.«*

»Dürfte ich Ihr WC benutzen?«

Sie schüttelte den Kopf, und ich brauche einen Moment, um zu erkennen, dass sie nicht nein sagte, sondern mein Englisch nicht verstanden hatte.

»Toilette?« Gut, dass mir das Wort wieder einfiel. Ich hätte es nicht pantomimisch darstellen mögen.

Es klappte, und ich nutzte die Zeit, um mir meine nächste Frage zu überlegen.

»Un hostel? Un motel? Un camping-car?«, fragte ich, neigte den Kopf zur Seite und legte ihn auf die Hände.

Sie deutete auf die Straße und hielt zehn Finger hoch. Zehn Meilen … nein, Kilometer. Welches davon auch immer – ich würde es im Hellen nicht mehr schaffen.

»*Pelèrine?*«, wollte sie wissen und deutete auf meinen Rucksack. Ich brauchte einen Moment, um in dem Wort die weibliche Form Pilgerin zu erkennen. »*Chemin de St. Jacques?*«

Ich nickte, und sie redete weiter auf Französisch, wovon ich kein Wort verstand, aber ich merkte, dass sie begriff, was ich vorhatte, und mir helfen wollte. Sie bot mir ein Glas Wasser an. Vermutlich dachte sie, ich wolle weitergehen.

Die Kühe wirkten nicht, als würden sie Gesellschaft wünschen, womit mir nur noch eine Möglichkeit blieb, die für eine Pilgerreise allerdings passend genug war: die Kirche. Sie war offen und leer, und ich konnte kein Schild erkennen, das eine Übernachtung verbot. Es gab ein paar Kissen, die ich auf einer Bank zusammenschob.

Ich bin in einer religiösen Familie aufgewachsen, auch wenn wir meinen Vater durchaus mehr fürchteten als Gott, aber mit dem Aufbruch zum College ließ ich auch die Kirche hinter mir. Camilles katholisches Schuldbewusstsein ermutigte mich nicht gerade, in den Schoß einer Gemeinde zurückzukehren. Meine endgültige Abkehr ging dann auf das Konto meiner Mutter. Als ich ihr erzählte, wobei ich Camille geholfen hatte, verstieß sie mich. Im Gegenzug verstieß ich ihre Religion. In den zwanzig Jahren danach hatte ich nur zweimal eine Kirche betreten. Das erste Mal bei der Beerdigung meiner Mutter. Sie war an Krebs gestorben, und ich hatte sie in den drei Jahren seit unserem letzten Showdown nicht mehr gesehen. Ihre zwei Enkelinnen lernte sie nie kennen.

Das zweite Mal war vor drei Wochen gewesen, bei Keith.

Jetzt verbrachte ich die erste Nacht meines Jakobswegs in einer kleinen, dunklen, kalten französischen Kirche. Das Gute war, dass ich seit meinem Aufbruch aus Cluny keinen einzigen

Cent ausgegeben hatte. In meiner Kleidung war mir warm genug – so gerade eben. Eine Madonna mit Kind lächelte auf mich herab, und vielleicht hielt sich auch die Heilige Cäcilia irgendwo versteckt. Die harte Realität der Holzbank und einer Jacke, die keine Winterdecke war, lehrten mich die erste Lektion meines Camino. Mein Muschel-Talisman mochte mich ja bis nach Spanien bringen, aber wenn ich einigermaßen bequem reisen wollte, müsste ich besser planen.

8

MARTIN

Anstatt mich auf eine magische Jakobsmuschel zu verlassen, hatte ich meine Reise gründlich geplant, deren Start ich nun allerdings auf Dienstag verschieben musste. Ich buchte also das für die erste Nacht reservierte Zimmer im *Bed and Breakfast* eines Engländers in Tramayes um, nach neunzehn Kilometern Weg, sowie auch das Privatzimmer für die zweite Nacht in der Pilgerherberge Gros-Bois bei Ouroux. Meine Investition in den Pilgerpass würde sich also zum ersten Mal bezahlt machen.

Jim hatte meinen Mietvertrag im Austausch gegen Bier und Gesellschaft verlängert. Ich erzählte ihm die Neuigkeit von Zoe, die er gelassen hinnahm. Über mein Bild von ihr wunderte er sich jedoch.

»Ich hätte sie nicht als egoistisch oder rücksichtslos eingeschätzt. Ich denke, sie hat dem Mittagessen zugestimmt, weil sie meine Gefühle nicht verletzen wollte. Hoffentlich war ich es nicht, der sie aus der Stadt getrieben hat.«

Im Nachhinein war mein Urteil vielleicht wirklich unfair gewesen. Es war ihr gutes Recht, sich nicht an eine Verabredung gebunden zu fühlen, die ihre Freundin für sie arrangiert hatte. »Das kann ich mir nicht leisten« zu sagen ist ebenfalls kein großer Betrug, wenn man hofft, einen Rucksack dadurch billiger zu bekommen – vor allem in Frankreich, wo Geschäftsinhaber außerhalb der gesetzlich geregelten Angebotszeiten selten zu feilschen bereit sind. Und es war auch nicht ihre

Schuld, dass ich die Muschel nicht für Sarah gekauft hatte, als ich es konnte.

Meine Ausrüstung lag zur letzten Überprüfung ausgebreitet auf dem Boden.

Wanderkleidung: Wanderstiefel, drei Paar Socken; Gore-Tex-Jacke mit Kapuze; Wanderhose, wasserdichte Überhose; zwei Garnituren Thermo-Unterwäsche, Fleecejacke, vier atmungsaktive Wandershirts; wollener Multifunktionsschlauch, der gleichzeitig als Schal, Sturmhaube und Mütze dienen konnte; Handschuhe; Brille; Sonnenbrille; Uhr. Für abends eine Ersatz-Wanderhose, Schuhe, die im Notfall auch als Ersatz-Wanderstiefel herhalten konnten, sowie eine Kaschmirjacke.

Campingausrüstung: Zelt, Schlafsack, Isomatte; Mikrofaser-Handtuch; Mini-Gaskocher, Aluminiumtopf, Besteck.

Kulturbeutel und Erste-Hilfe-Set, das nur mit dem Nötigsten ausgestattet war – in jedem Dorf in Frankreich schien es eine Apotheke zu geben.

Elektronik: leichtes Notebook; Adapter; Handy, das auch als Kamera diente; Mini-Stativ; Akkus für mein GPS-Gerät; Ladegerät; Ohrhörer; Speichersticks. Ich hätte auch das GPS meines Handys verwenden können, aber Jonathan hatte mir ein Testgerät des Militärs geschickt, zusammen mit einem Scheck über zweihundert Pfund von der British Army im Tausch gegen einen Testbericht am Ende meiner Reise: »Und du willst dich sicher nicht damit abmühen, im strömenden Regen dein Handy trocken zu halten, weil du es gerade zur Orientierung brauchst.« Die Landkarten warteten immer noch auf dem USB-Stick im Outdoor-Laden.

Thermoskanne; Wasserflasche; Taschenlampe; Kompass; Schweizer Taschenmesser; der letztjährige Reiseführer für den Chemin zwischen Cluny und Le Puy – ein oranges Büchlein mit einem Verzeichnis von Unterkünften und Dienstleistungen; Reisepass; Brieftasche mit Kreditkarte, Bargeld und einem Foto von Sarah; Visitenkarten; Pilgerausweis.

Ich hatte mich entschieden, mit Stöcken zu wandern. Wenn irgendeiner meiner Körperteile angetan war, mich im Stich zu lassen, dann meine Knie. Bei einem war eine Rekonstruktion durchgeführt worden; beide durften nur mit Vorsicht belastet werden. Die Carbon-Stöcke mit Dämpfungssystem in den Griffen würden meine Kniegelenke spürbar entlasten.

Mundharmonika. In meinen Zwanzigern hatte ich mal gespielt, jetzt aber schon jahrelang nicht mehr. Vielleicht könnte ich auf dem Weg einen Teil der Ruhezeiten dazu nutzen, meine künstlerische Seite neu zu beleben.

Eine Reihe von Ersatzteilen und Werkzeugen einschließlich Luftpumpe.

»Und *das* passt alles *da* rein?«, fragte Jim und deutete erst auf meine Sachen, dann auf die drei abnehmbaren Gepäcktaschen, die am Karren befestigt wurden.

»Ich habe sogar noch Platz frei. Und die Federung kann mit achtzig Kilo belastet werden.«

»Dann pack doch noch was ein.«

»Zum Beispiel?«

»Irgendetwas, das sich auf den Fotos gut macht. Wie bei Ferienhausangeboten. Du weißt doch, wie die Häuser hier in der Gegend aussehen, manche sind ganz schön schäbig. Aber für ein paar Euro kaufst du hübsche Weingläser, eine gute Kaffeemaschine, Kunstdrucke für die Wände …«

»Brillante Idee! Ich nehme ein Gemälde mit, um die Pilgerherbergen zu pimpen …«

»Pass auf: Du nimmst ein oder zwei gute Gläser, einen Klappstuhl und eine kleine Espressomaschine für deinen Gaskocher. Dann machst du ein Foto von dir am Wegesrand, Espressotasse in der Hand, und siehst aus wie …«

»Wie ein echter Wichser.«

»Wer soll deine Karre kaufen? Leute mit schwachem Rücken. Mitläufer. Vertrau mir, ich kenne den Markt.«

»Du kennst den Markt für Leute, die auf dem Arsch sitzen und Wein und Kaffee trinken.«

»Genau die. Die lieben ihre kleinen Annehmlichkeiten. Ich würde die Karre sowieso vergessen und lieber einen Shuttle-Service einrichten, um Rucksäcke zu transportieren.«

»Den gibt es schon. Aber kein seriöser Pilger würde den in Anspruch nehmen, wenn er nicht irgendwie gehandicapt ist.«

»Oder wenn keiner hinguckt … Wie dem auch sei – ich habe dir ein Abschiedsgeschenk besorgt.«

Jim überreichte mir einen Dreierpack Kondome, und ich lachte.

»Ich bezweifle, dass mir die viel nützen werden. Um diese Zeit wandert doch wahrscheinlich sowieso keiner.« Sobald ich es gesagt hatte, wurde mir klar, dass wir beide es natürlich besser wussten.

Jim schmunzelte. »Grüß Zoe, wenn du sie siehst. Und denk über die Espressokanne nach.«

9

ZOE

Als ich in der Kirche aufwachte, konnte ich nur an Kaffee denken. Ich hätte meine komplette Kosmetiktasche gegen einen Cappuccino eingetauscht. Eine Frau, die zum Beten kam, sah mich überrascht an. Vielleicht war sie auch über mein Aussehen schockiert. Ich zuckte die Achseln. »Dieses Dorf könnte eine Herberge gebrauchen«, sagte ich.

Das Restaurant war nicht geöffnet, aber die Angestellte, die mir am Vorabend geholfen hatte, war wieder da. Sie hatte weder Soja- noch Mandelmilch – und »fair trade« verstand sie nicht –, aber ihr Espresso war heiß und stark. Zwei Euro: meine erste Investition auf dem Camino. Das extra Glas mit heißem Wasser, das ihn trinkbarer machte, war umsonst.

Ich brauchte eine Weile, um den Muschelzeichen wieder auf die Spur zu kommen. Ich aß einen von Camilles Äpfeln, was meinen Rucksack erleichterte und mich stärkte. Unterhalb meines Wegs sah ich immer mal wieder eine Handvoll Häuser in Felsnischen und kleine Weiler am Fuß der Berghänge. Einige der höher gelegenen Häuser wirkten größer, stattlicher. Eines, das zwischen den Bäumen kaum zu erkennen war, mochte vielleicht sogar ein Schloss sein.

Nach drei Stunden führten mich die Muscheln an einer Kirche vorbei auf die Hauptstraße von Tramayes, wo jede Menge Leute in beiderlei Richtungen durch die Türen eines Supermarktes strömten. Alle anderen Geschäfte waren geschlossen.

Ich folgte den Schildern zu den öffentlichen Toiletten, die ebenfalls geschlossen waren. Ebenso das Touristenbüro.

Ich nahm den Rucksack ab und studierte die Aushänge im Fenster. Es bedurfte nicht viel Französisch, um die Preise zu erkennen, die bei fünfundzwanzig Euro begannen, mit Ausnahme einer kostenlosen Pilger-Unterkunft. Kleine Küche, Toilette, heißes Wasser, Dusche. Moment mal, das hieß *kein* heißes Wasser, *keine* Dusche. Ich hatte seit Camille nicht mehr geduscht. Ich hätte heulen mögen.

Ein etwas älteres Pärchen blieb stehen.

»*Puis-je vous aider?*«, fragte der Mann – adrett, sportlich, mit krausen grauen Haaren. Kann ich Ihnen helfen?

»*Je ne parle français très bien.*«

»*Je ne parle* pas *français très bien*«, sagte er und lächelte. »Das sollten Sie lernen.«

»Amerikanerin?«, fragte die schlanke blonde Frau in Designer-Jeans.

Sie stellten sich als Richard und Nicole vor, Australier. Sie besaßen ein Ferienhaus am Ort.

»Sie gehen den Camino!«, sagte Nicole.

»Ich versuche es.«

»Ich fürchte, das hier ist typisch französisch«, sagte Richard. »In dieser Gegend ist montags alles geschlossen. Woanders ist es dann immer an dem Tag, an dem man gerade ankommt … wie wir festgestellt haben.«

»Sind Sie auch den Camino gegangen?«

»Letztes Jahr. Von hier aus. Knapp zweitausend Kilometer. Zweiundachtzig Tage. Hat unser Leben verändert.«

Wenn die zwei bis nach Santiago wandern konnten, dann würde ich es ja wohl bis zur spanischen Grenze schaffen.

»Was suchen Sie denn?«, fragte Nicole.

»Auf dem Camino oder jetzt gerade? Eine Unterkunft. Eine Landkarte. Eigentlich alles. Ich bin etwas unvorbereitet.«

»Wir haben die Karten aus den Reiseführern genommen. Aber die haben wir weggeschmissen, als wir damit durch waren.«

Richard und Nicole sahen einander an.

»Sie können gern bei uns bleiben«, sagte Richard. »Der nächste Ort ist Ouroux – neunzehn Kilometer.«

»Zur Herberge einundzwanzig, weißt du noch?«, sagte Nicole.

»Egal. Sie wären jedenfalls verrückt, das heute noch zu wandern.«

Nehmen Sie, was Ihnen angeboten wird, hatte Monsieur Chevalier gesagt.

Wir spazierten zu einem renovierten Bauernhaus aus Naturstein am Stadtrand. Als Nicole erfuhr, dass ich die Nacht in einer Kirche verbracht hatte, war sie entsetzt, und zehn Minuten später lag ich in der Badewanne.

Beim Mittagessen mit selbstgemachter Kartoffel-Lauch-Suppe und Geschichten über den Camino erfuhr ich, dass Richard Unternehmensberater war – und eine eigene Firma für Finanzprodukte hatte. Es fiel mir schwer, nicht entsetzt zusammenzuzucken. Das tat ich dann wohl aber doch, als Nicole erzählte, sie arbeite für Australiens größtes Bergbau-Unternehmen – als Anwältin.

Vielleicht interpretierte sie meine Reaktion falsch. »Es ist sicher ein bisschen unheimlich, das ganz allein zu machen.«

»Bislang geht es mir gut. Ich nehme jeden Tag, wie er kommt.« Leicht zu sagen an Tag zwei. Nach einem ausgiebigen Bad.

»Ungefähr alle zehn Kilometer ist ein Ort«, sagte Nicole. »Oft sogar nach weniger.«

Richard lächelte. »Mal fünf, durch acht.«

»Etwa sechs Meilen«, sagte ich.

»Genau. Oder du fängst an, in Kilometern zu denken. Ist kein schlechtes System.«

Ich half beim Abräumen, dann fand ich etwas Druckerpapier und verzog mich mit den Blättern und meinen Stiften in den Garten. Ich skizzierte das Haus, konnte aber nicht widerstehen, meine Gastgeber davorzusetzen. Keith und die Mädchen hatten meine Cartoons immer genial gefunden, aber sie waren ja auch meine Familie. Meine Nicole sah glamourös aus, mit einem Touch Joan Collins. Richard war eher Al Pacino.

Ich hätte mir keine Sorgen machen müssen. »Das sieht ja *so* nach Richard aus«, sagte Nicole.

»Und *so* wie du«, sagte Richard. Er sah mich an. »Hast du was dagegen, wenn ich das auf unsere Webseite setze?«

»Überhaupt nicht.«

»Du könntest nicht zufällig auch was für unsere Weihnachtskarten zeichnen?«

Nicole nahm mich mit nach oben, weil sie nachsehen wollte, ob irgendwas von ihren Sachen noch zu gebrauchen wäre. Sie ließ sich nicht davon abbringen – wie lebensverändernd ihre Erfahrung auch gewesen war, Nicole hatte sie hinter sich. Aber sie wollte, dass ihre Ausrüstung noch gut genutzt würde. Oder sie einfach nur loswerden, damit sie sie nicht wieder einsetzen könnten.

»Der Trick ist«, erklärte sie, »leicht zu packen. Ich habe sechs Kilo getragen und Richard zehn, inklusive Laptop.«

»Er hat seinen Computer mitgekommen?«

»Erste Lektion des Camino: Jeder geht ihn auf seine eigene Weise.«

Nicole zog eine weiße Skijacke hervor.

»Die gehört unserer Tochter, und sie wird sie nie wieder anziehen. Keine Sorge, das Zeug um die Kapuze ist kein echtes Fell. Aber sie ist nicht wasserdicht.«

»Ich kann doch nicht …« Aber da hielt ich sie schon in der Hand. Danach die kaum benutzten Wanderschuhe ihrer Tochter – passten perfekt –, Thermo-Unterhose, Wanderhose und eine leichte Regenhose zum Drüberziehen. *Nicht in Jeans wandern!* Das war Lektion Nummer …? Sie warf noch einen fast gewichtslosen Seidenschlafsack dazu, ein Handtuch, das sie auf die Größe eines Handys zusammenfaltete, und ein Päckchen spezielle Blasenpflaster. Plus eine kleine Thermoskanne.

Daraufhin leerte Nicole meinen Kulturbeutel, legte Zahnbürste, Zahncreme und Tampons zur Seite und deutete auf den Rest. »Eine von den überflüssigen Sachen da darfst du noch mitnehmen.«

Ich dachte an meine Gedanken heute Morgen … aber seit wann war ein Deo überflüssig?

»Das meine ich nicht hypothetisch«, erklärte Nicole mit anwaltlicher Strenge.

Ich nahm den Deo-Stift. »Was ist mit Vitaminen? Ich hatte mir überlegt, auf dem Jakobsweg vegan zu werden.«

»Deine Entscheidung.«

»Ich brauche aber meinen Skizzenblock und die Stifte«, sagte ich und legte sie auf den Haufen.

Nicole nahm den Deo-Stift wieder weg. »Es ist Winter«, sagte sie. »Wenn es wärmer wird, wirst du Sonnencreme brauchen.«

Beim Verlassen des Zimmers fühlte ich mich generalüberholt. Zum dritten Mal in dieser Woche ließ ich etwas zurück.

Ich legte Camilles Telefonnummer in das Plastiktäschchen, das Nicole mir gegeben hatte, zusammen mit meinem Reisepass und dem *credencial*. Für den Fall, dass ich aufgrund des Vitaminmangels tot umfiele.

Als sie meinen neugepackten Rucksack, allerdings ohne Essen, Wasser und Kaffee, auf die Waage stellten, wog er etwas über sechs Kilo. Dreizehn amerikanische Pfund: ein Viertel des Gepäcks, das ich in LAX eingecheckt hatte.

Dann musste ich fragen. »Ihr seid aus Sydney, oder?«

»Ich ja, Richard ist aus Adelaide«, antwortete Nicole.

»Liegt Sydney weit von Perth entfernt?«

57

»Etwa so weit wie New York von L. A. Wieso?«

»Ich kannte mal einen Australier aus Perth. Vor vielen Jahren. Shane Willis.« Es hätte ja sein können.

Sie schüttelte den Kopf und lächelte ein wenig ironisch.

Am nächsten Morgen ging Richard mit mir ins Dorf und spendierte einen Kaffee. Er bot an, für die Weihnachtskartenzeichnungen zu bezahlen, bestand aber auch nicht darauf, als ich ablehnte.

»Danke für alles«, sagte ich. »Ich hätte nie erwartet …«

»Trickle-down-Effekt des Reichtums. Siehst du, er funktioniert wirklich.« Er behielt eine Weile sein Pokerface, dann lachte er los. »Bleib offen für alles. Nimm es, wie es kommt. Der Camino geht *dich*.«

Ich hatte die körperliche Herausforderung bedacht. Mir war klar gewesen, dass ich allein sein und über vieles würde nachdenken müssen. Aber dass, nachdem ich von einer Firmenanwältin und einem Unternehmensberater großzügig beschenkt und als liberale Vegetarierin respektiert worden war, meine Weltsicht ins Wanken geraten könnte, wäre mir nie in den Sinn gekommen.

10

MARTIN

Am Dienstagmorgen bugsierte ich den Karren aus meiner leeren Wohnung die Treppe hinunter, befestigte die seitlichen Haltestangen am Hüftgurt, frühstückte im *Café du Centre* und marschierte zum Outdoor-Laden. Der Inhaber zog mein Päckchen unter der Theke hervor – von genau dort, wo ich gesucht hatte, bevor Zoe auf mein Vorhaben aufmerksam zu machen drohte. Anschließend wanderte ich – arbeitslos, ungebunden, schuldenfrei, mit meinem ganzen Hab und Gut im Schlepptau – über die Hauptstraße von Cluny stadtauswärts Richtung Santiago de Compostela.

Der erste Kilometer meiner Reise verlief auf befestigter Straße, für den Karren also kein Problem. Ich hatte die Landkarten noch nicht auf das GPS-Gerät geladen und musste mich folglich auf die Hinweisschilder verlassen – stilisierte Jakobsmuscheln, deren strahlenförmige Linien sich in Wegesrichtung bündelten.

Während ich auf der linken Straßenseite entlangmarschierte, den entgegenkommenden Verkehr im Blick, merkte ich schnell, dass ich ein Kuriosum war. Autofahrer verlangsamten, um genauer hinzusehen, und einige riefen *Bon Chemin* oder *Bon courage*. Ein Mann in etwa meinem Alter hielt an.

»Gehen Sie den Chemin?«

»Ja.«

»Bis zur Grenze?«

»Santiago.«

»*Fantastique*. Wo haben Sie das Ding gekauft?«

»Selbst gebaut.«

»Also ein französisches Design.« Er stieg aus und begutachtete meinen Wagen. Ein weiteres *Fantastique*. Wäre er Hersteller von Wanderausrüstung gewesen, hätte meine Reise hier vielleicht schon geendet.

Als mich die nächste Muschel auf einen Bergwanderweg dirigierte, der Morgennebel sich lichtete und einen kalten, klaren Tag ankündigte, bekam ich ein Gefühl von Selbstgenügsamkeit und Einfachheit, die meinem Leben lange Zeit gefehlt hatten. Mit solider Ausrüstung zu wandern verschafft ein hohes Maß an Zufriedenheit. Ich trug ein Thermo-Unterhemd, ein Wandershirt mit Knöpfen, Fleece und Jacke, eine Cargo-Wanderhose, Skimütze, Handschuhe und Sonnenbrille. Es war nur wenige Grad über null, aber windstill.

Ich ging den Camino aus finanziellen Gründen, wobei es unaufrichtig wäre vorzugeben, dass mich nicht auch die persönliche Herausforderung reizte. Tausendneunhundert Kilometer zu Fuß mit einem Gepäckwagen wären eine beachtliche körperliche Leistung. Von größeren psychischen Auswirkungen war ich nicht ausgegangen und hatte Monsieur Chevaliers Vorhersage, der Weg werde mich ändern, innerlich verworfen. Aber schon auf dem ersten Kilometer tat er es. Ich fühlte mich gut: unabhängig und frei.

Meine persönliche Situation war weit von dem typischen Mittelklasse-Portfolio mit Haus, Auto und Sparguthaben entfernt, mit dem ich einst ausgestattet gewesen war. Aber immerhin war sie ein Fortschritt gegenüber meiner Situation vor sechs Monaten, in der ich exakt null besaß, ein bisschen zu viel Speck auf den Hüften hatte und, im Nachhinein betrachtet, als emotionales Wrack herumlief. Ich fragte mich, wie andere zurechtgekommen wären, hätten sie mit zweiundfünfzig ohne Job und ohne Geld dagestanden. Jonathan, zum Beispiel.

Wir hatten damals im Wohnzimmer seiner Altbau-Residenz gesessen, in der ich vorübergehend Zuflucht genommen hatte, und einen achtzehn Jahre alten Macallan getrunken – sein Versuch, ein angemessenes Getränk für den besonderen Moment zu finden, der gewürdigt, wenn auch nicht gefeiert werden musste. Er hob sein Glas und gab sein Bestes.

»Zumindest hat sie dich nicht abgezockt.«

»Nicht, dass sie es nicht versucht hätte.«

»Komm schon, Martin.«

Die Dokumente lagen in meiner Tasche, frisch vom letzten Anwaltsbesuch. Ich hatte ausreichend Geld auf dem Konto und eine Abfindung für das Haus samt seiner Einrichtung erhalten, müsste allerdings meine Arbeit aufgeben, weil Julia sich ausgerechnet meinen Chef als Geliebten genommen hatte.

»Wenn sie gekonnt hätte, hätte sie alles genommen«, sagte ich.

»Ich verstehe ja, wie du dich fühlen musst. Aber das stimmt nicht. Ich kenne Julia.«

»Wusstest du, dass sie Rupert vögelt?«

»Menschen machen Fehler. Julia hat … Die meisten wollen doch, dass der andere sein Leben einfach weiterlebt.« Jonathan hielt inne. »Oder ihnen vergibt, Martin.«

»Dafür ist es ein bisschen spät.«

»Willst du etwa Rache?«

»Ich finde, es ist mein gutes Recht, ein klein wenig sauer zu sein.«

»Ich sage ja nur, dass sie nicht zu den Leuten gehört, die den anderen bis auf die Unterhose ausziehen.«

»Meine Güte, Jon! Du hast keine Ahnung, wie sie ist. Ich dachte, *ich* würde sie kennen …«

»Allmählich kommt mir der Verdacht, ich kenne sie besser als du.«

Es gäbe eine Möglichkeit, seine rosarote Brille zu zerstören.

Ich nahm mein Scheckbuch und stellte Julia einen Scheck auf mein gesamtes Bankguthaben aus.

»Fünfzig Pfund, dass sie den einlöst.«

»Sei nicht albern.«

»Du hast gesagt, sie würde es nicht nehmen.«

»Das wird sie auch nicht, aber trotzdem musst du das Schicksal nicht herausfordern.«

Die Idee war mir spontan gekommen, aber sie schien mir nun genau die richtige Maßnahme. Mein gesamter Nettowert befand sich auf diesen kleinen Stück Papier, das ich zusammenknüllen und in geballter Faust hätte halten können.

»Ich fordere nicht das Schicksal heraus. Ich fordere *sie* heraus. Wenn sie der Versuchung nachgibt und den Scheck einlöst, weiß ich, dass ich recht hatte. Fünfzig Pfund und kein Wort mehr von deinem bescheuerten ›Schuld haben immer beide‹.«

»Nein.«

»Ich schicke ihn sowieso los. Versprochen. Also: fünfzig Pfund oder nicht?«

»Mach fünfhundert draus. Julia ist fair.«

Julia war nicht fair. Aber Jonathan. Er bestand darauf, mir die fünfhundert Pfund zu zahlen, die meine Reise nach Frankreich finanzierten.

Mein wohliges Gefühl trug mich den halben Anstieg hinauf. Ich hielt an, um die Mütze abzunehmen, und sah beim Blick nach unten, dass ich schon beeindruckend hoch über dem Weideland stand. Um zwei Uhr nachmittags, etwa fünf Kilometer vor Tramayes, machte ich eine Pause und trank den restlichen Kaffee aus meiner Thermoskanne. Bei der Gelegenheit überprüfte ich auch die Radaufhängung. Ich hatte die Mutter ohne Splint fixiert, weil ich wollte, dass so viele Teile wie möglich in Fahrradgeschäften erhältlich wären, die es in Europa fast überall gab.

Ich fühlte mich frisch, und mein GPS sagte mir auch ohne Landkarte, dass ich vier Kilometer pro Stunde lief. Wenn ich in diesem Tempo weitermachte, könnte ich etwa um acht Uhr abends Gros-Bois erreichen. Es wäre eine lange Strecke, aber ich würde einen meiner verlorenen Tage wiedergutmachen und könnte gleich einen tollen Start dokumentieren.

Ich rief im *Bed and Breakfast* in Tramayes an und stornierte meine Buchung. Die erneute Umbuchung in Gros-Bois sparte ich mir. Ich hatte das Zimmer ursprünglich ja für Montag reserviert gehabt und dann auf Mittwoch umgebucht – heute war Dienstag. Die Details könnten wir sicher bei meiner Ankunft klären.

In Tramayes gab es das übliche Kleinstadt-Arrangement aus Friseur, Blumenhändler, *Boulangerie*, *Boucherie* und Kneipe. Außerdem ein Hotel-Restaurant mit einigen Mittagsgästen, und ich entschied, dass ich mir einen richtigen Kaffee verdient hätte. Die Inhaberin holte ihren Mann, der in Kochmütze und -schürze meinen Karren begutachtete.

»Sehen Sie um diese Jahreszeit viele Wanderer?«, wollte ich wissen. Er hatte immerhin einen Ausblick aus erster Reihe auf den Chemin.

»Sie sind heute der zweite. Vielleicht sogar der zweite im ganzen Jahr. Die meisten kommen im Frühling oder Sommer. Wo wollen Sie übernachten?«

»In Gros-Bois.«

Er schüttelte den Kopf. »Das ist weit. Besser, Sie bleiben hier.«

Ich war versucht. Meine Beine fühlten sich steif an, und ich hätte gern für heute Schluss gemacht. Was mich am Ende weitertrieb, war der Wunsch, den Gastgeber des *Bed & Breakfast* nicht noch einmal zu nerven. Und am selben Ort eine andere Unterkunft zu nehmen, hätte ich als armselig empfunden.

11

ZOE

Als Keith starb, las ich gerade Camilles Brief, auf parfümiertem Papier, die Handschrift das Ergebnis jahrelangen Drills durch französische Nonnen.

»Zoe?« Die Stimme am Telefon klang fremd.

»Jennifer, bist du das? Bist du erkältet?«, fragte ich die junge Frau, die im Geschäft meines Mannes arbeitete.

Keith war genauso alt gewesen wie ich. Bei der Beerdigung war mir unbegreiflich, warum das Universum mir das angetan hatte. In verständnisloses Schweigen gehüllt, saß ich zwischen meinen Töchtern in der ersten Bank, Keith' Mutter auf Laurens anderer Seite. Eigene Kinder hatte Keith nicht gehabt.

»Mach dir erst mal keine Gedanken«, hatte Lauren gesagt. »Du kannst bei uns bleiben, und wir halten dich die ganze Zeit beschäftigt.«

Tessa hatte mich nur fest umarmt.

Ich ging davon aus, dass ich in den kommenden Wochen und Monaten alles verstehen würde. Ich würde Keith' Sachen zusammenpacken, unsere Fotoalben durchblättern und nachts in Kissen weinen, die noch nach ihm rochen.

Aber so geschah es nicht. Albie, unser Buchhalter und alter Freund von Keith, stattete mir am Tag nach der Beerdigung einen Besuch ab.

»Was meinst du mit: kein Geld?«, fragte ich.

Keith hatte ein Schuhgeschäft geführt. Es war nicht groß ge-

64

wesen, hatte aber genug abgeworfen, um unsere Rechnungen und die Studiengebühren der Mädchen zu bezahlen.

»Euer gemeinsames Konto ist erst mal eingefroren«, sagte Albie und mied meinen Blick. »Er hatte schon eine Weile Probleme. Er hat eine Hypothek aufs Haus aufgenommen, um Geld zu beschaffen. Du hast mit unterschrieben.«

»Aber ich …«

»Er wollte dich nicht beunruhigen.«

»Haben wir Schulden?«

»Nach bester Einschätzung könnt ihr die gerade so begleichen. Nachdem ihr verkauft habt. Aber ich kann nichts versprechen.«

Ich ging durch das Haus und fing an, mich von allem zu verabschieden. Um der Erinnerungen willen, unserer darin geteilten Vergangenheit, würde ich es vermissen. Und ich dachte an das Timing von Camilles Brief … welche Botschaft ich darin wohl lesen sollte.

Ich brauchte eine Woche, um Keith' Angestellten zu beichten, dass sie arbeitslos waren, und um alles Zeug loszuwerden, das ich nicht mehr benötigte. Dann eine weitere Woche, um meine unmittelbare Zukunft zu organisieren. Ich prüfte mein privates Konto, auf das meine Einnahmen aus dem Wellness-Center gingen sowie aus gelegentlichen Massagen und noch selteneren Verkäufen eines Aquarells. Mit dem besten Angebot, das mein Reisebüro mir machen konnte, blieben mir noch zweitausend Dollar übrig.

Als ich Lauren anrief, um ihr von meiner bevorstehenden Reise nach Frankreich zu erzählen, war sie sprachlos – vielleicht zum ersten Mal in ihrem Leben.

»Albie verkauft das Haus. Du hast noch einen Schlüssel«, sagte ich.

»Mom, mal ehrlich – geht's noch?«

»Genau das ist es, was ich im Moment brauche.«

65

»Du brauchst deine Familie – uns!« Sie redete weiter, aber meine Gedanken schweiften ab. Sie war Event-Managerin – eigentlich *Alles*-Managerin. Zu gern hätte sie Kinder gehabt. Ich wollte keins davon sein.

»Lauren«, sagte ich. »Das ist eine schwierige Zeit für uns alle. Aber ich brauche Luft. Camille ist eine alte Freundin.«

Über das Jahr mit Camille auf dem College und die Sache mit meiner Mutter hatte ich meinen Kindern kaum etwas erzählt. Es bedurfte schon all meiner Kraft, nicht über ihren Vater Manny herzuziehen.

Wenn Lauren wüsste, dass ich den Camino gehe, würde sie mich mit Sicherheit für verrückt erklären.

An meinem dritten Tag wanderte ich so weit, wie an den zwei vorigen Tagen zusammen, aber das Wetter war mild und die Strecke gut zu bewältigen. Ich spürte den Unterschied mit dem leichteren Rucksack, trotzdem wäre ich nicht in der Lage, fünfundzwanzig Kilometer am Tag zu laufen.

L. A. ist keine Stadt für Fußgänger. Man fährt mit dem Auto zum Milchholen, selbst wenn das Geschäft um die Ecke liegt. Nach dem letzten Stück bergan zur Pilgerherberge Gros-Bois war ich fix und fertig.

Es dämmerte bereits, und für einen Moment vergaß ich meine Müdigkeit und bestaunte vom Tor aus das Schloss. Es war klein und farblos, aber ich hatte das Gefühl, ich wäre ein paar Jahrhunderte in der Zeit zurückgereist.

Von der gegenüberliegenden Seite des Innenhofs erklangen Rufe. Drei Teenager räumten Taschen aus einem Minibus. Hatte die Frau im Informationsbüro nicht gesagt, um diese Zeit sei sonst niemand unterwegs?

Das Schlosstor war angelehnt, und ich schob es nach dem Eintreten zu, damit die Wärme nicht nach außen drang. Ein Mann im mittleren Alter und mit dünnem hellem Haar stieß fast mit mir zusammen, als er hinter einem Vorhang hervortrat.

Ich schaffte es, ihm zu vermitteln, dass ich ein Bett im Schlafsaal wollte.

»*Ce soir, non, le dortoir n'est pas possible*«, sagte er langsam, schüttelte den Kopf und deutete auf das Gebäude, in das die jungen Leute ihre Sachen trugen. »*Mais j'ai une seule chambre.*« Er hob einen Finger und deutete nach oben. »*A cause d'une annulation.*« Er pantomimte einen Telefonanruf und machte eine schnelle waagrechte Handbewegung mit zusammengelegten Daumen und Zeigefinger.

Schlafsaal nicht verfügbar. Ein Zimmer frei. Reservierung gestrichen. Ich würde nehmen, was mir angeboten wurde.

Zwar hatte ich etwas Billigeres erhofft, aber während ich mich nach dem anstrengenden Wandertag und voller Vorfreude auf das dazugehörige Drei-Gänge-Menü in der Badewanne ausstreckte, fand meine Hand den Muscheltalisman um meinen Hals, und ich hatte das sichere Gefühl, dass das Universum für mich sorgte.

12

MARTIN

Als ich mich in Tramayes wieder vor meinen Karren schnallte, hörte ich eine Frau mit englischem Akzent *bon chemin* rufen. Im ersten Moment dachte ich, es wäre Zoe, bis mir einfiel, dass sie ja mittlerweile ein gutes Stück vor mir sein musste. Ich drehte mich um und sah ein Pärchen. Die Frau war blond, trug Jeans, Stiefel und einen langen roten Mantel. Ich winkte ihnen zu.

In den nächsten drei Stunden versuchte ich, Tempo zu machen, um so wenig wie möglich im Dunkeln laufen zu müssen. Die Wirkung des Koffeins ließ nach, und ich nahm regelmäßig das GPS-Gerät heraus, um die Entfernung zu überprüfen.

Zur Vorbereitung hatte ich ein paar längere Trainingsmärsche absolviert, bis zwanzig Kilometer, aber jetzt musste ich siebenunddreißig bewältigen. Nach einigen kleineren Nebenstraßen kam ein steiler, matschiger Anstieg, der gnädigerweise kurz war, mich aber ziemlich fertigmachte. Dann ging es durch Wälder und Ackerland, über hügelige Feldwege und gelegentliche Abschnitte auf befestigter Straße. Schöne Landschaft, aber ich war auf mein Vorwärtskommen fokussiert. Die Kneipe in Saint-Jacques-des-Arrêts ließ ich links liegen, ebenso die Kirche mit ihren Fresken, für die der Reiseführer ein »Nicht verpassen« empfahl.

Es blieb bis etwa neunzehn Uhr hell, dann musste ich mir meine Stirnlampe umschnallen. Ich ging langsam, um nicht zu fallen oder mich zu verlaufen.

An der Dorfgrenze zu Ouroux zeigte das GPS siebenunddreißig Kilometer an. Ein Läufer weiß, dass die letzten hundert Meter, mit dem Ende in Sichtweite, oft die schwersten sind. Und als ich den Karren die Treppe zur Kirche hinaufzog, spürte ich prompt, wie er hinter mir zusammenbrach. Ich schnallte mich los und sah, dass das Rad weit über den Federungswinkel hinaus abgeknickt war. Am ersten Tag schon ging mein Transportwagen in die Binsen. Auf den letzten hundert Metern.

Ich war zu erschöpft, um etwas anderes als spontane Verzweiflung zu empfinden. Das Rad an Ort und Stelle reparieren zu wollen hätte keinen Sinn. Ich setzte mir die Konstruktion mittels der Trageriemen auf die Schultern, auch wenn es das Letzte war, was ich am Ende dieses langen Marsches gebrauchen konnte: sechzehn ungünstig verteilte Kilo auf dem Rücken zu schleppen! Ich erklomm die Stufen und erreichte die Straße.

Dann sah ich das Schild – *Gros-Bois*. Aber erst als ich schon fast darunterstand, erhellte der Lichtkegel meiner Stirnlampe die Zahl darunter: 2, daneben ein Pfeil, der eine Anhöhe hinaufzeigte. Ich setzte den Karren ab, dehnte und streckte mich und trank mein letztes Wasser. Ich dachte an den Marathon. Die zehn Kilometer mit geschwollenem Knie hatten mich mit Sicherheit mehr Kraft gekostet, als jetzt vonnöten wäre.

Ich erinnerte mich, dass die Privatzimmer in dem *gîte* ein Bad hatten. Außerdem war ein Abendessen inklusive. Ich holte das Handy, um mich anzukündigen. Kein Empfang. In Frankreich gibt es jede Menge Funklöcher, zum Teil, weil die Anwohner gegen Funkmasten sind. Aber dann entdeckte ich, dass irgendwann vorher eine Textnachricht durchgekommen war.

Viel Glück, Dad. Liebe Grüße, Sarah.

Mein Problem war nicht mangelndes Glück sondern mangelhafte Selbsteinschätzung. Wäre die etwas besser gewesen, würde ich jetzt mit dem Gastgeber des *Bed and Breakfast* in

69

Tramayes vor dem warmen Kamin sitzen und ein Glas Wein trinken.

Das letzte Stück auf dem schmalen, ansteigenden Waldweg hielt ich mich an der Vorstellung eines heißen Bades und einer warmen Mahlzeit fest. Als ich vollkommen ausgelaugt das Schloss erreichte, war es halb zehn. In dem großen Innenhof parkten ein Bus und zwei Autos.

Ich setzte den Karren ab, klopfte laut an die Tür des Hauptgebäudes, und nach einer Weile öffnete mir ein kleiner, etwa fünfundvierzigjähriger Mann, der anscheinend ein wenig alkoholisiert war.

Er runzelte die Stirn, schüttelte den Kopf und sagte: »*Désolé – complet.*«

Belegt. Wie, zum Teufel, konnte alles belegt sein? Was war mit dem Schlafsaal?

Nun, es war eine Schulklasse zu Gast. Ja, er erinnere sich an meine Reservierung, aber auch an meine *annulation* – Stornierung. Und *malheureusement* sei das Zimmer jetzt anderweitig vergeben. Die Schulklasse belege den gesamten Schlafsaal. Ich könne fragen, ob ich mich dazugesellen dürfe, aber das müssten *sie* entscheiden.

Ich ging in das andere Gebäude und zog die schwere Tür auf. Eine Horde Kinder veranstaltete irgendeine Art von Hindernisrennen.

Ich kehrte zu meinem Wanderkarren zurück. Es war kalt, und ich schätze, ich hätte hingehen und nach einem Schlafplatz auf dem Schlossfußboden fragen können, aber ich fühlte mich nicht mehr imstande zu verhandeln.

Während ich das Zelt aufbaute, hörte ich Schritte, und im Lichtschein meiner Stirnlampe erkannte ich Zoe erst nach einigen Sekunden. Sie trug eine weiße Flauschjacke, die selbst in St. Moritz extravagant gewirkt hätte. Es war schwer, sich etwas Unpassenderes – nein, Unwirklicheres – auf dem Camino vor-

70

zustellen. Und dann noch der antike Muschelanhänger! Privatzimmer mit Bad? Aber natürlich, *Madame* ...

»*Bonjour*«, sagte sie. »*Voulez-vous manger?*«

Sie streckte mir eine braune Papiertüte entgegen. Ich nahm sie an und schaffte ein brummiges *Merci*, bevor ich mich wieder meinem Zelt widmete. Ich hatte keinen Hunger, aber irgendwann würde ich etwas essen müssen. Nachdem sie weg war, fiel mir ein, dass ich automatisch auf Französisch geantwortet hatte und sie denken musste, ich spräche kein Englisch. Es wäre einfacher, sie in dem Glauben zu belassen.

13

ZOE

Der Wald hinter Gros-Bois roch nach feuchten Tannennadeln. Weiße Nebelarme waberten um dunkle Baumstämme, und die Stille wurde nur durch vereinzelt fallende Wassertropfen oder den Schrei eines Vogels durchbrochen. Es war kalt, und wenn der Wind auffrischte, gab es Augenblicke, die mich an meine Kindheit in Minnesota erinnerten – wenn ich in Baumwollstrümpfen und einem von meinen Brüdern »geerbten« übergroßen Mantel zum Schulbus ging. Doch mit der Thermohose und der lächerlich schicken Skijacke war mir angenehm warm. Ein Schild zeigte an, dass ich mich in 915 Meter Höhe befand – auf dreitausend Fuß. Der Jäger – der offenbar auch ein Pilger war – musste noch verrückter sein als ich, dass er bei diesem Wetter im Zelt übernachtet hatte. Vielleicht wollte er in irgendeiner Weise Buße tun. Für Ladendiebstahl, haha.

Ich wanderte stundenlang allein durch den Nebel, folgte den Jakobsmuscheln und fragte mich allmählich, ob ich je wieder eine Ortschaft sehen würde. Ich versuchte, mich an einige der Inspirationszitate zu erinnern, die beim Yoga jede Woche am Schwarzen Brett hingen, und landete bei Ralph Waldo Emerson: *Die Natur trägt stets die Farben des Geistes.* Er gewann so gerade eben vor Alice im Wunderland, die erfuhr, dass es egal sei, welche Abzweigung man nehme, wenn man ohnehin nicht wisse, wohin man geht.

Gerade als mich die Einsamkeit zu überwältigen drohte, hörte ich eine Stimme. Jemand sang in Sopranlage eine Arie aus *Carmen* – den Titel hatte ich gerade nicht parat. In der Stille des Waldes klang es unwirklich, fast mystisch. Nach etwa einer Minute tauchte die Sängerin aus dem Nebel auf: ein Mädchen, viel zu schmächtig für ihre Stimme, die zwei große Englische Doggen spazieren führte.

Die Hunde bemerkten mich als Erste und zogen an den Leinen. Das Mädchen verstummte und bedeutete mir, die Tiere nicht anzufassen. Als ob ich das gewollt hätte! Ich blieb stehen und lächelte, als sie an mir vorbeiging und kurz darauf ihre Arie wiederaufnahm. Erst als ich sie nicht mehr hören konnte, trank ich ein bisschen von dem Kaffee, den Monsieur *Annihilation* in meine Thermoskanne gefüllt hatte, und ging weiter.

Der Nebel lichtete sich, durch die Schönheit der umgebenden Landschaft wurde mir bewusst, wie gesegnet ich war – trotz allem: der Weg selbst, sein weicher, rotbrauner Belag; hin und wieder ein Sonnenstrahl, der durch die Bäume auf die gefrorenen Tannennadeln fiel, an deren Enden Tautropfen hingen; die gelegentliche Aussicht auf sanfte Hügel, an die sich Wälder und dazwischen vereinzelte Häuser und kleine Dörfer schmiegten.

In Propières machte ich halt. Im ganzen Dorf schien es nur einen Ort zum Einkehren zu geben: ein kleines Hotel. Mir tat nichts weh, ich war nur müde, auch wenn ich mit Sicherheit nicht einmal vier Meilen pro Stunde lief. Trotzdem spürte ich deutliche Erleichterung, als ich in der Bar meinen Rucksack absetzte – einer Sportbar voller Männer. Einer nach dem anderen stellte die Unterhaltung ein, bis mich alle anstarrten. Die Feindseligkeit war unverkennbar. Zwei große Typen erhoben sich von ihren Barhockern. *Okay …*

Ich verschränkte die Arme, starrte zurück und versuchte, selbstbewusster zu wirken, als ich mich fühlte.

»*Je suis* … ich suche … *je cherche une chambre.*« Mein Französisch kam langsam zurück.

»*Americaine?*«, fragte einer.

»*Oui.*«

Auf einmal lächelten sie, aber nicht nur über meinen Akzent. Ihre Körpersprache und das Kopfschütteln verrieten: *Sie kapiert's nicht.* Nämlich: *Sie findet es okay, als Frau in eine Sportbar zu gehen.*

Scheiß drauf. Frankreich war ein westliches Land. Ein *freies* Land.

Ich wollte mich nicht einschüchtern lassen. Ich sagte, in den USA könne eine Frau problemlos in eine Bar gehen, ohne angefeindet zu werden, und wenn dieses ihr Verhalten ihr Land repräsentiere, dann habe Frankreich wohl noch etwas nachzuholen. Oder zumindest sagte ich das, soweit es mein Französisch mir erlaubte.

»Amerika *bon*«, sagte ich und reckte beide Daumen in die Höhe. »Frankreich *non bon.*« Daumen runter.

Ihre Antwort war schallendes Gelächter.

»*USA is shit*«, sagte einer, und die anderen zeigten deutlich, dass sie das auch fanden. Nicht nur *shit*, sondern zum Kaputtlachen.

Bevor ich die Chance hatte, meine innere Patriotin nach außen zu kehren, kam eine Frau aus dem Hinterzimmer und schnappte mich und meinen Rucksack. Sie deutete auf die Abbildung der Fußballspieler. Es ging nicht um Sexismus, sondern um die fußballerische Gesinnung. Ich war das Äquivalent zu einem Yankees-Fan, der eine Mets-Bar betritt, und der »Scheiße«-Kommentar bezog sich wohl eher auf unsere Nationalmannschaft. Damit kam ich zurecht. Ich nahm mir vor herauszufinden, welche Mannschaft mein Rucksack unterstützte. Und weiter an meinem Französisch zu arbeiten, damit ich nicht gar so dumm klang.

Das Hotel hatte ein Pilger-Angebot, aber mein Zimmer plus Abendessen kosteten sechzig Euro, selbst nach dem Rabatt dafür, dass ich kein *canard* – Entenfleisch – wollte, sondern nur Gemüse.

Die Suppe war wunderbar, aber seit wann waren Nudeln Gemüse? Ich tröstete mich mit Käse. Wie lange könnte hier ein Veganer überleben?

Am nächsten Tag regnete es. Als ich die ersten Tropfen spürte, suchte ich Unterschlupf in einer kleinen Kapelle. Binnen weniger Minuten goss es in Strömen, und etwa eine halbe Stunde später kam der Ladendieb vorbei und zog einen Karren hinter sich her. Meine Überraschung, ihn eisern durch den Regen stapfen zu sehen, wurde nur noch von der Erkenntnis übertroffen, dass er es war, den ich an meinem ersten Tag in Cluny gesehen hatte. Ich rief *bonjour*, doch er marschierte weiter. Dass ich ihm in Gros-Bois etwas zu essen gebracht hatte, schien seine Einstellung mir gegenüber nicht gebessert zu haben. Wirklich ein seltsamer Typ.

In La Cergne konnte ich keine Unterkunft für Pilger finden, nur ein Hotel mit einem gehobenen Restaurant. Ich checkte ein und ging auf die Suche nach günstigerem Essen. Ich sehnte mich nach etwas Warmem. Nach einer Menge Warmem. Ich konnte mich nicht erinnern, jemals so hungrig gewesen zu sein.

Es gab eine Pizzeria. Sobald ich den Duft in die Nase bekam, wurde ich von der Vorstellung aller möglichen ungesunden Beläge geradezu überschwemmt. Vor allem Salami. Ich behaupte ja immer, im Einklang mit meinem Körper zu sein, und nun verlangte mein Körper nach Pizza mit Käse, Salami, Schinken und allem Zipp und Zapp. Ich nahm mir fest vor, eine vegetarische Option zu wählen. Unsere Vorfahren hatten Schwerstarbeit geleistet, aber nur die Reichen konnten sich Fleisch leisten.

»*Un grand* …«, sagte ich und nahm meine Hände, um die Größe anzuzeigen, »… *vegetarien.*«

Der Besitzer schüttelte den Kopf und deutete auf einen mittelgroßen Pizzateller.

Ich schüttelte ebenfalls den Kopf. »*Maximum.*«

Er wirkte überrascht, und noch mehr, als ich nach dem Aufessen eine zweite bestellte, diesmal medium. Ich hatte gelesen, TTC auf Restaurant-Rechnungen bedeute, das Trinkgeld sei inbegriffen, aber ich legte ihm eine Zeichnung bei, wie er unter der Last einer zu servierenden Pizza schier zusammenbrach. Als ich ging, pinnte er das Bild lachend an die Wand. Immerhin wussten wenigstens ein paar Leute meine Bemühungen zu schätzen, gutes Karma zu erzeugen.

Gegen Mittag des nächsten Tages erreichte ich Charlieu, die größte Stadt seit Cluny, und suchte dort das Touristenbüro auf.

»Ich gehe den Camino.«

»*Credencial?*«, fragte die Frau am Schalter.

Okay. Wenn sie hier nur Pilgern Auskunft geben wollten, nahmen sie die Regeln ernst. Ich zog meinen Pilgerausweis hervor, doch anstatt ihn zu überprüfen, stempelte die Frau ein beeindruckendes Bild des Klosters hinein und gab ihn mir wieder zurück.

»Können Sie mir eine Liste mit Übernachtungsmöglichkeiten geben?«

»Die stehen in Reiseführer.«

»Haben Sie einen?«

»Der kommt in Februar heraus.«

»Ich brauche eine preiswerte Unterkunft.«

»Die Herbergen sind meiste geschlossen. Es ist keine Saison. Eine *chambre d'hôte?*« Auf meinen fragenden Blick hin fügte sie hinzu: »Zimmer in Haus von jemand. *Bed and Breakfast.* Manchmal auch Abendessen. Für diese Unterkunft, Sie müssen telefonieren.«

Tja, nicht mit meinen Französischkenntnissen.

Sie telefonierte für mich. In der Pilgerherberge nahm niemand ab. Aber es gab ein *chambre d'hôte*.

Und als ich es nach weiteren zwei Stunden fand, war es wunderbar. Das Bett war weich, es gab ein Badezimmer mit einer Auswahl an Kosmetika, und meine Gastgeberin, eine pensionierte Lehrerin, aß mit mir zusammen vegetarisch und sprach ausreichend Englisch für eine einfache Unterhaltung. Dann gab sie mir die Rechnung. Fünfundfünfzig Euro. Ein fairer Preis für alles, was ich geboten bekommen hatte, aber mehr, als ich mir leisten konnte.

Die Kosten für das tägliche Mittagessen konnte ich mit fünf Euro veranschlagen. Brot war billig. Aber jede Nacht, abgesehen von der bei Richard und Nicole – sowie der Nacht in der Kirche in Sainte Cécile –, hatten weitaus mehr gekostet als mein Budget von fünfzehn Euro. Entweder müsste ich zu Camille zurückgehen oder einen englischsprechenden Pilger finden, der sich auskannte.

14

MARTIN

Die Nacht in Gros-Bois verbrachte ich in meinen Kleidern. Vor lauter Kälte und Hunger wachte ich um zwei Uhr auf und machte mich über Zoes Fresspaket her: Brot, Käse und Pastete. Ich schlang alles hinunter, zog zusätzlich meine Fleecejacke über und schlief, bis mich das Geräusch des abfahrenden Busses weckte. Dann hörte ich den Mann, der mir am Abend zuvor den Schlafplatz verweigert hatte.

Ich streckte meinen Kopf aus dem Zelt in den nebligen Morgen, und er entschuldigte sich vielmals. Natürlich hätte ich kein Zelt aufbauen müssen. In der Nacht habe es minus zwei Grad gehabt. Kommen Sie rein, wann immer Sie bereit sind.

Ich war steif, aber es tat nichts weh. Ich stellte mir ein einfaches Frühstück zusammen – Kaffee, Toast, Marmelade und ein Omelette aus dem Speisewärmer. Monsieur kam dazu und bot mir an, die Dusche eines der Privatzimmer zu benutzen. Ich sagte nicht nein.

Das Zimmer war noch nicht gereinigt worden, und das große zerwühlte Bett zeigte mir, was ich verpasst hatte. Auf dem Tisch lag eine Zeichnung vom Schloss. Sie war gut geraten und schmeichelte dem alten Gebäude. Im Vordergrund stand eine Karikatur des Gastgebers, die wohl gestört hätte, wäre sie nicht so gut gezeichnet gewesen – der Künstler hatte nicht nur seine äußere Erscheinung eingefangen, sondern auch etwas von seiner Persönlichkeit.

Ich machte ein paar Dehnübungen und nahm eine lange Dusche. Eine weitere von Monsieur Chevaliers Prophezeiungen hatte sich erfüllt: Am linken großen Zeh prangte eine Blase. Ich zog eine Nähnadel mit Faden hindurch und ließ, wie empfohlen, den Faden stecken. Dann wusch ich meine Socken und befestigte sie zum Trocknen an einer der Gepäcktaschen.

Nun konnte ich eine genauere Untersuchung des Karrens nicht mehr hinausschieben. Zu meiner großen Erleichterung lag das Problem bei der splintfreien Mutter. Es dauerte nur wenige Minuten, das Rad mit dem Ringschlüssel aus meiner Werkzeugtasche wieder festzuziehen. Obwohl ich in der Kälte taube Finger bekam, genoss ich die Arbeit.

Ich zog Bilanz. Ich kam gut zurecht. Der erste Tag war nicht repräsentativ gewesen, denn ich hatte die doppelte Strecke absolviert. Heute würde es leichter werden.

Der Gastwirt, der sich immer noch dafür entschuldigte, dass er mich im Zelt hatte übernachten lassen, packte mir belegte Brote ein, füllte meine Thermoskanne und gab mir einen Stempel in meinen Pilgerpass. Den hatte ich mir wahrlich härter verdient als jedes Fleißbild in der Schule.

In mäßigem Tempo brach ich Richtung Les Écharmeaux auf, gut zu bewältigende vierundzwanzig Kilometer entfernt. Mein Atem mischte sich unter den Nebel, und nach etwa einem Kilometer, den ich den Jakobsmuscheln folgte, ließ das steife Gefühl in meinen Beinen nach.

Der Weg führte in einen Nadelwald. Die Stille dort war eindringlich, aber nicht bedrückend. Ganz allein mit meinem Wagen, spürte ich wiederum das intensive Gefühl von Freiheit, umso mehr, als ich gezeigt hatte, dass ich für Unterkunft nicht auf andere angewiesen war, und erfolgreich mein erstes technisches Problem gelöst hatte.

Der Karren rollte problemlos hinter mir her, allerdings gab es einige lange Anstiege, die ich in eher gemächlichem Tempo nahm, um meinen Atem bei gleichbleibender Frequenz zu halten. Als ich den Kamm einer langen Anhöhe erreichte, auf dem ein Schild 915 Höhenmeter anzeigte, blieb ich stehen und überprüfte meinen Puls. Einhundertdreiundvierzig. Exakt der mittlere Wert für Cardiotraining. Wenn ich in Santiago ankäme, wäre ich fit.

Bei meinen Vorbereitungen hatte ich nicht bedacht, wie es wäre, die meiste Zeit des Tages allein zu sein und drei Monate lang nichts anderes zu tun, als zu laufen. Ich hatte es als geschäftliche Unternehmung betrachtet, die außerdem die Möglichkeit zur Reflexion bot.

Nun bekam ich also eine Ahnung davon, wie es sein würde. Zu meiner Überraschung empfand ich keine Langeweile, aber genau genommen war es auch nicht möglich, in Gedanken versunken die Kilometer vorbeiziehen zu lassen. Das erste Mal, als ich mich einem Tagtraum hingab, wurde ich schnell wieder in die Realität zurückgerissen, als ich merkte, dass die Muschelzeichen verschwunden waren. Ich kehrte um und verspürte nach zehn Minuten aufsteigende Panik, die ich, so gut es ging, unterdrückte. Doch erst nach weiteren fünf Minuten fand ich die Weggabelung, an der ich falsch abgebogen war. Ich ließ es mir eine Warnung sein. Das Wandern erforderte ständige Aufmerksamkeit gegenüber der Umgebung – nicht gerade meine Stärke.

Mein unbeabsichtigter Umweg hatte mich etwas gelehrt. Die Jakobsmuscheln waren prima Hinweise – bis man mal eine verpasste. Sobald man von der Route abwich, war es schwierig, zum richtigen Weg zurückzufinden, denn die Muscheln waren so angebracht, dass sie nur in Richtung Santiago gut zu sehen waren. Ging man in die umgekehrte Richtung, merkte man unter Umständen gar nicht, dass man den Chemin wanderte.

Bei Sonnenuntergang erreichte ich Les Écharmeaux und ging ins Hotel, wo ich mich ins Internet einloggte, die Landkarten aufs GPS-Gerät lud und meine Kleider wusch. Im Speisesaal wurde mir ein exzellentes Mahl aus *bœuf bourguignon*, Käse, *nougat glacé* und einem Glas Beaujolais serviert – allein, umgeben von leeren Tischen und hochgestellten Stühlen.

Auf meiner dritten Etappe nach Le Cergne setzte sich fort, was ich mir für den Rest meiner Reise als regulären Tagesablauf erhoffte. Ich packte beim Frühstück das Mittagessen ein, wanderte gleichmäßig, wenn auch langsam, über die Berge und machte alle fünf Kilometer eine Pause. Das GPS-Gerät funktionierte; alle paar hundert Meter nahm ich es aus der Tasche, beobachtete, wie es meinen Weg nachzeichnete, überprüfte die Distanz zum nächsten Zwischenstopp und zum Tagesziel und las meine Durchschnittsgeschwindigkeit ab – respektable 4,1 Kilometer pro Stunde – sowie den Gesamtdurchschnitt, der bei gemütlicheren 3,6 Stundenkilometern lag.

Das einzig Negative war ein plötzlich einsetzender Regenguss, der dazu führte, dass regelmäßig Eisstücke von den Bäumen fielen, und zwar immer wieder auch auf mich. Meine Jacke hielt mich zuverlässig trocken, aber ich hatte kaum die Möglichkeit, mein Gesicht zu schützen. In der Mittagszeit fand ich abseits des Weges einen niedrigen Baumstumpf und zwang mich zu einer viertelstündigen Pause, um meinem Körper Ruhe zu gönnen, aber im Regen zu sitzen ist natürlich nicht gerade angenehm.

Als ich weiterzog, klarte das Wetter auf. Nach nicht ganz zweihundert Metern erreichte ich eine Wegbiegung und erspähte dahinter eine vertraute weiße Jacke. Ihre Trägerin saß geschützt auf den Stufen einer kleinen Kapelle und aß einen Apfel. Sie rief etwas und winkte. Ich winkte zurück, aber es hätte keinen Sinn gehabt, stehen zu bleiben.

Vielleicht hätte ich es dennoch tun sollen. Am Ende des vierten Tages, als einziger Gast in einem Lokal in Briennon, fühlte ich mich zwar noch nicht einsam, überlegte aber, wie lange es dauern würde, bis ich mich nach Gesellschaft sehnte.

15

ZOE

Ich wanderte jetzt durch hügeliges Ackerland von Dorf zu Dorf – französische Landschaft wie auf Postkarten und in Reisebildbänden. Der Weg war gut gekennzeichnet, nicht nur durch Jakobsmuscheln, sondern auch durch Kruzifixe. Kleine, große, grob und fein ausgearbeitet, Jesus in seliger Ruh, Jesus, sich in Schmerzen windend. Auf einem Weg, der in jedem Dorf an jeder Kirche vorbeiführte, waren sie schwer zu ignorieren. Moderne Pilger mochten eher spirituell denn religiös sein, doch die katholischen Relikte waren unvermeidlich.

Über Hecken und durch die kahlen Äste von Eichen und Ulmen sah ich das wunderhübsche Ziegelmuster auf dem Dach der alten Kirche in La Bénisson-Dieu. Als ich um ein Uhr mittags ankam, hatte die einzige *Boulangerie* des Orts geschlossen. Was für eine Bäckerei hatte mittags geschlossen? Bis um vier Uhr?

Ich ging um die Kirche herum und wäre fast über einen anderen Wanderer gestolpert, der mit dem Rücken an die Wand gelehnt dasaß und Kuchen futterte, die Beine lang in den Weg gestreckt. Er sah jung aus – mit den schlaksigen Gliedmaßen, wie Teenager sie manchmal haben.

»*Bonjour*«, sagte ich.

Er sah mich unter seiner Beanie-Mütze aus großen Augen an. »*Bonjour.* Amerikanerin?«

»*Oui.* Zoe.«

»Ich bin Bernhard. Aus Deutschland.« Er streckte mir eine Papiertüte entgegen. »Du kannst gern was essen, wenn du Hunger hast. Die Bäckerei gibt das umsonst ab. Das sind Reste, und ich bin ein *pèlerin*.« Gutes Karma, um es weiterzugeben. Ich fühlte augenblicklich eine Verbindung.

Als er aufstand, überragte er mich und war weitaus muskulöser, als ich gedacht hatte. Bernhard war fünfundzwanzig und die fünfhundert Kilometer von seinem Zuhause in Stuttgart aus allein hierhergewandert. Als überzeugter Gegner der Bourgeoisie hatte er sich mit seinem Vater über dessen Lebensstil und politische Ansichten entzweit und sich sodann, ohne Zuhause und ohne Geld, auf den Weg gemacht. Ich konnte es ihm nachempfinden, auch wenn ich bei diesen Kämpfen jünger gewesen war.

»Wo schläfst du?«, wollte er wissen.

»In Hotels und *chambres d'hôte*.«

»Wie viel zahlst du da?«

Ich sagte es ihm.

»Zu viel.« Da hatte er recht. »Du bist ein *pèlerin*. Die Unterkunft sollte frei sein. Ich gehe zu Mary.«

»Zu Nonnen?«

»Nein, zu diesem offiziellen Amt. Zu *mairie*.«

Ah, zum Bürgermeisteramt. »Was können die den Pilgern bieten?«

»Sie finden Unterkunft. Ich habe mit vielen Frauen geschlafen.«

Ich schätzte, da lag ein Übersetzungsfehler vor. »Zahlst du dafür?«

Bernhard schüttelte grinsend den Kopf. Er hatte etwas Anziehendes an sich, mit seinem flaumigen Kinnbärtchen. Ich konnte mir gut vorstellen, dass sein Lächeln bei manchen Frauen den Mutterinstinkt weckte.

In Renaison verkündete Bernhard, er werde hier übernachten, und ich beschloss zu testen, ob sich die Großzügigkeit französischer Frauen auch auf ihr eigenes Geschlecht erstreckte. Bernhard verschwand zur Toilette, um sich zurechtzumachen, und riet mir, es ihm gleichzutun.

»Es ist wichtig, dass man gut aussieht.«

Mit zurückgekämmtem Haar und aufgeknöpftem Hemd kehrte er zurück. Tessa und Lauren wären mit Sicherheit beeindruckt, dachte ich. Die Frau mittleren Alters in der *mairie* lächelte ihn an und telefonierte. Ihre Freundin könne uns beide aufnehmen.

Madame Beaulieus Haus lag nur ein kurzes Stück von der *mairie* entfernt. Sie stellte jedem von uns ein sauberes Zimmer zur Verfügung und bestand darauf, unsere Sachen zu waschen. Nachdem ich mein Hähnchenstück an Bernhard weitergereicht hatte, bestand mein Abendessen aus Nudeln, Brot und Käse und einer überaus köstlichen Apfeltorte.

Das einzige Negative war das religiöse Ambiente – und die Unterhaltung. Aufgrund meiner mangelhaften Französischkenntnisse blieb mir der Großteil erspart, aber Bernhard plauderte voll Enthusiasmus, während er beim Abräumen half. Madame Beaulieu schien sich aus missverstandener religiöser Kameradschaft um uns zu kümmern: Sie bescherte uns ein *accueil jacquaire* – ein Pilgerwillkommen.

Als wir am nächsten Morgen gingen, küsste sie uns auf die Wangen und wünschte *bon chemin*. Bernhard übersetzte: »Sie sagt, du sollst dalassen, was du als angemessen empfindest. Für die Kirche.«

Ich war hin- und hergerissen zwischen meiner Feindseligkeit gegenüber der Religion und Dankbarkeit für Madame Beaulieus Güte. Es gäbe keinen Betrag, der mir nicht etwas von meiner Integrität nehmen würde. Ich ließ ihr fünfzehn Euro da, sagte Bernhard jedoch, ich würde keine Pilgerwillkommen mehr annehmen.

Am nächsten Tag schlängelte sich der Pfad die Hügel hinauf und hinunter, oft über Asphalt, worunter meine Füße litten. Von felsigen Höhen oberhalb der Loire aus sah ich den Dunst aus dem Wasser aufsteigen. Der Weg führte zu Saint-Jean-Saint-Maurice hinab, dessen hoch aufragender Turm schon von weitem zu sehen war.

Ich war früher aufgebrochen als Bernhard, aber irgendwann holte er mich ein, lief eine Weile neben mir her und ging dann voraus.

An der kleinen Kirche erwartete er mich. »Wir werden heute ins *gîte* gehen – in die Herberge.«

Gut: So sollte es ja eigentlich sein.

»Fünf Sterne.« Bernhard erklärte, dass er die Online-Bewertung durch Pilger meinte, nicht das System der Hotelsterne. Die Preise der *gîtes* waren unterschiedlich, aber für gewöhnlich boten sie ein günstiges Abendessen an. Die meisten hatten auch eine Küche. »Aber nimm kein Frühstück. Besser ist ein Kaffee in einem Lokal, und Brot und Kuchen kosten nur je einen Euro. Oder gar nichts.« Ich sagte, ich werde kochen.

Das hiesige *gîte* war ein kleines Gebäude nahe dem Ortskern. Eine Frau von etwa vierzig Jahren kam und schloss uns auf. Es gab eine winzige Küche, einen Schlafsaal mit sechs Betten und nur ein Badezimmer mit zwei offenen Duschkabinen. Im Eingangsbereich stand ein Stapel Holz neben einem Ofen. Zehn Euro pro Bett plus fünf fürs Essen. Weitaus billiger als ein *chambre d'hôte* oder ein Hotel, aber mein Geld würde trotzdem nicht bis zur Grenze reichen. Vielleicht könnte ich das, was ich verloren hatte – Seelenfrieden? –, schon vorher finden. Bislang war ich zu beschäftigt gewesen, um großartig nachzudenken.

Ich hatte seit zwanzig Jahren weder Schlafzimmer noch Bad mit jemand anderem geteilt als meinem Partner oder meinen Kindern. Ich versuchte, mir den Schlafsaal mit Pilgern unterschiedlicher Altersstufen, Nationalitäten und Geschlechter vorzustellen und eine Schlange vor den Duschen, in der jeder kurze Hosen und ein Handtuch trug.

Ich machte Anstalten, meinen Rucksack auf eins der Feldbetten zu legen, und die Frau schrie auf.

»Du musst den Rucksack in der Halle lassen«, erklärte Bernhard, »um keine Wanzen zu verbreiten.«

»Wanzen? Willst du damit sagen, es gibt Wanzen?«

»Wahrscheinlich nicht, aber das ist … zur Vorsicht. *Prophylactique.*« Er grinste erst unsere Gastgeberin an, dann mich.

Es gab Körbe, in die wir unsere Sachen auspacken konnten. Im Schlafsaal wählte ich das Bett mit dem größten Abstand zu den anderen, etwa drei Fuß – ein Meter. Bernhard verteilte sein Zeug über zwei Betten.

In der Küche hingen ein Schwarzes Brett mit Touristen-Informationen, Schränke voll angeschlagener Teller und ein Sammelsurium an Pfannen und Töpfen. Ich suchte den örtlichen Gemischtwarenladen – in diesem Fall ein Geschäft, das an ein Gourmet-Restaurant angebaut war – und kaufte Nudeln und Gemüse für mich und eine Dose Bolognese für Bernhard. Als ich zurückkam, hatte er geduscht, stand nur mit Unterhose bekleidet im Schlafsaal und rieb sich den Oberkörper trocken.

Während ich kochte, machte Bernhard Feuer und entkorkte die Weinflasche, die ihm die Wanzenfrau geschenkt hatte. Der Ofen heizte die kleine Herberge überraschend schnell auf. Mit dem für zwei gedeckten Tisch samt der Kerze, die Bernhard irgendwo gefunden hatte, hätte es ein intimes, romantisches Abendessen sein können – hätte ich nicht mit jemandem zusammengesessen, der mein Sohn hätte sein können.

Nach dem Essen kehrte die Wanzenfrau zurück. Bernhard knipste seinen Charme an, und ich ließ die beiden reden, während ich abräumte und schnell noch eine Zeichnung anfertigte. Ich malte die Frau erheblich jünger, nicht, weil sie es sonst vielleicht nicht gut gefunden hätte, sondern weil sie tatsächlich aussah, als würde sie flirten. Als ich ihr das Bild am nächsten Tag beim Frühstück – Weißbrot und Fruchtgelee – schenkte, wurde sie rot. Ich ließ Bernhard schlafen und brach allein auf – in eine Landschaft, die über Nacht mit Schnee bestäubt worden war.

16

MARTIN

Als ich in Saint-Jean-Saint-Maurice am Morgen des siebten Tages aus dem *Bed and Breakfast* mit Flussblick vor die Tür trat, lag Schnee. Dass es um diese Jahreszeit noch schneien könnte, war natürlich immer ein Risiko.

Auf dem rutschigen Untergrund ließ sich der Karren nicht optimal ziehen, es war aber nicht so schlimm, wie es mit Maartens Golf-Buggy gewesen wäre. Das große Rad verschaffte ausreichend Bodenfreiheit, und durch das schmale Design konnte ich den Wagen gut über die engen Waldpfade manövrieren. Die Gefahr bestand eher in menschlichem Versagen: den Halt zu verlieren, vor allem bergan. Zweimal rutschte ich aus und fiel hin, und beim zweiten Mal fiel die Karre mit um. Allerdings ohne Schaden: Der Untergrund war ja weich.

Nach fünf Stunden erreichte ich ein Dorf, in dem eine *Bar-Tabac* geöffnet war. Auf dem Kantstein davor saß ein schlaksiger Blondschopf neben einem großen Rucksack. Als ich mich näherte, sprang er auf die Füße.

»*Bonjour*«, sagte ich und fügte noch »*Anglais*« hinzu.

Er schüttelte mir die Hand und antwortete auf Englisch: »Ich bin Bernhard. Aus Deutschland.«

Mein Kaffeeangebot lehnte er ab, seine eigene Thermoskanne war gut gefüllt. Aber er wartete, bis ich meinen getrunken hatte, und nutzte die Zeit, um den Wagen zu begutachten.

»Wo hast du den gekauft?«

Ich erzählte ihm die Geschichte.

»Das erklärt die schlechte Qualität der Konstruktion. Ich will dich nicht beleidigen; du warst gezwungen, das Ding aus Teilen zusammenzubauen, die nicht zu diesem Zweck konstruiert wurden. Bei einer Massenproduktion würden die Komponenten natürlich speziell angepasst.«

Danke für die Lektion in Ingenieurswesen. »Das ist ein Prototyp.«

»Das Einzelrad ist ein Fehler.«

»Glaubst du?«

»Ich bin sicher.«

Ich ging nicht weiter darauf ein. Er war fast die Karikatur des überheblichen, besserwisserischen deutschen Technikers, und angesichts seiner Jugend war es doppelt amüsant. Ich hatte das schon häufig erlebt: internationale Studenten – oder Touristen –, die in der Fremde ihre Identität bewahren wollen und deshalb ihre vermeintlich landesspezifischen Eigenschaften übertreiben. Wahrscheinlich war ich selbst schon mal in diese Falle getappt.

Wieder auf dem Weg, entdeckte ich Fußabdrücke im Schnee und zeigte darauf.

»Zoe«, sagte Bernhard und erzählte, sie hätten beide in derselben Unterkunft übernachtet, und das nicht zum ersten Mal.

In Gesellschaft zu wandern war eine neue Erfahrung. Die schmalen Wege und die Notwendigkeit, sich beim Wandern auf Schnee zu konzentrieren, schlossen die meiste Zeit über eine Unterhaltung aus, aber es gab Abschnitte mit breiteren Wegen, auf denen wir nebeneinander hergehen konnten.

Da war Bernhard dann sehr redselig und legte die typischen, eher linksorientierten Ansichten eines Sprösslings aus gehobener Mittelklasse an den Tag, nicht unähnlich meinen eigenen in jenem Alter. Seine Einstellung zum Pilgern war auf ihre Art ähnlich rigide wie die von Monsieur Chevalier.

»Die Herbergen sollten gar nichts kosten. Nicht für Pilger.«

»Was ist mit den privat betriebenen?«

»Herbergen sollten nicht um des Profits willen geführt werden. Der Staat ist für die Unterkunft der Pilger verantwortlich.«

Bis zu einem gewissen Grad konnte ich seine Haltung nachempfinden. Jeder Ort in Frankreich, egal wie klein, hat eine *mairie* mit dazugehöriger Verwaltung, selbst wenn es sonst keine anderen Ämter gab. Wenn man in den *mairies* der kleineren Dörfer Pilgerunterkünfte einrichtete, wäre das doch eine gute Möglichkeit, diese Ressourcen bestmöglich zu nutzen. Ganz zu schweigen von den Kaffeemaschinen, die es dort gab. Wenn man schon einen sozialistischen Staat haben will, sollte jeder profitieren.

Wir trennten uns, als ich mein *Bed and Breakfast* erreichte. Zunächst zog er ein missbilligendes Gesicht, dass ich nicht in den Herbergen übernachtete, aber dann überzeugte ihn das Argument, dass ich auf diese Weise ja die regionale Wirtschaft unterstütze. Seine politischen Ansichten schienen nicht besser fundiert als seine Meinung zum Gepäckwagenbau.

Ohne dass wir es extra abgesprochen hätten, stieß Bernhard in den nächsten Tagen immer irgendwann am Vormittag zu mir, und wir wanderten eine Weile gemeinsam, bis ich eine Pause machte und er weiterging. Aus seinem Alter machte er ein Geheimnis, aber ich schätzte ihn auf um die zwanzig. Wir unterhielten uns über die täglichen Herausforderungen des Camino, und er strengte sich an, mich über die Politik meines Heimatlandes zu belehren. Die Nächte verbrachte er immer noch in Pilgerherbergen, zusammen mit Zoe, die sich jeden Tag etwa eine Stunde vor uns auf den Weg machte. Mehr als einmal erwähnte er, ohne großes Feingefühl, dass sie und ich uns doch zusammenkuscheln könnten, um Übernachtungskosten zu sparen. Anscheinend war sie sehr erpicht darauf.

17

ZOE

Bernhard machte sich noch mehr Sorgen um Geld als ich. In Pommiers bot er an, uns beiden private Betten zu besorgen – für mich ohne religiöse Hintergründe. Er sagte, ich solle draußen warten.

»Alles geklärt«, verkündete er, als er wieder aus der *mairie* kam. Er war nicht allein. »Ich werde bei *Madame* schlafen ... «

Madame war eine attraktive Frau, etwas jünger als ich. Neben ihr stand ein nicht besonders großer Mann von etwa sechzig mit schütterem grauem Haar, der den Bauch einzog, als er sein Hemd in die Hose steckte.

»Und du«, sagte Bernhard, »schläfst bei *Monsieur.*«

»*On va manger au restaurant.*« Der Mann lächelte breit. Abendessen inklusive.

»*Parlez-vous Anglais?*«, erkundigte ich mich.

»*A little.*« Sein Enthusiasmus hätte ansteckend sein können, hätte ich nicht das Gefühl gehabt, dass Bernhard mich gerade zuhältermäßig als bezahlte Begleitung vermittelt hatte: ein Dinner-Date im Tausch gegen ein Bett.

Bernhards *Madame* schloss die Tür ab. Ich packte ihn am Arm. »Du musst ihm sagen, dass ich nicht kann.«

Bernhard sah mich verwirrt an. Es folgte eine schnelle Unterhaltung, nach der er mir mitteilte, dass alles arrangiert sei. *Monsieur* werde das Essen bezahlen. Ich gab auf.

Auf der Autofahrt zum Haus meines Gastgebers – Henri –

stellte ich fest, dass er mehr als nur »*a little*« Englisch sprach. Er war Staatsbeamter – *fonctionnaire* –, und dafür müsse man passable Englischkenntnisse vorweisen, auch wenn er sich entschuldigte, ziemlich aus der Übung zu sein. Meinen Rucksack legte er mit der Vorderseite nach unten in seinen Kofferraum.

»Nicht Ihr Team?«, fragte ich.

»Nicht mein Team.«

Wir erreichten ein großes, weitläufiges Gebäude. Er kochte Kaffee und zeigte mir Fotos seiner Kinder und Enkelkinder, die in benachbarten Dörfern lebten. Er war geschieden und hergezogen, um sich um seine Mutter zu kümmern, die mittlerweile verstorben war.

Ich versuchte zu erklären, dass ich nicht auswärts zu essen brauche und gern auch koche. Auch Nudeln. »*Je suis* Vegetarierin.«

»Es wäre mir ein Vergnügen, wenn Sie mich begleiteten. Die Gemüse sind kein Problem.«

Zum Restaurant fuhren wir in seinem Wagen, der schon etwas älter war und dessen Beifahrertür sich von innen nicht öffnen ließ. Die Sitzpolster rochen nach Zigarettenqualm.

Wir brauchten eine halbe Stunde bis zu unserem Bestimmungsort: Saint-Jean-Saint-Maurice, wo Bernhard und ich die vorige Nacht verbracht hatten. Den Wagen stellte er vor dem Gourmet-Restaurant ab, in dem ich die Zutaten für unser Abendessen gekauft hatte.

Der Wirt kannte Henri: Umarmungen und Küsse und schnelles Französisch. Ich hörte das Wort *végétarien*. »*Poisson?*« Er sah mich an.

Manchmal aß ich Fisch, um meinen Proteinbedarf zu decken. Ich war genug gewandert, um mir das verdient zu haben. Ich nickte.

Henri erklärte, er habe die Auswahl dem Wirt überlassen,

der auch der Besitzer dieses Lokals sei. Der kehrte mit einer Flasche Wein zurück. Ein junger Kellner mit frischer Akne brachte Brot und als Vorspeise einen Teller mit drei teelöffelgroßen Portionen Mousse in Rot, Grün und Braun.

Henri betrachtete mich wie ein Vater, der sein Kind beim Auspacken der Weihnachtsgeschenke beobachtet. Auf einmal wurde mir die Abgedrehtheit der Situation bewusst: Ich saß in einem französischen Restaurant mit einem freundlichen, intelligenten und zuvorkommenden Mann, einem *Großvater*, der mir seine Gastfreundschaft anbot und alles tat, damit ich mich wohl fühlte. Es war nicht Monsieur Chevalier mit seinem »Nehmen Sie, was Ihnen angeboten wird«, den ich als innere Stimme hörte, sondern Tessa, die sagte: »Meine Güte, Mom, nun mach dich doch mal locker!«

Ich lächelte und erlaubte mir, den Abend zu genießen.

Die Mousses schmeckten nach Rote Bete, Apfel und etwas, das ich nicht identifizieren konnte – würzig und cremig, aber schwer einzuordnen. Dann gab es eine Quiche mit verschiedenen noch bissfesten Gemüsen, die zum Teil aus der Füllung ragten wie Nadeln aus einem Nadelkissen.

Der Fisch war Steinbutt, vom Koch fachmännisch filettiert und absolut köstlich. Danach wurde ein Wagen mit diversen Käsesorten angefahren: weiche und harte, von weißen über rote bis zu blauen und einige davon so pelzig, dass ich sie zu Hause sicher weggeworfen hätte. Und alle phantastisch! Zum Teufel mit Vegan – ich spielte mit dem Gedanken, zu Hause ein Delikatessengeschäft für Käse zu eröffnen.

Zum Abschluss gab es Gebäck mit Sahne und Petits Fours. Ich aß alles ohne jegliches schlechtes Gewissen. Egal, wie viel ich zu mir nahm: Meine Kleider wurden immer weiter.

Auf der Rückfahrt schwärmte Henri, der mich im Restaurant mit Geschichten über seine Zeit in Nordafrika unterhalten hatte, immer noch vom Essen.

»War die Vorspeise … okay?«

»Köstlich! Was war in der braunen Mousse?«

»Das war Foie gras. Die macht er selbst. Ist nicht unbedingt vegetarisch, aber es war ja nur ein bisschen.«

Im Haus schenkte er mir etwas Hochprozentiges ein. Er wollte weiterplaudern, aber ich war schon zu erschöpft. Henri zeigte mir das Gästezimmer, und ich schlief ein, sobald mein Kopf das Kissen berührte.

Um acht Uhr wurde ich von einem Klopfen geweckt.

»*Café?*«

»*Dix* … zehn Minuten«, rief ich und beeilte mich mit dem Anziehen.

»Werden Sie noch eine Nacht bleiben?«, fragte Henri bei Kaffee und noch ofenwarmen Croissants. Ich konnte sehen, dass er kein Ja erwartete.

Im Restaurant hatte ich mich schon schlecht genug gefühlt. Als ich ging, nach Küsschen auf beide Wangen und mit Kaffeevorrat in meiner Thermoskanne, beschloss ich, in Zukunft weder jemandes religiöses Pflichtgefühl noch Einsamkeit auszunutzen. Ich wollte nicht jeden Tag mit der Erwartung beginnen, dass mich Wohltätigkeit schon irgendwie durchbringen würde. Le Puy lag vier Tagesmärsche entfernt. Und viel weiter würde ich nicht kommen, wenn ich keine Möglichkeit fände, den Rest des Camino irgendwie zu finanzieren.

Gegen Mittag holte Bernhard mich ein. »Letzte Nacht war gut, *oui?*« So wie er mich ansah, war seine es offenbar gewesen. Seine Beanie-Mütze war hochgerutscht, so dass sein Kopf langgezogen und fremd wirkte.

»*Non*«, erwiderte ich entschieden. Ich schenkte ihm den Rest meines Kaffees ein.

»Louise hat exzellente *saucisson* gemacht. Heute …«

»Heute übernachte ich im *gîte*.«

»Ich habe einen besseren Vorschlag. Heute Nachmittag treffe ich den anderen Wanderer wieder und finde heraus, wo er hingeht. Du kannst ein Zimmer mit ihm teilen. Umsonst. Null.« Er formte mit Daumen und Zeigefinger einen Kreis.

»Welcher andere Wanderer?«

Bernhard runzelte die Stirn. »Du kennst ihn. Den Karrenmann.«

Na, toll. Ich sollte mein Zimmer mit einem französischen Ladendieb teilen? Wahrscheinlich würde ich dann ohne meinen Pass aufwachen. Mit Bernhard war es schon eigenartig genug, aber wenigstens sprach er Englisch und war harmlos.

»Nein … Ich muss allein sein.«

Bernhard trank seinen Kaffee aus und machte sich auf den Weg ins nächste Dorf zur nächsten *Madame*.

MARTIN

Trotz der Spuren im Schnee und Bernhards Erzählungen hatte ich Zoe nicht mehr gesehen, seit ich im Regen an der Kapelle vorbeigegangen war, auf deren Stufen sie gesessen hatte. Aber mir mangelte es nicht mehr an Gesellschaft. Ich hatte die einsamen Hotelzimmer gegen *chambres d'hôtes* eingetauscht, die vor allem von Frauen vergeben wurden. Meine abendliche Routine sah so aus, dass ich meine Kleidung auswusch, ein selbstgekochtes Essen mit der Vermieterin einnahm und mich um meine E-Mails, meinen Blog sowie alle Telefonate kümmerte, die nötig waren, um mir für die nächsten drei Tage Unterkunft zu verschaffen. Es war bisher in keiner Weise eintönig geworden – aber der Weg vor mir war noch lang.

Ich dachte mir Namen für meine *hôtes* aus. Ohne Erinnerungshilfen wären meine Tage vielleicht zu einem einzigen vernebelten Erlebnis verschmolzen.

Da gab es zum Beispiel Madame Klamm, eine Frau von etwa sechzig Jahren, deren Auftreten zu dem unverputzten Schuppen passte, den sie mir in einer regnerischen Nacht als Schlafplatz anbot. Meine gewaschenen Klamotten auf die Heizung zu legen hatte es sicher nicht besser gemacht.

Madame Jämmerlich bezeichnete ich nicht so, weil sie deprimiert wirkte – auch wenn sie nicht gerade die Fröhlichkeit in Person war –, sondern weil sie jämmerlich geizig war. Die Leistungen der französischen *Bed and Breakfasts* waren gesetzlich reglementiert – was nicht weiter verwunderte – und somit relativ gleichbleibend: ein Begrüßungstrank bei der Ankunft, ein Viertelliter Wein zum Essen, ein Stempel für den Pilgerpass. Das Essen war meist einfach, aber gut zubereitet und sättigend. Auf die Frage »Was wollen Sie zum Frühstück?« blieben nur zwei mögliche Antworten: »Tee« oder »Kaffee«. Brot und Marmelade waren Standard, dazu gab es manchmal noch Obst, Joghurt oder Croissants.

Madame Jämmerlich servierte das absolute Minimum, das bei einer Überprüfung wohl gerade so eben noch durchgegangen wäre. Nach vierundzwanzig Kilometern Fußmarsch durch die Kälte boten ein einziges Würstchen, ein paar Fäden Spaghetti, die wohl als Gemüse gelten sollten, sowie eine Karaffe bleicher Plörre mitnichten eine anständige Mahlzeit. Als Nachtisch gab es einen Apfel. Selbst mein Handtuch war kümmerlich klein.

Und vielleicht unvermeidlich, wenn man so eine Sache nur lang genug machte, war auch Madame *Chaud Lapin* – heißes Kaninchen: ein französischer Ausdruck aus meinem Lexikon der Umgangssprache, den ich nie laut aussprechen würde.

Sie war wohl etwa Anfang vierzig und ziemlich attraktiv – schwarze Ponyfrisur, große braune Augen und keineswegs so hager, wie es die Pariser Frauen in ihrem Alter und darüber oft auszeichnete. Sie war redselig, lachte gern und interessierte sich für meine Geschichte.

Eine Flasche Saint-Amour ersetzte den üblichen Viertelliter unbedeutenden Gamay, und zum Käse öffnete sie eine zweite. Das Wort Dekolleté kommt aus dem Französischen, und dass sie in dem überhitzten Raum viel davon zeigte, war sicherlich kein Zufall.

Es war fast ein Jahr her, dass ich mich von Julia getrennt hatte; es bestand also kein Grund für ein schlechtes Gewissen, und ich war niemandem Rechenschaft schuldig außer mir selbst. Morgen würde ich, wie die Sänger ach so vieler Songs, wieder meiner Wege ziehen. Was Julia betraf, hatte ich mich bislang moralisch im Recht gefühlt. Mit dem heißen Kaninchen zu schlafen würde bedeuten, von meinem hohen Ross zu steigen. Meiner Wege zu ziehen.

Von der zweiten Flasche schafften wir nur knapp die Hälfte, aber das heiße Kaninchen servierte noch Tresterbrand und bot mir an, sie Aude zu nennen. Mir war klar, wohin das führen könnte. Ihre Hand auf meiner Schulter bestätigte meine Ahnung und war der letzte Moment, in dem ich höflich hätte ablehnen können.

Wir landeten in ihrem Schlafzimmer, und die Dinge nahmen ihren erwarteten Lauf. Es war nicht die schönste Nacht meines Lebens, aber mit Sicherheit nicht die schlimmste, und etwaige Unzulänglichkeiten waren allein mir zuzuschreiben. Müde, trunken und befriedigt schlief ich in ihrem Bett ein und wurde wach, als sie in der Küche hantierte, um das Frühstück herzurichten. Bei Tageslicht sah ich das Zimmer deutlicher und erkannte, dass ich nicht der Einzige war, der es mit ihr geteilt hatte. Auf meinem Nachtschrank stand ein Wecker, was nicht weiter auffällig gewesen wäre, wäre auf Audes Seite nicht auch einer gewesen. Ich zog die Schublade auf: Münzen, Tabletten, Manschettenknöpfe. Ein flüchtiger Blick in den Schrank bestätigte meinen Verdacht: Kleider auf der einen Seite, Hemden und Anzüge auf der anderen.

Ich hätte mir keine Mühe mit der Detektivarbeit geben müssen. Beim Frühstück lud Aude mich ein, noch eine weitere Nacht zu bleiben – ihr Mann komme am folgenden Tag erst spät zurück. War es so für Julia gewesen – wilder Sex, gefolgt von praktischen Erwägungen? Arbeitet Martin morgen wieder lang? Eine Tasse Tee, bevor du gehst?

Ich belud meinen Wagen, und Aude kam mit meiner gefüllten Thermoskanne und einem Lunchpaket dazu sowie mit einem Blick, der verriet, dass es in der letzten Nacht weniger um Lust gegangen war als um ein wohl tiefliegendes Bedürfnis, das sie in mir erkannt hatte. Als ich auf den letzten Überresten des Schnees davonzog, fühlte ich mich ausgesprochen traurig.

Nach einem anstrengenden Aufstieg machte ich zur Hälfte des Vormittags eine kleine Pause. Es wehte starker Wind, und ich war so sehr darauf konzentriert, mir vorsichtig Kaffee einzuschenken, dass ich meinen wegrollenden Wagen erst bemerkte, als er schon außer Reichweite war und am Abhang Fahrt aufnahm. Ich sprang auf, kippte mir dabei heißen Kaffee über die Jacke und lief in meinen schweren Stiefeln den Weg zurück, um das Ding einzuholen. Ich streckte einen Wanderstab vor und hätte den nach einer Bodenwelle verlangsamten Karren beinahe erwischt, stolperte dann aber und verpasste ihn. Hätte jemand die Szene beobachtete, hätte er sich über die slapstickartige Komik bestimmt kaputtgelacht.

Tatsächlich *war* da jemand, der die Szene beobachtete. Am Ende des Abhangs stand Bernhard, der sich keine Mühe gab, seine Belustigung zu verbergen. Der Wagen kam kurz vor seinen Füßen zum Stehen, und ich gesellte mich pflichtschuldig dazu.

Bernhard zog eine Papiertüte aus der Innentasche seiner Jacke und bot sie mir an. Das Croissant war noch warm, doch ich winkte ab. »Du solltest eine Bremse einbauen«, sagte er und ging neben dem Karren in die Hocke. »Hier … um das Rad zu blockieren.«

»Ich bin sicher, da fällt mir etwas ein«, erwiderte ich, und als ich merkte, dass ich schroff geklungen hatte, wechselte ich das Thema. »Wo hast du übernachtet?«

»Ich habe bei einer Frau geschlafen«, erwiderte er und grinste. »Wie viel hast du für dein Zimmer bezahlt?«

»Sechsundvierzig Euro.«

»Du bist verrückt.«

»Was nehmen die Herbergen?«

»Wir gehen nicht mehr in Herbergen. Wir gehen zur *mairie*. Wir suchen Dörfer, in denen keine Herberge geöffnet hat.«

Er erklärte seine Taktik, die offenbar auch Zoes geworden war. Vorige Nacht hatte sie nicht nur einen Schlafplatz ergattert, sondern auch einen Restaurantbesuch von irgendeinem einsamen Mann mittleren Alters.

»Wenn du dir sechsundvierzig Euro für ein Zimmer leisten kannst, solltest du Zoe einladen, dass sie bei dir übernachtet. Sie kann dir vielleicht zehn bezahlen, vielleicht fünf … das ist egal. Für dich ist es nichts und …« Er zuckte die Achseln.

»Hast du das Zoe auch vorgeschlagen?«

»Besser, *du* fragst sie. Aber wieso sollte sie ein Problem damit haben?«

»Vielleicht will sie das Zimmer nicht mit einem Mann teilen, den sie nicht kennt?«

»So ist das auf dem Camino nun mal. Ich habe dir doch gesagt, dass ich auch schon mit ihr geschlafen habe.« Grinsen. Der kleine Scheißer wusste genau, was er sagte, und tat das mit Absicht, um mich zu provozieren. »Junge Leute verstehen das. Wir lernen uns kennen, teilen ein Zimmer, kein Problem. Du redest wie meine Eltern.«

Ich entschied, dass ich tatsächlich als Elternersatz fungieren könnte, und sagte ihm meine Meinung, zumindest, was die Ausbeutung großzügiger Dorfbewohner betraf. Wir trennten uns in frostiger Stimmung, als ich zu einer weiteren Pause anhielt und er weiterzog.

19

ZOE

Das *gîte* in Montverdun befand sich in einer Propstei aus dem neunzehnten Jahrhundert. Die Verwalterin der Propstei, die am Informationsschalter in der Eingangshalle saß, überreichte mir den Schlüssel, als sie Feierabend machte. »Hier sind heute Nacht nur Sie. Falls Sie morgen früh gehen, bevor ich wieder da bin, werfen Sie den Schlüssel einfach in den Briefkasten.«

Ich zog die große, schwere Tür auf und sah mich ehrfurchtsvoll um. Das alte, verwitterte Gemäuer strahlte etwas aus, was weit über das rein Religiöse hinausging, und verstärkte das leicht unheimliche Gefühl, diesen historischen Ort für mich allein zu haben. Ich dachte an all die Mönche, die hier entlanggegangen waren, an die Pilger, die krank und verzweifelt Zuflucht gesucht hatten, und fühlte mich gesegnet, weil es mir gutging.

Nachdem ich die Lebensmittel in die Küche gebracht hatte, wo ein großer Herd und lange Tische standen, an denen dreißig Leute Platz gefunden hätten, machte ich mich auf den Weg in die Kirche. Dort schien es ein paar Grad kälter zu sein, aber ich blieb unter der Kuppel stehen, sah zu einem verblassten Fresko hinauf und überlegte, wer es wohl gemalt und wem dieses Bild schon Trost gespendet hatte.

Als Keith mich das erste Mal einlud, war ich sechs Jahre von Manny geschieden gewesen. Er besuchte das vegetarische Restaurant, in dem ich gelegentlich arbeitete. Ich sagte nein. Einen

Monat zuvor war ich noch mit Shane zusammen gewesen, einem Australier, der Game Design an der UCLA studiert hatte. Er war wieder nach Hause geflogen, aber wir hatten einen gemeinsamen Urlaub auf Bali geplant. Wenn das funktionieren würde, hatte ich überlegt, mit den Mädchen nach Perth zu gehen und dort mit ihm zu leben.

Als Shane abgereist war, überkamen mich Zweifel. Er war jünger als ich und hatte keine richtige Arbeit. Manny war kein besonders hingebungsvoller Vater, aber wenn ich mit den Mädchen nach Australien ginge, würden sie ihn oder seine Eltern überhaupt nicht mehr sehen. Seine Mutter war ab dem ersten Moment, in dem ich die Schwangerschaft festgestellt hatte, eine große Hilfe gewesen, auch schon zu Beginn der Beziehung. Je mehr ich darüber nachdachte, desto mehr empfand ich die Sache mit Shane als Risiko – und der mit Manny viel zu ähnlich.

Am letzten Tag, an dem ein billiges Ticket nach Bali möglich gewesen wäre, versuchte Keith es erneut, und ich sagte ja. Shane eine E-Mail zu schicken erwies sich als schwieriger, als ich gedacht hatte.

Dann passierte der Anschlag auf Bali, genau in der Zeit, in der wir dort gewesen wären. Das Schicksal hatte mir in jeder Hinsicht die sicherere Option beschert. Keith hatte nach dem Tod seines Vaters das Schuhgeschäft geerbt. Er unterstützte die Mädchen und bestand darauf, dass ich meine Arbeit aufgab, um mein künstlerisches Talent zu entfalten. Seine Mutter nahm mich herzlich in die Familie auf.

Lauren, damals noch kein Teenager, war nicht so begeistert. »Du brauchst ihn nicht, Mom!«

Und – unfassbar! – meine Freundin Camille: »Aber dein Australier? Ich dachte, du liebst ihn!«

Keith liebte ich auch, aber unsere Beziehung war nur für kurze Zeit von Leidenschaft geprägt. Er war ein durchschnittlich aussehender, durchschnittlich lebender Typ, der zufrieden damit war … durchschnittlich zu sein. Er wollte eine Frau und Kinder, und obwohl wir es nicht schafften, gemeinsame Kinder zu bekommen, kümmerte er sich liebevoll um Lauren und Tessa, ertrug geduldig Laurens Pubertätsanfälle und verlor kein schlechtes Wort über Manny. Er war der Typ, wie jede Frau ihn sich nur wünschen konnte. Aber irgendwann erkannte ich, dass er mich hatte retten wollen.

Die Einsamkeit in der Probstei war eine Erleichterung. Ein paar der getrockneten Chilischoten, die ich seit dem Supermarkt in Charlieu mit mir herumtrug, sowie mein redlich erworbener Hunger verwandelten meine *penne con ratatouille* in ein Festmahl, und nach einem Glas Cidre fühlte ich mich ruhig und zentriert. Um aus der beheizten Küche ins Bad und in den Schlafsaal zu gelangen, musste ich im eisigen Wind durch den Innenhof und ein paar Gänge laufen, aber es hatte auch etwas Magisches, in diesem alten Gemäuer das Wispern der Geschichte zu hören.

Mein Leben in L. A. schien Welten entfernt. Ich rieb mit den Händen über die rauen Steine und wünschte, sie könnten mir ihre Geheimnisse offenbaren; stattdessen sagten sie mir, dass ich Gefahr lief, mir Frostbeulen zu holen. Wieder einmal wurde ich zu praktischen Maßnahmen gezwungen. Aber als ich in meinem Bett gleich neben der Heizung unter drei Decken lag, als einziger Mensch in einem Schlafsaal für zehn, wusste ich, dass ich das alles hier allein schaffen würde, ohne irgendjemandes Hilfe.

20

MARTIN

Ich befand mich etwa eine Stunde hinter Montarcher und wanderte den, wie ich hoffte, letzten Hügel des Tages hinab, als ich ein Stück unterhalb, zu meiner Rechten, eine kleine Figur ausmachte. Sie – und ich wusste, dass *sie* es war, weil niemand sonst auf dem Chemin eine weiße Kapuzenjacke trug – war vielleicht einen Kilometer entfernt. Und lief in die falsche Richtung.

Auf der Straße nach Montarcher verläuft der Jakobsweg ein Stück weit auf dem GR3 – einem der Fernwanderwege, die kreuz und quer durch Frankreich verlaufen –, aber der GR3 geht irgendwann nach links, während der Jakobsweg nach rechts abzweigt. Diese Abzweigung hatte Zoe verpasst.

Den ganzen Tag über hatte es immer mal wieder geschneit, und ich versuchte, in den Zeiten dazwischen möglichst weite Strecken zurückzulegen. Mir blieben noch zweieinhalb Tage auf dem Chemin de Cluny, bevor ich in Le Puy ankommen und auf den stärker frequentierten Chemin de Puy wechseln würde, wo ich mit einem größeren Angebot an Unterkünften und Essen rechnete. Am letzten Abend hatte mich mein Gastgeber zum Abendessen in ein Lokal dirigiert, in dem ich – wieder einmal allein – das Pilgermenü aus Wurstwaren und Kartoffeln aß. Ich möchte mich nicht über die Qualität beschweren, aber das einzig Grüne an dem Essen war der kostenlose Verveine-Likör danach.

Mit dem Wagen im Schlepptau würde ich Zoe niemals einholen, also stellte ich ihn – sicher – ab und verfiel in einen, wie ich hoffte, durchhaltbaren Trab. Auf den letzten hundert Metern rief ich ihr zu, aber sie hörte mich erst, als ich sie schon fast erreicht hatte.

»Sie gehen in die falsche Richtung«, sagte ich.

Sie starrte mich nur an. War sie sich ihrer Route so sicher oder nur erstaunt, dass ich wie aus dem Nichts auftauchte, ohne Karren?

»Sie … sprechen Englisch?«

»Ziemlich gut sogar. Kommt wohl daher, dass ich Engländer bin. Das wussten Sie nicht?«

Ich konnte sehen, wie sie im Geiste unsere Begegnungen im Outdoor-Laden, im Café mit Monsieur Chevalier und an meinem Zelt in Gros-Bois aufrief, bei denen sie mich auf Französisch angesprochen und ich sie nicht aufgeklärt hatte.

»Ich dachte, Bernhard hätte es Ihnen erzählt …«

»Wir sprechen nicht pausenlos über Sie.«

Und nachdem wir endlich diagnostiziert hatten, dass wir eine Sprache teilten, würdigte sie mich keines weiteren Wortes.

Sie sah den Hügel hinauf und damit derselben Situation entgegen, die sich auch mir darbot – ein Aufstieg, der vermeidbar gewesen wäre. Ich konnte erkennen, dass sie sich ärgerte, wahrscheinlich über sich selbst, weil sie die falsche Abzweigung genommen hatte. Die Erkenntnis, dass ich Engländer war, also von jener Nationalität, die in amerikanischen Filmen gerade für Bösewichter bevorzugt wurde, trug sicher weiter dazu bei.

»Die Markierung war wirklich schlecht zu sehen«, sagte ich, obwohl dort tatsächlich ein verdammt großes Schild gestanden hatte.

Der Aufstieg ohne Karren war einfach, und ich bot an, ihren Rucksack zu nehmen. Sie schmollte. Ich musste innerlich schmunzeln. Wo war denn Monsieur Chevalier – der strahlende Ritter von Cluny –, wenn sie ihn brauchte? Wo war ihr deutscher Vertrauter? Wo gab es auch nur die geringste Hilfe, abgesehen von Martin Eden aus Sheffield, England?

Wir stapften schweigend nebeneinander durch den Schnee, bis wir an die Abzweigung zu meinem *Bed and Breakfast* kamen.

»Wie weit müssen Sie noch gehen?«, fragte ich. »Sie könnten vielleicht hier ...«

»Alles gut, vielen Dank.«

»Nein, im Ernst. Das Wetter ist ganz schön mies.«

»Ich komme allein zurecht«, erwiderte sie. Und ging weiter.

Ich spürte, dass ich lächelte.

21

ZOE

Den Ort Le Puy erreichte ich, indem ich buchstäblich ein Stadt-
tor öffnete. Auf einem Hügelkamm betreten Pilger durch das
hölzerne Tor in einer Steinmauer einen Garten, von dem aus
ein gewundener Pfad zwischen Bäumen hindurch nach unten
führt. Wenn man irgendwann einen ersten Blick auf die Stadt
erhaschen kann, sieht man, dass sie von zwei großen Felskup-
pen dominiert wird: Auf der einen steht eine Kapelle, die wohl
irgendein Mönch nach seiner Rückkehr vom Camino errichten
ließ, auf der anderen eine übergroße, rot angemalte Madonna
mit Kind, ähnlich der Christusstatue über Rio. Von der Madonna einmal abgesehen, war Le Puy ein hübscher Ort in einem
malerischen Tal.

Ich hatte die erste große Etappe meiner Reise bewältigt, aber
mehr als das Doppelte der gewanderten Strecke stand mir noch
bevor. Mein Geld würde keine Woche mehr reichen. Da ich die
Gastfreundschaft der *mairies* nicht wieder ausnutzen wollte,
hatte ich vorletzte Nacht in einer abgelegenen Herberge und
die letzte in einem Hotel in Bellevue la Montagne geschlafen.

Warum also nicht in Le Puy aufhören? Nach zwei Wochen
hatte ich niemandem mehr etwas zu beweisen und schon gar
nicht einem Briten mit Hinterherzieh-Buggy und süffisantem
»Sie gehen den falschen Weg«. Und der scheinheiligen Andeutung, ich könne doch in seine Unterkunft mitkommen – zu der
Bernhard sicher auch seinen Teil beigetragen hatte.

Der Pfad schlängelte sich zwischen den beiden Basaltkuppen entlang, und ich blickte zu der Kapelle auf. Wie beeindruckend, dass sich jemand in einer Zeit ohne Kräne und sonstige Baumaschinen zum Bau einer solch komplexen Konstruktion inspirieren ließ!

War dies die Art von Inspiration, nach der auch ich suchte? Meine Erfahrungen der letzten vierzehn Tage hatten darin bestanden, Trost und Ruhe in der Einfachheit täglicher Routine zu erleben, keine Zeit zum Nachdenken über andere Dinge als den richtigen Weg zu haben, einen Platz zum Schlafen und zum Auswaschen der getragenen Kleidung zu finden – ja, nicht einmal über die Auswahl von Kleidung nachdenken zu müssen. Ich hatte die Freude am Essen wiederentdeckt und daran, vor körperlicher Erschöpfung und damit ohne Zeit für Grübeleien in tiefen Schlaf zu fallen. Der Camino befand sich auf einer anderen Frequenz als der Rest des Lebens, doch ich genoss diesen Unterschied und begrüßte ihn wie einen verlorenen Freund.

Le Puy war fortschrittlich genug für ein Internetcafé. Seit zwei Wochen hatte ich keinen Kontakt mehr zu meinen Töchtern gehabt – und auch nicht zu unserem Buchhalter Albie und dem Chaos, das ich ihm hinterlassen hatte. Ich war überrascht, wie lang mir diese Zeit plötzlich vorkam und wie wenig ich mein Zuhause vermisste.

Von Laura und Tessa waren einige E-Mails im Postfach – *Wo bist du? Wie geht es Dir?* Albie hatte die Autos verkauft, aber mit dem Haus könne es noch etwas dauern. Camille wollte wissen, wann ich zurückkäme – und ob ich jemand Interessantes kennengelernt hätte. Falls ich Hilfe brauche, solle ich sie anrufen. *Versprochen?*

Ich antwortete Camille, ich würde mich auf dem Chemin sehr wohl fühlen, und den Mädchen: alles gut, kein Grund zur

Sorge. Erst als ich »Senden« drückte, fiel mir ein, dass ich ihnen gar nichts vom Camino erzählt hatte.

Das Hostel in Le Puy war größer als die bisherigen, und ich war nicht allein dort. Mit mir übernachteten außerdem ein Student der Fotografie, Amaury, der sich zu einem zweiwöchigen Fotoprojekt über den Camino aufmachte, und ein paar Deutsche, die in Genf gestartet waren. Im nächsten Jahr würden sie erneut anreisen und den Jakobsweg zwei Wochen lang fortsetzen. Vier Frauen, die ich nie zu Gesicht bekam, belegten das Privatzimmer neben dem Schlafsaal: Brasilianerinnen, wie mich der Herbergsleiter informierte, die hier mit dem Camino begannen. Im Moment besuchten sie die Messe – anscheinend gehörten sie zu den religiösen Pilgern.

Die Mehrzahl ging früh zu Bett, und ich erlebte meine erste Nacht in größerer Gemeinschaft. Die Brasilianerinnen kamen spät und hielten uns mit ihrem Geschnatter bis nach Mitternacht wach. Trotzdem hatte ich das Gefühl, Teil von etwas Größerem zu sein.

Am Morgen entschied ich, so lange weiterzuwandern, bis mir das Geld ausginge.

22

MARTIN

Dreizehn Tage und 320 Kilometer nach meinem Aufbruch aus Cluny wanderte ich einen gewundenen Pfad nach Le Puy-en-Velay hinunter, berühmt für seine grünen Linsen, in dem drei der Zuführwege zum Chemin zusammenliefen. Ich betrat das Touristenbüro gerade noch rechtzeitig vor Ladenschluss, kaufte dort für meinen nächsten, fünfwöchigen Abschnitt bis Saint-Jean-Pied-de-Port den dicken Reiseführer *Miam Miam Dodo* und entsorgte mein oranges Büchlein. Stufe eins – abgekoppelt.

Wenn mein Karren und ich es bis hierher geschafft hatten, über das schwierigste Terrain der ganzen Route, bestand kein Grund, den Weg nicht noch weitere sechsundsechzig Tage fortzusetzen. Mit meinem Budget lief alles nach Plan, und ab hier würde es mehr günstige Pilgerherbergen geben, falls ich mich finanziell einschränken müsste.

Ich hatte ein Zimmer in einem Mittelklasse-Hotel reserviert und fühlte mich beim klassischen Anmeldevorgang an der Rezeptionstheke im verspiegelten Foyer leicht deplatziert. In den billigen Hotels zwischen Cluny und Le Puy hatte man mir bei Ankunft einen Schlüssel zugeworfen und bei Abreise die Rechnung ausgestellt und einen Stempel in den Pilgerausweis gedrückt. Kein Pass erforderlich, Bargeld bevorzugt.

Ich musterte mein Spiegelbild. Seit der Nacht mit dem heißen Kaninchen hatte ich mich nicht mehr rasiert. Meine Wanderhose, die ich unten in meine dicken Socken gestopft hatte, war schlammverkrustet, und die halblange rote Funktionsjacke sah auch nicht mehr ganz frisch aus. Ich fühlte mich wie Robert F. Scott bei seiner ersten Südpolexpedition. Der Unterschied zu dem Geschäftsmann, der vor mir gerade seinen Ausweis zeigte, hätte nicht dramatischer sein können.

In meinem Zimmer stellte ich mich unter die blitzsaubere Dusche. Nachdem ich meine Kaschmirjacke angezogen und das Haar notdürftig mit den Fingern gekämmt hatte, sah ich dem Ingenieursdozenten von vor zwei Wochen wieder ziemlich ähnlich, aber den Bart ließ ich stehen. Ich begutachtete die Überreste der durchstochenen Blasen an meinen Füßen und entschied, ich hätte nichts zu verlieren, wenn ich Monsieur Chevaliers Rat annähme und leichtere Schuhe kaufte.

Outdoor-Läden gab es reichlich – am Sonntagnachmittag waren jedoch alle geschlossen.

Wieder im Hotel, verbrachte ich einige Zeit mit dem Update meines Blogs und machte mich dann in Erwartung einer umfassenden Auswahl an Optionen auf die Suche nach einem Lokal zum Abendessen. Natürlich hätten mir die Geschäfte schon eine Warnung sein können: Die Straßen waren so gut wie menschenleer. Ich nahm mein Handy, um nach Restaurants zu googeln. Ein langer Marsch – relativ gesehen, natürlich – führte mich zu einem Couscous-Lokal, das zwar geöffnet war, aber ohne Küche. »Der Koch ist in Spanien.« Man dirigierte mich zur Konkurrenz auf der anderen Seite der Stadt, die – wenig überraschend – voll besetzt war.

Ich gesellte mich zu einer auffallend großen, gutaussehenden Frau, vielleicht ein wenig älter als ich, mit grauen Strähnen im kurzen dunklen Haar, die ebenfalls auf einen Tisch wartete.

»Engländer?«, wollte sie wissen. Prangte etwa ein Union Jack auf meiner Stirn?

Ich nickte.

»Gut«, sagte sie mit schätzungsweise spanischem oder italienischem Akzent. »Mein Französisch ist schrecklich. Haben Sie drei Frauen gesehen?«

Ich schüttelte den Kopf. »Nein, tut mir leid.«

»Sie sind zur Messe gegangen. Alle drei. Ich bin Renata.« Sie gab mir fest die Hand.

Der Oberkellner winkte, als ein Paar aufstand. Ein Tisch für vier war noch nicht frei, und ich bot Renata an, mir Gesellschaft zu leisten, während sie wartete.

Ihr Englisch war exzellent. Ich erfuhr, dass sie und ihre abwesenden Freundinnen – allesamt Brasilianerinnen – am nächsten Tag nach Saint-Jean-Pied-de-Port aufbrechen wollten. Sie stammte aus São Paulo und war Historikerin. Sie gefiel mir, und ich hoffte, ihre Freundinnen würden das Lokal nicht finden.

Wir hatten gerade eine Karaffe Rotwein und eine Mezze-Platte vor uns, als ihre Wanderkolleginnen dazustießen. Große Vorstellungsrunde, angeführt von einer Frau um die vierzig, platinblond, in einem engen weißen Kleid, mit nackten Beinen und hohen Absätzen.

Wie weit ich gewandert sei? Von wo? Mit wie viel Gepäck? Mein Gott, dreihundert Kilometer! Ihre Bewunderung klang ein wenig übertrieben angesichts der Tatsache, dass sie und ihre Freundinnen selbst achthundert Kilometer vor sich hatten. Was den Flirtfaktor betraf, stellte sie das heiße Kaninchen problemlos in den Schatten.

Sie lud mich ein, mich mit an ihren Tisch zu setzen, aber die Frauen wollten es offenbar krachen lassen, und ich wusste, ich hatte einen anstrengenden Tag vor mir. Mein neuer Reiseführer warnte, die Etappe von Le Puy nach Saint-Privat-d'Allier sei unerwartet strapaziös.

23

ZOE

Der Aufstieg hinter Le Puy war keine große Sache, solche Höhen bewältigte ich nun schon seit zwei Wochen. Aber etwas hatte sich verändert: die Zahl der Wanderer. Ich war längst nicht mehr die Einzige, die eine Jakobsmuschel bei sich trug – die meisten Pilger hatten echte Muscheln an ihren Rucksäcken befestigt, manche davon mit roten Kreuzen oder Bildern des Heiligen Jakobus bemalt. Ich unterhielt mich immer eine Weile mit ihnen, ehe ich überholte. Ein Pärchen schob ein Kind in einem Buggy vor sich her, ein Typ in Laufklamotten machte gerade Pause, und eine Vierergruppe hatte einen Hund dabei. Alle waren den ersten Tag unterwegs. Wie ich erfuhr, wanderten viele Europäer zwei Wochen am Stück und setzten den Jakobsweg im nächsten Jahr am jeweiligen Endpunkt fort. Niemand, den ich traf, wollte bis Saint-Jean-Pied-de-Port gehen. Vor etwa vier Tagen hatte ich den Eindruck gewonnen, deutlich fitter geworden zu sein, und dieses Gefühl blieb bestehen. Ich hatte mir nicht die Mühe gemacht, einen Reiseführer zu besorgen – bisher war ich auch gut ohne ausgekommen.

Keith wäre den Camino nie gegangen. Abgesehen vom Geschäft – und, wie mir jetzt bewusst war, auch vom Geld – als Hinderungsgrund, hätte er darin keinen Sinn gesehen. Zu viel Fußmarsch, zu wenig berühmte Sehenswürdigkeiten.

Mir dagegen lag der Jakobsweg sehr. Nicht meinem physischen Ich, dessen größte Herausforderung zu Hause bisher aus Yoga bestanden hatte. Aber dieses Im-Moment-Sein, das Gefühl von Freiraum und Frieden und die Herausforderung, jeden Tag zu nehmen, wie er kam, entsprachen mir sehr. Ich wollte nicht die »Pilger-Autobahn« erleben, die mir im Touristenbüro in Cluny prophezeit worden war, aber ich wollte auch nicht die ganze Zeit allein sein. Doch wie es aussah, würde ich nun ja Gesellschaft bekommen, und ich freute mich darauf, viele unterschiedliche Leute kennenzulernen.

Der Weg wurde anstrengender. In diesem Abschnitt verlief der Chemin auf dem Fernwanderweg GR65, dessen rotweiß gestreifte Hinweiszeichen an Bäumen und Pfählen die Jakobsmuscheln größtenteils ersetzten. Ich vermisste das Gefühl, vom Geist des Heiligen geführt zu werden. Nach der Panne hinter Montarcher war ich sehr auf der Hut, wenn andere Wanderwege mit dem Jakobsweg zusammenfielen und ihn dann wieder verließen, so dass ich ständig sehr aufmerksam nach Muscheln Ausschau hielt.

Meine Strapazen wurde durch phantastische Ausblicke über sanfte Täler und hügelige Höhen belohnt. Ich legte eine halbe Stunde Rast ein. Nach der Pause fingen die Muskeln in meinen Beinen und Schultern an, sich zu verspannen. Den ganzen Tag über hatte ich meine Aufmerksamkeit nach außen gerichtet und vergessen, auf meinen Körper zu achten. Ein paar Yogaübungen halfen, doch dann begannen meine Füße zu schmerzen. Ich konnte nur noch halb so schnell gehen wie zu Beginn der Etappe. *Lang wird dem Müden die Meile*, wie der Buddha sagte.

Gegen Mitte das Nachmittags überzog sich der Himmel mit düsteren Grau- und Schwarztönen, und die fernen Sonnenstrahlen erhellten meinen Bestimmungsort für die Nacht: das auf einer Anhöhe gelegene Saint-Privat-d'Ailler. *Anhöhe* bedeutete *Anstieg*. Er war dankenswert kurz.

Wie üblich stach die Kirche hervor, ein gewaltiger Bau mit einem vermutlich ehemaligen Kloster. Auskünften in Le Puy zufolge gab es hier jede Menge Betten, und auf dem Weg zur Touristeninformation kam ich an zwei *gîtes* vorbei, ehe ich mich nach der billigsten Unterkunft erkundigen wollte.

Ich hatte jedoch vergessen, dass Montag war und demzufolge das Büro geschlossen. An der Hauptstraße lag eine Gaststätte, die auch Zimmer vermietete. Ich trat ein, und wer saß dort an einem Tisch, allein, mit aufgeklapptem Rechner und Tasse Kaffee daneben? Der Karrenmann. Der *Engländer*.

Mittlerweile trug er einen lichten Bart und sah schon mehr wie ein Wanderer aus – nicht mehr so sehr wie ein Jäger, für den ich ihn am Anfang gehalten hatte. Durchaus nicht unattraktiv … aber von allen Pilgern, die gerade unterwegs waren: Warum ausgerechnet er?

Der Camino verändert dich, hatte Monsieur Chevalier gesagt. Vielleicht arbeitete Karrenmann an seiner Persönlichkeit. Er hatte mich tatsächlich vor zwölf Kilometern Umweg bewahrt und ich ihm noch nicht dafür gedankt. Jetzt könnte ich ihm immerhin beweisen, dass ich Anstand besaß.

24

MARTIN

Zoe erstarrte, als sie mich sah. Unsere letzte Begegnung im Schnee war frostig verlaufen, aber ich war bereit, es auf die Beschämung über ihren Irrtum und den Ärger über den Umweg zu schieben. Mir wäre es genauso gegangen.

Schon in Cluny hatten wir keinen guten Start gehabt, und ihre Verbrüderung mit Bernhard, um die Großzügigkeit der Franzosen auszunutzen, hatte sie mir nicht sympathischer gemacht. Allerdings hatten wir kaum mehr als ein Dutzend Worte gewechselt. Ich sollte ihr zumindest die Chance geben, für sich selbst zu sprechen.

Ich winkte, und sie kam zu mir, den Rucksack immer noch auf den Schultern. Sie sah erschöpft aus.

»*Bonjour*«, sagte sie. Das eine Wort war mit ausreichend Sarkasmus getränkt, um eine längere Botschaft zu vermitteln: Besten Dank, dass Sie mich in dem Glauben gelassen haben, Sie seien Franzose, obwohl ich mich vielleicht ein bisschen weniger verloren gefühlt hätte, wenn ich gewusst hätte, dass auch ein gut informierter Wanderkollege etwa meines Alters unterwegs ist, der meine Sprache spricht.

Ich passte mich der Stimmung an. »Wieder verlaufen?«

»Sie können mich mal.« Sie drehte sich um.

»He, wo wollen Sie hin?«

»Zu McDonald's auf einen Burger und einen Milchshake. Was dachten Sie denn, wo ich hinwill?«

»Ich könnte mir denken, dass Sie herumlaufen wollen, bis Sie das herausgefunden haben, was ich Ihnen jetzt schon sagen kann: Nur eine Herberge hat geöffnet, und die ist voll.«

»Und woher wissen Sie das?«

»Ich habe einen Reiseführer. Ziemlich hilfreich. Kann ich nur empfehlen.«

»Dieses Lokal hier ...«

»... hat sein Schild noch nicht auf den neuesten Stand gebracht.«

»Ich bin sicher, dass es irgendwo noch einen Schlafplatz gibt.«

»Ja, einsame alte Knacker gibt es wohl in jedem Dorf ...«

Ich bereute die Worte schon, während ich sie sprach, nicht nur, weil sie gemein waren, sondern weil ich in genau diesem Moment Bernhards Geschichte nicht mehr glauben konnte. In Zoes Gesicht spiegelten sich Wut wie auch Beschämung. Was auch immer passiert war, es war anders gewesen, als Bernhard es beschrieben hatte. Einen Augenblick lang dachte ich, sie würde in Tränen ausbrechen, doch die Wut gewann.

»Sie mieser ... Pimmel! *Sie* müssen grad reden! Wer war es denn, der über Bernhard ausrichten ließ, er wolle sein Zimmer mit mir teilen, ganz ohne Bezahlung, nur für ...« Diesmal war sie es, die sich unterbrach. »Dieser kleine Scheißer.«

Wir schwiegen eine Weile, während ich, und vermutlich auch sie, darüber nachdachten, wie viel von dem, was wir voneinander wussten, von Bernhard stammte.

Zoe sah zu mir hinunter. »Nur, um das ein für alle Mal klarzustellen: Haben Sie vorgeschlagen, wir könnten uns auf Ihre Rechnung ein Zimmer im *Bed and Breakfast* teilen oder nicht?«

Ich sah ihr geradewegs in die Augen. »Nein, hab ich nicht. Bernhard meinte, *Sie* würden zahlen.« Sie brauchte einen Moment, um zu erkennen, dass das ein Witz war. Ich grinste, um es zu bestätigen.

»Sie bewegen sich auf dünnem Eis«, erwiderte sie, nahm aber den Rucksack ab und setzte sich. »Ich trinke einen Kaffee. Wo sind Sie denn untergebracht?«

»Gar nicht. Ich gehe weiter. Das Hotel gegenüber soll um sechs öffnen, aber heute ist Montag. Ich will also nicht im Dunkeln unterwegs sein, falls es doch nicht aufmacht. In Rochegude, dem nächsten Dorf, habe ich schon angerufen und mir bestätigen lassen, dass die Herberge geöffnet hat. Die Etappe soll steil und unwegsam sein, aber ich würde es bis Sonnenuntergang schaffen.«

»Ich gehe heute keinen Schritt mehr«, sagte sie. »Wenn das Hotel nicht aufmacht, versuche ich es in der Herberge, auch wenn sie voll ist. Irgendeinen Platz werden die schon noch finden, schätze ich.«

»Und wenn nicht?«

»Wenn ich eins im Leben gelernt habe, dann, dass man manchmal auch dem Schicksal vertrauen muss.«

»Wenn es auf Ihrer Seite ist, ja. Sonst kann man froh sein, wenn man ein Zelt dabeihat.«

Sie lachte. Wurde ernst. »Habe ich in Gros-Bois Ihr Zimmer bekommen?«

»Vermutlich. Tut mir leid, wenn ich ein bisschen wortkarg war.«

»Ein *bisschen?*«

»Mir stand's bis hier.«

»Der Herbergsvater meinte, Sie hätten nichts gegessen.«

Kannte sie als Amerikanerin diese Redewendung nicht? »Ich war nicht voll – höchstens voll genervt. Und danke für den Imbiss. Sie zeichnen nicht zufällig, oder?«

»Manchmal.«

»Ich habe das Bild gesehen, das Sie dagelassen haben. Sie sind gut.«

»Oh, danke. Hat er es Ihnen gezeigt?«

»Nein, er hat mich zum Duschen in Ihr Zimmer gelassen. Da lag es dann.«

»Dann hätte ich Bernhard ja sagen können, dass wir uns tatsächlich schon ein Zimmer geteilt haben.« Sie grinste.

»Wollen Sie den Kaffee immer noch, oder kann ich Ihnen ein Bier holen – oder einen Wein?«

»Ein Bier wäre schön. Und Sie könnten mir Ihren Namen verraten.«

»Martin. Das wussten Sie nicht?«

»Vor ein paar Tagen dachte ich noch, Sie wären Franzose. Und ein Ladendieb. Was wahrscheinlich auch nicht stimmt.«

»Warum? Weil ich ein Engländer namens Martin bin?«

»Nein, weil ich bei allem anderen bisher auch falschgelegen hatte.«

Ich holte zwei Bier, da sagte sie: »Das wird Ihnen bei der letzten Etappe Auftrieb geben.«

Ich trank das Glas in zwei Schlucken halb leer. »Ich riskiere es auch mit dem Hotel.«

Es wurde schnell sechs Uhr. Als die zwei Bier zur Neige gingen, ebenso wie das Tageslicht, war vom Besitzer immer noch nichts zu sehen. Zoe hatte recht: In der Herberge könnte man sicher auch einen Platz auf dem Fußboden bekommen, ansonsten hätte ich immer noch mein Zelt.

Unser Gespräch war nicht weit vom Camino abgeschweift, und ich spürte, dass auch ihr ein Gesprächspartner gefehlt hatte. Auf meinem Blog wollte ich vor allem Werbung machen, und mit Bernhard hatte ich mir lieber auf die Zunge gebissen, als zu kontern, wenn er mal wieder Möglichkeiten zum Punkten gesucht hatte. Meine E-Mails an Sarah waren knapp gewesen und ihre Antworten gleichermaßen kurz ausgefallen.

Gegenüber fuhr ein Lieferwagen vor. Ich zahlte und erwischte den Hotelier beim Aufschließen.

»Ist das Hotel geöffnet?«, fragte ich auf Französisch.

»*Bien sûr, Monsieur et Madame.*«

Wir hätten Glück, erklärte er, weil gerade noch ein Zimmer frei wäre.

»Anscheinend ist nur ein Zimmer frei«, erklärte ich Zoe. Mist – das klang, als hätte ich es mir – ganz à la Bernhard – ausgedacht. Ich hob einen Finger: »Nur eins?«

Zoe lachte. »Hat er doch gesagt.«

»Schon okay, nimm du es«, bot ich an.

»Wir können es uns teilen und eine Münze für das Sofa werfen.«

»Bist du sicher? Du kannst gern das Bett nehmen. Ich habe eine Isomatte.«

»Dann will ich mich nicht streiten.«

»Warum gehst du nicht schon mal unter die Dusche, und ich besorge uns was Alkoholisches? Spezielle Vorlieben?«

Ich hätte mich ohrfeigen können. Eine Wegkollegin hatte mir großzügig angeboten, ein Zimmer zu teilen, und ich revanchierte mich, indem ich mich wie ein Salonlöwe aufführte.

»Noch ein Bier oder ein Glas Weißwein wäre nett. Ich trinke nicht so viel.«

Gerade, als ich ihr den Zimmerschlüssel reichte, betrat Renata das Hotel, die große Frau aus dem Restaurant in Le Puy, die offenbar wieder die Vorhut bildete. Sie sah deutlich erschöpfter aus als Zoe. Der erste Tag. Wir Veteranen tauschten wissende Blicke.

Zoe ging nach oben, und als Antwort auf Renatas fragenden Blick erklärte ich, wir teilten uns das Zimmer nur, weil es das letzte sei.

Wenige Minuten später trafen die übrigen Brasilianerinnen ein. Die flirtfreudige Blondine hatte ihr Kleid gegen eine ungewöhnlich enge Wanderhose getauscht, ihr Make-up jedoch beibehalten. Sie gingen nach oben und kehrten umgezogen zurück, noch ehe Zoe wieder auftauchte.

Blondie, wieder in dem kurzen Kleid, war offenbar für das Freizeitprogramm verantwortlich.

»Wir sind in Frankreich. Wir trinken Ricard.« Es hätte keinen Sinn gehabt zu erklären, dass wir zwar in Frankreich, aber nicht in Marseille waren.

Sie marschierte ohne Umschweife hinter die Theke. Der Besitzer kam angelaufen.

»Sagen Sie ihm, es ist okay. Wir nehmen die ganze Flasche.«

Monsieur hielt das für keine gute Idee, aber was konnte er schon ausrichten?

»Wie viel?«, fragte ich ihn leise auf Französisch.

»Für die ganze Flasche? Fünfzig Euro. Wir sind kein Supermarkt.«

»Sechzig Euro«, erklärte ich Blondie. »*Sessanta.*« Ich fand, der Besitzer hätte sich das Trinkgeld am Ende der Nacht bestimmt verdient. Sie ließ ihn Fotos von der Gruppe machen, mit all unseren Fotoapparaten und Handys, wir beide eng umschlungen vorn in der Mitte.

Dann schenkte sie fünf Gläser ein. Eine der Frauen – in etwa demselben Alter, äußerlich und charakterlich jedoch so ziemlich das Gegenteil – wollte ablehnen, doch Blondie duldete keine Spielverderber.

25

ZOE

Nach einem ausgiebigen Bad fühlte ich mich wie neugeboren, wobei natürlich auch das Bier geholfen haben mochte. Auf jeden Fall hatte es mich Martin gegenüber gnädiger gestimmt – sein Verhalten war vermutlich nationalitätsbedingt. Ich nutzte die volle Badewanne, um meine gesamte Kleidung zu waschen, und erst als ich meine Unterwäsche zum Trocknen aufhängte, fiel mir ein, dass wir uns das Zimmer ja teilten. Ich hängte alles über die Heizung und drapierte meine Jacke darüber. Sobald Martin sich schlafen gelegt hätte, könnte ich sie abnehmen. Und versuchen, vor ihm aufzuwachen.

Als ich nach unten kam, waren vier Frauen in der Bar. Eine von ihnen – im Partyoutfit: weißes hautenges Kleid ohne Strümpfe – saß Martin fast auf dem Schoß. Er stand schnell auf. »Magst du einen Pernod?« Er nahm Partygirl die Flasche ab und schenkte mir ein Glas ein. Es war das Zeug, mit dem ich baskenbemützte Männer wiederholt in Bars gesehen hatte – morgens um elf Uhr. Schon der anisartige Geruch war stark genug, mich zu benebeln. Eine etwas mauerblümchenmäßig wirkende Frau musterte ihr Glas ähnlich skeptisch wie Alice die »Trink mich«-Flasche.

Ich nahm einen Schluck und spürte den Alkohol brennen. Ich hielt Martin den Schlüssel hin.

»Schon okay«, sagte er. »Das Zimmer gehört dir.«

Partygirl schmunzelte. Aha.

»Ich bin Margarida«, sagte sie, als Martin sich – verschämt? – entfernte. »Wie der Cocktail, nur mit *d*.« Ihre Mutter musste ein Zeichen empfangen haben, als sie den Namen wählte. »Fabiana und ich werden uns ein Zimmer teilen.«

Ich hätte daran denken können, dass der typische Brite ein Gentleman war.

Während Martins Abwesenheit machte ich mich mit den anderen Frauen bekannt. Vielleicht waren sie die Brasilianerinnen, die mich in Le Puy wach gehalten hatten. Die große Frau, mit einem Knochenbau wie Grace Jones, hieß Renata. Die Schüchterne, und vermutlich Fromme, war Fabiana. Inzwischen schien sie den Pernod als ungefährlich eingestuft zu haben.

Die Anführerin hieß Paola, ein mütterlicher Typ um die fünfzig, die jedes Jahr für einen Teil des Camino private Touren organisierte. Nach ihrer Ankunft in Saint-Jean-Pied-de-Port würde sie eine dreiwöchige Pause einlegen und dann eine zweite Wandertour von irgendwo in Spanien nach Santiago durchführen. Ihre drei Klientinnen wollten wieder dazustoßen, ebenso ihre Tochter im Teenager-Alter.

Paola kannte sich bestens aus, hätte aber von Nicole, der Australierin, noch etwas lernen können. Der Rucksack zu ihren Füßen war größer als der, mit dem ich losgewandert war.

»Meine Knie machen mir Probleme«, sagte sie.

»Bei Knien kann ich nicht helfen«, entgegnete ich, »aber ich gebe Schulter- und Fußmassagen.«

»Für wie viel?«

Ich atmete tief durch. »Fünf Euro für zehn Minuten, oben oder unten, sieben für eine Viertelstunde beides zusammen.«

Keith wäre umgefallen, wenn er mich gehört hätte.

Margarida kündigte an, sie würden das *menu pèlerin* nehmen, und ich könne gern mit ihnen essen. Huhn mit Nudeln. Während ich Paolas Schultern knetete, trug der Barkeeper ihren Rucksack nach oben.

Ich war mit Margaridas Füßen fast fertig, als Fabiana ankam. Margarida schenkte ihr Glas wieder voll.

»Findest du, dass das für Pilger in Ordnung ist?«, wollte Fabiana wissen.

Ich war nicht sicher, ob sie den Drink oder die Massage meinte.

»Ich glaube«, sagte ich, »dass die alten Pilger das angenommen hätten, was ihnen angeboten worden wäre.« Margarida fügte hinzu, dass sie mit kaputten Füßen sowieso nicht pilgern könne. Das brachte mir weitere fünf Euro ein.

Jemanden zu massieren, selbst wenn es nur die Füße sind, schafft eine Verbindung. Ich spürte, dass Fabiana eine Menge emotionalen Ballast mit sich herumschleppte, möglicherweise Schuldgefühle. Margarida machte dicht und ließ mich außen vor. Ich empfand ihre Energie nicht als vollkommen negativ, aber ein bestimmtes Maß davon auf einmal reichte.

Wenn es genug Pilger mit wehen Füßen gäbe, könnte ich mir meinen Weg bis nach Saint-Jean-Pied-de-Port finanzieren – und ohne schlechtes Gewissen.

Da kam Bernhard.

»Zoe! Du und Martin?« Er musste den Karren gesehen haben. »Und ich nehme auch eine Massage.«

»Zwanzig Euro«, sagte ich. »Pro Fuß.«

Als ich nach dem Händewaschen – und dem Neu-Sortieren meiner gewaschenen Klamotten: die Aspenjacke hatte jetzt innen braune Streifen – wieder herunterkam, packte Martin gerade seinen Wagen aus. »Bernhard sitzt zum Essen bei den Brasilianerinnen. Auf der anderen Seite des Restaurants finde ich es aber auch gemütlich.«

Martin hatte sich in Le Puy mit Renata unterhalten, kannte die anderen aber nicht mit Namen. Er musste nicht auf sie zeigen.

»Die Mimose.«

»Ich tippe eher auf religiös. Fabiana.«

»Das Muttertier.«

»Einfach: das ist Paola. Sie leitet das Ganze.«

Martin zögerte einen Moment, als hätte er Partygirl vergessen. »Die andere.«

»Camino Barbie?«

Er lachte.

»Margarida«, sagte ich.

»Wein?«

Ich hatte schon ein Bier und das Glas Pernod getrunken. Die Massagen hatten mir neunzehn Euro eingebracht, aber ich musste noch das Zimmer bezahlen. Ich schüttelte den Kopf.

»Geht auf mich. Der ganze Abend. Ich bestehe darauf. Du hast mit dem Hotel die richtige Entscheidung getroffen.«

Ich bestellte Salat und Pommes frites. Martin Ente. Und eine Flasche Hauswein. Der war gut, und ich fand, ich könnte mich daran gewöhnen. Keine besonders tiefschürfende Erkenntnis, um sie vom Jakobsweg mit nach Hause zu nehmen.

»Also«, sagte Martin, »das Wichtigste hast du mir bis jetzt noch nicht erzählt: warum du den Weg gehst. Abgesehen vom ›Ruf‹ der Jakobsmuschel. Warum bist du überhaupt in Frankreich?«

»Unterschätz das Schicksal nicht.«

Martin zog skeptisch eine Augenbraue hoch.

»Eine Menge Leute auf dieser Welt glauben, unser Schicksal liegt in den Händen eines alten weißhaarigen Typen über uns, der Belohnungen und Strafen verteilt wie ein … na ja, eben wie ein alter weißhaariger Typ. Was ich glaube, ergibt mehr Sinn. Manche Dinge sollen einfach geschehen. Schicksal, Bestimmung, Karma … nenn es, wie du willst. Das Universum hat einen Plan – wir sind nur nicht schlau genug, ihn zu durchschauen.«

»Und warum, glaubst du, hat das Schicksal dich auf diese Reise geschickt?«

»Mein Mann ist gestorben. Ganz plötzlich. Vor fünf Wochen.«

»Oh, mein Gott! Das tut mir leid.«

Plötzlich überkam mich eine Welle von Traurigkeit. Ich sah zur Seite und trank einen Schluck Wein.

»Ich habe mich noch gar nicht richtig damit auseinandergesetzt.«

»Viele Menschen gehen den Camino, um zu trauern«, sagte Martin nach einer Weile. »Du hast noch ein ganzes Stück vor dir.«

»Ich gehe nur bis zur Grenze.«

»Ist trotzdem lang.«

Unser Essen kam. In meinem Salat mit gebackenem Ziegenkäse war jede Menge rohes Gemüse – und obenauf Speck. Ich trank mehr Wein und fieselte den Speck in meine Papierserviette. Widerstrebend. Der Ziegenkäse war der beste, den ich je gegessen hatte.

Martin erklärte seine Verbindung zu Jim, der sein Vermieter gewesen war, und fragte, woher ich Camille kenne.

»Wir waren Zimmerkolleginnen im Studentenwohnheim in St. Louis«, antwortete ich. »Ich habe Kunst studiert und sie Sprachen; davor war sie schon ein Jahr in Japan gewesen.«

»Und ihr habt euch auf Anhieb verstanden?«

»Tatsächlich mochte ich sie zu Anfang nicht besonders. Sie war echt durchgeknallt – die totale *drama queen* –, aber die Männer liefern ihr trotzdem in Scharen hinterher. Das Zimmer mit ihr zu teilen war, wie im Auge eines Wirbelsturms zu leben: Augenblicke der Ruhe, aber man wusste genau: wenn der Tornado weiterzieht …«

Er lachte. »Was ist dann passiert?«

»Sie wurde schwanger.« Ich versetzte mich in die Zeit zurück, sah wieder ihr Gesicht – wie die schöne, selbstbewusste, gebildete Europäerin sich die Augen aus dem Kopf heulte. Da hatte ich gemerkt, wie viel von ihrem Gehabe nur aufgesetzt gewesen war.

»Sie war verliebt. Aber der *crétin* – so nannten wir ihn damals – hat sie abserviert. Am Ende haben wir beide das College verlassen. Sie kehrte nach Frankreich zurück, und ich heiratete und bekam Kinder.«

»Aber du hast ihr geholfen?«

»Sie kam mit den Protesten nicht zurecht. Damals gab es in St. Louis eine Menge Pro-Life-Aktionen. Sie war völlig fertig, und der einzige Arzt, dem sie nach viel gutem Zureden am Ende vertraute, praktizierte außerhalb der Stadt, also habe ich sie dorthin begleitet.«

Auf der anderen Seite des Lokals lachten Bernhard und Margarida über irgendetwas laut auf.

»Was ist mit dir?«, wollte ich wissen. »Worüber denkst du die ganze Zeit beim Wandern nach?«

»Wie weit ist es zum nächsten Dorf? Wird es regnen? Wo bekomme ich was zu essen? …«

Wäre ich den Camino nicht selbst gegangen, hätte ich seine Antwort für eine Ausrede gehalten, aber Tatsache war, dass auch ich eine Menge Zeit mit ebendiesen Fragen verbrachte.

»Und was willst du hinter dir lassen?« Die Frage kam intuitiv. Ich hatte viel Wein getrunken.

Martin wirkte überrascht, dann zuckte er die Achseln. »Das habe ich schon erledigt. In Cluny hatte ich keine Probleme, aber … es war Zeit, was anderes zu machen.«

Jetzt wich er aus. Ich spürte, dass er viel Schmerz unterdrückte. Aber er würde nichts Privates mit mir teilen. Typisch Mann. Scheiß Männer!

Ich schloss die Augen und spürte, wie meine Wut von einer überwältigenden Traurigkeit getilgt wurde. »Bitte entschuldige.« Ich stand auf und ging auf die Toilette. Und brach zusammen.

Mein Körper wurde von Schluchzern geschüttelt, und die Tränen wollten nicht versiegen. Als ich draußen jemanden hörte – es gab nur eine Klokabine –, zwang ich mich, tief und konzentriert zu atmen, bis ich mich so weit beruhigt hatte, dass ich die Tür öffnen konnte

Draußen stand Martin, der mich besorgt und freundlich ansah, und schon ging es wieder los. Er zog mich in die Arme, ganz sanft, und sicher nur in der Absicht, mich zu trösten. Ich konnte es nicht annehmen. Ich wich zurück, sagte: »Tut mir leid, ich hab einfach zu viel getrunken«, und floh nach oben.

26

MARTIN

Gott – oder Renata – sei Dank hatte ich mein eigenes Zimmer. Nachdem ich mich dermaßen blamiert hatte, hätte ich lieber mein Zelt aufgeschlagen, als zu Zoe aufs Zimmer zu gehen. »Ich habe zu viel getrunken«, sagt sie, und schon ist Martin – *Irgendwelche Vorlieben?* – zur Stelle. So muss es jedenfalls auf sie gewirkt haben.

Am nächsten Morgen wollte ich es – mit ausgefeilter Erklärung und Entschuldigung – wiedergutmachen, aber sie ließ sich überhaupt nicht blicken. Der Hotelbesitzer sagte dann, sie sei ohne Frühstück aufgebrochen. Deutlicher hätte sie nicht ausdrücken können, dass sie ausreichend Abstand zwischen sich und mich bringen wollte. Ein Teil von mir hätte die Angelegenheit gern geklärt: Ich hatte unsere Gespräche genossen und das Gefühl gehabt, wir wären auf dem Weg zu weiterem gemeinschaftlichem Wandern und vielleicht auch Essen gewesen. Der andere Teil war erleichtert, dass mir Komplikationen erspart blieben.

Auf den zwanzig Kilometern nach Saugues hatte ich den bislang härtesten Aufstieg zu bewältigen: fünfhundert Höhenmeter innerhalb weniger Kilometer. In meinem Reiseführer stand die Geschichte eines Postboten aus Saugues, der mit Kartons am Stadtrand stand, um all das einzusammeln, was die Pilger lieber schon nach Hause schicken wollten.

Steile Anstiege waren quasi der Pferdefuß meines Gepäckwagens. Mit unebenem Terrain, auch Schnee und Eis, kam er gut zurecht, ihn aber einen Berg hochzuziehen war, als wäre man vor einen Pflug gespannt. Ich arbeitete mich in Fünfzig-Meter-Etappen vorwärts und beobachtete per GPS jeden Meter Steigung, bis ich fünf Minuten anhalten und etwas Wasser trinken durfte, bevor es weiterging. Obwohl das am Reißverschluss meiner Jacke befestigte Thermometer nur sechs Grad anzeigte, hatte ich bald alles bis auf das T-Shirt ausgezogen.

Kurz nach Mittag erreichte ich die Hügelkuppe und blickte zurück ins Tal. Jemand hatte eine Bank aufstellen lassen. Ich wartete ein paar Minuten, bis mein Atem sich beruhigte, trank etwas Wasser und hielt Ausschau, ob ich weiter vorn eine weiße Jacke erkennen könnte. Ich sah niemanden. Kalter Wind kühlte meinen Schweiß, und ich griff nach meinem Fleece.

Ich erreichte Saugues am Nachmittag, steuerte die erstbeste Bar an und beobachtete von dort die Ankunft weiterer Pilger. Gerade als ich wieder gehen wollte, kam Renata, wiederum allein. Sie freute sich über die Einladung zu einem Bier und einer Dose Oliven.

»Wie fandest du den Aufstieg?«, fragte ich sie.

»Nicht so schlimm. Ich habe drei Monate trainiert. Die anderen nicht so viel. Und ich habe ja nur das hier zu schleppen.« Sie deutete auf ihren Minirucksack. »Ein Taxi transportiert unsere Rucksäcke. Nach dem ersten Tag haben wir darüber abgestimmt. Es war eine demokratische Entscheidung.« Demokratisch, aber nicht einstimmig, wie ihr Blick verriet.

»Wo sind die anderen?«

»Die sind gerade vorbeigelaufen, als du das Bier geholt hast. Aber jetzt erzähl mir mal von deinem …«

»Karren? Das ist eine lange Geschichte.«

»Ich mag lange Geschichten. Kannst du mir ja beim Abendessen erzählen.«

Ich schätze, auf die erste Einladung einer Frau zu einem Date hätten sich die meisten Männer sofort auf die Suche nach einem schicken Anzug begeben. Ich dagegen suchte nach neuen Wanderschuhen. Der örtliche Outdoor-Laden befand sich in ausgesprochen günstiger Lage für all diejenigen, die am Ende der zweiten Etappe ihre Ausrüstung aufstocken mussten.

Sobald ich meine Füße in ein Paar Goretex-Wanderschuhe geschoben hatte, war mir klar, dass ich die schweren Stiefel nie mehr anziehen würde. Während ich zahlte, entdeckte ich hinter der Kassentheke einen Rucksack, den ich kannte, oder zumindest ein Design, das mir vertraut war: ein Souvenir an das Debakel der französischen Nationalmannschaft zur WM 2010. Ich setzte meine Brille auf und sah genauer hin. Offensichtlich war es ein gebrauchtes Exemplar. Das konnte kein Zufall sein.

»Sagen Sie, was ist das für ein Rucksack?«, fragte ich auf Französisch.

Das war nicht besonders klug. Mein englischer Akzent war sicher deutlich herauszuhören. Der schnauzbärtige Mann an der Kasse räumte den Rucksack beiseite und ließ erkennen, dass er keine Auskunft erteilen würde. Ich versuchte es trotzdem ein weiteres Mal.

»War hier eine Frau?«

Er ging nicht darauf ein, reichte mir Kreditkarte und Kassenbon und machte sich nicht die Mühe, die Schuhe in eine Tüte zu packen.

Hatte Zoe das Handtuch geworfen und ihre Sachen verkauft, um die Rückfahrt nach Cluny zu bezahlen? Waren die Erinnerungen an ihren verstorbenen Mann, denen sie sich vielleicht zum ersten Mal seit dem sprichwörtlichen Davonlaufen gestellt hatte, zu viel für sie gewesen? Oder, schlimmer noch, hatte es an meinem unbeholfenen Versuch gelegen, sie zu trösten?

Gedanken dieser Art zogen mir während des ansonsten sehr unterhaltsamen Abendessens mit Renata immer wieder durch den Kopf. Sie aß Fleisch, arbeitete in fester Anstellung und war überzeugte Atheistin. Sie hatte keine Kinder und vor kurzem eine langjährige Beziehung beendet. Die beiden hatten ihr Vermögen einvernehmlich und ohne Anwälte aufgeteilt und waren Freunde geblieben. Auf den Camino hatte sie sich gut vorbereitet.

»Ich hatte Angst, ich würde mit den jungen Leuten nicht mithalten können, aber jetzt sind sie es, die immer zurückliegen.«

»Du scheinst das eigentlich für dich allein zu machen.«

»Ein bisschen, ja. Aber ich hatte keine Lust, alles allein zu organisieren.«

Sie war nicht sehr erpicht darauf, ihre Weggenossinnen zu erörtern, und ich respektierte ihre Diskretion. Stattdessen sprachen wir über die Geschichte des Jakobswegs und die Verbindung zu ihrer Forschungsarbeit an der Universität von São Paolo über die gegenwärtigen Beziehungen zwischen Südamerika und den ehemaligen Kolonialmächten.

»Wo essen die anderen heute zu Abend?«, wollte ich wissen.

»Ich weiß es nicht. Ich habe ihnen auch nichts gesagt.« Sie lächelte.

Ich begleitete sie zu ihrem Hotel, und sie gab mir einen halbwegs keuschen Gutenachtkuss, allerdings nicht ohne zu erwähnen, dass ihre Gruppe morgen in Saint-Alban-sur-Limagnole und danach in Lasbros nächtigen würde. Ich war wieder dazu übergegangen, im Voraus zu buchen, und hatte dieselben Stopps eingeplant.

In meinen drei Wochen auf dem Jakobsweg hatte ich dreimal mit interessanten Frauen zu Abend gegessen: Renata, Zoe und Aude, dem heißen Kaninchen. Ich bekam den Verdacht, dass Monsieur Chevalier seine zahlreichen Pilgerreisen möglicherweise nicht nur aus religiösen Gründen unternahm.

Es war erst neun Uhr abends, also machte ich mich auf die Suche nach Zoe. Die städtische Pilgerherberge war geschlossen,

und das private Hostel hatte schon Nachtruhe. Falls sie beschlossen hatte, ihren Weg zu beenden, was mir immer wahrscheinlicher vorkam, hätte sie ohnehin keinen Grund gehabt,
weiter hierzubleiben.

27

ZOE

Der anstrengende Marsch nach Saugues half mir, mich von den Ereignissen des Vorabends abzulenken. Ich frühstückte in einer kleinen Gaststätte am Fuß eines felsigen Anstiegs, von der aus ich schon die kommenden Serpentinen erkennen konnte. Ich überlegte, warum ich das alles überhaupt machte – ich musste ja nicht unbedingt weiterlaufen, nur weil ich es mir jetzt leisten konnte. Ich dachte an meine Töchter, an mein vertrautes Zuhause. Daran, das Drama des vorigen Abends mit meinen Freundinnen zu besprechen und den Schmerz heilen zu lassen.

Ich rieb meinen Muschel-Anhänger und spürte dabei auch Keith' goldenes Herz an den Fingern. Wollte es mir etwas sagen, das ich zu hören nicht bereit war?

Unterdessen übermittelte mir das Universum eine weniger versteckte Botschaft. Der Wind war bitterkalt und meine Hände kurz vor dem Erfrieren. Vor mir lag die Hochebene des Aubrac, auf der es noch kälter werden würde. Ich brauchte Handschuhe – vernünftige Handschuhe –, ehe ich meinen Weg fortsetzen könnte. Oder ich bräche ab, sähe zu, dass ich meine Ausrüstung verkaufte, und nähme einen Bus nach Paris.

Der Aufstieg nach Saugues fühlte sich wie ein Endspurt an, und ich stellte mir schon vor, wie ich mich in meinen Sitz im Flugzeug Richtung Kalifornien kuschelte. Dann, direkt an der Hauptstraße, entdeckte ich einen Outdoor-Laden. Die Botschaft hätte nicht klarer sein können.

Ich wartete in der Schlange und bekam bereits ernste Zweifel, ob man hier mit meinen Sachen überhaupt etwas anfangen könnte, als hinter mir jemand aufschrie.

»*Horreur!*«

Ich warf mich auf den Boden – mir blieb keine Zeit zu überlegen, wie unwahrscheinlich hier in Saugues ein Terrorangriff wäre. Als ich wieder hochkam, sahen mich die Angestellten entgeistert an. Die negative Energie der letzten Nacht musste mich mehr mitgenommen haben, als mir bewusst war, denn das bedrohliche Ding, das den Schrecken ausgelöst hatte, war offenbar mein Rucksack gewesen.

»*Je suis désolée*«, sagte ich – es tut mir leid –, auch wenn ich mich wahrscheinlich nicht so anhörte. »*Je suis un pélerin et le pack … libre … gratuit.*« Der Rucksack war umsonst – also beruhigt euch wieder. Hatte dieses Team denn überhaupt keine Fans?

Drei Verkäufer unterhielten sich angeregt, und einer von ihnen, ein älterer mit einem Schnurrbart, lächelte mich an.

»*Madame*, wir 'aben ein Rucksack für Sie. Viel besser.«

Seine Kollegen verschwanden ins Hinterzimmer und kehrten mit einem Rucksack zurück.

Er hatte fast dieselbe Größe, war grau und rot, aber mit einem Brandloch auf der Verschlussklappe. Um es zu verdecken, steckten die Männer mit Sicherheitsnadeln die Miniaturversion einer amerikanischen Flagge fest.

»Ich brauche keinen neuen Rucksack«, sagte ich. »Ich brauche … Handschuhe.«

»'andschuhe wir 'aben auch!« Er schnappte ein Paar vom Tisch.

Die Gruppenräume in dem privat geführten Hostel gingen alle ineinander über, und im Garten hing eine lange Wäscheleine. Amaury, der Fotograf, den ich in Le Puy kennengelernt hatte, war ebenfalls da, und nach meiner Massage ging er auf Fototour. Wir brachten eine kurze Unterhaltung zustande – mein Französisch wurde immer besser – und entschieden, die beste Anlaufstelle für die morgige Übernachtung wäre das sieben-undzwanzig Kilometer entfernte Saint-Alban-sur-Limagnole. Das wäre dann der bisher längste Abschnitt meiner Wanderung.

Weiterer Gast war eine Schweizerin namens Heike, Alter irgendetwas zwischen fünfzig und sechzig. Sie wanderte mit ihrer Partnerin Monika, die gerade per Anhalter zu ihrem Ausgangspunkt zurückreiste, um den Wohnwagen zu holen. Ihr Plan bestand darin, gemeinsam eine Etappe zu wandern und dann abwechselnd zurückzutrampen, um das Fahrzeug nachzuholen. So wollten sie etwaigen Ärger mit Pilgern oder Herbergsleuten in ländlicheren Gegenden aus dem Weg gehen, die als treue Katholiken vielleicht Anstoß an ihrer Beziehung nähmen. Bisher hatte es keine Probleme gegeben, aber es war auch erst ihr zweiter Tag. Ins Hostel gingen sie wegen der Gesellschaft und des Essens.

Die Brasilianerinnen tauchten gar nicht auf, sie schienen unterschiedliche Arten von Unterkünften zu beziehen. Martin sah sie vermutlich öfter als ich.

Auf dem Weg nach Saint-Alban-sur-Limagnole lernte ich, dass es drei Arten von Schlamm gibt: klebrig, zäh und rutschig. Es war fast unmöglich, die Sohle eines meiner Schuhe von der vier bis fünf Zentimeter dicken Schicht zu befreien, ohne mit dem anderen stecken zu bleiben oder auf den Hintern zu fallen.

Nach etwa einer Stunde stieß ich auf Fabiana und Margarida. Beide hatten die Schuhe ausgezogen, und Margarida lag windgeschützt hinter einer Steinmauer auf dem Boden – unter einem Regenschirm!

»*Gringa!*«, rief Margarida fröhlich. »Wie geht's?«

»Gut«, antwortete ich und meinte es ernst. »Wo sind die anderen?«

»Renata ist vor uns«, sagte Margarida. »Wie üblich.«

»Und Paola?«

»Knieschmerzen«, sagte Fabiana. »Wir treffen sie im nächsten Ort.«

Ich ging weiter und freute mich, dass ich keine Pause nötig hatte. Ich aß mehr als sonst, aber möglicherweise nicht genug Protein. Meine Kleidung saß locker, und ich fühlte mich fitter als je zuvor.

Ich versuchte zu ergründen, warum es mich beim Essen mit Martin so zerrissen hatte. Wahrscheinlich hatte er meine Tränen als weibliche Schwäche interpretiert, was mich ärgerte – ich weinte nicht oft. Nicht einmal bei der Beerdigung hatte ich geweint. Ich war eher fassungslos gewesen, wie wenig der Priester, auf den Keith' Mutter bestanden hatte, von Keith hatte vermitteln können – auch wenn er es nicht ganz so schlimm versaut hatte wie der Priester bei der Beerdigung meiner Mutter.

Meine Mutter. Ich würde nie verstehen, wie sie mich als Tochter hatte verstoßen können, nur weil ich die Sünde beging, mich um einen anderen Menschen zu kümmern. Es machte mich immer noch fertig.

Als ich die nächste Anhöhe erreichte, wurde ich mit lautem Klatschen begrüßt. Ein kompakter Mann mit breitem Brustkorb, ungefähr so alt und so groß wie ich, saß neben seinem Rucksack auf einem Stein.

»Gut gemacht, Honey. Das war ein Hammerberg.«

»Honey?«

Der Amerikaner grinste. »Stars und Stripes auf deinem Rucksack. Der erste Mensch aus der Heimat, den ich hier treffe. Ed Walker aus Houston. Nomen est omen, richtig?«

Hä?

»*Walker*. Geher. Könnte aber glatt ›*Dead Walker*‹ heißen, denn noch so ein Berg, und ich bin tot.«

»Zoe Witt«, entgegnete ich. »Da steckt nicht viel Omen drin.«

137

Eine Verbindung zu »Witwe« wäre zu makaber. Und hätte es auf »Witz« hingewiesen, wäre mir sicher eine pfiffige Antwort auf das »Honey« eingefallen. »Früher hieß ich Waites, aber vom Warten habe ich nicht viel gehalten. Hab mit zwanzig geheiratet und hieß dann eine Weile lang Danza.«

»Und? War es ein Tanz?«

»Das nicht gerade.«

»Bei mir auch nicht. Sie ist abgehauen und hat Geld und Kinder mitgenommen. Jetzt bin ich abgehauen.«

»Wie alt sind deine Kinder?«

»Zehn und … Du findest das Scheiße, oder?«

»Das geht mich nichts an.«

»Ich dachte, ich lern auf diesem Weg vielleicht was über mich. Bis jetzt hab ich nur gelernt, dass ich Wandern hasse. Also, bring du mir was bei. Sag mir, was du denkst.«

Also bitte, er wollte es so. »Kinder brauchen ihre Eltern. Beide.« Fast hätte ich »Und deshalb habe ich den Mann aufgegeben, den ich liebte« hinzugefügt, konnte es mir aber gerade noch verkneifen. Wo kam das denn her? Stimmte es überhaupt? Stattdessen sagte ich: »Kinder geben sich die Schuld an allem, was schiefläuft.«

»Du denkst, ich habe sie im Stich gelassen?«

»Was ich denke, ist egal. Sie sind es, die das denken.«

»Dann soll ich wieder nach Hause fahren?«

»Wie oft rufst du sie an?«

»Ich bin erst drei Tage unterwegs. Wie findest du das Essen? Soll in Frankreich ja angeblich das beste der Welt sein. Das konnte ich bisher noch nicht feststellen.«

»Wir sind nicht gerade in Paris.«

Er lachte. »Stimmt. Wir sind am Rand dieser Hochebene. Aubrac. Haben sie dir auch erzählt, dass es hier oft komplett einschneit?«

Wir blickten beide zum Himmel: keine Anzeichen von Wet-

138

terveränderung. Aber es erinnerte uns daran, dass wir weiterziehen sollten.

Die Landschaft hatte sich verändert. Zwischen Nadelwäldern lagen jetzt weite Ebenen, durchzogen von Stromleitungen. Die Handschuhe konnte ich gut gebrauchen, weil ich die Hände aus den Taschen nehmen musste, um auf dem rutschigen Untergrund Balance zu halten.

Saint-Alban-sur-Limagnole war um eine Burg herumgebaut, in der sich inzwischen eine psychiatrische Anstalt befand. Die Herberge lag etwas unterhalb, direkt neben einem Hotel. Zur Begrüßung läuteten die Glocken.

Paola, Renata und Heike waren schon da. Ich bot an zu kochen, und Paola bestand darauf, die Lebensmittel einzukaufen.

Eine Stunde später köchelte auf dem Herd ein Topf vegetarisches Chili. Monika, die andere Hälfte des Schweizer Pärchens, kam mit dem Wohnmobil und zwei Flaschen Wein.

Auch Bernhard stieß dazu, und ich schickte ihn los, um mehr Bohnen zu kaufen.

Drei weitere Personen trafen ein: zwei ältere französische Schwestern und ein Italiener mit kaputter Hüfte. Sein Priester hatte ihm gesagt, den Camino mit dem Fahrrad zu fahren sei keine ausreichende Buße für irgendeine Sünde, die er offenbar begangen hatte, und jetzt wiederholte er den Weg zu Fuß von Le Puy aus. Seine Frau hatte er dadurch schon lange nicht mehr gesehen – und vielleicht war es genau das, was der Priester beabsichtigt hatte.

Während das Chili garte, tauschte ich die Rolle der Köchin gegen die der Masseurin. Margarida war die Erste, und die Schwestern und der Italiener standen Schlange. Bernhard sah dabei zu, wie ich Margaridas Schultern bearbeitete. Fabiana ging zum Gottesdienst.

Irgendjemand hatte den Tisch mit einer Reihe unterschied-

139

lich gemusterter Teller gedeckt, und Margarida stöpselte ihr iPhone in die kleine Musikanlage des Hostels. Unsere Vorspeise, bestehend aus Nachos und Guacamole, wurde zu den Klängen brasilianischer Rapmusik verspeist. Als das Chili auf den Tisch kam, klang es eher wie Reggae, und wir alle – einschließlich Fabiana – wiegten uns dazu im Rhythmus.

Nach den ersten Bissen Chili verfiel die Gruppe in Schweigen. Heike und Monika begannen zu schwitzen. Die französischen Schwestern tranken zwischen den einzelnen Happen große Schlucke Wasser.

»Hab ich es zu scharf gemacht?«, fragte ich nach.

»Nein, nein«, meinte der Italiener.

»Überhaupt nicht scharf«, kommentierte Bernhard. »Tatsächlich ist es beinah … fad.«

»Du hast recht«, sagte ich. »Möchte sich jemand noch was nehmen, bevor ich es schärfer mache?«

Die Brasilianerinnen entschieden sich für die schärfere Version.

Ich holte das Päckchen mit den Chilischoten, die bereits einige meiner Mahlzeiten vor Geschmacklosigkeit bewahrt hatten (Zoes Weg-Weisheit: Chilischoten einpacken), und bröselte ein Dutzend davon in den Topf. Dann stellte ich ihn auf den Tisch zurück und nahm mir eine Portion.

Bei meinem Mexikaner zu Hause wäre das Gericht mit drei Chilischoten für extreme Schärfe markiert worden. Bernhard nahm einen Löffel voll und bekam glasige Augen. Er trank Wasser, ging dann in die Küche und kehrte mit einer Flasche Milch zurück. Unter aller Augen leerte er den ganzen Teller und das meiste der Milch, während ihm die Tränen über das Gesicht liefen. Die Brasilianerinnen genossen das Essen samt Bernhards Vorstellung offenbar ebenso wie ich.

28

MARTIN

Als ich zum Essen nach unten ging, nahm ich den unverkennbaren Geruch von zentral- oder südamerikanischem Essen wahr. Im Speisesaal angekommen, merkte ich, dass er nicht aus der Hotelküche stammte, sondern aus der angrenzenden Herberge. Auf der Tafel stand als einziges Angebot für den einzigen Hotelgast Linsen mit Würstchen – was wunderbar gewesen wäre, hätte ich nicht die Alternative gerochen.

Mit einer Flasche *Kronenbourg* als Gesellschaft schrieb ich an meinem Blog. Über den Karren war Tag für Tag nicht immer Neues zu berichten, daher gestaltete ich meine Einträge mittlerweile etwas persönlicher. Dementsprechend bezogen sich auch die Kommentare mehr und mehr auf meine Reise. Die Homepage des Jakobswegs hatte einen Link integriert.

Als der Inhaber-Kellner-Koch die Rechnung brachte, kam ein weiterer Gast herein, ein stämmiger Mann um die vierzig mit schütterem Haar.

»Cognac – double«, bestellte er in amerikanisch gefärbtem Englisch, nachdem er den Besitzer abgefangen hatte. Er hob zwei Finger, um sein zweites Wort zu verdeutlichen, fügte »*merci*« hinzu und nannte den Besitzer zu meiner Erleichterung nicht »*garçon*«.

Als Ergebnis erhielt er zwei einzelne Cognacs.

»Ich glaube, er hat ›double‹ als zwei Gläser interpretiert«, kommentierte ich.

141

»Das hatte ich befürchtet. Hey, Buddy … Australier?«

»Engländer.«

»Knapp daneben … Ed Walker aus Houston, Texas. Nomen est omen, richtig? Sollte Dead Walker heißen. Gehst du auch den Camino?«

Ich nickte. »Martin Eden aus Sheffield.«

»Berühmter Name.«

»Eher in den USA als bei uns«, erwiderte ich. Nur Amerikaner und echte Leseratten kannten den gleichnamigen Roman von Jack London.

»Der amerikanische Traum. Mit nichts anfangen und sich hocharbeiten.«

»Meine Eltern kannten das Buch nicht. Was meinen Dad betraf, war jeder Name recht außer Anthony.«

»Was gab's mit Tony für ein Problem?«

»Anthony Eden. Premierminister der Tories.«

Ich hätte genauso gut Französisch reden können.

»Willst du den?«, wollte er wissen.

Ich grinste, und er schob mir den zweiten Cognac hin. »Willst du was essen?«, fragte ich.

»Hab schon. Einen Burger auf meinem Zimmer. Musste ein paar Telefonate erledigen.«

»Die haben dir einen Burger gemacht?«

»Ich hab immer wieder ›Hamburger‹ gesagt, und er hat mir immer wieder die französische Speisekarte hingehalten, und am Ende habe ich gewonnen.«

Ich hoffte, er würde diese Ausnahmeerfahrung nicht als Maßstab für französisches Gourmetbewusstsein nehmen.

»Bist du in Le Puy gestartet?«, erkundigte er sich.

»In Cluny. Ich bin seit achtzehn Tagen unterwegs. Etwa zweihundertfünfzig Meilen.«

»Himmel Herrgott.«

Ich badete eine Weile in seiner Ehrfurcht. »Und du?«

»Le Puy.«

»Und bis wohin?«

»Saint-Alban-sur-Limagnole. Hier. Ende der Fahnenstange.«
Er hob wieder zwei Finger in Richtung des Hoteliers, der die
halbvolle Flasche brachte und auf dem Tisch stehen ließ.

»Ich dachte, ich mache das, um zu mir selbst zu finden. Sag
nichts. Ich weiß, wie das klingt. Aber ich hab eine beschissene
Scheidung hinter mir und dachte, eine Auszeit wäre da ganz
schlau.«

»Und jetzt hörst du auf?«

»Wie ich schon sagte, ich wollte rausfinden, wer ich bin und
was ich will. Hab drei Tage gebraucht.«

»Falls die Frage nicht zu aufdringlich ist: Was hast du gelernt.«

»Überhaupt nicht aufdringlich. Ich habe gelernt, dass ich mir
nicht ohne Grund den Arsch aufreißen will, dass ich nicht gern
allein bin, dass ich lieber mit dem Kopf arbeite als mit den Beinen.« Er trank einen Schluck Cognac. »Und meinen Kindern
gegenüber hab ich mich seit der Scheidung wie ein Arschloch
verhalten, deswegen geh ich jetzt zurück und kümmere mich
um sie, anstatt hier durch die Scheißwildnis zu wandern.«

Er füllte unsere Gläser nach. »Bist du verheiratet?«

Die Flasche war leer. Der Besitzer war gegangen. Es wäre ein
guter Moment gewesen aufzuhören, aber Ed stöberte hinter der
Theke eine halbvolle Flasche Himbeergeist auf und ersetzte sie
durch zwei Fünfzig-Euro-Scheine. Freigebig wie ein betrunke-
ner Matrose an seinem letzten Tag an Land.

Wir blieben bis ein Uhr sitzen – für mich auf dem Camino
extrem spät – und torkelten unter lautem Singen die Treppe
hinauf: *Shiver Me Timbers* – Tom Waits und Joe Cocker auf
Sauftour.

Ich zwang mich, noch zwei Gläser Wasser zu trinken, bevor
ich, voll angezogen, aufs Bett fiel.

Die dreiundzwanzig Kilometer nach Lasbros am folgenden Tag waren härter als die neununddreißig am ersten. Ich war nicht nur verkatert – ich war komplett durch den Wind. Mein Gespräch mit Ed über Scheidung und Kinder hatte Sachen hervorgeholt, die mir permanent durch den hämmernden Schädel kreisten, so dass ich mich wohl oder übel mit ihnen auseinandersetzen musste.

Eine Partynacht mit den Brasilianerinnen konnte ich jetzt auf keinen Fall gebrauchen. Ich stornierte mein Zimmer, kaufte in Aumont Aubrac etwas Brot und kaltes Hühnchen und schleppte mich noch fünf Kilometer weiter, ehe ich mein Zelt aufschlug und kollabierte.

Am nächsten Morgen marschierte ich die restlichen zwei Kilometer bis Lasbros, wo mich der Herbergsleiter Kaffee und Toast machen ließ, und überprüfte die Wettervorhersage: zwanzig Prozent Wahrscheinlichkeit für Schnee am Nachmittag, achtzig Prozent für morgen. Ich hatte in Nasbinals übernachten und die sieben Kilometer über die ungeschützte Hochebene am folgenden Tag bewältigen wollen. Jetzt schien es allerdings klüger, den Abschnitt hinter mich zu bringen, bevor er unpassierbar würde.

Eine Nacht in frischer Luft hatte den Kater kuriert. In Nasbinals, das sicher ein hübsches Städtchen ist, wenn sie dort nicht gerade die Straßen aufreißen, kaufte ich ein Brötchen und setzte mich auf eine Bank, um noch mal über das Wetter nachzudenken. Es sah nicht gerade gut aus, aber wenn ich noch länger hier herumhinge, würde es nur schlimmer werden.

29

ZOE

»Du bist für heute fertig, wie ich hoffe«, sagte Paola, als ich meinen Rucksack absetzte.

Ich hatte die letzte Nacht in Lasbros in einer anderen Unterkunft verbracht als sie, vor einem prasselnden Feuer mit den Schweizerinnen ein Glas Glühwein getrunken, beiden eine Massage verpasst und wunderbar geschlafen.

Nach meiner Ankunft in Nasbinals hatte ich im Touristenbüro fast eine Stunde lang auf die Landkarten gestarrt, die die verschiedenen historischen Jakobswege durch ganz Europa nach Santiago aufzeigten. Einschließlich meinem. Vor positiver Energie fast vibrierend, machte ich mich auf den Weg zur Pilgerherberge, aber Margarida rannte aus der Bar ihres Hostels und zerrte mich hinein.

Die Brasilianerinnen hatten ein paar Tische zusammengeschoben, und ich sah bekannte Gesichter: Heike und Monika, Bernhard, Amaury, den Fotografen.

»Der nächste Abschnitt ist hart, oder?«, fragte ich.

»Letztes Jahr ist jemand auf dem Aubrac verschollen«, erzählte Amaury. »Sie mussten einen Suchtrupp losschicken.«

»Wie alt war der?«, wollte Bernhard wissen. »Das sind doch nur neun Kilometer.«

»Bei schlechtem Wetter ist es da für jeden schwierig, ob er nun erfahren ist oder nicht«, sagte Paola. »Leider wird schlechtes Wetter aufziehen. Morgen nehmen wir ein Taxi.«

Ihr Stimme sagte: *Keine Widerrede.*

Bernhard stellte sich taub. »Renata kommt mit mir. Und Zoe, wenn sie keinen Schiss hat.«

»Keiner aus meiner Gruppe geht zu Fuß, solange es nicht sicher ist.«

Auch wenn ich kein Fanatiker war – und schon gelernt hatte, dass es viele Möglichkeiten gab, den Jakobsweg zu gehen –, fühlte es sich falsch an, ein Taxi zu nehmen, vielleicht, weil ich schon so weit ohne ausgekommen war. Ich könnte pausieren, bis sich das Wetter besserte, doch das würde extra Geld kosten und mich hinter meine Reisegefährten zurückwerfen. Aber konnte ich Bernhards Urteil mehr vertrauen als Paolas?

Margarida brachte mir ein »besonderes Bier«, das nach Blaubeeren schmeckte. Anders, aber gut. Während ich den zweiten Schluck trank, sah ich draußen Martin vorbeigehen, in einer Hand die Wanderstöcke, während er mit der anderen ein Stück Brot aß. Offenbar wollte er weiterwandern. Ich sprang auf. »Ich könnte es heute Abend noch versuchen, bevor der Schnee kommt«, sagte ich und suchte in meiner Jacke nach Geld für das Bier.

Beim Wieder-Aufrichten bekam ich gerade noch mit, wie Bernhard mich nachmachte und mit hechelnder Zunge einen Sprintstart imitierte.

»Verpiss dich, du Arschloch«, sagte ich. »Wenn du mit Erwachsenen abhängen willst, werd erst mal selbst erwachsen.«

Bernhard grinste und sah beifallheischend in die Runde: *Ich bleib cool, und die macht einen auf zickig!*

Dem würde ich es zeigen. Als ich mit aufgesetztem Rucksack die Tür öffnete, suchte er gerade vergeblich nach Schimpfwörtern, um sie mir an den Kopf zu werfen. Und als ich, leicht außer Atem, Martin einholte, lachte ich immer noch.

30

MARTIN

Ich war mehr als überrascht, plötzlich Zoe zu sehen. Mittlerweile hatte ich mich damit abgefunden, dass sie in Saugues aufgegeben hatte. Und nach dem unglücklichen Abend in Saint-Privat-d'Aillier hätte ich auf keinen Fall damit gerechnet, dass sie sich freiwillig zur emotionalen Unterstützung zu mir gesellt.

Aber schon, als sie mich fragte, ob ich einverstanden wäre, dass sie mit mir wandert, merkte ich, dass irgendwas nicht stimmte.

»Alles in Ordnung?«

»Nicht so wirklich. Ich habe gerade Bernhards Rucksack auf den Boden geleert und Blaubeerbier drübergekippt. Er war ein bisschen verstimmt.«

»*Ein bisschen?* Du klingst ja wie eine Engländerin. *Man könnte möglicherweise in Erwägung ziehen, dass er ein wenig verschnupft war.*«

Über meine eher lahme Imitation eines Oberschichtschnösels begann sie herzhaft, ja, fast hysterisch zu lachen, unterbrochen von der Auflistung weiterer kleiner Details, über die sie – und ich – uns dann erneut vor Lachen ausschütteten. Sein biergetränkter Schlafsack ... wie er sein Pornoheft aufklaubt, hastig wieder in den Rucksack schiebt und erst danach erkennt, dass er so auch die übrigen Sachen darin mit Bier eingesaut hat ...

Erst nach etwa fünfhundert Metern hatten wir uns wieder einigermaßen beruhigt.

»Ich fasse es nicht«, sagte sie. »Er ist noch so ein Kind. Und neulich in dem Restaurant in Saint-Privat ...«

»Nein, ich muss mich bei dir entschuldigen ...«

»*Du* bei *mir*? Ich finde, nicht. Du hast nur versucht ...«

»Ich war unsensibel wie ein Holzklotz. Du hattest mir gerade von deinem Mann erzählt, und ich benehme mich wie ein plumper Idiot ...«

»Ich glaube, mit mir stimmt was nicht. Sein Tod liegt fast sechs Wochen zurück, und ich habe so gut wie nie geweint.«

»Einem Engländer musst du so was nicht erklären.«

»Haltung um jeden Preis, was?«

»Man deckelt es zu, und nach einer Weile brodelt es hervor, wenn man es am wenigsten erwartet.«

»Ich wollte es nicht zudecken. Ich bin Kalifornierin. Wir diskutieren alles aus.«

»Aber du hattest niemanden zum Diskutieren?«

»Doch ... meine Freundin Camille. Aber ...«

»Du bist weggegangen. Vielleicht ist da etwas, womit du dich nicht konfrontieren möchtest. Noch nicht.«

Sie bat mich nicht, es weiter auszuführen. Zum Glück. Ich war nämlich mit meinen psychoanalytischen Fähigkeiten am Ende, und es gab wichtigere Dinge, um die wir uns jetzt kümmern mussten.

»Hast du ein Smartphone?«, fragte ich.

»Nein, wieso?«

»Ich wollte nach dem Wetter sehen. Mein Akku ist leer. Ich hab die letzte Nacht im Zelt geschlafen und konnte ihn nicht aufladen.«

»Willst du zurück?«

»Nein. Ich glaube, diese Wetter-App aktualisiert sowieso bloß einmal pro Stunde. Als ich das letzte Mal geguckt habe, lag die Schneewahrscheinlichkeit bei dreißig Prozent. Im Moment schneit es nicht, und jeder weitere Kilometer ohne Schnee liegt schon mal hinter uns. Aber wenn du dich unwohl fühlst, kehre ich mit dir um.«

»Danke. Ich gehe mit dir weiter.«

31

ZOE

Zuerst sah der Weg nicht anders aus als sonst, und links und rechts lagen nur ein paar Flecken Schnee, aber bald kamen wir in höheres Gelände. Auf den Wegen, die an den Bergkanten entlangführten, waren wir heftigem Wind ausgesetzt, der direkt aus der Arktis zu kommen schien, und wir liefen nicht nur Gefahr, vollkommen auszukühlen, sondern auch, umgeblasen zu werden.

Eine verwitterte Jakobsmuschel an einem Pfosten schickte uns über nasse, schlammige Felder, auf denen wir nur langsam vorankamen. Es gab weder erkennbare Pfade noch die Möglichkeit, Hinweiszeichen aufzumalen oder zu befestigen. Martin überprüfte immer wieder sein GPS.

Als wir den Karren über einen Zaun hoben, rutschte ich aus und verknackste mir den Knöchel. Ich versuchte vorsichtig aufzutreten, und es funktionierte.

»Tut mir leid«, sagte er. »Normalerweise schnalle ich ihn bei so was auf den Rücken. Aber in ein paar Stunden können wir uns an einem Kaminfeuer aufwärmen.«

Dann begann es zu schneien. Die großen weißen Flocken waren hübsch und zuerst sogar ein wenig magisch, aber nach wenigen Minuten konnten wir höchstens noch einen Meter weit sehen. Meine Nase, die erst nur kalt gewesen war, war jetzt abwechselnd taub oder schmerzte. Ich versuchte, mein Gesicht ganz in der Kapuze zu verstecken, aber ich musste sehen, wo ich hintrat und wo wir waren, auch wenn es in diesem Schneegestöber denkbar unwahrscheinlich war, eine Muschel zu entdecken. Der Wind pfiff mir um die Ohren.

Martin hatte seine Mütze irgendwie in eine Skimaske verwandelt. Er hielt sein Navigationsgerät jetzt ständig in der Hand, deutete nach vorn und reckte den Daumen nach oben. Dann sprach er über das Heulen des Windes hinweg in mein Ohr. Sein Atem war beruhigend warm.

»Irgendwo da vorn liegt eine Hütte. Etwa einen halben Kilometer entfernt. Halt die Augen offen.«

Das war schwierig, während uns der Schnee direkt ins Gesicht wirbelte, aber ich durfte Martin auf keinen Fall aus den Augen verlieren. Es war Jahre her, seit ich Winter mit Schnee erlebt hatte, und an Tagen wie diesen waren wir im Haus geblieben – außerdem war ich ein Stadtkind und an Schnee mitten im Nirgendwo nicht gewöhnt. Ein Wetter wie dieses kam in Nordamerika einmal pro Jahr vor und wurde dann in allen Nachrichten dokumentiert. Zum ersten Mal in meinem Leben spürte ich die böswillige Macht der Natur am eigenen Leib – und war erschrocken, wie klein und unbedeutend ich mich fühlte.

Jede Geschichte, die ich je in den Nachrichten gesehen hatte, spukte mir durch den Kopf – wenn die Natur die Farbe meines Geistes trug, wie Ralph Waldo Emerson befand, war ich in denkbar schlechter Verfassung, und keine weitere meditative Botschaft konnte *Nach Tauwetter Leichen entdeckt* und *Sturm tötet gesamte Familie* verdrängen. Die Vision meines steifgefrorenen Körpers, wie er ausgegraben wurde … Sollte meine Muschel nicht dazu bestimmt sein, nach Santiago zu gelangen? Vielleicht würden die Mädchen sie an einen anderen Pilger verkaufen, um die Überführung meiner Überreste zu finanzieren.

»Wir haben uns verlaufen«, rief ich, während ich mich wieder an Martins Seite kämpfte.

Martin sah mich an und legte mir mit ungelenker Geste einen Arm um die Schultern – ungelenk wegen der Rucksäcke und Karren und Stöcke und Jacken und Handschuhe.

Wind und Schnee ließen nicht nach, und wir schienen kaum von der Stelle zu kommen. Mein Knöchel schmerzte, als ich erneut ausrutschte.

Dann sah ich die Hütte. Fast wären wir dagegengelaufen – ein paar Meter weiter seitlich, und wir hätten sie verpasst. Martin nickte, wirkte aber ebenso erleichtert wie ich.

»Prima gefunden. Gut gemacht. Hast du was Wärmeres zum Anziehen dabei?«, rief er durch den Wind.

Ich nickte.

»Dann beeil dich.«

Was für eine Erleichterung, dem Sturm zu entfliehen! Martin wartete draußen, während ich Jacke und Fleecejacke abstreifte, um noch meinen extra Pulli drunterzuziehen. Meine Finger waren weiß und eiskalt – ich dachte schon, ich würde nie fertig.

»Nicht mehr weit«, sagte er, als ich die Tür öffnete, und es dauerte tatsächlich nur noch etwa eine halbe Stunde, bis wir an eine Straße kamen. Vor uns konnten wir das Dorf Aubrac erkennen.

»Ich hätte nie gedacht, dass ich noch mal dankbar sein würde, eine Kirche zu sehen«, sagte ich. Martin sah mich an, als müsste ich das noch weiter erläutern.

»Ohne dein GPS hätten wir es nicht geschafft.«

»Du solltest dir auch eins holen. In Smartphones ist das heutzutage Standard. Dann hättest du auch gleich ein Telefon.«

So allmählich wusste ich diesen Kerl mit seiner sarkastischen Abwehrhaltung einzuschätzen. Ich legte ihm eine Hand auf die Schulter. »Danke. Okay?«

Diesmal lächelte er.

Das letzte Stück rannte ich fast und erreichte das Hotel noch vor ihm. In der leeren Bar entledigten wir uns unserer Schichten, während Wasser und Schneeklumpen auf die Fliesen troffen. Dann sanken wir vor dem brennenden Kamin in zwei Sessel.

»Verdammte Hacke«, sagte Martin.

»Heilige Scheiße.« Ich versuchte, Gefühl in meine Finger zu massieren. Wir bestellten etwas zu trinken, und ich zog meine Stiefel aus. Meine Füße kribbelten. Ich hoffte, das wäre ein gutes Zeichen, dass ich keine Zehen verlieren würde. Martin sprach mit dem Barkeeper.

»Abendessen«, verkündete er, als er mit einem dampfend heißen Kaffee und einem eiskalt wirkenden Bier zurückkehrte, »ist um sieben Uhr dreißig.«

»In der Herberge wahrscheinlich auch.«

»Die öffnet erst im April.«

»Echt jetzt? Wie viel Urlaub brauchen die Leute in diesem Land bloß?«

»Es gibt eine in Saint-Chély, nur ein paar Stunden weiter.«

O Gott!

Martin nippte an seinem Bier. »Du hast auf den letzten hundert Metern so energetisch gewirkt, dass ich gut verstehen kann, wenn du noch weiterwillst.« Er wartete meine Antwort nicht ab. »Sei nicht albern. Der Abend heute geht auf mich.«

»Du musst dich nicht um mich kümmern.«

»Trink einfach.«

Ich war hungrig und müde und bekam ein freundliches Angebot. Über mein Problem mit dem Gerettet-Werden würde ich morgen nachdenken. Ohne Massagen könnte ich weder für das Essen noch für das Zimmer bezahlen. Und Martin würde ich ganz sicher nicht massieren.

Das Zimmer hatte ein Bad. Ich legte mich eine halbe Stunde in die Wanne, bis sich alle Teile meines Körpers wieder halbwegs normal anfühlten. Danach stellte ich mich eine Weile mitten in mein Zimmer, sah auf das Bett und lauschte dem Wind vor dem Fenster, um Demut zu spüren und mich selbst

153

daran zu erinnern, wie gesegnet ich war, bevor ich mich für das Abendessen umzog.

Sich für das Abendessen umzuziehen, bedeutete auf dem Camino allerdings nur, die Wechselkleidung anzulegen: Leggings, langes Top, kein BH. Camille hätte sich eher die Pulsadern aufgeschnitten, als so unter Leute zu gehen – ganz zu schweigen von meiner roten Nase, die aussah, als würde sie weiter anschwellen und sich dann pellen. Ich hatte keine Kosmetika, um sie abzudecken.

Martins Essen roch hervorragend, und meines bestand aus einem üppigen Salat mit Ziegenkäse als Proteinquelle (wunschgemäß jedoch ohne Speck) und einem Stück Obstkuchen, in dem bestimmt noch das eine oder andere Vitamin schlummerte.

Über Martin wusste ich immer noch nicht viel. Er erzählte, er habe eine hässliche Scheidung hinter sich, aber ich spürte, dass er nicht weiter darüber sprechen wollte. Stattdessen redeten wir über unsere Töchter und verrieten uns unsere schlimmsten Erlebnisse aus deren Teenagerzeiten.

»Ich weiß nicht, womit ich ausgerechnet einen Widder und einen Stier verdient habe«, sagte ich.

»Sternzeichen?«

Nicht jeder glaubte an Astrologie, aber hatte irgendwer bessere Erklärungen?

»Ich bin Schütze«, sagte Martin. »Was sagt dir das?«

»Hättest du nichts gesagt, hätte ich es geraten. Der Ritter in strahlender Rüstung. Mit oder ohne GPS.«

»Für meine Tochter bin ich das nicht gerade.«

Ich wartete.

»Wir texten uns«, fuhr er fort. »Das ist nicht optimal. Aber es ist besser, als wenn sie zwischen zwei streitenden Erwachsenen hin- und herpendeln müsste.«

»Will sie das so?«

154

»Ich glaube nicht, dass man mit siebzehn großartig weiß, was das Beste für einen ist.«

»Ich wette, du schon.«

Martin wirkte schuldbewusst. »Sie hat ihre Mutter«, meinte er schließlich. »Trotz aller Probleme, die ich mit ihr habe, ist sie Sarah eine gute Mutter.«

»Ich musste jahrelang allein klarkommen, bis ich wieder geheiratet habe. Es war hart.«

Ich vermutete, dass der Karren ihn ganz schön schaffte – er sah erschöpft aus. Vielleicht lag es am Gewicht all seiner Sachen, aber das Gehen schien für ihn weitaus anstrengender als für mich.

»Ich leg mich jetzt besser aufs Ohr«, sagte ich.

Martin bestand auf ein letztes Getränk. Keith hatte nach dem Essen nie etwas getrunken und war immer früh ins Bett gegangen; ich hatte mich seinem Rhythmus angepasst. Jetzt bestand dazu kein Grund mehr.

»Auf alle, die Kindererziehung gut überstehen«, sagte Martin und hob sein Glas mit dem grünen Likör.

»Und auf alle, die diesen Weg gut überstehen«, sagte ich. »Dank deinem GPS.«

32

MARTIN

Hallo Jon: Ich weiß nicht, ob es an der Kälte lag oder daran, dass ich es über Nacht nicht aufgeladen hatte, aber dein GPS hat mich heute im Stich gelassen. Ausgerechnet das eine Mal, wo ich es wirklich brauchte! Null Akku inmitten eines Schneesturms im Zentralmassiv. Musste den kleinen Kompass am Reißverschluss meiner Jacke benutzen und so tun, als würde ich auf dein Scheißgerät gucken, damit die Amerikanerin, die darauf vertraute (mehr als auf mich), nicht in Panik geriet. Sollte in Afghanistan besser nicht passieren. Kommt in meinen Bericht. M.

Ich schickte die E-Mail ab und schrieb eine kurze Nachricht an Sarah, um sie wissen zu lassen, dass ich noch lebte. Zoes Ratschläge bezüglich Erziehung waren nicht neu – zwei Nächte zuvor hatte Ed Walker mir fast dasselbe gesagt.

Sarahs Antwort kam prompt. *Vermisse dich Dad xxx.*

Mir war klar, dass sie mich vermisste. Ich gab mir große Mühe, sie nicht zu vermissen und das Richtige zu tun. Aus Erfahrung – bitterer Erfahrung – wusste ich, dass es besser war, nur einen liebenden Elternteil in der Nähe zu haben, als in einem Dauerstreit zwischen beiden festzustecken. Ja, Zoe, ich wusste mit siebzehn tatsächlich, was ich brauchte. Ich nahm an, dass sie missbilligte, was ich getan hatte. Aber sie kannte Julia nicht. Oder meine Eltern.

Am Morgen frühstückten wir zusammen und gingen auch zusammen los.

Landschaft und Häuser waren mit Schnee bedeckt. Es war windstill und die Navigation abseits der Hochebene wieder einfach. Niemand sonst war unterwegs, und die meiste Zeit hörten wir als einziges Geräusch das Knirschen unserer Schritte.

»Winterwunderland«, sagte ich, allerdings ohne die Ironie, die ich normalerweise hineingelegt hätte. Zoe lächelte, und hätten wir nicht Handschuhe getragen, hätte ich vermutlich ihre Hand genommen.

»Ich hatte für heute ein Zimmer in Chély gebucht«, sagte ich, »und das werde ich wohl behalten. Einfach diese acht Kilometer laufen und dann Pause machen.«

»Passt mir auch gut. Aber ich übernachte im Hostel. Kein Schmarotzen mehr.«

»Sehen wir uns zum Frühstück?«

»Sehr gern.«

In Saint-Chély-d'Aubrac verbrachte ich einen ruhigen Nachmittag. Ich wusch meine Kleidung, kontrollierte den Karren und überprüfte meine Daten. Trotz der verzögerten Abreise aus Cluny lag ich exakt im Zeitplan.

Nach dem Abendessen holte ich mein Handy heraus, um Sarah zu schreiben. Aber sie war mir zuvorgekommen.

Hi Dad. Wo bistu?

Saint-Chély, Südfrankreich.

Im Hotel?

Jep.

Allein?

Jep.

Wie weit bist du gewandert?

Ausgerechnet heute! *8 km. Meine kürzeste Strecke bisher. Sonst im Durchschnitt 25.*

In Meilen?

Rechne selbst. Du willst doch Mathe studieren.

Denk grad über Medizin nach. Werd aber wohl den Schnitt nicht schaffen. Bitte noch nichts verraten.

Wem sollte ich schon was verraten? Julia und ich hatten uns seit meiner Abreise aus England nicht mehr gesprochen. Ehe ich antworten konnte, kam eine neue Nachricht.

Mit wem wanderst du?

Unterschiedlich. Meistens allein.

Und heute?

Warum so neugierig?

Soll ich raten? Eine Frau.

Du rätst nicht, du hast meinen Blog gelesen. ABER: ihr Mann ist gerade gestorben. Und sie ist Amerikanerin ;-)

Amerikanerin!!! Nett?

Glaubt an Astrologie. Ist Veggie. Mehr Negatives fiel mir nicht ein.

Name?

Candy ;-)

Ja, klar.

Muss ins Bett.

Es ist erst 21 h!!!

Hier schon 22 h. Morgen früher Start.

Gute Nacht, alter Mann. Hab dich lieb.

Ich schickte drei Küsschen – *xxx* – und schaltete aus.

Es wurde kein besonders früher Start. Frühstück in französischen Landhotels gab es nicht vor 7.30 Uhr, manchmal auch erst um 9.00 Uhr, und ich hatte gelernt, nicht mit leerem Magen loszugehen und auf etwas Essbares im nächsten Ort zu hoffen. Französische Geschäfte hatten eine lange Liste mit Gründen, weshalb sie nicht öffnen konnten: bestimmte Wochentage, Mittagspause, gesetzliche Feiertage, obskure jährliche Jubiläen, familiäre Gründe und das immer einsetzbare »wegen Notfall geschlossen«.

Um 9.00 Uhr brachen wir nach Espalion auf. Die Sonne schien, und wir waren beide ausgeruht.

Zoe war eine angenehme Wandergefährtin. Sie plauderte über ihre Töchter, und es war beruhigend zu erfahren, dass alle Teenager Probleme hatten und ihre trotzdem gut geraten waren, auch ohne den leiblichen Vater. Keith, der verstorbene Ehemann, kam in ihren Geschichten fast nie vor, und Fragen über Eltern und Geschwister wich sie aus.

Fünf Kilometer vor Espalion bat ich um eine Pause. An manchen Tagen hielten meine Füße länger durch als an anderen, aber selbst mit den neuen Schuhen fingen sie meist nach zwanzig Kilometern an, weh zu tun, vor allem bei Asphalt. Ein paar Minuten Rast trugen erheblich zur Erholung bei.

Während ich mein GPS-Gerät kontrollierte, setzte Zoe sich hinter mich und hielt mir ohne Vorwarnung die Augen zu.

»Was siehst du?«

»Nichts.«

»Klar. Und was hast du gesehen, bevor ich dir die Augen zugehalten habe? Beschreibe die Landschaft.«

»Das wäre einfacher, wenn ich sie sehen könnte.«

»Du sitzt hier seit zehn Minuten.«

»Gras, Bäume, Wolken … Ich bin kein guter Beobachter. Von dem, was außerhalb von meinem Kopf passiert, bekomme ich meistens nicht viel mit.« Ich sagte es leichthin, aber es stimmte, wenn auch nicht in dem Maße wie früher. Ich hatte gelernt, auf die Jakobsmuschelschilder zu achten, und mich seit dem zweiten Tag im Kiefernwald nicht mehr verlaufen. Als Künstlerin nahm Zoe ihre Umgebung viel aufmerksamer wahr, während ich in meinem Kopf dieselben Gedankenbahnen abschritt, wie ich es auch allein in einer Bar in Sheffield getan hätte.

Zoe nahm die Hände wieder weg und stand auf. Sie hatte einen markanten Unterschied zwischen uns herausgestellt, aber sie hatte ihre Hände dabei auf mein Gesicht gelegt und ihren Körper gegen meinen gedrückt.

Wir teilten uns eine Mandarine, und sie fragte, wo ich übernachten wolle.

»Hab mich noch nicht entschieden.«

»Ich gehe in die Herberge. Falls du Lust hast, dich mal unters gemeine Volk zu mischen. Und was Gesundes zu essen.«

Als wir ankamen, hatte die Sonne immer noch Kraft, aber es war trotzdem kein Wetter zum Sonnenbaden. Daher kam es mir ein wenig surreal vor, auf der Veranda zwei Frauen in Liegestühlen zu sehen, die Cocktails schlürften. Doppelt surreal, weil es Margarida und Fabiana waren, die wir in Nasbinals zurückgelassen hatten. Dreifach, weil Margarida einen Regenschirm als Sonnenschutz benutzte.

Die Begrüßung war überschwänglich. »Caipirinhas?«

Wo in diesem französischen Kaff hatten sie nur die Zutaten für einen brasilianischen Cocktail aufgetrieben? Wie hatten sie das anstrengende Aubrac überqueren *und* vor uns ankommen können?

Hatten sie nicht. Da Paola das Hochplateau als zu gefährlich eingestuft hatte, waren sie mit dem Taxi bis fünf Kilometer vor Espalion gefahren und nur ein kurzes Stück gewandert. Allerdings hatte sie Renata ziehen lassen – sie war nach uns mit einem Dänen losgewandert, und während Zoe und ich pausiert hatten, waren sie die neun Kilometer bis Saint-Chély durchmarschiert. Egal, was man macht – es gibt immer jemanden, der noch einen draufsetzt. Ich trank auf Renatas Wohl, was indiekt auch als Kommentar über die Entscheidung der anderen funktionierte.

Nach dem Abendessen – einem überraschend schmack-

160

haften vegetarischen Eintopf von Zoe – war Party angesagt. Margarida zog mich zum Tanzen vom Stuhl. Sie trug ein schulterfreies rotes Kleid, eine für eine Langstreckenwanderung ziemlich ungewöhnliche Ausstattung. Außer natürlich, man betrachtete das Ganze als Dauerparty, für die man dann natürlich Highheels, Coktailzutaten und Audiokabel fürs Handy mitnahm. Vielleicht hatte sie irgendwo auch eine Discoglitzerkugel verstaut.

Ich tanzte meinen Rechts-links-Standardschritt am Platz, aber Margarida packte meine Hüften und vollführte eine leidliche Imitation aufrechten Beischlafs. Ich fragte mich, was Zoe, wie auch Renata, die allein tanzte, dabei dachten. Ich nahm an, dass Margarida nur eine Show abzog, und auch sonst war die Chemie einfach nicht da.

Nachdem ich mich behutsam befreit hatte, fiel mir auf, dass Zoe zufrieden wirkte. Falls Margarida mich benutzt hatte, um Eindruck zu schinden, waren wir also quitt. Ich versuchte einige Male, die Musik leiser zu stellen, aber ausgerechnet Fabiana drehte sie immer wieder laut. Sie tanzte nun auch, ging aber nicht so weit, mich anzuflirten.

Zum Chemin gehörte ein gewisser Satz an Wiederholungen. Jeder Tag endete mit Waschen, Essen, Bloggen, dem Back-up von Fotos und Videos und dem Aufladen der Akkus. Zum Frühstück aß ich Brot und trank Kaffee, für die Pausen am Vor- und Nachmittag packte ich Obst ein und für das Mittagessen das grobkörnigste Brot, das ich finden konnte, dazu Tomaten, Salami oder Käse. Wenn es keinen Kühlschrank gab, legte ich meine Salami über Nacht auf die Fensterbank. Für die Abreise hatte ich eine extra Checkliste mit Sachen erstellt, die ich vergessen könnte: GHLL-RRSS: GPS, Handy; Laptop, Ladegerät; Reiseführer, Reisepass; Stöcke, Salami.

Zoe und ich starteten am nächsten Tag vor den Brasiliane-

rinnen und teilten uns eine riesige Hefeschnecke vom Dorf-
bäcker. Ihre Idee, und ausgesprochen gut. Überflüssig, Kalorien
zu zählen, wenn man jeden Tag fünfundzwanzig Kilometer
bergauf und bergab marschierte.

»Und?«, meinte ich. »Heute Abend wieder Party?«

»Eher nicht. Ich habe Paola gefragt, wo sie übernachten …
damit ich dort nicht hingehe.«

»Und wo sind sie?«

»Sehnst du dich etwa nach deiner Freundin?«

»Freundin?«

»Du wiiielst tanze, Martiiien?«

Ich hob die Handflächen. Konnte ich was dafür?

»Wie auch immer«, meinte sie. »Ich habe vergessen, wo sie
hinwollen, aber es ist nicht Golinhac. Da gehe ich hin. Passt das
für dich?

Der Winter wich dem Frühling, was ich ohne Zoe, die mich
auf Knospen und Schmetterlinge aufmerksam machte, kaum
bemerkt hätte. Mit dem Frühling kam Regen. Die Schleusen
des Himmels öffneten sich, Hagelkörner prasselten herab. Es
dauerte nur fünfzehn Minuten, aber es reichte, um bis auf die
Knochen nass zu werden. Zoes Skijacke sah aus, als käme sie
aus der Waschmaschine: schlaff und leblos, wie ein nasser Sack.
Sie lachte lauthals los.

»Darauf habe ich nur gewartet. Ich hatte solche Angst, nass
zu werden, und jetzt … Was macht das schon?«

Verspätet suchten wir Zuflucht in der Kirche gegenüber dem
Schloss von Estaing, mitten im wohl hübschesten Dorf, das ich
bisher auf dem Chemin gesehen hatte. Zwei Paare aus Zoes
Heimatland unterhielten sich in ungedämpfter Lautstärke. Wie
sie das eben so tun.

»Hier steht, das ist ›gothic‹. Ich dachte, das ist eine Art von
Schauerroman.«

Es wurden drei weitere Interpretationen angeboten – alle falsch.

Ich ging zu ihnen. »Gotik. Das ist ein Architekturstil, entstanden Mitte des zwölften Jahrhunderts in Frankreich. Der Großteil der Kirche ist in dieser Zeit errichtet worden.«

»Und was macht es dann ›gothic‹? Ich meine, wie erkennt man das?«, fragte eine der Frauen, während mich alle erwartungsvoll ansahen. Ich lieferte ihnen eine kleine anschauliche Unterrichtseinheit. In dem Bewusstsein, dass Zoe lauschte, gab ich allerdings acht, dass es nicht angeberisch klang.

»Sie wissen nicht zufällig, was diese Schnörkel zu bedeuten haben?«, fragte der Mann mit der großen Kamera, der jetzt vor dem Tor kniete, das den Altar schützte.

»Tetragramme. Gottes Name in vier hebräischen Buchstaben. JHWH.«

»Jahwe.«

»Genau.«

»Falls Sie mir die Frage erlauben: Woher wissen Sie das alles?«

»Berufsbedingt.« Und weil sein Blick besagte, dass er auf eine weitere Erklärung wartete, fügte ich »Architektur«, hinzu. Es war nicht vollkommen falsch, aber Zoe zog kurz die Augenbrauen hoch.

»Was ist mit dem Bild da?«, wollte eine der Frauen wissen.

»Das sind links der Heilige Jakobus und rechts der Volksheilige Rochus.« Ich konnte die Inschriften unter den hölzernen Statuen lesen. »Jakobus ist der Schutzheilige der Pilger.« Ich gab ihnen einen kurzen Überblick über das Pilgerwesen.

»Ich meinte das Bild selbst.«

Ich hätte das Offensichtliche sagen können – dass der Mann in der Mitte Petrus war und die anderen die übrigen Jünger. Aber nun meldete sich Zoe zu Wort.

»Das ist ein gutes Beispiel für ein Pfingstgemälde«, erklärte sie. »Vom Stil her aus der Zeit vor dem fünfzehnten Jahrhundert. Es zeigt Jesu Jünger, wie sie den Heiligen Geist empfangen. Das Licht, das die Taube ausstrahlt, ist ein Zeichen göttlicher Erleuchtung. Können Sie die Flammen über ihren Köpfen sehen?«

Sie betrachteten das Gemälde genauer und wirkten fast so enthusiastisch, als würden sie die Mona Lisa bestaunen.

»Kein schlechtes Team, was?«, meinte Zoe, nachdem die Amerikaner sich bei uns bedankt und die Kirche verlassen hatten.

»Die religiöse Erziehung war also doch nicht umsonst?«

»Das hab ich im Kunststudium gelernt. Den Großteil zumindest. Aber seit wann bist du Architekt?«

»Ich wollte nicht wie ein Aufschneider klingen – wenn die Leute denken, man will bloß angeben, nehmen sie einen nicht für voll. Aber wenn sie glauben, dass man in dem Bereich arbeitet, sind sie ganz Ohr.«

»Das erklärt trotzdem nicht, woher du so viel darüber weißt.«

»Ich bin eben ein rundum gebildeter Typ.«

»*Jetzt* bist du ein Angeber!«

»Als ich jung war, wollte ich Architekt werden. Hat nicht geklappt.«

»Warum?«

»Bin von der Schule abgegangen. Hab in einer Werkstatt gearbeitet. Dann ein Stipendium für Ingenieurswesen bekommen. Ende der Geschichte.«

Als wir aus der Kirche kamen, standen die Amerikaner vor dem Fenster der Kunstgalerie gegenüber.

Der Typ mit der Kamera sah uns an. »Lassen Sie mich ein Foto von Ihnen machen. Das ist *mein* Beruf.«

Er ließ uns auf den Stufen posieren, meinen Arm um Zoe gelegt, während sie sich an mich schmiegte, und war überrascht, als wir ihm für das Foto unterschiedliche Mail-Adressen gaben.

In der *mairie* holten wir den Schlüssel für die Herberge ab, und es fühlte sich ein bisschen nach einem gemeinsamen Abenteuer an, aber anders als beim Schneesturm im Aubrac. Es gab zwei Schlafräume. In einen davon stellte ich meine Taschen und drehte die Heizung auf. Zoe schälte sich aus ihrer nassen Jacke und hängte sie über ein Trockengestell vor dem Heizkörper.

»Ausgehen oder hier essen?«, fragte ich.

»Ich brauche Gemüse«, sagte Zoe. »Also hier.«

»Dann überlass mir den Einkauf.«

»Ungern, Mr Fleischfresser.«

Sie ging in die Küche, um nachzusehen, was alles da war, und schrieb eine Liste.

Ich überflog sie kurz. »Der kleine Laden hier wird keinen braunen Reis haben.«

Aber ich musste sowieso einen Supermarkt suchen, weil ich Wein besorgen wollte. In der Bio-Abteilung gab es braunen Reis. Ich kaufte noch etwas eingelegtes Gemüse als Vorspeise und einen kleinen Kuchen als Dessert. Außerdem eine Flasche Rotwein aus der Gegend und eine Halbliterflasche Chablis für den ersten Gang.

Als ich zurückkam, hatte Zoe ihre Leggings und das lange Oberteil angezogen. Ich packte die Einkäufe aus, stellte den Weißwein in den Kühlschrank und ging unter die Dusche.

Zoe hatte die Antipasti kunstvoller dekoriert, als ich es getan hätte, und den Rotwein entkorkt. Ich holte den Chablis und schenkte zwei Gläser ein. Wir stießen an, und sie lächelte mir zu.

Als sie das Gemüsecurry auftischte, zeigte der Wein bereits Wirkung. Sie machte den Vorstoß, mich über mein Liebesleben nach Julia auszufragen, und ich erzählte, wie das heiße Kaninchen mich angebaggert hatte. Ich ließ das Ende offen: Wie es ausgegangen war, konnte sie sich selbst ausmalen.

Nach ihrem spontanen Grinsen suchte ich Anzeichen dafür, dass sie es dem Kaninchen nachempfinden konnte. Doch es gab keine eindeutigen Signale. Das Kichern konnte auf die konsumierte Alkoholmenge zurückzuführen sein. Und die heimelige Abgeschiedenheit unserer Unterkunft, die das Gefühl trauter Zweisamkeit hervorrief, wäre bei einem unerwünschten Vorstoß meinerseits ins Bedrohliche umgeschlagen.

Ich nahm das Bett am hinteren Ende des Schlafsaals. Es gab zwei Heizkörper, so dass selbst unsere zum Trocknen aufgehängten Klamotten keuschen Abstand hielten.

33

ZOE

Mit Martin zu wandern war anders, als allein zu wandern. Zum einen wusste ich immer, wo ich war und wohin ich ging. Er nahm sich Zeit, mir die Route auf der Landkarte zu erklären.

»Der Chemin geht nicht in direkter Linie nach Saint-Jean-Pied-de-Port, sondern verläuft erst einmal Richtung Westen statt nach Südwesten.«

»Lass mich raten. Da ist eine Kirche.«

»Richtig. Die Klosterkirche Sainte-Foy in Conques.«

»Was war denn das für ein Heiliger?«

»Kein Er, eine Sie. Die Heilige Fides war eine Märtyrerin, Anfang des vierten Jahrhunderts. Sie wurde auf einem Rost zu Tode gefoltert und enthauptet.«

»Du trägst nicht dazu bei, dass mir die Kirche sympathischer wird.«

»Das war nicht die Kirche. Im Gegenteil.«

Kurz vor Conques blieb Martin stehen und überprüfte zum wohl hundertsten Mal sein GPS. »Heute Abend müssen wir anstoßen. Wir sind seit Cluny fünfhundert Kilometer gewandert. Für dich: dreihundert Meilen.«

»Ich nehme die fünfhundert. Ich sollte feiern, dass mein Körper so lange durchgehalten hat.«

»Trotzdem liegen noch drei Viertel der Strecke vor uns.«

»Für mich ist es schon die Hälfte.« Und immer noch kein

Seelenfrieden. Oder Klarheit darüber, dass es Seelenfrieden war, den ich finden wollte. Monsieur Chevaliers »Sie werden finden, was Sie verloren haben« hatte prophetisch geklungen, aber mein gravierendster Verlust würde sich nie wieder umkehren. Keith würde nicht am Wegesende warten, um mich in Empfang zu nehmen.

Wir waren bergauf gewandert, und ich rechnete jeden Augenblick damit, dass die Bäume sich lichteten und wir auf den Ort hinuntersehen würden. Stattdessen wand sich der Pfad bergab durch dichten Wald und Unterholz. Als wir dann den ersten Blick erhaschen konnten, sah es einfach wie ein weiteres hübsches Dorf aus. Ein Stück weiter war der Ausblick allerdings besser, und in genau dem Moment rührte sich etwas in mir.

Der Bauplatz der Klosterkirche lag tiefer als die Straße, auf der wir gingen, und trotzdem ragte sie hoch über uns auf. Der übrige Ort stammte aus derselben Zeit, aus denselben Steinen – alles passte wunderbar zusammen. Am Wegesrand wiegte sich eine einzelne rote Tulpe im Wind.

Martin löste die Karrengriffe von seinem Gürtel und legte mir die Hände auf die Augen. »Du bist dran.«

»Hm … helle Rot- und Grautöne. Eine imposante Kirche mit schrägen Schieferdächern … mehrere Türme, ein Weg, der um die Kirche herum zu einem rechteckigen Gebäude führt, wahrscheinlich dem Kloster.«

Es war schwer, sich auf etwas anderes zu konzentrieren als auf die Wärme seiner Hände auf meinen Wangen und den Druck seines Oberkörpers gegen meine Schulter, wo er sich an meinem Rucksack vorbei gegen mich lehnte. Ich spürte es im ganzen Körper kribbeln.

Er nahm die Hände wieder weg und hielt einen kleinen Vortrag über die Architektur des elften Jahrhunderts, blieb aber dicht hinter mir stehen. Als er fertig war, drehte ich mich zu ihm um, und er sah mich eindringlich an, so als wollte er etwas

168

Bestimmtes erkennen oder entscheiden. Dann drückte er mir einen schnellen Kuss auf den Mund und drehte sich zu seinem Karren um. Der war weg.

Wir brauchten einen Moment, um ihn ein Stück entfernt an einer Steinmauer zu entdecken, gegen die er gerollt sein musste. Dabei hatte er die Tulpe umgemäht. Wir untersuchten ihn auf mögliche Schäden, aber es war alles okay.

»Eine gute Lektion«, sagte Martin. »Ich muss eine Bremse einbauen.«

Er zog den Karren wieder auf die Straße, warf seine Stöcke obenauf und nahm meine Hand.

Wir spazierten eine schmale, mit Kopfstein gepflasterte Straße entlang, die sich an Bars und Souvenirläden vorbeischlängelte und wieder zu ihrem Anfangspunkt zurückkehrte. Ich bog dann in die andere Richtung ab und ging zur Pilgerherberge, während Martin in sein Hotel eincheckte. Rechts und links von mir ragten hohe Mauern auf. Am Klostereingang stand eine Gruppe von Leuten mit Pilgerhüten und Rucksäcken und auch einigen traditionellen Wanderstäben vor einem Mann mit langer, beigefarbener Kutte, der sich als Bruder Rocher vorstellte.

Ich meldete mich an und erklomm die breite Treppe aus abgetretenen Steinstufen zum Schlafsaal. Mir schien, als wären die Mönche des neunten Jahrhunderts gerade erst fortgegangen, und während ich eine Weile ganz allein in der Stille stand, fühlte ich mich auf seltsame Weise mit all den Seelen, die vor mir hier gewesen waren, verbunden.

»Du weißt, dass Compostela ›Sternenfeld‹ bedeutet, oder?«, fragte Martin. Nachdem wir die Stadt erkundet hatten, waren wir über eine lange, ungleichmäßige Holztreppe zur Dachterrassenbar seines Hotels hinaufgestiegen und saßen nun in Decken gewickelt vor zwei Gläsern Rotwein. Es dämmerte, und wir hatten einen perfekten Ausblick auf die Kirche.

»Du meinst, wie in Santiago de Compostela? Dieses Wort hab ich auf Spanisch nie gebraucht bisher.«

»Der Legende nach hat ein Stern einen Einsiedler zu den Überresten des Heiligen Jakobus geführt, die in einem Feld begraben lagen. Vor über tausend Jahren. Heute liegen die Gebeine in einem silbernen Sarg in der Kathedrale von Santiago. Jetzt weißt du, warum du diesen Weg gehst.«

Ich sah den ersten Stern am Himmel und erlaubte mir zum ersten Mal, Santiago als Ziel in Betracht zu ziehen. Die Geschichte hatte etwas Romantisches, auch wenn der Einsiedler im wahrsten Sinne des Wortes fehlgeleitet gewesen sein mochte. Wir alle erhielten Zeichen. Nur, dass wir sie normalerweise übersahen oder falsch interpretierten.

»Ich liebe die Glocken«, sagte ich. »Nicht nur hier. In jedem Dorf, wenn sie zur Begrüßung oder zum Abschied läuten. Wie viele Menschen haben durch die Jahrhunderte diese Glocken wohl gehört? Und jetzt wir …«

»Kennst du das Lied von Édith Piaf? ›Die drei Glocken‹? Eine Glocke für die Geburt, eine für die Hochzeit und eine für den Tod. Damals fungierte die Kirche als Mittelpunkt eines jeden Lebens. Diese Klosterkirche zu bauen hat fast hundert Jahre gedauert. Wie viele Leute haben ihr ganzes Leben daran gearbeitet und die Fertigstellung nie erlebt?«

»Ich schätze mal, sie wollten sich auf diese Weise eine Eintrittskarte in den Himmel verdienen.«

»Genau«, sagte Martin. »Ihr Leben hatte einen Sinn.«

»Das macht es trotzdem nicht gerecht. Die Kirche hat arme Menschen um Geld und Arbeitskraft beraubt.«

»Sie haben an das geglaubt, was sie taten. Wer sind wir, darüber zu urteilen, was ein gutes Leben ist und was nicht?«

»Bestimmt nicht, auf einem Grill zu Tode geröstet zu werden. Oder auf dem Scheiterhaufen zu verbrennen. Während der Papst sich den nächsten Michelangelo an die Wand malen lässt.«

»Oder an die Decke«, fügte Martin hinzu und lachte, weil ich mich so echauffierte. »Du solltest froh sein, dass die Kirche die Künste gefördert hat.«

»Ich kann nicht fassen, dass du sie auch noch verteidigst.«

»Das tue ich nicht«, entgegnete Martin. »Ich setze es nur in den historischen Kontext.«

»Es ist heute immer noch dasselbe.«

»Weil es schwer ist, jahrhundertealte Glaubenssätze zu ändern.«

»Ja, weil die Menschen egoistisch sind … weil sie indoktriniert und mit der Hölle bedroht werden … weil …«

Martin reagierte unerfreulich vernünftig.

»Geh mit den Mönchen zum Abendessen. Geh vielleicht auch zum Abendsegen mit«, sagte er. »Geh mit offenem Geist – *richtet nicht, auf dass ihr nicht gerichtet werdet.* Und komm danach auf einen Drink wieder her.«

Martin versicherte mir, sein eigener Geist sei bereits offen, also ließ ich ihn allein essen und gesellte mich zu den Mönchen und den Brasilianerinnen in der Herberge.

Neben Renatas Ansicht über Religion wirkte meine eher gemäßigt. Wissenschaftlerin hin oder her – mit der katholischen Kirche wollte sie nichts am Hut haben. »Das beruht auf Gegenseitigkeit«, lautete ihre einzige Erklärung, und ich fragte mich, was sie wohl getan – oder veröffentlicht – hatte, um klerikalen Zorn auf sich zu ziehen. Nach dem Essen blieb sie sitzen, um in Gesellschaft des älteren Dänen, mit dem sie gewandert war, ein Bier zu trinken.

Die Kirche Sainte-Foy mit ihren fünf kranzförmig angeordneten Kapellen war von innen ebenso beeindruckend wie von außen. Das Kirchenschiff war von einem hohen Tonnengewölbe überspannt, dessen Bögen aus Steinquadern zusammengesetzt waren. Darunter befanden sich Galerien, von denen Chöre gesungen haben mochten. Ich nahm mir einen Moment Zeit, die kunstvollen Kapitelle zu betrachten, an denen gemeißelte Monster und Palmblätter mit Szenen aus dem kurzen Leben der Heiligen Fides wetteiferten. An einer Stelle konnte ich noch einen Hauch der Farbe erkennen, die früher die grauen Steine bedeckt haben musste.

Fabiana wirkte bedrückt. Als wir auf die vordersten Bankreihen zugingen, nahm sie mich beiseite.

»Glaubst du, Gott weiß, dass ich mich bemühe?«

»Es heißt doch, Gott weiß alles. Wenn du an ihn glaubst, muss die Antwort wohl ja lauten.«

»Aber ich mache so viele Fehler«, sagte sie. »Nicht aus Boshaftigkeit, sondern aus Liebe. Glaubst du, das macht sie weniger ...«

Mich sollte sie da eigentlich nicht fragen. Aber vielleicht hatte sie mich gerade deshalb auserwählt. Ich dachte an einen Guru, mit dem ich ein Selbsterfahrungswochenende verbracht hatte, und überlegte, was er wohl sagen würde.

»Der Weg verläuft niemals gerade, aber jeder Schritt bringt dich näher ans Ziel«, sagte ich. Weisheit aus dem fernen Fresno, Kalifornien.

Sobald wir uns hingesetzt hatten, läuteten die Glocken. Danach herrschte absolute Stille – und plötzlich erklang männlicher Gesang, ohne jede Begleitung. Fünf Mönche, einschließlich Bruder Rocher, zogen im Gänsemarsch ein. Sie trugen cremefarbene Kutten über langen Hosen und alle, bis auf einen, Socken und Schuhe. Mit seinen etwa vierzig Jahren war Bruder Rocher wohl der Jüngste von ihnen; ein anderer, der sich grau und verhutzelt über sein Gebetbuch beugte, muss um die neunzig gewesen sein.

Ich hatte keine Ahnung, was sie sangen. Wahrscheinlich war alles Latein, manches klang auch französisch. Aber ich musste die Worte nicht verstehen, damit sie mich berührten. Ich weiß nicht, ob es an der Akustik lag oder dem speziellen Lied, an der Schönheit des Gesangs oder der zugrundeliegenden Überzeugung, aber in jeder einzelnen Note lagen Hoffnung und Erhabenheit.

Die Fresken flackerten im Kerzenschein, und aus den bunten Kirchenfenstern blickten unzählige Männer gütig auf mich herab, während der Gesang der Mönche mich im Innersten aufwühlte. Vielleicht war dies der Grund, warum ich hergekommen war, warum ich hier sein sollte. Ich sah, wie Fabiana Tränen über das Gesicht liefen.

Auf Französisch und auf Englisch bat Bruder Rocher alle, die gesegnet werden wollten, nach vorn. Ich blieb sitzen und beobachtete, wie die Brasilianerinnen und ein halbes Dutzend andere nacheinander nach vorn gingen. Dann, nach einem letzten Lied, verließen alle die Kirche. Bis auf mich.

Jahrhunderte voller Gesang, Dienst an anderen und Hingabe an etwas größeres als den Materialismus des einundzwanzigsten Jahrhunderts hatten einen Frieden geschaffen, der bis in die Wände drang. Welche Probleme ich mit der Religion auch haben mochte, sie waren hier nicht relevant. Die Stille und Strenge schenkten mir ein eigenartiges Gefühl von Trost, und ich hatte das Gefühl, auf eine Form von Klarheit zuzusteuern.

Eine Stimme erklang, und ich zuckte zusammen. »Sie sind herzlich eingeladen zu verweilen«, sagte Bruder Rocher, der aus dem Altarraum auf mich zukam. »Aber wenn ich helfen kann …?«

Ich wischte mir die Tränen ab. »Danke. Es geht mir gut.«

»Sie haben ein großes Herz.«

»Ich habe einige Verluste erlebt … einen Verlust«, sagte ich. »Und … ich kann nicht wirklich trauern.«

»Manche Wunden heilen schnell, manche Wunden heilen langsamer«, sagte Bruder Rocher. »Was zählt, ist, dass sie heilen.«

»Ich habe mich nicht segnen lassen«, platzte ich heraus, als er sich zum Gehen wandte. Aus unerklärlichem Grund hatte ich das Gefühl, das müsse noch geschehen.

Bruder Rocher drehte sich um und lächelte. »Kommen Sie morgen Abend wieder. Wenn Sie bereit sind, werde ich Sie mit Freuden segnen.«

Als ich zum Hotel ging – über Steine, die durch die Jahrhunderte von Pilgerfüßen abgewetzt worden waren –, wunderte ich mich über meinen Sinneswandel.

»Es ist nicht die Kirche, auf die ich wütend bin«, erklärte ich Martin. Er schob mir einen Stuhl hin, aber ich wollte nicht sitzen. Ich brauchte keinen Drink, und ich war mit Sicherheit nicht bereit, die Gefühle zu vertiefen, die mich bei seinem Kuss kurz vor Conques überkommen hatten.

»Ich bleibe noch einen Tag«, fuhr ich fort. »Oder so lange, wie es eben dauert. Ich glaube, ich habe erkannt, warum ich den Camino gehe.«

Martin wollte etwas sagen, hielt aber inne.

»Ich meine, ich weiß, dass ich um meinen Mann trauern muss … aber all diese *Wut* – das bin nicht wirklich ich.«

»Ach nein? Ich meine mich zu erinnern, dass du gehörig sauer warst, als ich in Saint-Privat-d'Ailler fragte, ob du dich wieder verlaufen hättest. Und was war mit dem Blaubeerbier?«

»Sich nicht verarschen zu lassen ist etwas anderes. Ich spreche von der Religion. All die Kreuze und …«

Nun setzte ich mich doch. »Nachdem ich Camille geholfen hatte …« Wie sollte ich den Blick meiner Mutter in Worte fassen? Das Urteil, das sie nicht nur über Camille, sondern auch über mich fällte? »Meine Mutter verkündete, ich sei in ihrem Haus nicht mehr willkommen.«

»Aufgrund ihrer religiösen Überzeugungen?«

»Ja … oder denen ihres Pfarrers – obwohl der die Sünden meines Vaters immer wieder flink vergab.«

174

»Gewalttätig?«

Ich nickte. Martin sah mich eine Weile an. »Du hast deiner Mutter nie vergeben.«

»Sie hat *mir* nie vergeben.« Ich wischte eine Träne aus dem Augenwinkel. »Und jetzt ist sie tot, also kann sie es auch nie mehr tun. Aber ich habe nachgedacht. Und tatsächlich hat mir etwas geholfen, was du gesagt hast. *Richtet nicht, auf dass ihr nicht gerichtet werdet.*«

»Weise Worte aus Du-weißt-schon-wo«, sagte Martin.

»Vielleicht hätte meine Mutter mir nie vergeben, auch nicht, wenn sie weitergelebt hätte. Aber ich kann selbst entscheiden, wie *ich* heute über sie urteile.«

»Ich freue mich für dich …« Martin zögerte, dann drückte er meine Hand und hielt sie fest. »Aber ich bedaure, dass ich meine Wegpartnerin verlieren werde.«

Konnte ich ihn bitten, ebenfalls zu bleiben? Nein. Er musste seinen Zeitplan einhalten.

»Vielleicht hole ich dich ja wieder ein«, sagte ich, obwohl das unwahrscheinlich war. Sobald er ein oder zwei Tage Vorsprung hätte, mit größerem Zeitdruck als ich, würden wir uns nicht wiedersehen, sofern ihn nicht irgendetwas ungeplant verlangsamte.

Ich gab ihm einen Abschiedskuss auf die Wange. »Kümmere dich um Sarah, okay?«

* * *

Den größten Teil der Nacht dachte ich über meine Mutter nach, und zum ersten Mal seit Jahren erinnerte ich mich auch an positive Dinge, an Geschichten, die sie mir erzählt hatte: wie wir an Weihnachten den Baum mit selbstgebastelten Sternen geschmückt hatten; wie sie Suppe gekocht und mir das Toastbrot geschnitten und eine Extraportion Erdnussbutter draufgestrichen hatte, wenn ich erkältet war.

Ich dachte darüber nach, wie schwer ihr Leben mit meinem Vater gewesen sein musste und davor mit ihrem Vater. Sie hatte nie genug an sich selbst geglaubt, um ohne Mann und Religion zu überleben, und wer war ich, das zu verurteilen? Sie war in anderen Zeiten aufgewachsen. Stattdessen spürte ich nun Dankbarkeit für die Liebe, die sie mir als Kind geschenkt hatte – und die mir wiederum geholfen hatte, meinen eigenen Kindern eine bessere Mutter zu sein. Und dafür, dass sie mir trotz all der negativen Energie in unserem Haus irgendwie die Kraft gegeben hatte, meinen eigenen Weg zu gehen.

Am nächsten Morgen stand ich mit Bruder Rocher vor der Klosterkirche, als ich aus der Ferne das kurze Läuten einer Glocke hörte.

»Woher kommt das?«, erkundigte ich mich.

»Von der Kapelle auf dem Berg gegenüber, ein Stück weiter auf dem Chemin nach Santiago.« Noch während er sprach, läuteten die Glocken von Sainte-Foy. »Und so sagt die Kirche Lebwohl zu dem Pilger, der die Glocke geläutet hat.«

»Die Pilger läuten selbst?«

»Ja, und wir antworten jedes Mal.«

Ich fragte, ob ich die Glocken von Sainte-Foy sehen dürfe. Sie waren dick und riesig und früher von Hand geläutet worden, was heute jedoch elektronisch geschah.

»Funktioniert das Glockenseil noch?«, wollte ich wissen, weil ich es mir romantischer vorstellte, mich an das Seil zu hängen als auf einen Knopf zu drücken.

»O ja, auf traditionelle Art geht es auch.«

Ich hörte die ferne Glocke ein weiteres Mal schlagen. Dann noch einmal. Dreimal insgesamt. *Die drei Glocken.* Meine Haut kribbelte, genau wie damals, als ich den Muscheltalisman in die Hand genommen hatte.

Ich war sicher, dass es Martin war, der auf der anderen Seite des Tales stand und sich nicht nur von Conques, sondern auch von mir verabschiedete.

»Darf ich zurückläuten, auf traditionelle Weise?«, bat ich Bruder Rocher. Er schien mich zu verstehen und drückte mir das dicke Seil in die Hand, so dass auch ich mich von Martin verabschieden konnte. Falls Bruder Rocher es seltsam fand, dass mir beim Läuten Tränen aus den Augen liefen, sagte er nichts dazu.

MARTIN

Wie war Conques?

Krass.

Ich meinte es im wörtlichen Sinn, wusste aber, dass Sarah über meinen Gebrauch des Jugendtrendworts schmunzeln würde.

Wie heißt sie wirklich?

Wer?

Candy.

Wir gehen nicht mehr zusammen.

Du Armer!

Zu viel Spekulationen deinerseits. Schlecht für die Wissenschaft.

Ach, wo wir gerade dabei sind: Kannst du Differentialrechnung?

Ja, kann ich.

Zeit zu telefonieren?

Ich öffnete Skype und drücke *Anruf.* Sarah ging dran – ohne Bildübertragung.

»Hi, Dad.« Es war das erste Mal seit sechs Monaten, dass ich ihre Stimme hörte.

»Wo liegt das Problem?«

»Partielle Integration. Ich versteh's nicht.«

»Wahrscheinlich deswegen, weil's nicht einfach ist.«

»Es liegt also nicht nur daran, dass ich blöd bin?«

»Nicht nur.«

»Dad!«

»Hast du was zu schreiben? *So* schwer ist es nun auch wieder nicht – das Problem besteht darin, wie es in den Schulen unterrichtet wird.«

Decazeville, wo ich gerade in einem Hotelzimmer mit ziemlich wackeligem Internet hockte, war kein besonders einladender Ort. Vielleicht wäre es zur richtigen Jahreszeit und in der richtigen Stimmung ein hübsches Städtchen gewesen, aber unter den gegebenen Umständen konnte ich ihm nicht viel abgewinnen. Der Winter war zurückgekehrt, und der Hotelier leugnete, meine Reservierung erhalten zu haben, bevor er mir schließlich doch ein Zimmer gab.

Eine halbe Stunde lang erklärte ich Sarah Methoden zur Integralrechnung, und während sie ihre Übungsaufgaben rechnete, dachte ich über ihre Frage bezüglich Zoe nach.

Ich hätte noch einiges zu klären und zu erledigen – nicht zuletzt, meine Finanzen wieder in Ordnung zu bringen –, bevor ich mir erlauben konnte, eine neue Beziehung einzugehen. Was, wie ich mir eingestehen musste, mit Zoe passiert war, zumindest von meiner Seite aus.

»Minus x cos x plus sin x. Plus c«, sagte Sarah in Sheffield. »Moment, ich überprüfe das auf der Lösungsseite … Korrrrekt! Du bist spitze!«

»Schön, dass wenigstens eine das findet.« Es flutschte mir raus, bevor ich Gelegenheit hatte, es runterzuschlucken.

»Ihr habt euch getrennt.«

»Da gab es nichts zu trennen.«

»Na klar!«

»Klingt ja wie die Stimme der Erfahrung.«

»Ein bisschen. Ich versuche, mich auf meine Prüfungen zu konzentrieren. Nicht zu viel Ablenkung.«

»Gute Idee.«

»Dann rechne ich jetzt lieber weiter.«

Sie legte auf und schickte noch eine Nachricht. *Danke Dad. Hab dich lieb.*

Ich antwortete: *xxx. Schreib mir, wenn du nicht weiterkommst.*

Figeac am folgenden Tag war schon ganz anders: ein großer, hübscher Ort am Fluss Célé. Als ich in der Bar vor meinem Belohnungsbier saß, konnte ich vor dem Hotel gegenüber ein eigenartiges Szenario beobachten. Ein Taxi fuhr vor, und ein halbes Dutzend Rucksäcke wurde ausgeladen. Dann stiegen drei Frauen aus – Paola, Margarida und Fabiana. Doch anstatt ihren Rucksäcken ins Hotel zu folgen, überquerten sie die Straße und betraten die Bar. Sie entdeckten mich und stürzten auf mich zu.

»Martiiien! Wo ist Zoe?«

»In Conques geblieben.«

»Für wie lange?«

»Weiß ich nicht.«

Der Barkeeper kam.

»Mojitos?«, fragte Paola.

»Oui, madame.«

Drei Finger gingen in die Luft.

»Ist die Hotelbar denn nicht gut?«, fragte ich nach.

Ihre wechselseitigen Blicke bestätigten meinen Verdacht.

»Wir gehen nicht sofort rein, sonst wissen die, dass wir mit dem Taxi gekommen sind, und geben uns keine Stempel«, erklärte Paola. »Wir haben kaputte Knie.«

Alle drei deuteten auf eines ihrer Knie. Ich wünschte, ich hätte diesen Moment mit Zoe teilen können.

»Gestern«, sagte Paola, »war anstrengend. Wir haben eine Abkürzung genommen, um Decazeville zu umgehen, und in Livinhac-le-Haut übernachtet. Was wirklich sehr *haut* war – ein laaanger Aufstieg.«

»Renata?«, fragte ich.

»Renata läuft«, sagte Margarida. »Sie ...«

Paola schaltete sich ein. »Ich gehe den Jakobsweg seit zwölf Jahren. Jeder, der ihn geht, hat seine eigenen Gründe. Wir machen unsere eigenen Regeln – nicht etwa ein alter Mann in einer Herberge oder irgendein *fonctionnaire* aus dem Amt für Tourismus, der Pilgerpässe verkauft.«

Die Mojitos kamen, und Paola lächelte. »Jeder Pilger ist anders. Manche Leute sind zu krank, um den ganzen Tag zu wandern. Andere wollen nur kurze Strecken gehen.«

»Und wer hat den meisten Spaß?«, meinte Margarida mit aufreizendem Lächeln.

»Du isst heute Abend aber mit uns, ja?, drängte Paola. »Es gibt hier ein kleines Restaurant – nicht zu teuer, aber sehr gut.«

Das Restaurant erfüllte Paolas Versprechen voll und ganz. Auf dem Weg zurück in unsere jeweiligen Hotels fiel ich mit Renata ein wenig zurück.

»Ich geb dir noch einen aus«, sagte sie.

»Aber wirklich nur einen, ich will meine Tochter noch anrufen. Fällt das nicht auf, wenn du fehlst?«

»Die kennen mich. Ich tue, was ich tue.«

Meine Hotelbar hatte noch geöffnet.

»Also«, begann Renata. »Du und Zoe. Was ist da los?«

»Wir sind zusammen gewandert, aber sie ist in Conques geblieben. So geht das nun mal auf dem Chemin.«

»Blödsinn.« Sie lachte. »Du bist weggelaufen, stimmt's? Angst vor Frauen.«

»Irgendwie so.«

»Ich mache dir keinen Vorwurf. Du bist geschieden, oder?«

»Ja. Du ja auch ... wie du mir erzählt hast, richtig?«

»Stimmt. Mit mir kann man unmöglich zusammenleben. Aber ich brauche einen Mann.« Es war nicht klar, ob das eine allgemeine Feststellung oder nur auf den jetzigen Moment bezogen war. Vermutlich beides.

»Du hast keine Angst zu sagen, was du willst.«

»Es ist schwer genug zu bekommen, was man will – und noch schwerer, wenn man es nicht sagt. Was ist dein nächstes Ziel nach Figeac?«

»Ich folge einfach dem Jakobsweg.«

»Es gibt eine Alternative. Steht im *Dodo*.« Sie meinte den Reiseführer für Verpflegung und Unterkunft, den *Miam Miam Dodo*, was so viel wie *Lecker, lecker, Heiabett* bedeutete. »Hinter Figeac nehme ich die *Variante du Célé*. Und in Cahors treffe ich mich wieder mit den anderen.«

Sie begleitete mich bis zu meinem Zimmer und gab mir vor der Tür einen Gutenachtkuss. Etwa fünf Minuten lang. Es wäre gelogen zu sagen, dass ich es nicht genoss, aber als sie zur Treppe zurückging und ich mich in mein Zimmer verzog, hatte ich das Gefühl, entkommen zu sein.

Ich fuhr meinen Rechner hoch und schrieb an meinem Blog.

Richard aus Tramayes hatte eine Anfrage gepostet: *Hast du eine Amerikanerin namens Zoe gesehen?*

Ich antwortete, dass ich bis Conques mit ihr gewandert sei, wir jetzt aber unterschiedliche Wege eingeschlagen hätten. Ein anderer Kommentar las: *Ich habe gehört, der* Camino Francés *ist eine einzige Party. Stimmt das auch für den Jakobsweg in Frankreich?* Die Anfrage stammte aus Brasilien. Ich konnte nicht widerstehen und lud das Foto von mir und den Brasilianerinnen hoch, wie wir *Ricard* tranken, Margarida und ich Arm in Arm in der Mitte.

Und dann kam eine phantastische Skype-Nachricht: *Integraltest zu 94 % richtig. Nur ein einziger blöder Fehler. Danke, Dad.*

Ich beschloss, ebenfalls die alternative Route durch das Vallée du Célé zu nehmen.

Meine Gründe waren komplexer, als dass ich Renata folgen wollte, und ich hoffte, wenn wir uns träfen, würde sie es auch nicht in diese Richtung interpretieren. Ich wollte Distanz zwischen mich und Zoe bringen, und wenn es nur deshalb wäre, um meine Gedanken zu sortieren.

Überdies schien die Route flacher. Vor Figeac war es ein steiler Abstieg gewesen, und ich hatte wie ein Skiläufer im Zickzack gehen müssen, um meine Knie zu schonen. Ich wollte keine weitere Operation riskieren. Und ich wollte nicht die Botschaft vermitteln, dass der Karren die Knie belastete. Viele potentielle Käufer wären vor allem deshalb interessiert, weil es mit dem Wagen weniger anstrengend wäre als mit einem Rucksack.

Am folgenden Nachmittag bezog ich mein *chambre d'hôte* in einem Ort mit dem lustigen Namen Corn. Wenn dies tatsächlich die flachere Alternative war, konnte ich mich freuen, nicht auf der Hauptroute unterwegs zu sein. *Madame* nahm meine Schmutzwäsche, und ich saß in ein Handtuch gewickelt in meinem Zimmer, betreute meinen Blog und markierte meinen Weg auf dem GPS.

Sarah meldete sich auf Skype mit einer Zwei-Wort-Nachricht. *Zoe, richtig?*

?

So heißt sie, oder?

Anscheinend hatte sie meinen Blog gelesen und folglich die Anfrage von Richard aus Tramayes. Ich wollte gerade eine eher abweisende Antwort schreiben, als mir eine Alternative einfiel – eine Alternative, an die ich schon viel früher hätte denken können, wäre ich nicht so auf mich selbst fokussiert gewesen.

Wer macht DIR denn Kummer?

Wie kommst du darauf?

Bin nicht blöd.

Okay, da WAR jemand.

Und jetzt?

Hör lieber auf.

Aber er ist immer noch Thema?

Was auch immer das heißt. Mum hasst ihn.

Schwierig. Zum Glück musste ich nicht antworten, denn sie schickte eine weitere Nachricht hinterher.

Ich glaub, DIR würde er gefallen.

Warum?

Studiert Ingenieurswesen.

Schon mal ein guter Anfang ;-) Vielleicht.

Er ist 22.

Kein Vater kann sich einen Jungen vorstellen, der gut genug für seine Tochter wäre. Sich unter Ingenieurstudenten einen Freund zu suchen, fand ich nicht so schlimm. Aber irgendetwas sagte mir, dass mehr dahintersteckte als der Altersunterschied. Julia hasste ihn also. Auch wenn es sie irritieren mochte, dass Sarah sich jemanden aus meinem Fachbereich suchte, würde sie ihn deswegen sicher nicht gleich hassen.

Und?

Lange Pause.

Er hat eine Freundin.

Und?

Er kann sie nicht verlassen.

Weil?

Kind.

Zum ersten Mal seit unserer Trennung empfand ich so etwas wie Mitgefühl mit Julia. Sarah hatte eine Affäre mit jemandem, der so gut wie – vielleicht sogar tatsächlich – verheiratet war. Und Julia hatte das Recht verspielt, sich darüber zu erheben.

Willst du darüber reden? Ich hoffte auf ein Nein. Ich musste nachdenken.

Nein. Aber danke, Dad. Dann: *Du hältst mich sicher für bescheuert.*

Beziehungen sind schwierig.

Ach ja? Dann: *Nacht Dad. Hab dich lieb.*

xxx

Was ging wohl in ihr vor? Die einfache Antwort war vermutlich die richtige: Julia und ich hatten uns während Trennung und Scheidung nur aufeinander konzentriert, und dann war ich weg gewesen. Dadurch hatten wir Sarah die Botschaft vermittelt, dass unsere Aufmerksamkeit sich vornehmlich auf Krisen richtete. Und nun hatte sie eine eigene geschaffen. Klug wäre jetzt, ihr zwar Aufmerksamkeit zu schenken, aber nicht als Reaktion auf diese Art von Verhalten. So, wie mit meiner Mathe-Nachhilfe.

Es war leicht, eine Situationsanalyse durchzuführen, während man in Südfrankreich saß und einen Aperitif schlürfte. Für Julia, die nach einer explosiven Trennung und unschönen Scheidung das Haus mit ihrer Teenager-Tochter im Prüfungsstress teilte, war es vermutlich um einiges schwieriger.

Noch dazu hatte Jonathan mir eine E-Mail geschickt: *Ich denke, Du solltest wissen, dass Rupert und seine Frau wieder zusammen sind ... also mehr oder weniger. Julia hat eine harte Zeit hinter sich. Es fällt schwer, in dieser Geschichte irgendwelche Gewinner zu erkennen.*

Ich bekam das Gefühl, ich sollte Dead Walkers Beispiel folgen und nach Hause fahren, um alles zu klären. Aber das hätte mich auf direktem Weg in einen Streit mit Julia geführt, womit keinem von uns gedient gewesen wäre. Im Moment besserte sich mein Verhältnis zu Sarah gerade durch die Distanz.

Das Abendessen in meinem privaten Gästezimmer war außergewöhnlich, sowohl was das Menü als auch die Gesellschaft betraf. Renata war kurz nach mir eingetroffen, und wir bekamen ein Essen in bester Restaurant-Qualität serviert – sogar nach französischen Maßstäben –, zubereitet von Madame Laundrys Ehemann. Man konnte schmecken, dass er den Großteil unserer Zimmermiete in die Zutaten gesteckt hatte. Offenbar vermietete er nicht um des Geldes willen, und wir fanden, dass wir uns am besten in Form von Lob revanchierten, mit dem wir ihn dann reichlich überschütteten.

Er war so um die fünfundsechzig und erklärte beim anschließenden Armagnac, er und seine Frau seien Rentner und böten das Gästezimmer rein aus Vergnügen an: um Gesellschaft und Unterhaltung von Leuten wie Renata und mir zu erhalten. Sie bewohnten ein bescheidenes Häuschen in einem abgelegenen Dorf, schienen sich aber ein wunderbares Leben eingerichtet zu haben.

Renata und ich einigten uns auf ein Frühstück um acht Uhr, und ich nahm an, dass wir zusammen weiterwandern würden.

Hinter Marcilhac-sur-Célé wurde es wiederum anstrengend. Nach etwa zwanzig Kilometern erwartete uns ein steiler und unebener Aufstieg. Wie üblich, kam der Karren mit dem Gelände gut zurecht, nur musste ich bei etwa der Hälfte eine Pause einlegen.

»Wir sehen uns im Hotel«, sagte Renata und ging weiter.

Als ich dort ankam, saß sie in der Bar und unterhielt sich mit dem Dänen, mit dem sie das Aubrac überquert hatte. »Torben«, stellte sie ihn vor. Er war ein kompakter Kerl mit dem eindringlich kernigen Gesichtsausdruck von Männern in ihren Sechzigern, die beschlossen hatten, dem Alter durch Sport die Stirn zu bieten. Wir aßen zu dritt, aber als Torben danach zu Kaffee und anschließenden Drinks aufrief, entschied ich, dass ich nur fünftes Rad am Wagen wäre, und zog mich zurück.

Nachdem ich meinen Blogeintrag beendet hatte, klopfte es an die Tür. Renata, unter deutlicher Einwirkung von mehr als einem Digestif, kam herein und drückte mir einen Kuss auf den Mund.

»Letzte Chance«, sagte sie, »sonst gehe ich morgen mit Torben weiter.« Sie küsste mich erneut, als wollte sie noch einmal betonen, dass ich mich in vollem Wissen um die Umstände entschieden hatte.

»Vielleicht treffen wir uns vor Santiago noch mal wieder«, sagte sie und ging.

Lecker, lecker, Heiabett.

Danach war ich fast drei Wochen lang allein unterwegs, wanderte durch Moissac, Lectoure und Condom und viele andere Städte und Dörfer dazwischen, durchquerte Weinberge, blühende Obstgärten und Felder mit goldgelbem Getreide, übernachtete in billigen Hotels und privaten *chambres d'hôtes*. Ich saß an einem Einzeltisch in einem Gourmetrestaurant in Cahors, teilte mir in einem Hostel in Lascabane mit anderen Pilgern einen Topf *Coq au vin* und kochte mir etwas aus den Einmachgläsern eines Entenhofs zwischen Aire-sur-l'Adour und Uzan.

Dann stieß ich wieder auf den Haupt-Jakobsweg, und obwohl ich tagsüber nur wenigen Wanderern begegnete, trafen wir uns abends in den Bars und Herbergen. Ich schätzte, wir waren immer etwa ein Dutzend pro Abschnitt und etwa die Hälfte davon Franzosen, die oft eher eine zweiwöchige Wanderung unternahmen, als den gesamten Weg zu begehen.

Sarahs Offenheit hatte sich nicht fortgesetzt – wir waren wieder bei Kurznachrichten gelandet.

An meinem dreiundvierzigsten Tag, nach einer eher längeren Etappe bis nach Sauvelade, gönnte ich mir einen leichteren Abschnitt mit nur siebzehn Kilometern. Die Länge der Streckenabschnitte zu variieren, so wie ich es bei meinem Marathontraining gelernt hatte, funktionierte wunderbar. Unter Einhaltung meines Zeitplans würde ich in drei Tagen Saint-Jean-Pied-de-Port an der spanischen Grenze erreichen.

Ich rief bei dem einzigen Anbieter eines privaten Gästezimmers an, der in meinem Reiseführer vermerkt war. Eine Ansage vom Band informierte, dass die Vermieter gerade Urlaub machten, empfahl jedoch eine nicht verzeichnete Alternative. Ich reservierte also dort eine Übernachtung.

Über Hinweisschilder fand ich das im Fremdenführer gelistete Gästehaus. Eine handgeschriebene Notiz leitete mich von dort zur Vertretung weiter: einem etwas weniger gepflegten Haus, das ein Stück weiter an derselben Straße lag.

»Von wegen dem Zimmer?«

Diese wenigen Worte verrieten mir die Herkunft des Vermieters (England), die genauere Gegend (Bradford, 70 Kilometer nördlich von Sheffield), die politische Gesinnung (Brexiteer-konservativ oder heftiger), mögliche Gründe für seine Übersiedlung nach Frankreich (Wetter / Mietpreise / verdammte Immigranten) und seine generelle Verfassung (leicht reizbar).

Er führte mich in den ersten Stock und zeigte mir das bislang primitivste – oder improvisierteste – Gästezimmer, das ich auf meinem Weg gesehen hatte. Zwei Einzelbetten waren in ein vermutlich ehemaliges Kinderzimmer gequetscht worden: auf den Vorhängen prangten Tim und Struppi, auf den Regalen stand Spielzeug, und es gab kein eigenes Bad. WLAN? »Nö« – obwohl mein Handy ein gesichertes Netzwerk anzeigte.

Der Stempel in meinem Pilgerpass bestätigte meinen Verdacht: Auf ihm stand der Name des ursprünglichen Gästehauses. Geizbrite und seine Frau hatten sich auf billigste Weise in das Geschäft eingeklinkt. *C'est la vie.* Ich hatte keine Energie mehr für eine Alternative.

Was sich als überaus glücklich erwies. Denn als ich es an der Tür klopfen hörte und neugierig die Treppe hinunterspähte, wer mir wohl Gesellschaft leisten würde, entdeckte ich … Zoe.

35

ZOE

Ich hatte in meinem mittlerweile erheblich verbesserten Französisch schon halbwegs erklärt, wer ich war, als ich ihn plötzlich sah.

»Martin!« Vielleicht habe ich sogar vor Freude laut gequietscht. Der kleine, schon etwas ältere Mann an der Tür fuhr jedenfalls zurück, als hätte ich es getan. Ich ließ meinen Rucksack fallen, der ohnehin nur noch über einer Schulter hing, und warf mich Martin in die Arme.

»Oh, mein Gott – ich habe dich gefunden! Ich habe nur noch drei Tage und hatte schon fast aufgegeben.« Ich küsste ihn auf beide Wangen.

Martin drückte mich und lachte. »Du siehst fabelhaft aus!«

So fühlte ich mich auch. Seit meinem spontan verlängerten Aufenthalt in Conques hatte ich drei Wochen Zeit zum Nachdenken gehabt, und Kopf und Körper waren in besserer Verfassung als zuvor. Es war nicht einfach gewesen, aber Conques hatte mir den nötigen Seelenfrieden geschenkt, und vor meinem Aufbruch hatte ich für meine Mutter eine Kerze angezündet. Auch wenn ich entschieden hatte, weder meinem Vater noch dem Pfarrer meiner Kindheit zu vergeben, hatte ich meine Vergangenheit akzeptiert und empfand nicht mehr jedes Mal Abscheu, wenn ich ein Kreuz sah.

Ich fühlte mich bereit für die Zukunft und war dankbar für die Zeit in einem wunderschönen Land bei einfachem, gesundem Leben. Jegliche Zweifel, ob ich mein Ziel erreichen würde, waren beim ersten Anblick der Pyrenäen wie weggeblasen. Der Gebirgszug mit seinen weißen Gipfeln erstreckte sich über den Horizont und markierte den nahe liegenden Endpunkt einer am Anfang fast unmöglich geglaubten Aufgabe.

Camille hatte mir eine Mail geschrieben, in der sie darauf bestand, mich in Saint-Jean-Pied-de-Port abzuholen und zu meinem Flug nach Paris zu fahren. »Wie ein klassisch amerikanischer Road-Trip, *ma chérie!*«

Das Universum würde mich zur spanischen Grenze bringen und dann nach Hause. Und jetzt hatte es mich auch zu Martin geführt. Ich hatte die Spur seines Einradkarrens vor Naverrenx im Schlamm entdeckt. Ein Angler am Fluss sagte dann, er habe Martin eine Stunde zuvor mit seinem Wagen aus der Stadt ziehen sehen, also riskierte ich es und marschierte weiter.

Alles, was ich mit ihm hatte teilen wollen, hatte ich in mir konserviert, und nun sprangen quasi alle Deckel auf. »Hast du die Brasilianerinnen gesehen? Warst du bei diesem religiösen Mann, der …«

»Whoa!« Martin lachte. »Ich glaube, unser Wirt würde gern wissen, ob du hier übernachtest.«

»*Pardon, monsieur, je voudrais …*«

»Hier sprechenwer Englisch.«

O ja, das tat er, aber mit einem so starken Akzent, dass ich ihn kaum verstand. Just in diesem Moment stieß eine weitere Pilgerin zu uns, eine kleine ältere Dame. Der Wirt sah uns beide an.

»Ichab nur zwei Zimmer. Se müssn sich ein teilen.«

Die Frau, die sich als Monique vorstellte, sprach kein Englisch. Martin hatte sich auf dem Weg ein paarmal mit ihr unterhalten und übersetzte, während wir dem Wirt nach oben folgten. In unserem Zimmer stand ein Doppelbett und ein Haufen Zeug – Computerteile, Bücher, Kleidung – in aufgestapelten Kästen. Ich drehte mich zu Martin um.

»Wie groß ist dein Zimmer?«

»Größer als das hier. Zwei Betten.«

Was auch immer! Wir hatten uns in Golinhac schon einen Gruppenraum geteilt. Die Wirtin – eine große, schlanke Frau, die mich an Margaret Thatcher erinnerte, nur ohne Kinn und mit Überbiss – kam mit einem Handtuch, musterte mich von oben bis unten und rümpfte die Nase. »Ihr Bruder, wie?«

Als ich nach unten kam, stand Martin im Wohnzimmer und tippte in sein Handy.

»Ich musste eben noch meiner Tochter texten – Sarah … So, jetzt gehöre ich dir.«

»Wie geht es ihr?«

»Wer weiß das schon? Erzähle ich dir morgen. Jetzt will ich erst mal wissen, was du so gemacht hast. Trinkst du einen Scotch?«

»Ich bin eigentlich kein Whisky-Trinker.«

»Der Weg wird dich verändern.« Er sagte es mit französischem Akzent – als perfekte Imitation von Monsieur Chevalier –, und ich staunte über mich selbst, wie sehr sich meine Gefühle ihm gegenüber seit Cluny verändert hatten.

Er verschwand für eine Minute und kehrte mit zwei gefüllten Gläsern zurück. »Hier, bitte. Trink das meiste davon, aber lass einen kleinen Rest.«

Ich nippte vorsichtig. »Das ist Wasser, oder?«

»Ja, das ist Wasser. Aber man hätte meinen können, ich bitte um Dom Pérignon.«

Ich stand an der Tür Schmiere, während Martin je einen großen Schluck aus einer Flasche aus der Glasvitrine in unsere Gläser goss. »Prost«, sagte er dann und stieß mit mir an. »Uns steht ein Aperitif zu, also helfe ich dem Geizbriten nur, seine gesetzliche Pflicht zu erfüllen.«

Vor dem Chemin hatte ich nie hochprozentigen Alkohol getrunken, aber ich gewöhnte mich allmählich daran.

Martin nippte an seinem Glas. »Was ist passiert? Die Brasilianerinnen habe ich seit Figeac nicht mehr gesehen.«

»Ich habe sie kurz danach eingeholt. Sie hatten einen Tag verloren, weil sie sich von Renate getrennt hatten, und es gab einige Verwirrung, wo sie sich wieder treffen wollen. Bernhard ist jetzt bei ihnen und auch dieser Däne – Torben.«

»Bernhard?«

»Hat sich entschuldigt. Ich ebenfalls. Ich glaube, Paola hat ihn dazu gezwungen, bevor sie ihm erlaubt hat, sie zu begleiten. Hast du den Typen gesehen, der im Schottenrock wandert? Den Schotten?«

»Ein Schotte? Was du nicht sagst …«

»Hör auf. Im Ernst: Er geht den ganzen Weg im Kilt und sagt, er würde ihn nie waschen.«

»Was ist mit dem holländischen Paar mit dem Hund, die jede Nacht im selben Hotel übernachten?«

»Im selben Hotel? Wie das?«

»Fahrrad und Bulli. Sie fahren mit dem Auto zum jeweiligen Endpunkt des Tages, stellen da das Fahrrad ab und …«

Unser Gastgeber unterbrach, um das Abendessen anzukündigen. Als wir ins Esszimmer gingen, nahm Martin meine Hand und drückte sie. Ich drückte zurück.

Das Essen bestand aus Würstchen, Kartoffelbrei, Dosengemüse und einem Krug Rotwein. Monique trank einen Schluck und zog die Nase kraus. »Ist das der einzige Wein?«

»Wennse was anderes wollen, bring ich auch Wasser«, sagte der Mann, den Martin aus nachvollziehbaren Gründen mit Geizbrite betitelt hatte. Ich nahm etwas vom Kartoffelbrei und den Karotten, das Fleisch ließ ich unangetastet. Martin bemerkte es.

»Sie ham nicht zufällig Fisch für die Dame? Dose Sardinen oder so?« Er sprach *Sardinen* wie *Sardiehn* aus. Falls er sich damit über den Akzent von Geizbrite lustig machte, so hoffte ich,

192

der würde es nicht merken. Ich konnte erkennen, dass unser Wirt etwas sagen wollte, es sich dann jedoch anders überlegte.

»Kein Problem, Kollege.«

Binnen weniger Minuten hatte ich ein Stück gebratenen Fisch auf meinem Teller. Schon der erste Bissen brachte Erinnerungen an meine Kindheit zurück – es schmeckte … *fischig.* Ich dachte einen Moment darüber nach, wie verwöhnt ich war: In L. A. rümpften wir die Nase, sobald ein Fisch nicht fangfrisch war. Fisch, der – nach dem Einfrieren und Auftauen – einige Tage im Kühlschrank gelegen hatte, würde mir jetzt ebenso wenig schaden wie als Kind.

Als ich nach oben ging, bekam ich allerdings Bedenken. Mir war tatsächlich ein wenig übel. Aber vielleicht war das auch die Nervosität. Ich dachte daran, wie ich mich nach Martins Kuss in Conques gefühlt hatte, und in meinem Magen tanzten Schmetterlinge.

Hatte ich die Signale falsch gelesen? Ich hatte ein bisschen was getrunken. Wollte ich noch etwas anderes als schlafen? Die letzten fünfzehn Jahre hatte ich mit keinem anderen Mann geschlafen als mit Keith. Und Martin hatte sicher seine eigenen Probleme – sonst hätte er das Angebot des heißen Kaninchens ja wohl angenommen.

Martin lächelte, schnappte sich seinen Kulturbeutel und ging ins Bad. Ich nutzte die Chance, um in mein Nachtgewand zu schlüpfen: ein getragenes T-Shirt. Nicht gerade das, was ich für eine erste gemeinsame Nacht gewählt hätte. Und andauernd dachte ich: Dieser Mann ist nicht Keith.

Martin kam in Boxershorts zurück. Ich vergaß meine Nervosität.

»Schön, dich wiederzusehen«, sagte er.

»Gleichfalls«, antwortete ich und merkte, dass es stimmte.

Er streckte eine Hand aus und legte sie sanft auf meine Schulter. Dann küsste er mich, und ich ließ mich ganz darauf ein.

Ich genoss die körperliche Nähe, die ich jede Nacht, die ich seit Keith' Tod allein zu Bett gegangen war, vermisst hatte. Während ich mir trotzdem eingeredet hatte, es wäre okay.

Der Kuss war lang und ausgiebig, und mir wurde bewusst, dass ich älter und reifer war als damals zur Zeit meiner Kneipentouren und Barflirts und mich außerdem wohler in meiner Haut fühlte, egal, was nun kommen mochte.

Dann erfasste mich eine Welle der Übelkeit. Mein Magen hatte mir wahrscheinlich schon eine Weile versucht, eine Botschaft zu senden, was ich aber aufgrund der Ablenkung nicht wahrgenommen hatte. Ich schaffte es gerade so eben noch ins Badezimmer. Wenigstens war es frei. Ich kniete mich in T-Shirt und Unterwäsche auf den Boden, hielt den Kopf über die Kloschüssel und wollte sterben.

Es dauerte mindestens fünfzehn Minuten, bis ich mich in der Verfassung fühlte, ins Zimmer zurückzukehren. Martin murmelte von seinem Bett aus ein vorsichtiges »Alles in Ordnung?«. Mühsam brachte ich ein »Mir geht's nicht so gut« hervor. Ich hätte heulen mögen. Er rührte sich nicht mehr, und mir fiel nichts anderes ein, das ich sagen könnte, also kroch ich in mein Bett und spürte die Tränen über mein Gesicht laufen, während ich eine weitere Nacht allein verbrachte.

Am Morgen bekam ich vage mit, wie Martin aufstand, bevor ich wieder in erschöpften Schlaf fiel. Ich hatte irgendwann aufgehört zu zählen, wie oft ich in der Nacht hatte aufstehen müssen. Ich fühlte mich immer noch elend, aber nicht mehr ganz so schlimm, und ziemlich geschwächt.

Monique packte ihre Sachen zusammen und sagte, sie habe gut geschlafen. Ich erzählte, dass ich mich übergeben hätte.

»Der *poisson*«, sagte sie entschieden.

Sie zog ein Täschchen mit diversen, in Plastikfläschchen abgefüllten Tabletten aus ihrem Rucksack, wählte eine aus und gab sie mir.

»Pflanzlich?«, fragte ich nach.

»*Homéopathique.*«

Unten wartete Geizbrite und verkündete, Martin sei »abgehaun, ohne zu zahln«. Wir hatten uns das Zimmer geteilt, wofür achtzig Euro fällig seien. Nachdem ich den Großteil meines Massage-Honorars zusammengekratzt hatte, zog er die Flasche Scotch aus der Vitrine. Etwa zwei Zentimeter oberhalb des Flüssigkeitspegels war ein Strich markiert.

»Ihr Kumpel isn Dieb«, sagte er. »Ich kann die Polizei rufen, oder Sie geben mir fuffzig Euro.«

Während ich in der Tasche nach meinen letzten hundertachtzig Euro griff, um diesen rundum beschämenden Abend vergessen zu machen, erschien Mrs Thatcher. »Was isn mit dem Fisch passiert, den ich für die Katze aufgehoben hatte?«

Ich steckte mein Geld wieder weg. »Rufen Sie ruhig die Polizei«, sagte ich.

Ich war nicht sicher, wie lange Moniques Tablette wirken würde, aber ich wollte auf keinen Fall länger bleiben. Von nur einem einzigen Gedanken beseelt, machte ich mich wieder auf den Weg: Ich wollte Martin einholen und ihm sagen, was ich von ihm dachte.

Er würde versuchen, so viel Distanz wie möglich zwischen sich und mich zu bringen. Ich musste es ja wissen – war ich nicht selbst jedes Mal geflohen, wenn in meinem Leben etwas schiefgelaufen war? Von Fergus Falls nach St. Louis, dann nach L. A., und von L. A. nach Frankreich. Und nach meinem Zusammenbruch in Saint-Privat-d'Ailler ebenfalls.

Diesmal war es allerdings andersherum. Martin hatte gesagt, seine längste Strecke seien neununddreißig Kilometer gewesen, also nahm ich an, dass er jetzt noch etwas mehr versuchen würde. Ostabat, einen Tag von Saint-Jean-Pied-de-Port entfernt, könnte folglich sein Ziel sein. Würde ich das schaffen?

Wenn der Chemin mich eins gelehrt hatte, dann, dass ich wandern konnte. Und seit ich Martins Kampf mit seinem Karren auf dem Aubrac miterlebt hatte, war ich sicher, dass ich sogar weiter wandern könnte als er.

36

MARTIN

Ich hatte vor, weiter zu gehen, als Zoe schaffen könnte. In meinem Reiseführer waren vierzig Kilometer bis Ostabat angegeben. Ich würde früh aufbrechen, die zwölf Kilometer bis Lichos möglichst locker hinter mich bringen und dort so tun, als würde ich zu einem Achtundzwanzig-Kilometer-Tag starten. Als Bonus wäre ich sogar noch einen Tag vor meinem Zeitplan in Saint-Jean-Pied-de-Port.

Renata hatte mir unterstellt, Zoe in Conques davongelaufen zu sein. Ob sie damit nun recht hatte oder nicht – dieses Mal stimmte es auf jeden Fall. Und ich tat Zoe einen Gefallen. Nach dem gestrigen Debakel würde keiner von uns dem anderen gern gegenübertreten wollen.

Ich stand keinesfalls unter der Illusion, dass sie ihr Diaphragma im Badezimmer vergessen oder ganz plötzlich zur Toilette gemusst hatte. Jeder mit nur einem Minimum an sexueller Erfahrung kennt das Szenario: in dem Moment, da die Lust überhandzunehmen droht, wird derjenige, der nicht bereit ist, nervös. Und Zoe war offensichtlich nicht bereit gewesen.

Etwas später hatte ich sie weinen gehört. Ich wählte die sichere Option und hielt mich raus.

Vierzig Kilometer sind ein lange Strecke, aber es war hell genug, und ich war fit. Noch vor neun Uhr erreichte ich Lichos.

Nach einem gemütlichen Frühstück kaufte ich Brot, Salami und Tomaten für das Mittagessen sowie Mandarinen und Schokolade für die Pausen zwischendurch. Einen kurzen Moment lang fühlte ich mich an einen Urlaubsflug nach Kanada erinnert, für den ich kleine Überraschungen vorbereitet hatte, damit die sechsjährige Sarah jede Stunde ein Päckchen öffnen könnte.

Das Wetter war schön, aber kalt: hervorragendes Wanderwetter. Die Pyrenäen wirkten zum Greifen nahe, und der Schnee auf den Gipfeln schien westlich meines Ziels zu liegen.

Ich befand mich jetzt im Baskenland. Einmal war der Weg gute fünfzehn Minuten lang blockiert, während eine Schafherde vorbeigetrieben wurde. Während ich wartete, suchte ich die umliegenden Baumgruppen nach den Hochsitzen ab, die hier für die Vogel-, besonders die Taubenjagd genutzt wurden. Und meine Füße freuten sich über die Pause.

Zwölf Stunden nach meinem Aufbruch am Morgen erreichte ich Ostabat. Länger hätte ich auf keinen Fall wandern wollen, und ich war stolz auf meine Leistung.

Ein bärtiger Mann etwa meines Alters saß mit einer Gitarre auf der Veranda der Herberge und sang einem kleinen Hund *Five Hundred Miles* mit französischem Akzent vor.

Ich blieb stehen und schnallte meinen Karren ab.

»*Bonsoir*. Ich hoffe, ich kann hier noch ein Einzelzimmer bekommen.«

»Oh, leider nein. Die sind alle von einer privaten Wandergruppe reserviert. Aber in den Gruppenräumen dürfte noch genug Platz sein.«

»Wie viel nehmen Sie?«

Er lachte. »Ich bin nicht der Herbergsvater. Ich bin auch ein Gast. In einem Gruppenraum.«

»Sie wandern mit Gitarre?« Offenbar hatte ich hier die fleischgewordene Version des in meiner Vorstellung klassischen musizierenden Pilgers vor mir.

»Nein, ich fahre mit dem Hund im Auto. Es wäre für ihn sonst zu anstrengend. Meine Frau geht zu Fuß.«

Als ich den Karren ins Haus zog, sah ich eine Gruppe Franzosen mittleren Alters, die gerade ihre Wanderschuhe auszogen. Ich ging nach oben, um ein Bett zu belegen. Ein unteres Bett an der Wand war noch frei, und ich warf meinen Schlafsack darauf. Es war ziemlich kalt, und ich freute mich, nicht auf einen dieser leichten Baumwoll- oder Seidenschlafsäcke angewiesen zu sein, die die Herbergspilger üblicherweise dabeihatten.

Auf dem Weg nach unten kam mir Margarida entgegengehüpft. Als sie mich sah, ging sie zu einem Humpeln über und lachte.

»Taxi?«, fragte ich

Oui. Sie deutete auf ihr Knie, aber ihr Gesichtsausdruck verriet, dass sie ihr Leiden nur der Form halber vorschob.

Zum Teil konnte ich Paolas Unmut über die Monsieur Chevaliers dieser Welt verstehen, die den Jakobsweg als olympische Disziplin betrachteten und sich selbst als sein Kontrollkomitee. Aber nachdem ich das letzte Stück fast auf dem Zahnfleisch gekrochen wäre und trotzdem durchgehalten hatte, erschien mir ein Taxi tatsächlich als Betrug.

Die Wandergruppe hatte die Küche mit Beschlag belegt und bot dem Rest von uns einen Deal an: zehn Euro für ein Abendessen inklusive Wein. Ich warf meinen Beitrag in den Topf und brachte zudem mein Ingenieurswissen ein, um die Heizung in Gang zu bringen, die nicht funktionierte. Das Problem war schnell geklärt: alle Gasflaschen außer der für den Herd waren leer. Jemand ging los, um den Herbergsvater zu holen, und ich verlieh Fleecejacke, Handschuhe und Mütze.

Unser Gastgeber kam mit einer Tasche. Nachdem er unsere Übernachtungsgebühren eingesammelt hatte, zog er allerdings keine Gas-, sondern drei Glasflaschen, unetikettiert und mit klarer Flüssigkeit, hervor und stellte sie auf die Bank.

»Wärmt euch von innen«, sagte er.

Ich holte meine Mundharmonika und gesellte mich zum Gitarristen auf die Veranda, wo es nicht kälter war als drinnen. Er freute sich, dass ich mitspielte. Eine Frau aus der Wandergruppe brachte uns Wein.

Renata kam, begrüßte mich wie den guten alten Freund, der ich auch war, und leerte mein Weinglas. Torben, der Däne, traf wenige Minuten später ein.

Das Küchenteam brachte mehr Wein, dazu Schweinepastete – eine Spezialität aus der Region –, große Portionen Eintopf und eine riesige Käseplatte. Für die Franzosen war es das Ende ihrer zweitägigen Wanderung und das große gemeinsame Essen in dieser Herberge offenbar ein wichtiger Abschluss.

Paola stieß zu uns, der Sänger nahm erneut die Gitarre zur Hand, und wir stellten fest, dass Fabiana eine hübsche Stimme hatte. Sie hatte sich inzwischen sichtbar verändert: Sie trug die Haare anders und akzeptierte ohne Zögern jedes Alkoholangebot.

Wir musizierten etwa eine Stunde lang, mit singenden und klatschenden Franzosen und Brasilianerinnen, dann trieben uns Dunkelheit und Kälte in die vom Kochen aufgeheizte Küche. Ich stöpselte die Gasflasche um und konnte so einen der Heizkörper in Gang bringen. Jede verfügbare Fläche wurde zum Sitzen genutzt – in Fabianas Fall bedeutete das den Schoß eines Mannes aus der Wandergruppe – und der Schnaps des Vermieters herumgereicht.

Die Szene war das zum Leben erweckte Klischee der Pilgerkameradschaft, das ich so bisher nicht erlebt hatte und das mir vielleicht einen Vorgeschmack auf den Camino Francés zwischen Saint-Jean-Pied-de-Port und Santiago bot. Während ich mit gut gefülltem Bauch und einem Tresterbrand vor mir dasaß und zu *Under My Thumb* improvisierte Schnörkel blies, erschien mir das eine wunderbare Perspektive.

Ich hörte, wie die Eingangstür geöffnet und Gepäck im Vor-
raum abgestellt wurde. Als ich mich umdrehte, stand Zoe im
Raum. Der Gitarrist brach sein Spiel ab, und Paola sprang auf.
Renata hielt sie fest und sah mich an, aber ich hatte mich schon
erhoben und ging mit meinem Glas Branntwein auf Zoe zu.

Sie klappte die Kapuze ihrer Skijacke zurück. »Du verdamm-
tes Arschloch!«

37

ZOE

Alle Männer waren Arschlöcher: mein Vater, meine Brüder, Manny, Bernhard, Martin. Keith, weil er mir einfach weggestorben war. Nach meinem Aufbruch aus dem britischen *Bed & Breakfast* nahm ich die ersten zwei Stunden kaum richtig wahr, so wütend war ich. Martin hätte wenigstens abwarten können, wie es mir ging. Er musste gedacht haben, ich hätte ihm etwas vorgespielt. Und weil ich es nicht durchgezogen hatte, hatte er mich das Zimmer bezahlen lassen.

Doch die Sonne schien, und das gewohnte Marschieren brachte mir meine Gelassenheit zurück. Die blühenden Obstgärten und Weideflächen, an die ich mich gern gewöhnt hatte, wurden von grünen Wäldern abgelöst, und ich sah *Palombière*-Schilder und hoch gelegene, große Baumhäuser. *Palombe* heißt Taube. Baumhäuser für Tauben, damit sie darin wohnen können – eine hübsche Idee.

Und die Jakobsmuscheln. Von Cluny an hatten sie mich begleitet – nicht nur die viereckigen bedruckten Schilder an Bäumen und Pfählen, sondern auch richtige Muscheln, an Zäune genagelt, oder in Stein gemeißelte Muscheln oder große Muscheln aus Metall, die als Ornamente in Geländer eingefügt waren. Hinter Saint-Jean-Saint-Maurice hatte ich eine Reihe echter Muscheln gesehen, die von Schulkindern bemalt worden waren. Alle dazu gedacht, Pilgern wie mir den Weg zu weisen. Es war tröstlich und ermutigend – und weckte ein Gefühl dankbarer Demut.

In Lichos konnte ich ein bisschen Brot und einen Apfel essen und hoffte, dass es zum Weiterwandern ausreichte. Die Landschaft war unregelmäßig hügelig mit malerischen Dörfern. Ich war mit Sicherheit fitter als je zuvor, aber meine Füße schmerzten, und meine Beine waren müde. Es hatte geregnet, und der Untergrund war weich und teilweise rutschig. Ich musste aufpassen, wohin ich trat, und die Schafe auf den Weiden passten auf, was ich tat. Sie hatten schwarze Köpfe, und ihre Kiefer malmten ohne Unterlass, während sie jeden vorbeiziehenden *pèlerin* träge beobachteten.

Nachdem ich bei Einbruch der Dämmerung die Stadtgrenze von Ostabat erreicht hatte, hielt ich Ausschau nach dem Karren. Nicht, dass ich Martin noch viel zu sagen gehabt hätte.

Am Abend zuvor hatte ich mir ausgemalt, wie wir zusammen weiterwandern und uns gegenseitig unsere Erlebnisse seit Conques erzählen. Die reich mit Einmachgläsern gefüllte Vorratskammer in einem *gîte* in Uzan. Eine alternative Route hinter Moissac, meilenweit an einem Kanal entlang – flach und damit perfekt für seinen Wagen. Und die Farben: lila Wisterien an Hauswänden, leuchtend gelbe Rapsfelder, ein rosaroter Sonnenuntergang hinter der Brücke in Aire-sur-l'Adour. Hatte er das alles auch gesehen? Es spielte keine Rolle mehr. Und lohnte nicht, weiter darüber nachzudenken.

Dann marschierte ich in die Pilgerherberge in Ostabat, vor der sein Karren stand, und er saß ganz entspannt bei einem Glas Schnaps und spielte Mundharmonika. Wahrscheinlich hatte er keinen einzigen Gedanken an mich oder die achtzig Euro oder den gestohlenen Whisky verschwendet, bis ich ihm in drei Worten sagte, was ich von ihm hielt.

Das Singen hatte bereits aufgehört – nun verstummten auch die Gespräche. Es war mir egal. Hier ging es nur um Martin und mich. »Ist dir überhaupt nicht in den Sinn gekommen, dass ich ernsthaft krank sein könnte? Und vielleicht ins Krankenhaus gemusst hätte oder so etwas? Du hättest wenigstens dableiben und dich nach mir erkundigen können. Aber nein: Nur, weil du nicht gekriegt hast, was du wolltest, rennst du davon und lässt mich mit der Rechnung allein.«

»*Merde*«, fluchte der Gitarrist. Dann, zu Martin gewandt: »Genau das sagt man immer über die Engländer.«

Ich schnappte mir den Innenbeutel meines Rucksacks und marschierte die Treppe hinauf.

Auf halber Höhe holte Martin mich ein.

»Was meinst du damit: dich mit der Rechnung allein gelassen?«

»Die achtzig Euro. Für das Zimmer.«

Martins Gesichtsausdruck entsprach vermutlich meinem, als der Geizbrite von mir die Bezahlung gefordert hatte.

»Ich habe bei meiner Ankunft bezahlt. Vierzig Euro.«

Ich setzte mich auf die Stufen und brach in grimmiges Lachen aus. »Nicht zu fassen, dass wir hundertzwanzig Euro bezahlt haben, damit ich mich an Katzenfutter vergifte.«

»Was? Du warst krank?«

»Was dachtest du denn? Ich hab den ganzen Tag kaum was gegessen. Und er hatte den Whisky markiert.«

»Ach, du Scheiße! Das tut mir wirklich leid. Ich dachte … Was bin ich dir schuldig?«

»Eine Erklärung. Und ich muss mich hinlegen.«

Er hielt mir sein Glas entgegen. »Ist ziemlich eklig«, warnte er. »Wahrscheinlich Schwarzgebrannter.«

Ich trank einen Schluck. Er brannte den ganzen Weg nach unten. Ich trank noch einen.

»Es war mir peinlich«, sagte er. »Ich dachte, dir ginge es genauso.«

Es war so einfach, dass es wahr sein musste. Wäre ich als Erste aufgewacht, hätte ich vielleicht genauso reagiert.

»Komm«, sagte Martin, stand auf und nahm meine Tasche.

»Wir suchen dir ein Bett, und dann bring ich dir was zu essen.«

Paola spähte um die Ecke. »Ich organisiere was zu essen. Kümmere du dich um sie.«

Martin legte meine Tasche auf ein Bett. Fabiana kam mit Brot und Käse und goss Schnaps nach. Ich aß ein paar Happen und trank noch einen kleinen Schluck, aber nach mehr war mir nicht zumute.

»Du massierst doch ständig Leute«, sagte Martin dann. »Wie wär's, wenn ich dich mal massiere?«

Ich konnte mich kaum noch rühren, und es fühlte sich wie Zeitlupe an, als ich meinen Kopf hob und zu ihm aufsah. Es war seine Form der Entschuldigung. Ich sollte ihm auch eine anbieten.

»Ich …«

»Leg dich hin. Oder hau dich hin. Was immer ihr da drüben sagt.«

Ich streckte mich aus, und er knetete sanft meine Zehen und Fußsohlen. Zunächst protestierten sie, aber dann entspannte ich mich und ließ es geschehen. Anschließend widmete er sich meinen Schultern. Fest genug, um die Verspannungen zu lösen, aber nicht so fest, dass ich mich in die Matratze krallen musste.

»Du bist nicht leicht zu verstehen«, sagte er.

Was gab es an Magenverstimmung schon groß zu verstehen?

Mein Kopf war ebenso erschöpft wie mein Körper, und die Zweifel, die in der vorigen Nacht am Rand meines Bewusstseins gelauert hatten, waren verpufft. Ich gab mich ganz dem Gefühl hin, dass sich jemand um mich kümmerte, und auch dem Kribbeln, das für Gänsehaut sorgte, die nichts mit dem gelegentlichen kalten Luftzug zu tun hatte, den Martins Bewegungen verursachten.

Ich reiste zurück, zwanzig Jahre oder mehr, als mein Körper

205

sich an eine Zeit erinnerte, in der sexuelle Erregung die Norm war.

Martin rollte mich auf den Rücken und legte sich, immer noch voll angezogen, daneben. Ich hatte das überraschende Gefühl von Wärme und Geborgenheit, und er roch nach Schnaps und Kerzenrauch und frisch mit Seife geschrubbter Haut. Ich drehte mich zu ihm. Er zog mich an sich, so dass unsere Körper dicht aneinandergeschmiegt lagen. Martin war körperlich so ganz anders als Keith: schlanker, mit festeren, definierteren Muskeln; Schulterblätter und Rippen selbst durch Hemd und Thermalwäsche deutlich zu spüren. Der Kuss jedoch, mit leichtem Kratzen des sauber getrimmten Barts, war voll von Lust und verlorener Jugend. So war es mit Keith auch einmal gewesen, vor langer, langer Zeit.

Er hatte keine Eile, und ich auch nicht. Vielleicht lag es an meiner Erschöpfung, die weit über Müdigkeit hinausging, aber es schienen Minuten zu vergehen, ein wunderbares Verweilen der Zeit, in dem ich das reine Küssen ohne jedes Drängen einfach genoss.

Dann wurden wir von Stimmen unterbrochen – die Brasilianerinnen. Martin drückte mir einen Kuss auf die Stirn und schlüpfte aus meinem Bett in seines gegenüber. Die Erschöpfung hätte mich in den Schlaf sinken lassen müssen. Stattdessen lag ich wach und lauschte dem üblichen Kichern und Auspacken und Umpacken, der Toilettenspülung und anschließend dem Chor der Schnarchgeräusche. Ich fror und zog mir meinen Fleece und die lange Unterhose an.

Eine Viertelstunde später zitterte ich vor Kälte und konnte so bestimmt auf keinen Fall schlafen. Aus Martins Bett drang kein Schnarchen. Ich fragte mich, ob er noch wach war. Ich musste etwas unternehmen. Martin schien nicht überrascht. Er öffnete den Reißverschluss seines Schlafsacks und streifte seine Fleecejacke ab, während ich meinen Pullover auszog und zu ihm kroch. Es war nicht leicht, eine bequeme Stellung zu finden, vor allem, weil Martin offensichtlich wieder küssen wollte. Nach vierzig Kilometern Fußmarsch wollte ich aber nichts anderes als schlafen.

»Wie wäre es morgen mit einem Hotelzimmer?«, flüsterte ich.

»Auf mich«, sagte er, und in meinem erschöpften Zustand brauchte ich eine Weile, um die Bedeutung zu enträtseln.

Ich schmiegte mich in seine Arme, fühlte mich überraschend entspannt und locker und spürte beim Einschlafen seinen warmen Atem an meinem Hals. Es war, als würden wir uns schon ein Leben lang kennen, auch wenn wenig Chance bestand, dass ich ihn nach dem morgigen Tag je wiedersehen würde. Mein Jakobsweg war zu Ende, und er hatte noch einige Wochen vor sich.

38

MARTIN

Als ich aufwachte, war mein Arm taub. Ich zog ihn behutsam unter Zoe hervor und versuchte, den Moment zu genießen. Stattdessen ging mir durch den Kopf, wie ich sie überreden könnte, mich bis nach Santiago zu begleiten.

Bei beginnender Dämmerung spürte ich, wie sie sich rührte und den Schlafsack öffnete, und während die anderen Pilger sich später aus ihren diversen Schichten schälten, die sie zum Schutz vor der Kälte angelegt hatten, werkelte sie schon in der Küche herum und versuchte, den Ofen anzuzünden.

Die Gasflasche war jedoch komplett leer, und es gab keinen elektrischen Wasserkocher, so dass wir ohne Frühstück aufbrachen. Ich machte eine kurze Katzenwäsche und reservierte dann per Handy ein Hotelzimmer in Saint-Jean-Pied-de-Port.

Unser Tagesmarsch begann mit einem steilen Aufstieg, und oben angekommen, entdeckten wir eine Gaststätte, die ein tadelloses Frühstück servierte.

Die allgemeinen Benimmregeln geben mit Sicherheit keinen Ratschlag zu Gesprächsthemen bei einer Wanderung durch freies Gelände, wenn beide Parteien sich bereits darauf geeinigt haben, den Tag mit dem körperlichen Vollzug ihrer Beziehung zu beenden. Doch auf unserem zweiunddreißig Kilometer langen Weg schien eine unausgesprochene Übereinkunft zu herrschen, über alles zu reden außer dem gemeinsamen Hotelzimmer in Saint-Jean-Pied-de-Port.

Ich freute mich darüber, wie sich die letzte Nacht entwickelt hatte. Ich hatte ein, wie ich hoffte, bewundernswertes Maß an Zurückhaltung gezeigt, und nun lag eine gewisse Spannung in der Luft. Ein paar Kilometer weiter hielten wir an, um unsere dicken Jacken auszuziehen, und ich half Zoe aus ihrem Fleece. Bevor sie ihren Rucksack wieder aufsetzte, küsste ich sie, in frischer Frühlingsluft, wir zwei allein auf weiter Flur.

Es war Zoes letzter Tag und mein letzter Tag mit ihr. Sie schien in Feierstimmung und tanzte fast beim Gehen.

»Nach heute geht es also zurück nach L. A.?«

»Ich schätze, ja. Camille holt mich ab, um mich nach Paris zu fahren. Weiter habe ich noch nicht gedacht.«

»Und du könntest dir nicht vorstellen, noch ein bisschen weiterzugehen? Wenn nicht bis ganz nach Santiago, dann wenigstens ein Stück durch Spanien?«

»Ich kann meinen Rückflug nicht mehr verschieben. Ich habe ihn schon einmal verschoben, und das war mächtig kompliziert … Mein Reisebüro wird durchdrehen, wenn ich das noch mal mache.«

Die letzten Kilometer unseres Wegs kurz vor Saint-Jean-Pied-de-Port waren weniger schön als der erste Abschnitt, aber am Nachmittag erreichten wir durch das Jakobus-Tor an der Zitadelle über eine alte kopfsteingepflasterte Straße die postkartenidyllische Stadt. Die Schlange für die Touristeninformation reichte bis auf den Bürgersteig. Wir waren Exoten. Ungeachtet der Möglichkeit, nur den französischen Teil des Jakobswegs zu wandern, war dies für fast alle der Ausgangs- und nicht der Endpunkt.

Im Gästebuch stand eine lange Liste mit Namen von Pilgern. Das häufigste Herkunftsland: USA. Ich hatte auf meinen elfhundert Kilometern nur zwei Amerikaner getroffen – Zoe und Ed Walker –, aber hier waren sie in der Überzahl. Danach kamen Iren (katholisch), Australier und Neuseeländer (allgegenwärtig), ein Mischmasch aus anderen europäischen Nationen und vereinzelt aus eher katholischen Ländern irgendwo auf der Welt. Wir waren vor Torben und den Brasilianerinnen angekommen und kannten keinen der eingetragenen Namen.

Auf den Straßen gab es mehr Hinweise auf Pilger und Pilgerwege als in anderen Orten: Outdoor-Läden, Souvenirshops, Leute mit Rücksäcken in Straßencafés, ein Schmelztiegel aus Sprachen und Akzenten. Eine französische Version von Kathmandu.

Wir kamen an einer Boutique vorbei, und Zoe zeigte auf ein ärmelloses blaues Kleid.

»Margarida hat mir erzählt, dass die Pilger früher am Ende des Wegs ihre Kleider verbrannten und neue kauften, als Zeichen, dass sie sich geändert hatten. Ich sollte das da kaufen.«

»Ich glaube, das würde dir hervorragend stehen.«

»Es wäre mal was ganz anderes.«

»Aber das ist doch der Sinn, oder?«

»Wahrscheinlich.« Sie lachte. »Ich denke, es würde zeigen, wie sehr ich mich im Moment verändert fühle, aber es ist nicht unbedingt eine spirituelle Wende.«

»Dann kauf es.«

»Ich bin noch nicht mal sicher, ob ich meinen Rückweg finanzieren kann.«

»Dann geh weiter.«

»Hast du das Hotelzimmer gebucht?«

»Was denkst du denn?«

»Dass du es vielleicht vergessen hast?«

Ihr Gesichtsausdruck sagte jedoch etwas anderes, und ich spürte, dass es für sie so etwas wie ein Abenteuer war. Falls sie in ihrer langjährigen Ehe treu geblieben war, konnte ich das durchaus nachvollziehen. Und unter diesen Vorzeichen waren wir schon mal zu zweit.

Ich hatte ein Zimmer im *Arambide* reserviert. Es war das beste im *Dodo* aufgeführte Hotel gewesen, und hundert Euro für ein Doppelzimmer schienen mir mehr als angemessen. Aber noch war es ein schöner Nachmittag, und da wir nun nicht mehr wanderten, wollte ich die Wartezeit gern etwas verlängern.

»Sollen wir was trinken?«

»Wenn das … auf dich geht …«

Ich schob meinen Karren neben den Tisch eines Straßencafés, und Zoe stellte ihren Rucksack dazu.

»Champagner? Zur Feier des Tages?«

»Kommt drauf an, was du feiern willst.«

»Dass du deinen Weg geschafft hast. Tausendeinhundert Kilometer.«

»Ich trinke eigentlich nie Champagner.«

Ich bestellte eine Flasche Rosé, den ich normalerweise nie trinken würde, und er schien genau richtig. Wir teilten uns eine große Schüssel Muscheln – »Ich muss mir einfach nur sagen, dass die kein Fisch sind«, meinte sie –, und obwohl sie vor Lebensfreude fast überschäumte, hatte ich nicht das Gefühl, dass sie ihren Weg mental schon beendet hatte. In mir wurde der Wunsch immer stärker, sie irgendwie zum Weiterwandern zu überreden, Flugticket hin oder her.

»Wo ist denn nun dieses Hotel?«, fragte sie dann.

»Geduld, nur Geduld.«

»Ich sehne mich einfach nach einer richtigen Dusche.« Sie leerte ihr Glas. »Und wo du mich jetzt schon mit Wein abgefüllt hast …« Sie sah mir in die Augen und lächelte, und ich winkte dem Kellner zum Bezahlen.

Auf die Dusche musste Zoe noch ein bisschen warten. Wie es aussah, hatte sie sich wohl mehr nach dem zweiten Punkt auf ihrer Liste gesehnt, und wir verbrachten eine wohlig-kuschelige halbe Stunde, bevor sie aufsprang und zur Dusche ging, verbunden mit der Einladung, ihr zu folgen. All ihre Zurückhaltung und das, was Julia »Probleme« nennen würde, schienen verschwunden, und ich spürte das dringende Bedürfnis, dieser Frau, die sich so verwandelt zu haben schien, etwas zu schenken.

»Ich muss eben noch einen Reiseführer für den nächsten Abschnitt besorgen, bevor die Geschäfte zumachen«, erklärte ich ihr durch die Milchglasscheibe der Duschkabine. Aber das stimmte nicht. Ich würde nie eine nackte Frau zurücklassen, nur um einen Reiseführer zu kaufen.

»Kann ich gleich dein Laptop benutzen? Ich sollte Lauren mal skypen«, rief sie mir zu. Ich richtete ihr alles ein und verließ das Hotel.

Die junge Frau, die mich bediente, war überzeugt, dass das blaue Kleid passte, und wenn nicht, würde sie es auch wieder zurücknehmen. Mit großer Sorgfalt wickelte sie es in Geschenkpapier. Mit Intuition bin ich nicht gerade gesegnet, aber ich zweifelte nicht daran, dass Zoe mein Geschenk gefallen würde.

Sobald ich die Tür des Hotelzimmers aufschloss, spürte ich, dass etwas nicht stimmte. Zoe war verschwunden, ebenso ihr Rucksack. Auf dem Bett lag eine Nachricht, geschrieben auf Hotelpapier. Drei Worte.

Tut mir leid.

39

ZOE

Ich verließ das Hotel, so schnell ich konnte. Ich handelte rein instinktiv, da ich keinesfalls in der Lage war zu überlegen, ob meine Reaktion klug war. Ist das überhaupt möglich, wenn gerade eine Welt in einem zusammenbricht?

Doch bevor ich irgendetwas von dem verarbeiten konnte, was ich gerade erfahren hatte, musste ich ein paar praktische Dinge erledigen. Da ich einen Tag früher angekommen war, als Camille mich abholen wollte, brauchte ich bis zu ihrem Eintreffen eine Unterkunft. Zum Glück gab es in Saint-Jean-Pied-de-Port genug Pilgerherbergen, also suchte ich das städtische *gîte* auf, in dem ich – zum ersten Mal seit sieben Wochen – auf jede Menge Landsleute traf.

»Wo gehen wir essen? Ich will nicht zwei Tage hintereinander französische Küche.«

»Was, um alles in der Welt, ist *Miam Miam Dodo*? Irgendein Vogel?«

»Zahlt man in Spanien mit Pesos?«

Mir fiel auf, wie laut wir – und wohl auch Brasilianer – im Vergleich zu Europäern waren. Die Amerikaner belegten die gesamte Eingangshalle mit Beschlag, nicht, weil sie größer gewesen wären als Franzosen, obwohl das auch stimmte, sondern weil Einheimische einfach näher zusammengestanden hätten.

Ein Teil von mir wäre gern davongelaufen, aber ein anderer Teil erkannte, dass sie mir etwas boten, das ich jetzt mehr brauchte als alles andere: Heimat. Um Laurens Nachricht zu verarbeiten, hätte ich noch den Rest meines Lebens Zeit genug.

Ich ging zu einer Frau in den Vierzigern mit wilden Locken und stellte mich vor. Ihr handgeschriebenes Namensschild verriet, dass sie Donna hieß und Gast der »Amerikaner auf dem Camino« war.

»Gehst du morgen auch nach Roncesvalles?«, wollte sie wissen.

»Nein – ich war sieben Wochen unterwegs und bin jetzt fertig.«

»Sieben Wochen! Hast du das gehört, Mike?« Donna und Mike zogen mich zu ihrer Gruppe.

Sie waren ungefähr zu zwölft, alle mit Namensschildern für ihren Kennenlerndrink.

»Habt ihr gesehen, wo wir schlafen sollen?« Barbara stand noch – sie sah aus, als hielte sie es für bedenklich, sich hinzusetzen. Ich dachte an meine erste Nacht mit Bernhard und an die erste Übernachtung gemeinsam mit anderen Pilgern im Schlafsaal vor fünf Wochen in Le Puy. Seither war viel mit mir passiert.

»Es ist doch nur eine Nacht, Schatz«, sagte Larry. »Danach schlafen wir in Hotels.«

»Sie wollten, dass wir auch so was hier mal ausprobieren«, erklärte Donna. »Und wir wollten es schnell hinter uns bringen. Manche Leute schlafen ja jede Nacht in solchen Herbergen.«

»Warum wollt ihr den Jakobsweg gehen?«, erkundigte ich mich.

»Aus demselben Grund wie alle anderen, schätze ich«, antwortete Larry. »Ich hab den Film mit Martin Sheen gesehen.«

»Welchen Film?«

»*Dein Weg* … Sag bloß, den kennst du nicht. Wie bist du denn auf den Camino gekommen?«

Ich gab einen kurzen Abriss. Mit diversen Rückfragen dauerte das etwa eine Viertelstunde, und ich merkte, dass ich im Nachhinein genauso erstaunt über mein Tun war wie sie – und dass meine Gründe auch nicht schwerwiegender waren als ihre. Wozu bloß die ganze Mühe?, fragte ich mich

»Wo ist dein übriges Gepäck?«, wollte ein dünner rothaariger Kerl ohne Namensschild wissen, der mindestens zwanzig Jahre jünger war als der Rest der Gruppe. Er sah auf meinen Rucksack.

»Das ist alles.«

»Das soll wohl ein Witz sein.«

»Wenn du ohne etwas leben kannst, lass es weg. Das ist alles, was du brauchst, glaub mir.« Sein Rucksack sah aus, als hätte er einen ganzen Campingladen eingepackt.

»Ich gehöre nicht zu der Gruppe, ich gehe allein. Ich heiße übrigens Todd. Du findest also …«

»Ich finde, du solltest so wenig mitnehmen wie möglich. Ich gehe auch allein. *Bin* gegangen.«

»Sieben Wochen«, sagte Donna. »Ganz allein. Hat es dein Leben verändert? Was hast du gelernt?«

Hätte sie mich gestern gefragt, hätte ich gesagt, ich hätte alle Probleme meines Lebens gelöst. Heute wusste ich nur, dass das Schwachsinn war. Ich wollte sie aber nicht desillusionieren – vielleicht würde sie alles besser machen als ich.

»Ich habe gelernt …« Tja, was hatte ich gelernt? Ich dachte daran, wie mich wenige Minuten zuvor ihr Amerikanischsein überfallen hatte, so wie das Französischsein von Frankeich mich am Anfang irritiert hatte.

»Ich habe gelernt«, begann ich erneut, »dass es mehr als einen Weg gibt, etwas zu tun – und nicht nur einen richtigen und einen falschen Weg.«

»Klar, das verstehe ich, aber sag mal ein Beispiel.«

»*Entrée* bedeutet nicht Hauptgericht, wie bei uns, sondern Vorspeise. Beschwert euch also nicht, wenn die Portion klein ausfällt.«

215

»Echt jetzt? Schon komisch, dass das Wort hier ganz anders verwendet wird – als ob die uns mit Absicht verwirren wollen.«

»Morgen seid ihr sowieso aus Frankreich raus. Hier sind die Läden übrigens oft geschlossen, wenn man sie braucht. Keine Dienstleistungsgesellschaft, wie wir sie kennen. Macht einen erst mal ganz verrückt. Aber vielleicht geht es darum, hier andere Dinge wertzuschätzen als Kommerz.«

»Wie war das Laufen selbst?«

»Ich habe gelernt, auf meinen Körper zu hören und ihm zu vertrauen … und im Moment zu leben und dass Essen und Wein besser schmecken, wenn man einen anstrengenden Marsch hinter sich hat. Selbst wenn es dabei um Essen geht, das man sich unter anderen Umständen vielleicht gar nicht ausgesucht hätte. Und dass ein Bett in einem Schlafsaal – wie hier – sogar mit Schnarchern und ungenügender Heizung und Gemeinschaftswaschräumen ziemlich guttut, wenn man nass und durchgefroren ist.« Ich hätte hinzufügen können: »Und wenn einen jemand festhält«, aber ich rang bereits mit den Tränen.

Ich sah zu Todd und seinem großen Rucksack. »Und ich lerne, was ich festhalten und was ich loslassen muss.«

Nachdem Martin gegangen war, hatte ich mich an sein Laptop gesetzt, um mit meinen Töchtern Tacheles zu reden. Es war über zwei Wochen her, seit ich mich das letzte Mal gemeldet hatte. Hätte ich mir vorher einmal die Zeit genommen, über meinen Unwillen nachzudenken, mit meinem Leben Verbindung aufzunehmen – meinem echten Leben zu Hause –, wäre das, was dann kam, vielleicht nicht so ein Schock gewesen. Aber das Wandern hatte mir ein Gefühl von Gelassenheit und Kompetenz beschert, und jeden Gedanken, der mich aus diesem Zustand herausgerissen hätte, hatte ich verdrängt.

In New York war es mitten am Vormittag: Lauren wäre bei der Arbeit. Ich klickte auf den Skype-Link, und sie ging sofort dran. Sie war erleichtert, von mir zu hören. Ich wartete auf den nächsten Teil: wie verantwortungslos ich sei und wie viele Sorgen sie sich gemacht hätten, doch das Universum schickte mir eine andere Botschaft, und während meine Welt zusammenbrach, wurde mir klar, dass ich es die ganze Zeit gewusst hatte. *Das* war es, wovor ich davongelaufen war. Was ich nicht hatte wahrhaben wollen.

Als ich nach Beendigung des Gesprächs auf den Bildschirm starrte, wusste ich, dass mir nicht viel Zeit bliebe. Ich war unendlich traurig und enttäuscht, dass ich Martin hängenlassen musste, nur weil ich bislang alle Zeichen ignoriert hatte. Ich hatte mich einfach nur verliebt und alles wieder ins Lot bringen wollen. Ich hatte die Kirche angeklagt, hatte mit dem Tod meiner Mutter gehadert … alles alte Probleme, anstatt mich dem großen aktuellen Thema zu stellen. Selbst als Martin die Theorie aufwarf, irgendetwas könnte mich blockieren, hatte ich nicht genauer hingesehen. Und jetzt wurde er zum Kollateralschaden. Würde er einer Frau je wieder vertrauen können?

Keith war bei einem Autounfall gestorben. Er war allein gefahren, mitten am Tag, vollkommen nüchtern. Er war ein umsichtiger Fahrer, ein verantwortungsbewusster Stiefvater, ein liebender Ehemann. Er war gegen einen Baum gefahren. Ich hatte entschieden, dass er einen Herzinfarkt gehabt haben musste. Allerdings stand nun im Bericht, sein Herz sei in Ordnung gewesen und die Todesursache ein Schädel-Hirn-Trauma. Es waren keine anderen Autos auf der Straße gefahren, und das Auto war tipptopp in Ordnung gewesen.

»Mom«, hatte Lauren gesagt, während ich noch immer den Autopsiebericht verarbeitete, »er hatte eine Lebensversicherung abgeschlossen. Über eine Million Dollar. Vor zwei Jahren. Sie sagen, sie zahlen nicht.«

Mein Mann hatte Selbstmord begangen.

40

MARTIN

Tut mir leid. Das waren auch Julias Worte gewesen. Sie musste sie an die hundertmal gesagt haben, so als würden sie die Dinge ungeschehen machen. Meine Reaktion auf Zoes Nachricht war anders. *Sie* tat *mir* leid. Ich konnte mir vorstellen, was passiert war. Das Skypen mit ihren Töchtern hatte wieder all den Schmerz hervorgeholt, vor dem sie weglief. »Wo bist du, Mom?« »In einem Hotelzimmer, wo ich gleich Sex mit einem Engländer haben werde, den ich unterwegs getroffen habe. Ja, ich bin über euren Dad hinweg. Hat nur zwei Monate gedauert.« Wohl kaum.

Mein unmittelbarer Gedanke war, sie zu suchen. Vermutlich war sie in eine der Herbergen geflüchtet, und ich wollte sie überzeugen, dass ich auch einfach mit ihr essen gehen könnte, reden könnte … Aber mein Laptop war noch an, und nachdem ich registriert hatte, dass Zoes letzter Kontakt tatsächlich Lauren gewesen war, loggte ich mich in meinen eigenen Skype-Account ein. Ich hatte ebenfalls eine Tochter, bei der ich mich seit einer Weile nicht mehr gemeldet hatte – dank dreier aufeinanderfolgender Abende mit Zoe.

Hallihallo.

Sarah antwortete umgehend. *Ich dachte, du wärst tot.*

Kein PLAN.

Hä?

Kein WLAN, tippte ich nun sorgsamer und war froh, dass Sarah nicht Psychologie studierte.

Zoe in der Nähe?

Ingenieurstudent in der Nähe?

Der Typ ist echt armselig.

… (meine Umsetzung des Therapeuten-Brummens)

Ich hab ihm gesagt, ich will ihn nicht mehr sehen. Nicht für immer, sondern nur, während ich für diesen Test lernen musste. Und dann wurde es armselig.

Heißt?

Du weißt schon … Er hat die ganze Zeit angerufen und ge- schrieben … armselig halt.

So sind Männer eben manchmal. Wie ist der Test gelaufen?

Der ist morgen. Ich lern grad. Und was ist mit Zoe?

Was soll mit ihr sein?

Hast du sie gesehen?

Ihr Weg ist zu Ende.

Seit wann?

Seit heute.

Dann feiert ihr?

Jep. Vielleicht sehe ich sie beim Essen. Da werden eine Menge Leute sein, die das Ende des französischen Abschnitts feiern.

Na, dann viel Spaß. Muss weiterlernen.

xxx

Hab dich lieb!

xxx

Alle Herbergen nach Zoe abzuklappern wäre vielleicht auch armselig gewesen, also beschloss ich, ihr lieber in einer Bar oder einem Restaurant über den Weg zu laufen. Wenn das nicht funktionierte, könnte ich am Morgen immer noch armselig werden.

In Saint-Jean-Pied-de-Port gab es vielleicht ein Dutzend Bars, viele davon mit Außentischen. Ich brauchte nur wenige Minuten, um festzustellen, dass Zoe in keiner davon saß. Was nicht weiter überraschte. Sie war nicht unbedingt der Kneipentyp, und ich hatte erlebt, was nur zwei Drinks mit ihr machen konnten. Sie würde es wohl nicht riskieren.

Wieder in meinem Zimmer, stellte ich ein paar Nachforschungen an. Auf der Seite des Touristenbüros waren einige Herbergen aufgelistet, aber es hätte keinen großen Sinn, morgen zur Frühstückszeit in all deren Küchen nach Zoe zu suchen. Allerdings las ich eine interessante Ankündigung: Am folgenden Abend fände anlässlich des Aufenthalts eines anerkannten Experten zur Geschichte des Camino, Dr. P. de la Cruz, ein Vortrag statt, samt Gastredner, einem gewissen J. Chevalier aus Cluny. Während ich noch die Details der Veranstaltung studierte, an der Zoe meiner Einschätzung nach sehr wohl interessiert sein könnte, ploppte mein Mail-Fenster auf.

Die Nachricht stammte von dem deutschen Händler für Outdoor-Ausrüstung. In neun Tagen hätten sie ein geschäftliches Treffen in San Sebastián. Ob ich wohl erwägen könnte, die alternative Küstenroute des Camino zu nehmen, der durch diese Stadt führe? Sie würden sich freuen, den Karren dort schon vor der Messe in Augenschein zu nehmen und eventuell schon ein Angebot zu machen. Unterkunft werde im Hotel *Maria Cristina* gestellt, und für meinen Umweg gebe es zweihundert Euro Aufwandsentschädigung.

Ich recherchierte die alternative Strecke, den Camino del Norte, der offiziell in der spanischen Küstenstadt Irun begann. Von Saint-Jean-Pied-de-Port aus könnte ich mit dem Zug nach Hendaye gelangen, wie Irun auf der französischen Seite hieß, oder aber den Wanderweg GR10 entlang der französisch-spanischen Grenze über die Pyrenäen nehmen.

Beide Optionen waren möglich, trotzdem würde ich dafür fast meine gesamte Reservezeit aufbrauchen. Nach San Sebastián wäre ich etwa eine Woche unterwegs – oder weniger, falls ich den Zug nähme –, aber dann würde ich auf die Deutschen warten müssen. Insgesamt wäre meine Reise hundertvierzig Kilometer länger. Dafür spräche, dass ich die Beziehung zu potentiellen Investoren vertiefen und die Tauglichkeit meines Karrens auf einem Gebirgsweg unter Beweis stellen könnte, was wiederum den potentiellen Käuferkreis erweiterte. Die zweihundert Euro könnte ich natürlich auch gut gebrauchen, außerdem würde ich dem massiven Jakobsweg-Tourismus und der damit verbundenen Unterkunftsknappheit ausweichen, die mir auf dem normalen Camino Francés blühten. Nach beidem stand mir nicht gerade der Sinn.

Ich schrieb eine Mail, um das Angebot anzunehmen.

Einen Großteil der avisierten zweihundert Euro verprasste ich noch am selben Abend im Hotelrestaurant. Denn aller guten Dinge waren auch in jenem Falle drei: Sarahs Andeutung, sie werde ihren verheirateten Lover in den Wind schießen, das Angebot der Deutschen sowie eine Verwechslung bei meiner Weinbestellung, die dazu führte, dass ich einen exzellenten Bordeaux zum Preis des von mir eigentlich bestellten billigeren Weines bekam. Unser Fehler, Monsieur. Lassen Sie es sich schmecken.

Ich beschloss, einen weiteren Tag in Saint-Jean-Pied-de-Port zu bleiben und Monsieur Chevaliers Vortrag zu besuchen.

41

ZOE

Ich saß gerade in der Touristeninformation und schrieb Camille per Mail, dass ich angekommen sei, als die Brasilianerinnen sowie Bernhard hereinstürmten.

»Du musst mit uns zu Abend essen, bevor wir nach Madrid fahren«, sagte Margarida und hakte sich bei mir unter.

Paola sah mich an. »Jemand sucht dich. Ich glaube, du solltest mit ihm reden.«

»Nein. Martin und ich …«

»Nicht Martin – Monsieur Chevalier aus Cluny.«

»Der ist hier?«

»Komm morgen zum Frühstück in unser Hostel – da ist er auch.«

Ich ging mit in ihre Herberge, wo sie ein Viererzimmer belegt hatten, massierte Margarida und Fabiana die Schultern und bekam drei weitere Kundinnen. Camille würde es nicht vor morgen Abend schaffen, und ich brauchte Geld für meine Übernachtung und für Essen.

In meiner Herberge waren alle in Aufbruchstimmung, so dass keiner Zeit für eine Massage hatte. Es war ein langer Tag gewesen, aber wenn ich jetzt zu Bett ginge, würde ich nur immer wieder dieselben Gedanken in meinem Kopf hin und her drehen. Ich holte meinen Skizzenblock, in dem nur noch sechs leere Blätter waren.

Todd redete mit seinen Landsleuten, merkte aber trotzdem, dass ich ihn mehrmals eingehend studierte. Er kam an, um zu sehen, was ich machte, und pfiff anerkennend durch die Zähne. Ein gut erkennbarer Todd – perfektes Gebiss, große Ohren, verschmitztes Schuljungengrinsen – wurde von einem riesigen Rucksack fast erdrückt, so dass ihm die Knie schlotterten.

»Wow! Kann ich dir das abkaufen? Meine Eltern werden es lieben. Reichen zwanzig Euro? Oder lieber fünfundzwanzig?«

»Schon gut, du kannst es so haben.«

»Auf keinen Fall.« Er zählte die Euroscheine ab und gab sie mir.

»Kannst du auch ein Bild von mir und Mike malen?«, fragte Donna. Sie hielt bereits einen Fünfzig-Euro-Schein in der Hand.

Wie es aussah, hatte das Schicksal mich noch nicht vollständig abgeschrieben. Zwei Stunden später rollte ich mich mit hundertfünfundzwanzig Euro mehr in der Tasche auf meinem Bett zusammen. Amerikanische Geschäftskultur hatte mir das Benzingeld für meine Fahrt nach Paris verschafft.

Am nächsten Morgen war Todd dabei, seine ganzen Sachen – die meisten davon anscheinend brandneu – im Schlafsaal auszubreiten. Er hatte meinen Ratschlag, oder meine Karikatur, offenbar ernst genommen. Ich marschierte zum Hostel der Brasilianerinnen, wo Monsieur Chevalier mit einem breitkrempigen Hut auf dem Kopf und einem Becher Kaffee in der Hand im Hinterhof saß.

»*Chérie!*« Er sprang auf und küsste mich auf beide Wangen. Seine Anwesenheit hatte etwas Tröstliches. Wie ein Schutzengel. Sein Blick suchte die Stelle, an der mein Muschel-Talisman gehangen hatte. Ich ersparte ihm die Nachfrage.

»Ich bin fertig«, sagte ich.

Er bestand darauf, mir einen Kaffee auszugeben, und spendierte mir gleich eine Erkenntnis dazu: »Sie haben Ihre Probleme noch nicht gelöst.«

Hätte er mir das vierundzwanzig Stunden früher gesagt, hätte er genauso recht gehabt, aber ich hätte protestiert.

»Erzählen Sie mir von Ihrem Weg«, forderte er mich auf. »Was haben Sie gelernt?«

Dieselbe Frage innerhalb von vierundzwanzig Stunden. Ich nahm aber nicht an, dass er meine Erkenntnisse zur französischen Lebensart hören wollte.

»Dass ich gehen kann«, antwortete ich.

Monsieur Chevalier nickte, als hätte ich etwas Tiefschürfendes von mir gegeben. »Dann gehen Sie weiter«, sagte er.

Ich schüttelte den Kopf. »Ich bin siebenhundert Meilen gegangen und habe gerade erkannt, dass ich die ganze Zeit weggelaufen bin und mich geweigert habe, mich der Wahrheit zu stellen.«

»Aber«, sagte Monsieur Chevalier, »was erwarten Sie denn auch, wenn Sie nur den halben Weg gehen?«

Ich starrte ihn an. War ich schon wieder dabei wegzulaufen?

Er tätschelte meine Hand und sprach mit ruhiger Gewissheit. »Was Sie suchen, werden Sie auf dem Weg nach Santiago finden. Sie dürfen nicht zu früh aufgeben.«

Saint-Jean-Pied-de-Port hatte ich nur aufgrund der engstirnigen Empfehlung der Frau im Touristenbüro von Cluny als Ziel gewählt und weil ich dachte, ich könnte die Strecke in einem Monat schaffen. Die Muschel hatte mich eigentlich nach Santiago geschickt. Und erst am Ende würde ich finden, wonach ich suche, hatte Monsieur Chevalier gesagt. Als ich mit Martin hier angekommen war, hatte ein Teil von mir tatsächlich gewünscht, ich könnte weitergehen.

Die Pyrenäen überqueren. Auf der *autoroute* der Pilger. Meine Erfahrungen mit den Neulingen teilen. Ich wusste mit meiner Zeit ohnehin nichts anderes anzufangen, und wohin ich auch ginge, mein Schmerz würde mir folgen. Lauren und Tessa machten sich mehr Gedanken um mich als um Keith' Tod. Sie brauchten meine Hilfe nicht.

Und trotzdem fühlte es sich nicht richtig an. Ich schüttelte wieder den Kopf. »Mich der Wahrheit zu stellen, konnte ich gerade deshalb vermeiden, weil ich mich einfach nur auf den Weg konzentriert habe. Der Camino Francés fühlt sich falsch an.«

»Der Camino Francés ist … der König, der Höhepunkt der Caminos. Jetzt ist die perfekte Zeit, ihn zu gehen; selbst die Meseta, die manche als langweilig empfinden, ist im Moment wunderbar grün. Es gibt viel Unterstützung, viel Gesellschaft, gut markierte Wege, alle paar Kilometer ein Lokal und *albergues* für alle Pilger. Für Anfänger ist der erste Tag hart, aber nicht für Sie. Und danach … leichter als alles, was Sie bisher gegangen sind.«

Ich schüttelte erneut den Kopf, vehementer dieses Mal. »Leichter« war nicht das, was ich brauchte. »Nein. Ich muss allein sein.«

Monsieur Chevalier murmelte etwas auf Französisch, dann sagte er: »Möglicherweise haben Sie recht.« Ich konnte erkennen, dass er sich überwinden musste. Er hatte mein Mentor sein wollen, aber vor allem war er philosophisch und spirituell, und dafür schätzte ich ihn sehr.

Seine nächsten Worte überraschten mich. »Sie müssen trotzdem nach Santiago gehen. Es gibt einen Weg durch die Pyrenäen, aber er ist schwierig und nicht so gut ausgeschildert. Gehört nicht zum Camino, also gibt es nur Unterkünfte für Wanderer und andere Urlauber. Besser, Sie nehmen den Zug über Bayonne. In Hendaye, an der Atlantikküste, beginnt der Camino de la Costa. Er ist länger und schwieriger, einer der ältesten Wege, der schon im Mittelalter genutzt wurde, um Straßenräubern zu entgehen. Nur die letzten zwei Etappen verlaufen auf dem Camino Francés.«

Er hielt immer noch meine Hand. Länger und schwieriger? Das klang gut.

»Vielleicht ist es das, was ich brauche«, sagte ich. Wenn mir das Schicksal Monsieur Chevalier mit seiner Botschaft von Cluny bis ganz hierher geschickt hatte, würde ich darauf hören und mir später Gedanken über meinen Rückflug machen.

Er umarmte mich und küsste meine Wangen. »Dann sehe ich Sie in Santiago«, sagte er. »*Bon Chemin.*« Er lächelte. »*Buen Camino.*«

»Camille?« Margarida hatte mir ihr Handy geliehen.

»Zoe! Ich bin bald da, nur noch ein paar Stunden. Und dann ... *Pariiie!* Wir werden zwei Tage für die Fahrt brauchen – ein richtiger Road-Trip für uns zwei Hübsche –, und dann haben wir noch einen Tag zum Shoppen ...«

»Camille ...« Ich hatte ein schlechtes Gewissen und hoffte, sie wäre nicht schon allzu viele Meilen gefahren. Aber es musste sein. »Tut mir leid, wenn ich nerve, aber ... mein Plan hat sich geändert.«

Nachdem ich mich von den Brasilianerinnen verabschiedet hatte, kehrte ich in mein Hostel zurück, wo ich feststellen musste, dass alle Rucksäcke verschwunden waren, einschließlich meinem.

»Wo sind die Rucksäcke?«, fragte ich die Herbergsleiterin.

»Die Pilger sind gestartet. Haben ihre Rucksäcke mitgenommen. Oder lassen sie sich bringen.« Sie sah mein erschrockenes Gesicht. »Da war ein Bus, der die Rucksäcke der Amerikaner mitgenommen hat. Vielleicht war Ihrer ... aus Versehen ...«

»Wohin?« Ich spürte Panik aufsteigen.

»Das weiß ich nicht. Der Bus bringt die Pilger zum höchsten Punkt, so dass sie nur bergab gehen müssen. Kein Aufstieg. Die Rucksäcke werden schon mal ins Hotel gefahren. Vielleicht nach Roncesvalle. Sie wollen aber innerhalb einer Woche in Santiago sein, also bringt sie der Bus vielleicht auch weiter.«

Mein Rucksack war offensichtlich mit den anderen eingeladen worden – bei der amerikanische Flagge obendrauf eine naheliegende Verwechslung.

Wenn die Gruppe auch Bus fuhr, war sie nicht auf Hotels direkt am Camino angewiesen und könnte sonst wo übernachten. Wann würde ihnen auffallen, dass sie einen zusätzlichen Rucksack dabeihatten? Würde irgendjemand darauf kommen, dass es meiner war? Vielleicht würden sie ihn zur Herberge zurückschicken. Die Leiterin ließ mich ins Internet, um nach Hinweisen zu »Amerikaner auf dem Camino« zu suchen, aber ich fand nur einen E-Mail-Kontakt und Telefonnummern in den Staaten. Es war Freitag und in L. A. bereits nach Mitternacht. Ich schickte eine Mail, aber was auch immer daraufhin passieren mochte – es würde eine Weile dauern, bis ich meine Sachen wiederbekäme.

Ich machte eine Bestandsaufnahme. Ich trug Wanderklamotten, dazu jedoch meine Sport- und nicht die Wanderschuhe. In ihnen hatte ich meinen Weg begonnen, und sie hatten gereicht. Ich hatte keine Kleidung zum Wechseln, aber ich könnte die Sachen jeden Abend auswaschen und notfalls auch nass wieder anziehen. Allerdings fehlten mir Schlafsack und Regenschutz. Ich hatte 275 Euro in der Tasche und nichts mehr auf der Bank.

»Einer der Amerikaner«, unterbrach die Frau jetzt meine Gedanken, »hat ein paar Sachen hiergelassen. Anders als die anderen, trägt der junge Mann seinen Rucksack selbst.«

Während ich begutachtete, was Todd aussortiert hatte, fragte ich mich, ob er die Karikatur als Erklärung für seine Eltern gekauft hatte. Ich fand einen Daunenschlafsack – »zu warm für Spanien«, sagte die Herbergsleiterin –, eine Isomatte, T-Shirts, Sweatshirts mit Chicago-Bulls-Aufdruck, warme Unterwäsche, Deos, Sonnencreme, Shampoo und Conditioner, Insektenschutz, eine Flasche Bourbon, zwei Schachteln Oreos, eine Pfeife, eine große Taschenlampe, Camping-Kochgeschirr, zwei Paar Wandersocken, noch mit Preisschildern, und ein Paar Sandalen. Und drei Bücher über den Camino.

»Behalten Sie die Bücher und die Sandalen«, sage ich, »den Rest nehme ich.«

Über den PC der Herberge mailte ich meinem Reisebüro. Die Vermittlerin dort hatte mir gesagt, ich könne mein Ticket kein zweites Mal umbuchen, aber ich wollte es wenigstens versuchen – zudem mit der noch größeren Bitte, den Rückflug von Santiago aus zu buchen. Ich wählte den letzten Termin meines Visums, den 13. Mai. Freitag, der dreizehnte – na, toll! Ich scannte eine Karikatur ein, auf der ich flehend im klassischen Pilger-Outfit kniete, und hoffte, dass sie religiös war. Oder Sinn für Humor hatte. Dann schrieb ich eine kurze Mail an meine Töchter, versicherte ihnen, dass ich viel Hilfe und Unterstützung hätte und sie sich keine Sorgen machen sollten.

In der Pilger-Boutique investierte ich die Hälfte meines Geldes in Thermo-Leggins, einen einfachen Rucksack und einen Regenponcho, der uns beide bedeckte. Wieder in der Herberge, packte ich Todds Ausschussware ein. Die Herbergsleiterin bedachte mich mit einem mitfühlenden Blick. »Bleiben Sie doch noch eine Nacht, umsonst«, sagte sie. »Vielleicht wird der Rucksack morgen zurückgeschickt.«

Ich bedankte mich, aber die Vorstellung, eine weitere Nacht mit enthusiastischen Amerikanern zu verbringen, war mir unerträglich. Ihre Wege wären anders als meiner, obwohl sie vielleicht auch essentielle Dinge über sich erfahren würden. Im Moment musste ich mich um mich selbst kümmern.

42

MARTIN

Ich streifte den ganzen Tag durch Saint-Jean-Pied-de-Port, doch von Zoe keine Spur. Meine letzte Hoffnung war am Abend der Vortrag über den Jakobsweg, den ich natürlich auch besuchen wollte, um meine geistige Gesinnung zu stärken.

Er fand in einem Konferenzraum des Touristenbüros statt, und Zoe war nirgends zu entdecken. Trotzdem war der Vortrag erhellend, nicht nur wegen seines pädagogischen Wertes, sondern auch wegen des schauspielerischen Gehalts. Ich hatte angenommen, Dr. de la Cruz sei Spanier und selbstverständlich männlich, musste jedoch zu meiner Schande erkennen, dass es sich a) um eine Frau, b) um eine Brasilianerin und c) noch dazu um unsere Paola handelte. Und von den beiden Vortragenden war ganz offensichtlich sie die Spezialistin. Sie hatte zwei Bücher über den Camino geschrieben und war einige der alternativen Routen sowie Zuführwege gewandert. Als der Leiter des Touristenbüros bei ihrer Vorstellung tatsächlich das Wort *gewandert* benutzte, musste ich insgeheim bei der Erinnerung grinsen, wie sie in Figeac aus dem Taxi geklettert war.

Gemäß seiner Rolle als Vorprogramm sprach Monsieur Chevalier als Erster. Da Dr. de la Cruz Expertin zur Geschichte des Jakobsweges sei, werde er seine Ausführungen auf die praktischen Gegebenheiten beschränken, insbesondere dem perfiden Verfall der Sitten, da der Weg immer populärer werde. Er zählte die Frevel auf: Rucksäcke, die in Taxis transportiert, oder Zertifikate, die nach bloßen hundert Kilometern ausgestellt würden; Menschen, die nicht aus spirituellen Gründen wanderten; das weitverbreitete Schummeln vieler Pilger, die nur ein Minimum an Distanz zurücklegten, was mittlerweile dazu geführt habe, dass man sich auf den letzten hundert Kilometern zwei Stempel pro Tag holen müsse.

Ohne Frage bedauerte er auch die Abschaffung von Sackleinen als Standard-Pilger-Outfit sowie den Gebrauch von Penicillin bei Infektionen. Dann, als gezielten Seitenhieb (ganz sicher hatte er mich gesehen), vertraute er uns an, wie besorgt er über den in letzter Zeit immer häufiger zu beobachtenden unkonventionellen Ansatz sei, Transportvehikel für sein Gepäck zu verwenden. Er sei noch nicht so weit, diese generell verbieten zu wollen, jedoch hätten die ursprünglichen Pilger weder Kohlefasertechnologie noch computerdesignte Hilfsmittel verwendet. Ich wünschte, ich hätte ihn dabei aufnehmen können, wie er einfach vorraussetzte, dass es leichter wäre, einen Karren zu ziehen, als einen Rucksack zu tragen. Wie oft hatte ich dieses vormals als schlagend erachtete Verkaufsargument schon bezweifeln müssen! Die etwa dreißig anwesenden Pilger und die Angestellten des Touristenbüros applaudierten heftig, wenn auch manche möglicherweise ein wenig schuldbewusst.

Dann kam Paola und zerriss ihn in der Luft. Es musste ihren Gastgebern ziemlich unangenehm sein, dass sie absolut kein Blatt vor den Mund nahm. Sie argumentierte in exzellentem Französisch und verzichtete lediglich darauf, Monsieur Chevalier persönlich anzugreifen. Die Menschen gingen den Weg aus unterschiedlichen Gründen. Niemand habe ein Besitzrecht auf den Camino. Warum solle er nur für athletische, religiöse Menschen erlaubt sein, die sich eine sechswöchige Auszeit aus ihrem Beruf oder Pflegedasein leisten könnten? Sie, zum Beispiel, sei aus der katholischen Kirche ausgetreten und ließe sich dankbar dafür bezahlen, andere auf ihrem Weg zu führen,

230

ganz unabhängig von deren Motivation. Und ja, hin und wieder nehme auch sie ein Taxi. Das war sicher der härteste Schlag für Monsieur Chevalier, den er – das musste man ihm zugutehalten – mit äußerlich stoischer Gelassenheit trug.

Nach zwei Minuten Demontage ging Paola zu ihren so gelehr- wie unterhaltsamen Ausführungen über die Geschichte des Camino über. Am Ende dankte sie Monsieur Chevalier – *Jules* Chevalier – unter Anerkennung seines reichen Erfahrungsschatzes und seines Rechts auf eine eigene Meinung, zog ihn auf die Füße und umarmte ihn herzlich.

Ich passte ihn ab, während die übrigen Zuhörer nach und nach den Raum verließen, und wir gaben einander förmlich die Hand. Dass ich es bis nach Saint-Jean-Pied-de-Port geschafft hatte, schien seinen Eindruck von mir nicht im Geringsten gebessert zu haben.

»Ihr Vortrag hat mir sehr gefallen«, sagte ich.

»*Merci.*«

»Mit den Schuhen hatten Sie recht. Ich habe leichtere gekauft.«

»Sehr vernünftig. Gehen Sie bis Santiago?«

»Ja, über den Camino del Costa.«

»Sie sollten die traditionelle Route gehen, ehe Sie Varianten ausprobieren.«

»Ich habe persönliche Gründe für die alternative Route«, sagte ich.

Er blieb unbeeindruckt. »Dann müssen Sie den GR10 nehmen. Ist sehr hübsch dort, glaube ich. Viele gute Übernachtungsmöglichkeiten.«

»Danke«, erwiderte ich freundlich, um ihn für die Frage, die ich eigentlich stellen wollte, bei Laune zu halten. »Haben Sie die Amerikanerin gesehen?«

»Hier sind viele Amerikanerinnen unterwegs.«

»Zoe. Sie war dabei, als ich meinen Pilgerpass abholte.«

231

Er gab die schlechte Vorstellung eines Mannes ab, der angestrengt sein Gedächtnis durchforstet, dann schüttelte er den Kopf. In diesem Moment kam Paola dazu und umarmte erst mich, dann *Monsieur.*

»Ein wunderbarer Vortrag«, sagte ich. »Gerade habe ich Monsieur Chevalier gefragt, ob er Zoe gesehen hat.«

»Wir haben sie heute Morgen verabschiedet«, sagte Paola, »nach ihrem Frühstück mit Jules. Sie will wieder nach Amerika zurück.«

Ich ließ ihn einen Augenblick lang schmoren.

»Hat sie gesagt, wann sie abreist?«, fragte ich dann.

»Ich glaube, sie ist bereits gefahren.« Er streckte die Hand aus und erklärte so das Gespräch für beendet. In seinem Blick meinte ich jedoch eine Spur Dankbarkeit zu erkennen.

43

ZOE

Das Wetter sah bedrohlich aus, als ich in meinen alten Turnschuhen und mit schwerem Rucksack, aber ohne den Muschel-Anhänger von Saint-Jean-Pied-de-Port aufbrach. Den Zug zu nehmen, hatte ich keine Sekunde erwogen. Ich hatte keinen Reiseführer, der mir die Etappen aufzeigte, aber ich konnte den rotweiß gestreiften Markierungen des GR10 folgen und, falls nötig, fünfundzwanzig Meilen pro Tag schaffen. Ich schob die banalen Themen beiseite, die mich bisher beschäftigt hatten. Und dachte darüber nach, wie ich meinen Mann getötet hatte.

Als ich Keith kennenlernte, war er gerade dabei gewesen, sein Geschäft zum Erfolg zu treiben, aber er nahm sich quasi eine Auszeit, um mich mit einer Entschlossenheit zu umwerben, die mich schließlich zermürbte.

Ich schätze, er sah mich als jemanden an, den es zu retten galt. Obwohl ich mit meinen Töchtern sechs Jahre lang allein zurechtgekommen war, besaß ich kaum Ersparnisse und auch keinerlei Qualifikationen, um irgendwann einen gutbezahlten Job zu ergattern – es sei denn, man berücksichtigte mein zur Hälfte abgebrochenes Kunststudium und die zu drei Vierteln absolvierte Ausbildung in Massagetherapie. Auf Manny konnte ich nicht zählen, und meine Familie kam für eine Unterstützung nicht in Frage.

Keith und ich waren in vielen Dingen grundverschieden und das nicht nur im positiven Sinn von Yin und Yang. Es gab

Zeiten, in denen er sehr an sich halten musste, um nicht über meinen unbekümmerten Ansatz zu explodieren, wenn mein »Löwe an der Schwelle zur Jungfrau« seinen Einfluss geltend machte. Es gab mal ein Thanksgiving-Essen, zu dem ich auch seine entferntere Verwandtschaft eingeladen und dann nicht richtig gerechnet hatte. Ein paar von uns mussten auf Holzkisten sitzen, und wir streckten das Essen mit Salzbrezeln und Chips. Na und? Wir hatten Spaß, und ich fand, dass es wichtiger war, überhaupt zusammen zu sein. Danach organisierte Keith die Familientreffen.

Als er starb, wollte ich mich nicht damit auseinandersetzen. Hätte ich auch nur einen Moment lang richtig nachgedacht, hätte ich das wahre Geschehen zumindest in Erwägung ziehen müssen. Erst Laurens Nachricht über die Lebensversicherung zwang mich, der Realität ins Auge zu blicken. Ich wusste nicht, dass er eine Versicherung abgeschlossen hatte, und wie es schien, hatte er nicht einmal Albie davon erzählt. In seiner finanziellen Notlage hätte er sich die Versicherungsbeiträge bestimmt nicht ohne irgendeine Rücksprache abgeknapst, wenn er nicht damals schon … Zwei Jahre. Hatte er es die ganze Zeit schon geplant gehabt und vielleicht immer gehofft, einen Weg aus der Misere zu finden? Und sich mir nicht anvertrauen wollen, weil er dachte, ich würde nicht damit klarkommen? Wann hatte er aufgegeben? Und wo war ich in dem Moment gewesen?

Der einzige Hinweis auf seine Probleme war das wiederholte Verschieben unserer Reise nach Frankreich gewesen. Er hatte mich nicht gebeten, sparsamer zu leben – vielleicht, weil ich ohnehin nicht viel Geld ausgab. Er hatte keinerlei Unterstützung von seiner Ehefrau eingefordert – nach zwölf Jahren Ehe. Er war lieber gestorben, als mir gescheitert gegenüberzutreten.

Nach und nach erkannte ich, welche Rolle unsere Unterschiede wirklich gespielt hatten und wie unsere Beziehung durch Missverständnisse und mangelnde Kommunikation brüchig geworden war. Im Rückblick hatte sie zum Zeitpunkt seines Todes nur noch am seidenen Faden gehangen. Das war wohl der Grund, weshalb ich nicht gerade eine kosmische Verschiebung verspürt hatte.

Ich war nicht sicher, ob ich um ihn oder um mich weinte. Ich fühlte mich wund und elend, als hätte man mich mit Stahlwolle ausgekratzt. Als der Regen einsetzte, bemerkte ich es kaum. Ich hatte Monsieur Chevalier gesagt, ich könne gehen, und das tat ich.

Stunden verstrichen, und falls die Landschaft irgendwelche Schönheiten parat hielt, bemerkte ich sie nicht. Der Wind hatte zugenommen und wehte unter meinen Poncho, so dass die Plastikhaut im Wind flatterte. Ich fror bis ins Mark, nahm jedoch mein Leiden willig hin, während ich einen Schritt nach dem anderen über den steinigen Untergrund balancierte. Buße.

Als ich Saint-Étienne-de-Baïgorry erreichte, war es schon dunkel, und ich dankbar für Todds Taschenlampe.

Ich konnte keine Pilgerherberge finden, also nahm ich das billigste Hotel, das so einladend war wie ein Zahnarztstuhl. Der Besitzer schien weder Französisch noch Englisch, noch Spanisch zu verstehen. Wahrscheinlich verstanden er oder ich nur die jeweiligen Versionen des anderen nicht. Nein, er müsse mir keine Hilfe anbieten, und das Zimmer koste vierzig Euro. Ich war der einzige Gast, also keine Massagen. Ich aß ein paar Oreos, krabbelte in meinen Schlafsack, wo mich Bilder von Keith' letzten Minuten bestürmten. Erst nach zwei großen Schlucken Jack Daniels fiel ich in unruhigen Schlaf.

MARTIN

Es war Zeit, weiterzukommen, im wörtlichen wie im übertragenen Sinne. Zoe war weg, und ich konnte nichts mehr daran ändern. Vielleicht bestand die Möglichkeit, sie nach dem Ende meiner Wanderung in Los Angeles ausfindig machen. Ob das eine gute Idee wäre, konnte ich mir ja noch gründlich überlegen. Mir blieben sieben Wochen, um so rechtzeitig in Santiago anzukommen, dass ich es per Zug zur Pariser Messe schaffen würde – falls die Deutschen mir nicht vorher schon ein Angebot machten, das ich nicht ablehnen könnte.

Ich recherchierte zum Wanderweg GR10. Zum ersten Etappenziel Bidarray würde es zwei Tage dauern, bergan und über unebenes Terrain, also mittelschweres Bergwandern. Das gute Wetter, mit dem Saint-Jean-Pied-de-Port uns empfangen hatte, war in Regenschauer übergegangen, was nicht allzu schlimm war, aber wie immer unangenehm. Über Landstraße wären es bis Bidarray nur sechsundzwanzig Kilometer. Ich verwarf fürs Erste Monsieur Chevaliers Empfehlung der »hübschen Strecke« und entschied mich für diese Route.

Es herrschte wenig Verkehr, meine Jacke trocknete zwischen den einzelnen Regenphasen, und ich fühlte mich beschwingt – nicht gerade »Singin in the Rain«-mäßig, aber in ähnlicher Stimmung wie nach meinem Aufbruch aus Cluny.

In meinen fast zwanzig Jahren Ehe hatte ich mich nie nach Freiheit gesehnt. Obwohl das Gras auf der anderen Seite ja vermeintlich grüner ist, war ich mit meiner Seite immer glücklich gewesen. Trotzdem spürte ich jetzt fast so etwas wie Erleichterung, dass ich mich selbst hier, fern der Heimat, nicht auf einen One-Night-Stand eingelassen hatte.

Auf der Straße musste ich mich nicht auf die Wegrichtung konzentrieren, daher konnte ich mir ein wenig Selbstreflexion gestatten. Wenn ich ehrlich war, betrachtete ich Zoe in keiner Weise als One-Night-Stand. Mit ihr kehrte ich Schritt für Schritt zu dem zurück, was ich früher einmal gehabt hatte. Und genau wie sie war ich dafür noch nicht bereit.

Gerade als meine Füße anfingen, vom Marschieren auf Asphalt weh zu tun, schwenkte ein von hinten kommender Saab vor mir auf meine, die linke, Straßenseite und hielt an. Der Fahrer, ein Schwede mittleren Alters mit ausgezeichnetem Englisch, wollte meinen Karren inspizieren. Die Frau auf dem Beifahrersitz schimpfte, und das mit Recht, denn sie parkten mitten in einer Kurve, und würde jemand aus der anderen Richtung kommen, wäre sie diejenige, die es erwischen würde – wenn sie nicht sogar beide dran glauben müssten.

»Wo werden Sie übernachten?«, wollte der Mann wissen.

»In Bidarray.«

»In welchem Hotel?«

»Ich habe noch nichts gebucht.«

»Kommen Sie zu uns.« Er wandte sich an seine Frau. »Zeichne es ihm auf.«

Mrs Saab guckte böse, suchte aber Papier und Stift und zeichnete einen groben Lageplan.

»Bis heute Abend«, sagte Mr Saab. Er fuhr zurück auf seine Seite, gerade als ein Lastwagen vorbeikam und uns alle auf engsten Raum zusammenpferchte.

Die Markierung auf der provisorischen Karte lag ein, zwei Kilometer hinter Bidarray, aber so könnte ich den Anstieg direkt in den Ort hinein umgehen oder ihn zumindest bis zum nächsten Morgen aufschieben, wenn ich wieder auf meine geplante Route zurückkehrte. Zoe hätte gesagt, das Universum habe zu mir gesprochen. Ich beschloss, darauf zu hören.

Das Hotel war eher eine Clubanlage mit Golfplatz, und Golfcarts brachten die Gäste vom Eingangstor zum Haupthaus. Ich ging den Weg zu Fuß, meinen Karren im Schlepptau, und fühlte mich eindeutig fehl am Platz.

An der Rezeption wurde mir allerdings ein herzlicher Empfang bereitet.

»*Monsieur Carte*«, sagte die junge Frau und lachte. »Oder Mr Cart? Französisch oder Englisch – was ist es Ihnen lieber?«

»Französisch ist in Ordnung.«

»Herr Nilsson hat Ihnen ein Zimmer reservieren lassen, aber er wusste Ihren Namen nicht. Er erwartet Sie um neunzehn Uhr auf einen Drink.«

Sie schob mir ein Registrierungsformular hin, und ich zog meinen Pass hervor.

»Sie sind im Hauptgebäude untergebracht – hier. Herr Nilsson übernimmt das Zimmer mit Frühstück. Dürften wir für etwaige Extras eine Kreditkarte haben?«

Das Dekor war hochwertig, aber nicht protzig und passte zur ländlichen Umgebung. Ich war bestimmt nicht der erste Wanderer, der hier übernachtete, weswegen ich annahm, dass man mich auch ohne Jackett zum Abendessen zulassen würde.

Zwei Nächte in Folge in besseren Hotels. Mein Zimmer war riesig, die Badewanne hatte Löwenklauen, und es gab eine große Auswahl an Badezubehör und Kosmetika. Zoe hätte noch einen weiteren Tag mitwandern sollen. Nachdem ich meine Kleidung gewaschen und meine elektronischen Geräte zum Aufladen eingestöpselt hatte, legte ich mich in die Wanne und schrubbte mich ausgiebig sauber.

Der Abend kam mir wie aus der Zeit gefallen vor – mehr noch als der gestrige, an dem ich andere Dinge im Kopf gehabt hatte.

Es war wie eine Oase in der Wüste, wie ein paar Takte Popmusik inmitten einer Jazzperformance, ein ruhiger Moment im Auge des Sturms. Wobei es doch eigentlich das Wandern war, das die Anomalie in meinem Leben darstellte. Dieser Abend war eine Erinnerung an ein Leben, wie ich es früher geführt hatte und das ich sehr wahrscheinlich bald wiederaufnehmen würde.

Mein Gastgeber hieß Anders und war Direktor eines Unternehmens für Marketing und Vertrieb – mit anderen Worten: ein waschechter Geschäftsmann. Allerdings besaß er auch einen Ingenieurshintergrund und war von meinem Karren fasziniert. Ohne die Bedrohung, von einem französischen Lastwagen überrollt zu werden, war auch seine Frau Krista eine entspannte und amüsante Gesprächspartnerin, und während die Sonne nach einem fast perfekten Tag allmählich versank, saßen wir mit Blick Richtung Berge auf der Terrasse und tranken weißen Burgunder. Ich fühlte mich wie Gott in Frankreich – oder vielleicht wie Zoe in ihrer ersten Woche auf dem Chemin, als das Schicksal ihr jede Menge Führung und Gastfreundschaft verschafft hatte.

Zu Kristas sichtbarer Erleichterung hakten wir den eigentlichen Anlass für unser Treffen schnell ab. Die Mechanik des Karrens war nicht allzu komplex, und Anders interessierte sich in erster Linie für sein Fahrverhalten, was zu einem abwechslungsreichen Reisebericht führte. Es tat gut, alles noch einmal zusammenfassend zu erzählen, aber ich merkte, dass ich beschönigte. Verkaufen war nicht mein Ding, und mir wurde erneut bewusst, wie viel für mich von diesem Karren abhing. Fände ich keinen Investor, gäbe es keinen Job, zu dem ich zurückkehren könnte.

Anders kannte die deutsche Firma, die sich für den Karren interessierte. Es seien angesehene, aber knallharte Geschäftspartner. »Verhandle nicht ohne Anwalt mit denen«, war sein Rat.

Im Verlauf des Essens fragte ich mich, ob es für ihre Groß-zügigkeit noch einen anderen Grund gab, eine Art Neid auf das, was ich – einzig und allein an meinen Wagen gebunden – hier machte. Wenn ich in der kommenden Woche die Atlantikküste entlangwanderte, säße Anders wieder an seinem Schreibtisch.

In meinem Zimmer nutzte ich den vielen Platz, um all meine Sachen auszubreiten und meine Ausrüstung zu überprüfen. Es wurde allmählich wärmer, und ich erwog, Jim einen Teil der Kleidung, insbesondere die warme Unterwäsche, zurück-zuschicken, sobald ich die Pyrenäen hinter mir gelassen hätte. Über das blaue Kleid, das ich einem spontanen Entschluss zu-folge nicht wieder ins Geschäft zurückgebracht hatte, würde er sich sicher wundern. Als ich mein Erste-Hilfe-Päckchen öff-nete, in dem die nun nicht mehr benötigten Blasenpflaster und Kondome lagen, fiel mir etwas entgegen. Es war Zoes Muschel-Talisman.

45

ZOE

Mein zweiter Tag in den Pyrenäen war schlimmer als der erste. Der Rucksack war unter dem Poncho nass geworden und nicht mehr getrocknet, und es regnete noch immer. Und ich hatte Hunger. In einer Bar bekam ich schlechten Kaffee und einen lust- und lieblosen Hinweis auf den weiterführenden Weg, der offenbar die Folge zu vieler nervender Fragen von zu vielen nervenden Wanderern war.

Ich wusste nicht, wie weit ich schon gegangen war. Vorher hatte ich immer ein Gefühl für meinen Fortschritt gehabt, nun aber lief ich in den Bergen, noch dazu mit schwererem Gepäck. Die Landschaft war karg, steinig und windverweht, mit ständigem Ausblick auf Felswände und Geröll. Ich schenkte ihnen wenig Aufmerksamkeit. Völlig erschöpft, kehrte ich in ein weiteres wenig einladendes Hotel ein und verzichtete aufs Abendessen, es sei denn, die Oreos zählten als solches. Ich aß sie alle auf.

Am nächsten Tag ging es mir auch nicht besser. Ich fragte mich, ob ich mir wohl Bettwanzen eingefangen hatte. Den ganzen Nachmittag über juckte es mich, und ich musste mich ständig kratzen, so wie die Frau im Touristenbüro in Cluny es vorgemacht hatte, als sie mir dieses Ungeziefer zu erklären versuchte. Die Vorstellung gruselte mich. Es würde bedeuten, dass ich eigentlich nicht in Hotels übernachten durfte, und soweit ich wusste, bestand die einzige Möglichkeit, sie loszuwerden, darin, dass man all sein Zeug verbrannte.

»Bist du jetzt glücklich?«, schrie ich den Himmel an, das Schicksal, Gott, meinen toten Mann. »Ist es das, was du wolltest?«

Als Antwort erschien das wohl geschmackloseste Kruzifix, das ich je gesehen hatte, und in den letzten sieben Wochen hatte ich so einige gesehen. Es war nicht nur eins, es waren drei, in Lebensgröße. Jesus und die zwei Diebe, alle schmerzvoll verkrümmt, sahen fast so aus, wie ich mich fühlte.

»Scheiß auf euch!«, brüllte ich, doch meine Worte verloren sich in Wind und Regen und unter meinen Tränen.

Wenn die Anstiege schon schwer gewesen waren, so waren sie nichts im Vergleich zum Abstieg nach Ainhoa. Ich brauchte drei Stunden, und zwischendurch musste ich rückwärts gehen, um meine Knie und Muskeln zu entlasten. Was dazu führte, dass ich ausrutschte und in den Matsch fiel.

Als ich Ainhoa sah, eine richtige Stadt, weinte ich noch mehr. Ich wollte nach Hause. Aber ich war meilenweit von jedem noch so kleinen Flughafen entfernt und wer weiß wie weit von einem internationalen. Nicht, dass ich überhaupt ein Flugticket gehabt hätte! Ich ging durch die Hauptstraße, an der jede Menge nobel wirkende Hotels standen. Auf einem Außentisch, aus dem Inneren des Restaurants nicht sichtbar, stand verlassen ein Glas Roséwein. Was für eine Verschwendung! Einem Impuls folgend, griff ich danach und trank es aus.

»Also gut«, sagte ich zu Keith. »Du hast es ja immer gesagt. Du hast gesagt, ich soll planen, und ich hab's nicht gemacht. Aber du hast es immer für mich gemacht, deswegen musste ich es ja auch gar nicht.«

In der Touristeninformation empfahl man mir ein *gîte*, wo ich für sechzehn Euro einen Etagenbettplatz im Schlafsaal bekam.

Ich war allein. Ich hatte Einsamkeit gewollt, und die hatte ich nun, und ich hasste es. Ich wollte meine Kinder, Martin, Monsieur Chevalier, irgendwen. Ich hasste mich selbst, ich hasste Keith, und dann hasste ich mich selbst noch ein bisschen mehr. Er hatte gedacht, er habe mir gegenüber versagt, aber ich war es, die versagt hatte. Ich hatte ihn als Versorger akzeptiert, weil es das war, was er hatte sein wollen. Aber ich hätte diejenige sein sollen, die ein Gespür für unser emotionales Gefüge behält, die sich um Ausgewogenheit kümmert, um die Balance mit dem Universum. Ich hatte uns beide im Stich lassen.

Meine Passivität, mein Unvermögen zu sagen: »Schon gut, ich brauche keinen Urlaub in Frankreich und kein großes Haus – ich bin glücklich mit dem, was wir haben«, hatte dazu geführt, dass meine Sichtweise und meine Balance ihn nie hatten trösten können. Er hatte angenommen, ich würde Geld mehr brauchen als ihn. Die schiere Absurdität dieses Gedankens ließ mich vor Wut beben.

Ich kochte etwas traurig aussehendes Gemüse, aß, bis ich nicht mehr konnte, und packte die Reste ein. Danach trank ich genug Bourbon, um sicherzustellen, dass ich eine Weile schlafen würde, und wusch noch meine Sachen aus, bevor ich in Todds Schlafsack kroch. Für den Camino Francés mochte er zu heiß sein, aber für die Pyrenäen war er perfekt. Den Befall mit Bettwanzen bezweifelte ich mittlerweile und dachte jetzt eher an eine Allergie. Vielleicht versuchte mein gesamter Körper, sich von Trauer zu reinigen: Der einzige Trost war das Gefühl der Verbindung zu all den leidenden Seelen, die über die Jahrhunderte den Camino gegangen und auf ihm gestorben waren.

Ich erwachte mit Kopfschmerzen vom Whiskey und hatte spontan Mitgefühl mit meinem Vater. Oder zumindest ein wenig mehr Verständnis: für den Wunsch, sich selbst auszulöschen, was das Problem tragischerweise jedoch noch vergrößerte. Ich ließ die noch halbvolle Flasche zurück.

Der Herbergsvater erklärte, bis Sare sei es noch ein kurzes Stück, dann ein langes bis Biriatou, und danach käme die

Küstenstadt Hendaye direkt an der spanischen Grenze. Meine Stimmung hob sich ein wenig. Ich hatte Spanien fast erreicht.

Ich überquerte die Grenze dann viel früher als gedacht, allerdings an der falschen Stelle. Jetzt hatte ich nicht nur in spiritueller, sondern auch in reeller Hinsicht den Weg verloren. Nach einem langen Abschnitt ohne rotweiße Markierungen entdeckte ich unten am Fluss ein Gebäude und steuerte es an. Zu meiner Überraschung war es eine Bar. Noch überraschender war, dass der Wirt dort kein Französisch sprach, und das nicht aus Sturheit. Nach fünf Minuten wurde mein Spanisch flüssiger, auch wenn wir beide mit dem Akzent des jeweils anderen zu kämpfen hatten. Um seine rappelschnellen Weghinweise zu erläutern, skizzierte der junge Mann eine Landkarte, die mich tatsächlich zu den rotweißen Markierungen zurückführte, aber es wurde dunkel, bevor Sare auch nur ansatzweise in Sicht kam. Ich würde die Nacht in Freien verbringen müssen, in der Kälte.

Ich tröstete mich damit, dass es immerhin nicht regnete. Es war schneefrei, und die Temperatur lag sicher über dem Gefrierpunkt. Ich hatte einen Daunenschlafsack und einen Poncho, den ich als Zelt benutzen konnte. Es könnte schlimmer sein.

Um drei Uhr morgens war es das. Ich wachte auf, weil mir Regen in den Rücken tropfte. Die Kapuze von Todds Sweater hatte sich in ein kleines Staubecken verwandelt. Ich brauchte wohl an die fünfzehn Minuten, bis ich eine Lösung gefunden hatte, damit mich das nasse Ding nicht weiter tränkte, dann weitere zehn, bis ich den Poncho wieder festgezurrt hatte. Um trocken zu bleiben, musste ich mich in Fötushaltung zusammenrollen.

Ich schlief wieder ein – für ein oder zwei Stunden. Als die Sonne am feuchtkalten, nebligen Morgen aufging, tat mir alles so weh, dass ich mir gut vorstellen konnte, wie es wohl im Alter wäre. Allerdings konnte ich nicht an die Zukunft denken. Meine Gedanken kreisten noch immer um meine Schuld gegenüber Keith. Das alles hier hatte ich verdient.

46

MARTIN

Ob das nun am Talisman lag oder nicht – ich fand die Pyrenäen weniger einschüchternd, als ich erwartet hatte. Es ging streckenweise ziemlich steil bergan, aber nicht so schlimm, dass es mit dem Karren nicht zu bewältigen war. Ich traf ein paar andere Wanderer, die nicht nur Tagesausflüge machten, und überredete ein paar von ihnen, ein kurzes Video von meinem Karren auf dem eher schwierigen Gelände zu drehen.

Die rotweiß gestreiften Markierungen des GR10 waren nicht so auffällig, wie es die Jakobsmuscheln gewesen waren, und ich war froh über mein GPS. Der Ausblick war phantastisch: Über mir kreisten Adler, und nachdem ich aufgegeben hatte, sie filmen zu wollen, verbrachte ich eine Stunde damit, sie einfach nur zu beobachten.

Die Orte in den Pyrenäen waren, genau wie das Golf-Resort bei Bidarray, eher auf Urlauber als auf Wanderer ausgerichtet. In Ainhoa saß ich an einem milden Abend in einem Straßencafé und trank Navarra-Roséwein, den ich gerade zu meinem Lieblingsgetränk erkoren hatte. Der Kellner schenkte mir ungefragt nach und nickte Richtung Innenraum.

»Ist das Ihr Wagen?«

»Ja. Steht er im Weg?«

»Nein, aber lassen Sie lieber nichts Wertvolles darin.«

Ich hatte Pass, Portemonnaie und Handy bei mir, ging aber trotzdem hinein und fischte Zoes Muschel und eine Sicherheitsnadel heraus. Ich stellte mir vor, wie ich sie ihr mit der Nachricht wiedergab, dass sie Monsieur Chevaliers Prophezeiung erfüllt hatte und bis nach Santiago »gewandert« war. Kurzerhand pinnte ich sie mit der Sicherheitsnadel in der Brusttasche meiner Jacke fest.

Als ich wieder ins Freie trat, war mein Glas leer.

Aaaaaargghhh.

Ich war nicht sicher, ob diese Nachricht von Sarah, die ich in Biriatou auf meinem Handy las, die Reaktion auf einen unbedachten Fehler bei ihren Hausaufgaben war oder auf ein persönliches Problem.

Am Vorabend hatten wir eine Stunde lang über ein Matheproblem diskutiert, und am Ende hatte sie sogar die Videofunktion zugeschaltet. Sie hatte mich noch nie mit Bart gesehen und war angenehm überrascht. Ich durfte ihn stehen lassen – falls er Zoe gefiele: »Komm schon, Dad, du *wirst* sie wiedersehen. Das ist echt okay für mich.« Vor ihrer letzten Nachricht waren Bild und Ton dann aber wieder abgestellt. *Hab dich lieb, Dad.*

Heute waren es wieder Textnachrichten. Wie es aussah, ließ sich dieser Ingenieurstudent alle Optionen offen und schaffte es, jegliche Schuld auf seine Partnerin abzuwälzen, die so egoistisch war, den Vater ihres Kindes nicht loslassen zu wollen.

Sie liebt ihn aber nicht.

Warum, denkst du, bleibt er bei ihr?

Sie macht ihm ein schlechtes Gewissen. Liebe zu seinem Kind wäre wohl eine passendere Antwort gewesen.

Wie alt ist das Kind?

Ein paar Monate. Er hat es echt versucht – er wollte, dass es funktioniert.

Genau. Indem er sich eine Siebzehnjährige anlacht.

Mum meint, ich soll ihn abservieren. Komplett. Ihn nie wiedersehen.

246

Julia hatte absolut recht, außer darin, dass sie einen Ratschlag erteilt hatte. Wobei sie Sarah vielleicht auch nur unmissverständlich hatte klarmachen wollen, wo sie steht.

Was zwischenmenschliche Beziehungen betraf, hielt ich mich an ein, zwei einfache Grundsätze. Gib keinen Rat, sofern du nicht ausdrücklich darum gebeten wirst. Nimm Eigeninteresse an, sofern nichts anderes bewiesen ist. Solange Sarah und die Freundin es dem jungen Mann erlaubten, konnte er sich die Rosinen herauspicken. Und Sarah durfte sich Julias und meiner Aufmerksamkeit gewiss sein.

Während ich noch nachdachte, schrieb sie: *Was meinst du?*

Kommt darauf an, was du willst, das passiert.

Bist du jetzt Psychiater? Was denkst DU?

Was willst du, das ich denke?

DAD!

;-)

Wenn ich schwanger werden würde, müsste er sich entscheiden, wen er wirklich will.

Oha, sie wusste genau, welche Knöpfe sie bei mir drücken musste. Wenn ich reagierte, würde ich ihr Verhalten positiv verstärken, wenn nicht, würde sie die Schrauben eben fester anziehen oder noch andere Wege suchen. Falls es überhaupt etwas Wirkungsvolleres gab, als ihrem Vater zu verkünden, dass sie eine Schwangerschaft in Erwägung zog, um die Liebe eines verheirateten Mannes zu prüfen.

Ich schwieg, bis sie sich wieder meldete. *Muss aufhören. Morgen Test.*

Dann: *Biotest, nicht Schwangerschaftstest. Haha.*

Hier auch haha. Nein, eigentlich nicht … Viel Erfolg.

Hab dich lieb, Dad.

xxx

Hey, ist Zoe die Frau in dem kurzen Kleid? Dem weißen? In deinem Blog?

Nein. Zoe ist AMERIKANERIN. Das waren Brasilianerinnen. Lies die Bildunterschrift.

Gut. Die sah nämlich nach Ärger aus.

Als ich am nächsten Tag beim Weiterwandern noch einmal über unseren Austausch nachdachte, klopfte ich mir innerlich auf die Schulter. Der Ingenieurheini war zwar nicht von der Bildfläche verschwunden, aber Sarah hatte noch Diskussionsbedarf, und ich hatte sie zum Nachdenken gebracht, ohne ihr meine Meinung aufzuzwingen. Und wenn wir über Mathe redeten, konnte sie klar und logisch denken, also schienen ihre Sorgen sich nicht ungünstig auf ihr Lernen auszuwirken.

Mein Pyrenäenurlaub endete am Meer. Nachdem ich durch die Vororte von Hendaye gewandert war, verabschiedete ich mich bei einem Dutzend Austern und einem Glas Mâcon Blanc von Frankreich und nahm anschließend eine Fähre für die kurze Überfahrt nach Hondarribia. Um das Boot zu vermeiden, hätte ich auch einen Umweg über Irun laufen können, aber mein neuer Reiseführer riet zum Wasserweg. Die früheren Pilger hätten das Angebot einer Bootsfahrt nicht ausgeschlagen, und ich freute mich, der Tradition folgen zu können.

Wieder an Land, merkte ich augenblicklich, dass der Camino – nun definitiv nicht mehr der Chemin – nicht nur seinen Namen geändert hatte. Ein grellgelb auf eine Betonwand gepinselter Pfeil wies den Weg, und eine Reihe ähnlicher Markierungen führte mich an meiner ersten Tapasbar vorbei ins Zentrum.

Ich fand eine urige *pensione* zu einem mehr als vernünftigen Preis. Irgendein Wettlauf war in Gange, und auf den Straßen standen jede Menge Leute in Feierlaune, die die Zieleinläufer anfeuerten. Ich ging in eine Bar und bestellte ein Glas *fino*, was sie als *vino* interpretierten. Als klarwurde, dass ich in der falschen Region für Sherry war, orderte ich einen Rosé und ein

248

paar Spießchen und ließ mich in die spanische Stimmung fallen.

Ich fühlte mich gut und leicht philosophisch, wie ich so allein dasaß, vor mir ein Glas Wein, mehrere Zahnstocher mit Anchovis, Chilis und Oliven sowie ein Korb voll Brot. War es das, worum es ging? Angenommen, Zoes Talisman brachte tatsächlich Glück: Würde er mir Tag für Tag etwas in dieser Art bescheren, bis es an Bedeutung verlöre und ich nach Gewichtigerem suchte?

Satt und zufrieden, kehrte ich gegen elf in mein Zimmer zurück und dachte, dass es billiger gewesen wäre, die Flasche Wein am Anfang gleich als Ganzes zu kaufen, anstatt sie Glas für Glas leerzutrinken. Als ich mein Handy auf den Nachttisch legte, um es aufzuladen, sah ich, dass eine Reihe Nachrichten eingetroffen waren.

In der ersten stand alles, was ich wissen musste. Sie war von Julia. *Ruf mich umgehend an. Sarah ist verschwunden.*

47

ZOE

In Biriatou war ich körperlich und seelisch völlig fertig und so gut wie pleite. Obwohl es eine Reihe billiger Hotels gab, wollte ich meine letzten Reserven, die ich für die ersten *albergues* auf dem Camino brauchen würde, nicht ausgeben, bevor ich nicht ein paar Massagekunden gefunden hätte. Der Inhaber des kleinen Gemischtwarenladens war sehr verständnisvoll, als ich sagte, ich hätte mich verlaufen. Vielleicht dachte er auch, man hätte mich ausgeraubt. Ein Telefonat und einen kurzen Fußmarsch später stand ich vor meinen Schlafplatz in einer Scheune. Die Besitzer boten mir ihre Dusche und einen Becher heiße Schokolade an, was ich dankbar annahm, sowie ein Glas Likör, das ich ablehnte. Während ich in Todds Schlafsack wegdämmerte, dachte ich noch, dass ich so wenigstens niemandem Bettwanzen übertragen konnte – die ich wohl aber sowieso nicht hatte – und dass ich weder hungrig noch durstig war.

Am nächsten Tag besserte sich das Wetter ein wenig, aber meine Laune hob sich aus ganz anderem Grund: Vor mir lag das Meer. Ich hatte Hendaye erreicht und war nur noch eine kurze Bootsfahrt von Spanien entfernt.

Ich habe das Meer schon immer geliebt, vor allem, wenn es stürmisch und aufgewühlt ist. Ein wenig sehnte ich mich jetzt nach dieser Stimmung, um einen Grund zu haben, ihm etwas von meinem Ärger entgegenzuschleudern. Aber der Tag war mild und die See friedlich, und während ich mich auf die

250

Kaimauer stützte und über den Strand hinweg in Richtung meines Heimatlandes blickte, spürte ich, wie der Ärger in mir verrauchte. Ich wusste, dass, was auch immer Keith getan hatte, er mich oder die Mädchen niemals absichtlich hatte verletzen wollen.

Was mich betraf, so hatte auch ich nie die Absicht gehabt, ihn im Stich zu lassen. Wir waren in vielem so verschieden gewesen, dass ich am Ende nur noch zu einer langen Liste von Dingen zählte, um die er sich Sorgen gemacht hatte. Ich wunderte mich über sein Schweigen, wenn ich darauf bestand, den Fremdarbeitern in seiner Firma gute Löhne zu zahlen und seinen ausländischen Lieferanten faire Preise. Ich wollte, dass er fortschrittlich wäre, und er wollte geschäftstüchtig sein. Er versuchte beides, um meinetwillen, und schaffte am Ende keins davon. Ich nahm so vieles als selbstverständlich hin: dass er Abendessen besorgte, wenn ich zu gestresst war; seine ruhige Vernunft, die mir Halt gab, wenn meine halbwüchsigen Töchter mich bis aufs Blut reizten; und natürlich seine Ermutigung, meinen Träumen zu folgen, zumindest in der Form, wie er sie verstanden hatte.

Am Ende war es aber nicht das Meer, das mich aus dem dunklen Tal der letzten fünf Tage herausholte. Es war ein Schild mit dem Hinweis auf Eiscreme. In unseren Urlauben hatte Keith jeden Tag für die Mädchen und sich Eis gekauft, irgendeine ungesunde Mischung aus Schokolade und Fett und künstlichen Aromastoffen. Irgendwann gab ich immer nach und aß eins mit.

Ich kaufte mir also ein Eis, setzte mich mit nackten Füßen an den Strand, bohrte meine Zehen in den warmen Sand, leckte lächelnd an der Schokoglasur, die er immer am liebsten gemocht hatte, und feierte alles Gute, das uns beschert worden war.

MARTIN

Ich rief nicht Julia an sondern schrieb Sarah.

Alles okay?

Jep. KS. Ich brauchte eine halbe Minute, um es zu entschlüsseln: Keine Sorge.

Als die spontane Erleichterung versiegt war, merkte ich schuldbewusst, was übrig blieb: ein Gefühl der – selbstgefälligen – Zufriedenheit, das zumindest ein Elternteil wusste, was zu tun wäre. Leider war es nicht der Elternteil, mit dem Sarah tagtäglich zu tun hatte. Und wessen Schuld war das? Um nichts in der Welt hätte Julia das alleinige Sorgerecht an mich abgetreten, sofern dies die richtige Bezeichnung für die Beziehung zu einer mittlerweile demonstrativ unabhängigen und eigenwilligen Siebzehnjährigen war.

Wo bist du?

In Sicherheit. KS!

Schreib später mehr, okay?

Mal sehen.

Red mit deiner Mum. Sie macht sich Sorgen.

Red du mit ihr.

Und das war die wahre Botschaft, die sprichwörtliche Quintessenz. Ich vermutete, dass Sarah bei einer Freundin untergekommen war, nachdem sie sich entweder mit Julia oder diesem Studentenheini gestritten hatte. Ich setzte auf Ersteres. Aber so sauer ich auch auf Julia sein mochte, weil sie sich nicht ausreichend um unsere Tochter gekümmert und damit die Situation provoziert hatte, in der ich jetzt außen vor war, konnte ich sie doch nicht hängenlassen.

Ich schrieb: *Sarah in Sicherheit. KS.*

KS??

Keine Sorge.

Fick dich.

Na gut, in dieser Hinsicht hatte sich nichts geändert. Ich ließ das Handy eingeschaltet für den Fall, dass Sarah sich wieder meldete.

Mir blieb noch ein Tag, bevor ich in San Sebastián die Deutschen träfe, und ich beschloss, ihn in Hondarribia zu verbringen. Das Hotel war nett, und ich könnte noch jede Menge Tapas-Bars erkunden. Es regnete, ziemlich heftig sogar, also sprach auch der Wetterbericht dafür, meine Weiterreise um einen Tag zu verschieben. Aber was noch wichtiger war: Von hier aus könnte ich zu einer Zeit, die für Sarah passend wäre, erneut mit ihr skypen.

Ich nutzte die Reisepause, um eine Bremse zu basteln – eine simple Arretierung des Rades –, damit der Karren nicht mehr wegrollen könnte, und um zu demonstrieren, dass meine Erfahrungen auf dem Camino zu einem verbesserten Design beitrugen.

Abgesehen von der Situation mit Sarah schien die Magie der Muschel weiterhin zu wirken. Von Jonathan kam eine Mail, in der er um eine Kopie der Planzeichnungen meines Wagens bat. *Ich kann dir natürlich nichts versprechen, aber die Videoclips in den Pyrenäen waren ziemlich beeindruckend. Beim Militär suchen wir immer wieder nach kostengünstigen Lösungen für Orte, an denen wir die Verantwortung wieder an die Einheimischen zurückgeben wollen.*

Die Follower-Gemeinde meines Blogs wuchs weiter, wobei sich das Interesse mittlerweile mehr auf mich konzentrierte als auf den Karren. Offenbar sah die Mehrheit in mir einen Don-Qui-chotte-artigen Charakter, der sich einer Kraftprobe aussetzte – nicht unbedingt der Eindruck, den ich erwecken wollte.

Tolle Leistung! Schwer genug mit einem Rucksack, geschweige denn mit so einem Wagen.

Du musst inzwischen ganz schön fit sein, wenn du ständig dieses Monstrum hinter dir herziehst.

Wenn du das Ding nicht verkaufen kannst, kriegst du problemlos einen Job als Rikschamann in China.

Als Antwort postete ich, wie leicht der Wagen zu ziehen sei, hatte aber gleichzeitig vor Augen, wie flink und entspannt Zoe an unserem letzten gemeinsamen Tag neben mir hergelaufen war. Sie hatte es ohne Zweifel leichter gehabt. Allerdings hatte sie auch kein Zelt transportieren müssen.

Richard aus Tramayes hatte sich nach Zoe erkundigt, und ich erwiderte, sie sei auf dem Heimweg. Fünf Minuten später meldete sich Sarah über Skype.

Zoe ist nach Hause gefahren?

Ja. Was ist mit dir?

Geht's dir gut damit?

Natürlich. WIR WAREN NUR FREUNDE.

Waren?

Genug damit. Was ist mit dir?

Alles okay.

Wo bist du?

Freundin. Hast du's Mum gesagt?

Ja. Aber das hättest du tun sollen.

Hab ich. Gleich nachdem wir geschrieben hatten, wie befohlen.

Mist. Aber sie hatte bekommen, was sie wollte.

Wie geht's dem Ingenieur?

Aus.

Okay für dich?

Siehe oben.

Und? Fährst du wieder nach Hause?

Vielleicht. Und du?

Muss vorher noch ein bisschen wandern.

Viel Spaß. Hab dich lieb, Dad.

xxx

Tut mir leid wegen Zoe.

Tut mir leid wegen Ingenieur.

Anders als bei einer normalen Unterhaltung bleibt ein Dialog via Textnachrichten auf dem Bildschirm stehen und bettelt fast darum, noch einmal überflogen zu werden. Ich fand, ich hatte mich gut geschlagen: offene Kommunikation, keine Wertung, und mit meiner Erwiderung auf ihr »Tut mir leid« hatte ich mich emotional ein wenig geöffnet, ohne sie mit meinen Problemen zu behelligen. Allerdings war da diese eine deutliche, verdammt-warum-hab-ich-das-nicht-schon-eher-gesehen-schändliche Ausnahme.

xxx. Aber ich konnte es wiedergutmachen. Ich sollte endlich mal die drei Worte tippen.

Am nächsten Morgen hatte es aufgehört zu regnen, und ich machte mich auf den Weg nach San Sebastián. Es ging sechsundzwanzig steile, aber gleichmäßig ansteigende Kilometer bergan, mit Ausblick auf das Meer zu meiner Rechten. Entgegen meiner Blog-Behauptung war das Aufwärtsziehen des Karrens immer noch nicht schön, wobei es inzwischen normal für mich war, mich mit den Stöcken dabei so zu bewegen, dass ich nicht hintenüberkippte. Ich fragte mich, was Jonathans Tüftler wohl daraus machen würden. Ein sportlicher junger afghanischer Soldat würde bestimmt lieber mit einem Rucksack herumlaufen, aber vielleicht gäbe es einen Punkt, an dem das

Gewicht so groß wäre, dass sich der Einsatz eines Karrens lohnte, solange der Untergrund nicht zu steil wäre und den Benutzer umzukippen drohte.

Nachdem ich meinen Weg durch die Pyrenäen mühsam hatte suchen müssen, war die Überfülle an Wegweisern auf dem Camino fast eine Beleidigung. Merksteine mit aufgemalten Muschelsymbolen vermittelten mehr Beständigkeit als die aufgenagelten Schilder in Frankreich. Ergänzt wurden sie durch die grobgepinselten gelben Pfeile, die ich in Hondarribia für eine lokale Besonderheit gehalten hatte. Franzosen, und übrigens auch Engländer, hätten derart aufdringliche Schandmale nie in Erwägung gezogen. Der krasse Unterschied zwischen den Pfeilen und der hübschen ländlichen Umgebung drückte damit auch die zwei unterschiedlichen Haltungen aus, mit denen man den Jakobsweg wandern konnte: unter Kontemplation der Natur oder mit dem Fokus, Santiago zu erreichen. Der Weg oder das Ziel. Ich vermutete, dass meine Motivation eher zu den Pfeilen passte. Trotzdem gefielen sie mir nicht.

Dass ich mir um die Navigation keine Gedanken zu machen brauchte, passte mir ganz gut. Die Situation mit Sarah frustrierte mich; ihre frühen Teenagerjahre hatte sie gut bewältigt, aber jetzt, beim Übergang zum Erwachsenenalter und zum Studium, tat sie sich schwer. Und ich war nicht da. Dennoch war ich überzeugt, ihr die am wenigsten schlimme Option geboten zu haben. Besser, ich wäre gar nicht da, als dass sie sich in der vergifteten Beziehung zwischen Julia und mir für eine Seite entscheiden müsste.

Davon abgesehen, eröffneten ihr die neuesten Ereignisse allerdings die Möglichkeit, uns gegeneinander auszuspielen. Ich kam dabei ein bisschen besser weg, aber um mich ging es nicht. Eine einfache Lösung schien nicht in Sicht – außer der, die Kommunikation offenzuhalten. Und das Problem – *mein* Problem – mit den Abschiedskreuzchen zu lösen. Es war nicht so, dass ich sie nicht liebte. Im Gegenteil, es war zu schmerz-voll, mich mit meinen Gefühlen ihr gegenüber auseinander-zusetzen. Also ging es *doch* um mich. Und Sarah musste meine emotionale Unfähigkeit ausbaden. Während ein Regenschauer meine Brille benetzte und den Weg gefährlich rutschig machte, beschloss ich, mich beim nächsten Skypen meinem Problem zu stellen.

49

ZOE

Der spanische Camino war von Anfang an ganz anders. Die französischen Muschelzeichen tauchten kaum noch auf, stattdessen hatten die Anwohner – viele von ihnen zu unterschiedlichen Zeiten? – gelbe Pfeile gemalt. Kleine, große, ungleichmäßig und mit tropfender Farbe, auf Straßen, Pfählen und überall da, wo der Pinselnde sie für sichtbar hielt. Anscheinend stammt die Tradition von einem Priester, der Pfeile auf Bäume malte, um Pilgern zu helfen, ihren Weg außerhalb seines Ortes durch die Berge zu finden. Mir gefielen sie. Ihr schmissiger, naiver und leicht rebellischer Stil war ein schöner Kontrast zu den formellen Muschelzeichen auf Steinen.

Obwohl ein Teil von mir gern noch in Selbstmitleid gebadet hätte, konnte ich mir diesen Luxus nicht mehr leisten. Meine Fitness und meine Spanischkenntnisse erleichterten die Sache, aber ich musste mich meiner Situation stellen. Wäre ich Monsieur Chevaliers Rat gefolgt und den Camino Francés gegangen, hätte ich jede Menge Hostels gefunden sowie massenweise Pilger mit schmerzenden Muskeln, die ich hätte massieren können. Auf dem Camino del Norte gab es weniger Herbergen und auch weniger Pilger. Ich rechnete mir keine Chancen aus, mit meinen verbliebenen fünfzig Euro länger als ein paar Tage durchzuhalten. Das Schicksal und ich hatten unsere Verbindung gelöst.

Keith war der Meinung gewesen, er müsse sich um mich

kümmern, und ich dachte bei mir, wenn er mich tatsächlich von irgendeinem Ort aus beobachtete, wäre dies der Moment, in dem er sich gebraucht fühlen würde. Doch es war nicht finanzielle Unterstützung, die ich vermisste – das Haus, die Einrichtung oder ein imaginäres Bankguthaben. Ich sehnte mich nach einer warmen Umarmung in der Nacht, dem Lachen beim Zeitunglesen am Morgen und dem Gefühl, dass jemand mein Leben teilte.

Eine Woche vor seinem Tod war Keith einmal nach Hause gekommen, und ich war zu wütend gewesen, um ihm auch nur einen flüchtigen Begrüßungskuss zu geben.

»Ich kann nicht fassen, dass sie Fracking nicht verbieten wollen«, hatte ich geschimpft.

»Ich schon«, sagte Keith. »Es geht darum, eine Balance zu finden.«

»Zwischen was? Den Profiten der Gasgesellschaften und dem Überleben des Planeten?«

»Was soll ich deiner Meinung nach tun?«

Ich hatte nicht mehr geantwortet, und er war erst ins Bett gekommen, nachdem ich schon eingeschlafen war. Wie gern wäre ich jetzt in diesem Moment zurückgekehrt – um bei Keith zu bleiben.

Ganz früher hätte er mir in so einem Moment empfohlen, es nicht so schwer zu nehmen … mich dazu gebracht, eine Karikatur des Gouverneurs zu zeichnen, über die wir beide gelacht hätten. Ich konnte mich nicht erinnern, wann ich Keith das letzte Mal hatte lachen sehen. Alles wegen des Geldes. Hatte er vergessen, dass ich als alleinerziehende Mutter mit zwei Töchtern zurechtgekommen war … immer einen Weg gefunden hatte? Ich sagte mir selbst, dass ich es wieder schaffen würde.

Ich durchforstete mein Gedächtnis nach einem inspirierenden Zitat, aber alles, wo von Heilung die Rede war, fühlte sich zu banal an. Dann erinnerte ich mich an einen Ausspruch des

Malers Clifford Styll, und es passte: *Wie können wir leben und sterben und nie den Unterschied erkennen?*

Ich kam ein paar Tage zurecht: In einem Hostel durfte ich putzen, anstatt zu bezahlen, und ich verbrachte noch eine Nacht im Freien, unter meinem Poncho. Es ging weiterhin über Berge, doch ich nahm sie kaum noch wahr. Ob es am wärmeren Wetter oder effizienteren Wandern lag, weiß ich nicht, aber ich hatte nicht mehr ständig Hunger, was ich sehr begrüßte. Die gelben Pfeile führten mich durch San Sebastián, ohne dass ich zwischen all den Straßenschildern nach Muscheln suchen musste. Nur auf meine finanzielle Notlage fand ich keine Antwort.

Bis ich nach Gernika kam – dem Guernica von Picassos Gemälde. Auf meinem Weg in die Stadt staunte ich tief beeindruckt über die vielen Graffiti, die an den Wänden prangten. Ich genoss den Anblick der Malereien mit einer Mischung aus Bewunderung und Neid. Es steckte alles darin, was meine Kunst nie ausgedrückt hatte: Kühnheit und Wut, Scharfsinn und Innovation. Ich dachte an all die Kunstseminare, die ich auf dem College besucht, und jene, zu denen Keith mich gedrängt hatte, und ich fühlte mich ganz klein, weil diese Künstler hier einfach losgelegt und das getan hatten, was sie hatten tun müssen. Meine behutsame Linienführung und mühsame Wiedergabe von Landschaften boten für solch einen Ansatz keine Grundlage. Weil ich kein Talent hatte. Oder eher: keinen Schneid. Außer, wenn ich Cartoons zeichnete.

Den ganzen Weg bis Bilbao ließ ich meine Gedanken schmoren.

»Jeder kann so einen Scheiß zeichnen«, hatte mein Vater gesagt.

»Es ist despektierlich.« Meine Mutter.

»Das ist keine Kunst.« All meine Lehrer auf dem College – wäre ich mutig genug gewesen, ihnen etwas zu zeigen. Was nicht der Fall gewesen war.

»Das ist toll, mein Schatz.« Keith.

»Kannst du ein Bild für meine Lehrerin malen?« Tessa.

»Kannst du ein Bild *von* meiner Lehrerin malen?« Lauren.

Richard und Nicole hatten sie an die Wand gehängt und auf ihre Webseite gestellt. Die Amerikaner in Saint-Jean-Pied-de-Port hatten Karikaturen von sich selbst bestellt.

Viele Leute konnten Cartoons zeichnen. Was also könnte ich anders machen? So, dass die Leute dafür bezahlten?

50

MARTIN

San Sebastián hat den Ruf, einen Besuch zu lohnen: Es ist das Zentrum der baskischen Kultur, liegt an einer wunderschönen Bucht am Golf von Biskaya und hat mehr Michelinsterne pro Einwohner als jede andere Stadt auf der Welt. Für den einsamen Wanderer waren seine Vorzüge weniger offensichtlich. Es war größer als alle französischen Städte auf meinem bisherigen Weg, und bis ins Zentrum musste ich etliche Vororte durchqueren. Ich hatte schon etwas Erfahrung damit, in Camper-Outfit samt meinem Karren in eine Hotelhalle zu marschieren, aber das Hotel *Maria Cristina* mit seinem riesigen Marmorfoyer war noch eine Nummer nobler. Um fair zu sein: Man behandelte mich, als wäre ich in Anzug und Krawatte erschienen, und führte mich in ein Zimmer, das in Einklang mit dem opulenten Ambiente des Hauses stand. Die Deutschen hatten zwei Nächte für mich gebucht und die Nachricht hinterlassen, sie würden sich am folgenden Tag um 15 Uhr bei mir melden und den Wagen inspizieren.

Ich surfte eine Weile im Internet und recherchierte zur Ruta del Costa. Ich hatte keine Lust auf Städte oder überfüllte Strände, aber wie es aussah, müsste ich mich an eine urbanere Umgebung gewöhnen. Die Informationen im Netz zum nördlichen Camino waren einen Tick realistischer als in meinem Reiseführer, der mir meilenweite einsame Sandlandschaften versprochen hatte. Dies war Spanien. Mitnichten die Costa del

Sol, aber dennoch Meeresküste, wo an jedem verfügbaren Aussichtspunkt Hotelanlagen standen und die Autobahn über weite Strecken parallel zum Meer verlief.

Als ich losging, um für das Abendessen eine Tapas-Bar zu suchen, hörte ich um mich herum viel Spanisch mit englischem und amerikanischem Akzent. Es war noch früh, und die Spanier essen bekanntermaßen erst spät zu Abend, aber ich fühlte mich mehr als Tourist denn als Pilger.

Am nächsten Tag putzte ich den Karren vor seiner Begutachtung noch gründlich, aktualisierte meinen Blog und verbrachte die übrige Wartezeit erneut im Internet. Von Sarah kam kein Piep.

Die Deutschen handelten ihrem nationalen Stereotyp zuwider und klopften mit zwei Stunden Verspätung an meine Tür. Sie waren zu viert, alles Männer mittleren Alters in Anzügen. Sie stellten sich vor, entschuldigten sich für ihr Zuspätkommen, und dann blieben drei von ihnen abwartend stehen, während der vierte den Wagen inspizierte. Nach nicht einmal drei Minuten war er fertig.

»Danke«, sagte einer der anderen auf Englisch. Wir gaben uns die Hand, und sie verschwanden wieder. Jemand Jüngeres hätte dazu wohl *WTF* getextet. Hatten sie etwas gefunden, das ihnen nicht gefallen hatte, und sahen nun keinen Sinn mehr darin, die Sache weiterzuverfolgen? Oder hatten sie das Ding nur mit eigenen Augen sehen wollen, da meine Webseite ohnehin alle Details lieferte? War ich dafür die 135 Kilometer von Saint-Jean-Pied-de-Port bis hierher gelaufen?

Offenbar nicht. Eine Stunde später kam folgende Textnachricht: *Bitte begleiten Sie uns doch zum Abendessen ins Restaurant Arzak. Wir treffen uns um 21 Uhr in der Lobby.*

Falls die Wahl des Lokals auf die Dicke ihrer Brieftaschen schließen ließe, sah es gut aus. Meine kurze Recherche ergab, dass wir in einem der zehn besten Restaurants der Welt speisen würden. Ich in meiner Ersatz-Wanderhose. Es sei denn, ich wollte sie mit dem blauen Kleid überraschen. Kurzentschlossen machte ich mich auf den Weg und kaufte eine gute Hose. Mein Strickpulli musste jedoch reichen.

Zum Lokal fuhren wir mit dem Taxi – das erste Mal seit zwei Monaten, dass ich wieder in einem Auto saß. Es kam mir wie Betrug vor, obwohl ich ja nicht auf dem Camino unterwegs war.

Ein kurzer Blick in die Reservierungsliste, und wir wurden begrüßt, zum Tisch geführt und mit Manzanilla Sherry und Anchovis auf Erdbeeren versorgt. Mein Outfit schien nicht weiter problematisch.

Das Essen war vorzüglich, und mir wurde großzügig Alkohol nachgeschenkt. Ich bemühte mich, mir den Wein schmecken zu lassen, aber meine Urteilsfähigkeit nicht zu gefährden. Mir fiel Anders' Warnung wieder ein – diese Leute hatten Wichtigeres vor, als nur ihre Spesen in die Höhe zu treiben.

Während uns peu à peu das Degustationsmenü kredenzt wurde, parlierten wir über das Essen und meinen Weg. Ich war mir ziemlich sicher, wie Monsieur Chevalier diese Gourmet-Version eines Pilgermahls beurteilt hätte.

Beim Kaffee wurde schlagartig das Thema gewechselt. »Also, Dr. Eden … Wir sind bereit, das Design für Ihren Wagen zu kaufen, jetzt sofort, für siebentausendfünfhundert Euro. Das Angebot steht, bis die Rechnung kommt.« Der Mann, der hier offenbar das Sagen hatte, lächelte und gab dem Ober ein Zeichen.

Ein Spiel dieser Art hatte ich nicht erwartet. Ehrlich gesagt, fand ich es ziemlich kindisch. Aber wie auch immer: Das Angebot war nicht das, was ich wollte. Es war eine einmalige Zahlung ohne Aussicht auf Beteiligungen, und so hatte ich es mir nicht vorgestellt. Für einen beruflichen Neuanfang reichte es nicht mal annähernd.

Der Ober näherte sich mit dem Rechnungstablett. Fast hätte

ich schon »nein« gesagt, als er aus irgendeinem Grund wieder kehrtmachte und mir erneut Bedenkzeit verschaffte.

In ihrem Angebot steckte eine gewisse Logik. Es war der Vorschlag, »mit etwas Vorzeigbarem nach Hause zurückzukehren«. Meine Reise wäre bezahlt, und ich hätte ein bisschen Kleingeld übrig. Zudem würde ich in gewisser Hinsicht mein Gesicht wahren. Ich hatte wieder das Bild vor Augen, wie Zoe neben meinem Karren hersprang. Die Deutschen gingen ein Risiko ein und boten mir eine brauchbare Option. Schon morgen könnte ich wieder im Zug nach Cluny sitzen. Besser noch: Ich könnte zurück nach England fahren, Sarah sehen und mir etwas Neues ausdenken. Ich könnte Zoe ausfindig machen.

Der letzte Gedanke war es dann, der sich vor die anderen schob und die Entscheidung begünstigte. Ich würde mich nicht von einer Ferienromanze beeinflussen lassen, die keine war. Als der Ober die Rechnung auf den Tisch legte, sagte ich nichts.

Meine Gastgeber lächelten, und das Angebot wurde nicht mehr erwähnt. Am nächsten Morgen öffnete ich eine E-Mail, in der sie ihr Angebot wiederholten und es bis eine Woche vor Messebeginn verlängerten. Ich bedankte mich und schrieb, ich werde es weiter in Erwägung ziehen. Und in der Zwischenzeit weiterwandern.

51

ZOE

Ich kaufte Papier und Stifte, setzte mich vor das Guggenheim-Museum in Bilbao – das mir zu anderer Zeit den ganzen Tag lang Beschäftigung verschafft hätte – und begann zu zeichnen.

Einige Touristen blieben stehen und sagten etwas. Ich antwortete nicht, lächelte aber. Glaube ich. Ich war hochkonzentriert. Ein Spanier setzte sich daneben.

»Sie sind gut«, sagte er auf Englisch.

»*Gracias.*« Ich zeichnete weiter.

»Sie malen ja wie … in Rage.«

Ich *war* in Rage. Ich antwortete auf Spanisch, und er erzählte, er habe immer schon solche Bilder malen wollen, müsse stattdessen aber im Hotel seiner Familie arbeiten. Wie es aussah, würde er so schnell nicht wieder weggehen. Ich musterte ihn. Er war älter als ich, etwas stämmig, mit grauen Strähnen im dichten schwarzen Haar.

»Hat Ihr Hotel einen Office-Bereich?«, erkundigte ich mich.

Vor ein paar Wochen hätte ich gesagt, das Schicksal habe ihn mir geschickt. Jetzt dachte ich, wenn er *mich* nicht gefunden hätte, hätte ich *ihn* gefunden. *Si*, das Hotel habe ein Office für Gäste, und als ich ihm erzählte, was ich vorhatte, war er ganz begeistert.

»Wenn Sie berühmt sind, erwähnen Sie mich aber in Ihrer Autobiographie, ja?«

Office-Bereich war ein wenig übertrieben, aber es gab einen

266

Computer und einen Scanner. Ich beantwortete ein paar Mails von Freunden, denen ich per Kopierfunktion eine kurze Zusammenfassung meiner Reise schickte samt dem Versprechen, Mitte Mai wieder zu Hause zu sein.

Längere E-Mails von Lauren und Tessa: Zwischen den Zeilen las ich, dass es beiden zwar gutging, sie sich jedoch keinen Reim auf mich machen konnten. Ich stellte mir vor, wie Tessa sagte: »Wahrscheinlich hat sie einen Guru gefunden«, und Lauren im Internet nach verrückten Sekten in Spanien suchte, die mich eingefangen haben könnten. Ich versicherte ihnen mit knappen Worten, ich käme klar.

Dann entdeckte ich eine wunderbare Nachricht von meinem Reisebüro: Meine dortige Betreuerin stellte in ganzen drei Absätzen sicher, dass mir ja bewusst wäre, welches Wunder sie für mich vollbracht hatte: Ich sei jetzt für den Abend des 13. Mai auf einen Flug von Santiago de Compostela nach L. A. gebucht, über Paris und New York, aber »dieses Ticket ist weder erstattungsfähig noch umtauschbar. Bitte bestätigen Sie den Erhalt dieser E-Mail.« Mein Visum wäre danach ohnehin abgelaufen. Und wenn ich mir einer Sache sicher war, dann, dass ich die läppischen zweihundertfünfzig Meilen, die ich noch vor mir hatte, schaffen würde. Der Ticketwechsel hatte allerdings zweihundert Dollar gekostet, die ich in der kommenden Woche bezahlen musste.

Ich brauchte drei Stunden, um meinen Cartoon einzuscannen, einen entsprechenden Artikel zu verfassen und das Ganze an jede amerikanische Zeitung und Zeitschrift mit Reise-Ressort zu schicken, deren Mailadresse ich ausfindig machen konnte.

Der Cartoon zeigte Martin (beziehungsweise eine hinreichend verfremdete Version) mit seinem Karren, wie er eine Reihe geschnürter »Sündenbündel« begutachtete. Welches davon würde er mitnehmen?

Ich gab der vorgeschlagenen Serie nach John Bunyans Klassiker den Titel *Die Pilgerreise*. Der erste Teil – *Der Pèlerin bricht auf* – würde in Frankreich spielen, der zweite – *Der Peregrino geht weiter* – in Spanien. »Es besteht ein großes Interesse am Camino«, schrieb ich dazu, »aber ich möchte eine eigene, ganz spezielle Perspektive wählen und eher alternative, weniger bekannte Routen vorstellen.« Ich stellte mir mich selbst vor einem Jahr vor, wie ich an einem Wochenende durch die Zeitung geblättert und zu Keith gesagt hätte: »Hast du schon mal was vom Camino gehört? Anscheinend gibt es sogar mehr als einen.« Ich wünschte, er wäre hier und könnte sehen, wie ich eine »eigene, ganz spezielle Perspektive« vorschlage.

Ich hatte keine Ahnung, wie lange ich auf Antwort warten müsste – oder ob überhaupt eine käme. Angestellte traditioneller Medien wurden inzwischen reihenweise arbeitslos. Wenn mich in früheren Zeiten nicht schon meine Unsicherheit abgehalten hätte, dann mit Sicherheit dieses Wissen. Jetzt hingegen war ich fest entschlossen und würde ein Nein nicht gelten lassen.

Ich spazierte eine Weile durch die Stadt. Um sechs hielt ich es nicht länger aus und kehrte ins Hotel zurück, um meine Mails zu checken. An der Westküste war es neun Uhr morgens, an der Ostküste jedoch schon Mittag.

Ich hatte zweiunddreißig Mails abgeschickt und vier Antworten erhalten, einschließlich einer Fehlermeldung: Der *Tucson Travel Weekly* war offenbar nicht mehr im Geschäft. Die *New York Times* gab eine standardisierte Antwort: Bitte rufen Sie nicht an, wir rufen Sie an. Der *Indianapolis Star* schrieb, sie würden die Anfrage an ihren Reise-Redakteur weiterleiten.

Die vierte Mail kam vom *San Francisco Chronicle* und war gerade mal fünf Minuten alt. *Nach so etwas suchen wir schon lange*, schrieb Stephanie, die Redakteurin des Reise-Ressorts. *Mir gefällt Ihr Humor und die klare Lesbarkeit Ihrer Figur, von der ich gern noch mehr sehen würde. Am besten, wir telefonieren einmal.*

»Sorg dafür, dass du das Recht an den Originalen behältst«, hörte ich hinter mir Martins Stimme.

52

MARTIN

Ich verbrachte eine Woche in spanischen Touristenorten mit Fischrestaurants und gewöhnte mich daran. Das Essen war hervorragend, die Pensionszimmer tadellos und der Wein gut.

Das Wandern dazwischen bot, auch wenn die Gegend allgemein weniger ländlich war, ebenfalls einen gewissen Reiz: spektakuläre Ausblicke auf das tiefer liegende Meer, gelegentlich sogar Strecken am Wasser entlang, verfallene Befestigungsanlagen. Die Abschnitte neben der Autobahn waren nicht so schön, aber auch die brachte ich Meile um Meile hinter mich.

Die Spanier nehmen ihre Hauptmahlzeit zur Mitte des Nachmittags ein, was normalerweise genau die Zeit war, in der ich mein jeweiliges Ziel erreichte, aber da ich eine lebenslange Gewohnheit nicht ändern wollte, hielt ich an meinem Abendessen fest. In den kleineren, familienbetriebenen Lokalen war man jederzeit bereit, etwas zu kochen, wenn ich freundlich darum bat. Fernab der Großstadt San Sebastián gab es natürlich weniger Auswahl. Im Baskenland gab es meistens Tapas auf Brot, und eine Kombination mit Oliven, Paprika und Anchovis war fast unumgänglich. Morgens lief ich die ersten zwei oder drei Meilen mit nichts als Kaffee im Bauch und machte dann bei einer Tortilla mit frisch gepresstem Orangensaft Pause. An warmen Tagen gönnte ich mir vor der letzten Etappe jeweils ein Eis – ein Verwöhnritual noch aus Kindheitstagen, das ich mir bei der vielen Bewegung durchaus erlauben konnte.

Während ich entlang der spanischen Nordküste den gelben Pfeilen folgte und immer mehr Tage und Meilen hinter mich brachte, hatte ich drei Probleme zu überdenken.

Das erste war das Angebot der Deutschen. Ich wollte mich auf keinen Fall unter Wert verkaufen. Wenn sie jetzt den Betrag zu zahlen bereit waren, bestand kein Grund, weshalb sie das auf der Messe nicht auch tun sollten, Taktik hin oder her. Der chinesische Hersteller und Jonathans Militärleute wären ebenfalls noch eine Option. Vom französischen Großhändler hatte ich seit seiner Antwort auf meine erste Anfrage nichts gehört.

Das zweite und wichtigste Problem war Sarah. Sie war verstummt. Keine Reaktion auf meine Skype-Nachrichten oder SMS, bis auf eine. Nach meinem *Alles okay?* kam ein einziges Wort: *Jep.*

Drittens: Zoe. Sollte ich versuchen, sie ausfindig zu machen? Und wenn ja, wann?

Dann betrat ich mein Hotel in Bilbao, und plötzlich saß sie da: in einem übergroßen Kapuzenpulli der Chicago Bulls vor einem Computerbildschirm mit einem Cartoon, auf dem ich abgebildet war.

Ich war mir nicht sicher, was mich mehr überraschte: Zoe, die einen Ozean hätte entfernt sein müssen, oder mein gezeichnetes Ich, das mir (wahrscheinlich mit Absicht) nicht besonders ähnlich sah. Außer, dass ihr gelungen war, etwas einzufangen, das ich erst jetzt beim Betrachten erkannte: ein Mann, der alle Möglichkeiten vor sich hatte, jedoch zauderte und nicht so recht in der Lage war, das Jetzt zu genießen.

Sie unterbrach meine Überlegungen, wie andere – oder zumindest *eine* andere – mich wahrnahmen, indem sie aufstand und mich fest umarmte, genau wie am Abend bei den Geizbriten in Frankreich. »O Gott … Es tut mir ja so leid!«

Ich hatte mich lange schon damit abgefunden, was in Saint-

Jean-Pied-de-Port passiert war. »Ich bin derjenige, der … Oder meinst du den Cartoon?«

»Es geht nur um deinen Karren. Der Typ soll nicht aussehen wie du. Kein Bart. Hör mal, das ist jetzt ziemlich unhöflich, aber ich muss auf diese E-Mail antworten. Danach würde ich dir gern einiges erklären.«

»Ich lade dich zum Essen ein.«

»Du musst aber nicht für mich bezahlen …«

»Warst du schon im Guggenheim? Das könnten wir vorher besuchen. In einer halben Stunde?«

Wir trafen uns im Foyer. Sie trug eine Trekking-Hose und ein schlabbriges T-Shirt, das ihr über eine Schulter gerutscht und an der Hüfte geknotet war.

»Ich hab all meine Sachen in Saint-Jean-Pied-de-Port verloren. Irgendwas Feines kannst du also vergessen.«

»Ich war in einem der besten Restaurants der Welt, in mehr oder weniger dem, was ich gerade anhabe. Du siehst toll aus.«

Wir standen vor Frank Gehrys spektakulärem Gebäude mit seinen unregelmäßigen Wellen, Bögen und Kurven aus Glas, Titan und Kalkstein, die das Licht einfingen und in das Bauwerk integrierten. Plötzlich zögerte Zoe. »Was hältst du davon?«, fragte sie.

»Was weißt du über moderne Architektur?« Ich wollte niemanden belehren, der Kunst studiert hatte. Vielleicht hatte sie ihre Diplomarbeit über Dekonstruktivismus und Expressionismus geschrieben?

»Null.«

Ich erzählte ihr etwas über die Ideen, die diesem Stil zugrunde liegen, was ich gut an dem Gebäude vor uns veranschaulichen konnte. Ich ließ mir Zeit. Ich hatte das Gefühl, dass sie unsicher war, ob sie hineingehen sollte. Möglicherweise war es ihr unangenehm, hier als Expertin zu gelten und dann eine Form von Kunst erklären zu müssen, die ihr nicht lag.

»Du genießt das, oder?«, meinte sie. »Nicht nur die Architektur, sondern auch, darüber zu reden.«

»Gut beobachtet.«

»Warum bist du dann kein Architekt?«

»Das habe ich dir in der Kirche in Estaing schon gesagt. Ich habe ein Stipendium für Ingenieurswesen bekommen. Ich war sehr dankbar, überhaupt studieren zu können.«

»Wie alt warst du da?«

»Einundzwanzig. Ich hatte schon zwei Jahre gearbeitet.«

»Und du willst dich für den Rest deines Lebens über eine Entscheidung von damals definieren?«

»Ich komme klar. Ich unterrichte Design-Theorie, die stark mit Architektur in Verbindung steht – nur eben als Ingenieur. Beziehungsweise: ich *habe* das unterrichtet. Und jetzt fragst du, warum ich kein Architekt mehr werde. Ich bin zweiundfünfzig.«

»Ich bin fünfundvierzig. Und habe *heute* vielleicht meinen ersten Job als bildende Künstlerin bekommen … was ich mein ganzes Leben lang sein wollte. Was machst du als Nächstes? Ich schätze, du wirst nicht den Rest deines Lebens darauf verwenden wollen, deinen Karren zu verbessern.«

»Willst du die Wahrheit wissen? Viel weiter habe ich noch nicht gedacht. Wie lange geht dein Cartoon-Job?«

»Keine Ahnung. Also stehen wir beide in der Mitte unseres Lebens vor einem Neuanfang. Werden wir mutig sein oder einfach wieder das machen, was wir immer gemacht haben?«

»Im Moment müssen wir eine weitaus wichtigere Entscheidung treffen.« Ich deutete zum Museum. »Auf dem Schild steht, dass sie um acht schließen. Es ist spät, aber ich denke, es ist unsere letzte Chance.«

53

ZOE

Als ich mich am Vormittag mit meinem Zeichenblock vor das Guggenheim gesetzt hatte, war ich einer Mission gefolgt und hatte vor Ideen nur so gesprüht. Ich war zu beschäftigt gewesen, um über einen Besuch nachzudenken. Jetzt merkte ich, dass noch mehr dahintersteckte. Ich war ein Wanderer auf dem Weg, kein Künstler auf einer Bildungsreise durch die Gemäldegalerien Europas. In den Kirchen von Estaing oder Conques hatte ich dieses Gefühl nicht gehabt, sie waren dort Teil des Camino gewesen. Aber wenn ich durch eine moderne Stadt lief, ihre Schaufenster musterte und ihre Technologie nutzte, schien es mir, als würde ich vom Weg abkommen.

Zum Glück gab Martin mir einen Schubs. Nach seinem kleinen Vortrag über die Architektur des Gebäudes wollte ich zeigen, dass auch ich etwas wusste. Na toll. Nachdem mich der Weg erst in eine Unternehmerin verwandelt hatte, weckte er jetzt meinen Egoismus und mein Wettbewerbsdenken.

Doch aus welchem Grund auch immer – ich kam eine Stunde lang in den Genuss wunderbarer Kunst. Und ich hatte den perfekten Begleiter für den Besuch gerade dieses Museums, das für sein Zusammenspiel von Architektur und Kunst berühmt ist.

Vor einem riesigen Gemälde von Clyfford Still, mit kräftigen Farben in stalagmitischen Formationen, machte Martin übertriebene Verrenkungen, um es aus jedem erdenklichen Winkel zu betrachten. Fehlte nur, dass er sich auf den Kopf stellte!

»Hör auf«, sagte ich. »Geh und such dir ein paar alte Meister, wenn dich das nicht interessiert.«

»Erzähl mir was darüber.«

Im Still-Museum in Denver hatte ich schon Bilder von Still gesehen. Ich wusste nicht, inwieweit sich Martin mit moderner Kunst auskannte, aber ich dachte, nach einem Still könnte er Rothko und Kline besser einordnen.

»Still gilt als erster Maler des Abstrakten Expressionismus«, erklärte ich. »Ein Amerikaner.« Martin hörte ernst und aufmerksam zu. »Im Gegensatz zu den Künstlern nach ihm sind die Farbflächen auf seinen Bildern nicht gleichmäßig angeordnet. Farbe ausgebreitet auf Leinwand … er wollte, dass Farbe, Beschaffenheit und Bild zu einer Einheit verschmelzen.«

Ich suchte einen Rothko.

»Hier braucht man den Kopf nicht weiter zu drehen«, meinte Martin.

»Das Bild ist schwieriger, das gebe ich zu.« *Sinnlich*, hatte mein russischstämmiger Kunstlehrer gesagt. Wie heute Martin, hatte ich mich damals sehr anstrengen müssen, etwas aus den viereckigen Farbflächen herauszulesen.

»Tatsächlich ist es so«, gestand ich Martin, »dass ich Rothkos Kunst jahrelang als viel zu kurzlebig empfunden habe. Georgia O'Keeffe hat mir besser gefallen. Verständliche und aussagekräftige Farben und Motive.« Als Studentin, damals in St. Louis, hatte ich ihr Werk geliebt – und mich wieder davon distanziert, als ich versuchte, mich weiterzuentwickeln. Mir fiel spontan eine Aussage von ihr ein, die mich aufs Neue inspirierte: In ihrem Leben habe sie ständig schreckliche Angst gehabt, aber die habe sie nie davon abgehalten, das zu tun, was sie wollte.

»Die Blumen oder die Vaginas?«, fragte Martin.

»Warum sehen Männer überall nur Sex?« Aber ich bezweifelte, dass Keith so viel über O'Keeffes Arbeit gewusst hätte – falls sie ihm überhaupt ein Begriff gewesen wäre.

»Willst du darauf wirklich eine Antwort?«

»Tatsächlich denke ich, dass viel Unbewusstes in ihre Bilder eingeflossen ist. Was sie umso wirkungsvoller macht.«

»Und diese Rechtecke?« Martin betrachtete wieder den Rothko.

»Spirituell. Agonie und Ekstase, ohne religiöse Symbole. Wobei er durchaus religiös war – er hat eine Menge sakraler Kunst für seine Kapelle gesammelt. Er war …« Ich sah auf das Gemälde *Wände aus Licht*, in Gelb und Rot. »Es scheint zu schweben, findest du nicht? Als würden wir auf eine Landschaft gucken, und trotzdem …« Verglichen mit den Reproduktionen, die ich aus Kunstführern kannte, verliehen Größe und Ausstrahlung dem Bild im Original eine Wirkung, wie sie der über den Tod sinnierende Künstler vermutlich beabsichtigt hatte. Für mich zeigte das Gemälde in diesem Moment keine Landschaft, sondern den Blick über den Horizont in eine andere Welt. Rothko hatte Selbstmord begangen. Dort, in der Ferne, lag die Welt, in der er – und Keith – jetzt weilten.

Martin betrachtete das Bild eingehend, nicht, weil er sich anstrengen musste, etwas darin zu erkennen, sondern weil es ihm etwas vermittelte.

Als es auf acht Uhr zuging, wiesen uns die Museumswärter Richtung Ausgang.

»Wir könnten morgen früh noch einmal herkommen«, sagte Martin.

»Das könnten wir, aber dann komme ich vielleicht nie nach Santiago. Und kann keine Cartoons mehr zeichnen. Ich bin jetzt professionelle Künstlerin, denk dran.«

Ja, das war ich. Zum ersten Mal in meinem Leben. Eine echte Künstlerin – Cartoonistin – und Autorin, die von ihrer Kunst lebte (na ja!). Und drei Viertel einer Tausend-Meilen-Wanderung hinter sich hatte. Und Witwe war. Noch vor drei Monaten hätte ich mir nichts davon vorstellen können. Und gleich würde ich mit einem britischen Ingenieur-Erfinder-Abenteurer mit süffisantem Harrison-Ford-Grinsen, mit dem ich gerade zwei Stunden lang im Guggenheim-Museum über Kunst und Architektur diskutiert hatte, essen gehen. Zu einem … jawohl: einem Date!

54

MARTIN

Meiner Meinung nach hatte ich es geschafft, Zoe zum Essen einzuladen, ohne dass es den Anstrich eines romantischen Dates hatte. Ich tastete mich vorsichtig an sie heran und war nicht erpicht auf eine Wiederholung der Ereignisse in Saint-Jean-Pied-de-Port.

Es war ja auch nicht so, als würden wir zum ersten Mal zusammen essen gehen. Allerdings ist Bilbao eine richtige Stadt, die größte auf dem Camino del Norte, und das Restaurant hier war Welten von dem entfernt, woran wir uns im ländlichen Frankreich gewöhnt hatten: schick und trendy, mit kleinen Tischen und Barhockern und einer Glasvitrine, in der alle erhältlichen Tapas ausgestellt waren, wobei der Schwerpunkt auf Fisch, Meeresfrüchten und Gemüse lag. Für einen Pilgerweg fühlte es sich unpassend an, vielleicht sogar ein wenig irritierend, aber San Sebastián hatte mich auf so etwas schon vorbereitet. Und Zoes Lächeln bestätigte, dass ich eine gute Wahl getroffen hatte.

Während sich das Lokal mit Einheimischen füllte – jungen Leuten, die nach der Arbeit noch auf einen Drink gingen –, konnten wir einen Tisch für zwei ergattern.

Als zwei Gläser Rosé und eine Auswahl Tapas zwischen uns standen, sah ich sie auffordernd an. »Leg los.«

»Du zuerst.«

»Nein, du. Ich bin derjenige, der von Anfang an nach Santiago wollte.«

Sie brachte mich auf den neuesten Stand, vom Skype-Telefonat mit ihrer Tochter über die Woche durch die Wildnis der Pyrenäen bis hin zur E-Mail des *Chronicle*. Wahrscheinlich hätte sie sich während des gesamten Essens dafür entschuldigt, dass sie mich in Saint-Jean-Pied-de-Port hatte sitzenlassen, hätte ich es nicht mit ehrlich empfundenem Gleichmut abgetan: »Du meine Güte – ich fand das auch ohne deine neue Erkenntnis zu Keith absolut nachvollziehbar.«

Über ihre finanzielle Situation sagte Zoe nichts, aber ich konnte es mir denken. Sie hatte ein anderes Oberteil angezogen, doch die Hose war dieselbe. Dass ihr Mann offenbar Selbstmord begangen hatte, hatte sie schwer getroffen, und sie war immer noch damit beschäftigt, es zu verarbeiten.

»Ich habe ihn hängenlassen«, sagte sie. »Wäre ich für ihn da gewesen, wäre er vielleicht noch am Leben.«

»Denkst du, darum ging es? Wie viel Unterstützung du ihm gegeben hast? Hat das den Ausschlag gegeben?«

»Wahrscheinlich nicht. Aber ich hätte die Zeichen erkennen müssen.«

»Er hätte auch mit dir reden können. So etwas geht immer in beide Richtungen. *Falls* es das war, was passiert ist. Falls es kein Unfall war. Du weißt es nicht. Du kannst es nicht wissen.«

Sie atmete tief durch. »Sein Geschäft lief nicht gut. Er hatte eine Lebensversicherung abgeschlossen. *Sehr* hoch.«

»Das heißt nicht, dass er seinen Tod geplant hat. Er hatte Geldprobleme? Es hätte als Möglichkeit gedacht sein können, euch abzusichern, *falls* etwas passiert. Ein positiver Schritt in einer Zeit, in der er nach Lösungen suchte. Das heißt, ihm ging so einiges durch den Kopf … vielleicht war er, als er den Unfall hatte, nur abgelenkt.«

Ich sah, dass sie es glauben wollte – aber nicht konnte. »Je mehr ich darüber nachdenke, desto mehr scheint mir, dass alle Zeichen da waren. Ich hätte … etwas tun müssen.«

»Das soll jetzt nicht hart klingen, aber jeder von uns ist für sich selbst verantwortlich. Wir treffen unsere eigenen Entscheidungen.« Es hatte Momente gegeben, in denen auch ich darüber nachgedacht hatte – eher phantasiert, als realistisch überlegt –, allem ein Ende zu setzen, und das aus dem denkbar schlimmsten Grund: um mich an Julia zu rächen. Die dann mit Recht wütend auf mich hätte sein dürfen. »Wenn du glaubst, dass es kein Unfall war, dann muss bei all deinem Schmerz auch ein bisschen Wut dabei sein.«

Sie trank einen Schluck Wein und probierte die Garnelen mit Paprika. Dann nickte sie bedächtig. »Du hast recht. Ich war mächtig wütend auf das Universum, auf mich selbst … eine Weile auch auf meine Mutter … nach all den Jahren.« Sie hielt inne, und ich beließ es dabei.

»Noch was anderes«, sagte sie dann. »Du weißt doch sicher noch, dass ich gesagt habe, ich hätte meiner Mutter vergeben, oder? In Conques? Ich habe mich gefragt, was passiert wäre, wenn ich ihr damals schon vergeben hätte – als sie im Sterben lag. Vielleicht wäre es ihr egal gewesen, aber ich hätte es zumindest versuchen können.«

»Das ist schon sehr schwierig … jemandem zu vergeben, der im Unrecht ist.«

Sie lachte laut auf. »Gerade darum geht es bei Vergebung doch … Jedenfalls, danke fürs Zuhören. Für dein Verständnis.«

»Ich wünschte, du hättest mir schon in Saint-Jean-Pied-de-Port Gelegenheit dazu gegeben«, erwiderte ich. »Aber jetzt hat das Schicksal uns ja doch wieder zusammengeführt. Nicht nur, dass du beschlossen hast weiterzuwandern, sondern dass wir auch beide die nördliche Route genommen haben … und dann heute …«

Sie lachte wieder. »Es war schön, jemanden zum Reden zu haben.«

»Sollen wir morgen zusammen weitergehen?«

»Danke, aber ich glaube, ich sollte noch einen Tag länger hier-
bleiben … einige neue Cartoons zeichnen …«

»Ich warte auf dich, wenn du willst.«

»Danke. Aber … ich halte das für keine gute Idee. Es war
schön, in Frankreich mit dir zu wandern, nur habe ich da nicht
über all das nachgedacht, über das ich hätte nachdenken sollen.«

»Ich kann auch still sein.«

»Das bist du sowieso die meiste Zeit, und darum geht es nicht.
Ich muss unabhängig bleiben, aber wenn ich mit dir gehe …«
Sie machte eine kreisende Handbewegung. »Fünf-Sterne-Loka-
le jeden Abend.«

»Bei Restaurants gibt es nur drei Sterne.«

»Wie auch immer. Ich muss es alleine schaffen.«

Sie griff über den Tisch und nahm meine Hand. »Eines Tages, wenn das alles hier vorbei ist, wenn ich mein Leben sortiert
habe … Im Moment ist es einfach die falsche Zeit. Für dich vielleicht auch. Vielleicht musst du dich erst mit der Vergangenheit
auseinandersetzen, bevor du an die Zukunft denken kannst.«

»Es geht mehr darum, sie zu akzeptieren, als mich damit aus-
einanderzusetzen, falls dieser Unterschied irgendetwas bedeutet. Das kann ich nicht besonders gut … Ich bin besser darin,
Lösungen zu finden. Ich weiß nicht, was ich sonst tun soll.«

Sie sah mich nachdenklich an. »Manchmal, wenn wir festste-
cken … Anstatt immer wieder um das Problem herumzukrei-
sen, müssen wir nach innen sehen und das in Frage stellen,
woran wir glauben … alles, was uns blockieren könnte. Klingt
das für dich zu kalifornisch?«

»Überhaupt nicht. Dasselbe sage ich meinen Studenten auch
immer, mit fast genau denselben Worten.«

»Dann denk vielleicht auch für dich mal darüber nach.«

Ich brachte sie zu ihrem Hostel und gab ihr einen Gutenachtkuss, der mit zwei Küsschen auf die Wangen begann und erheblich intensiver endete.

»Ich würde dich ja bitten, mit reinzukommen«, sagte sie, »aber …«

»Wir könnten in mein Hotel gehen.«

Sie dachte kurz nach und schüttelte den Kopf. »Keine gute Idee.« Sie küsste mich erneut. »Ich gestehe, ich bin hin- und hergerissen und werde es sicher bereuen, sobald du gegangen bist. Ich würde wirklich gern mehr Zeit mit dir verbringen, aber ich muss erst meinen Kopf frei kriegen … ich muss spüren, was ich wirklich will, damit ich nicht verschwinde, bevor ich rausgefunden habe, wer ich eigentlich bin. Es muss sein.«

»Ich denke mal, ich werde versuchen, die Brasilianerinnen in Oviedo zu treffen«, sagte ich. »Am 28. April kommen sie an.«

»Das hast du mir noch gar nicht erzählt.«

»Siehst du, wir brauchen doch noch mehr Zeit zum Reden … Sie machen drei Wochen Pause und gehen dann einen anderen Abschnitt, den Camino Primitivo. Der zweigt in Villaviciosa links ab und ist genauso lang, verläuft aber nicht an der Küste, was ich ganz gut finde. Da passiert um einen herum nicht mehr so viel. Soll der härteste Camino sein.«

»Sprich weiter.«

»Wann musst du in Santiago sein?«

»Mein Flug geht am 13. Mai.«

»Da muss ich in Paris sein – und in Santiago am 11., um am nächsten Tag den Zug zu kriegen. *Falls* wir beide am selben Tag in Oviedo ankommen und *falls* dein Kopf dann klar ist … dann ist es wohl Schicksal.«

»Ich kann nichts versprechen …«

»Das sollst du auch nicht. Am 28. April um fünf Uhr nachmittags am Touristenbüro in Oviedo – morgen in zwei Wochen. Oder eben nicht.«

»Keine Versprechen. Von keinem von uns.«

»Alles klar. Wie ist es um deine Urlaubskasse bestellt?«

»Läuft. Wo ich jetzt doch einen Job habe …«

»Ich meine, jetzt im Moment? Es wird sicher noch einen Monat dauern, bis sie dich bezahlen. Mindestens.«

»Ist schon okay.«

»Ich leihe dir fünfhundert.« Das war mein tägliches Abhebe-Limit. Und etwa die Summe, die ich insgesamt entbehren konnte.

»Ich … Wie soll es dir zurückzahlen? Ich nehme es nur, wenn ich es dir zurückzahlen kann.«

Ich holte das Päckchen mit meinem Pass, den Kreditkarten und dem Bargeld aus der Tasche, und sie schrieb meine Kontonummer auf. Dann gingen wir zum nächsten Geldautomaten, regelten die Sache und gaben uns den dritten Abschiedskuss. Mit keinem Wort erwähnte Zoe die Muschel, und ich auch nicht. Durch sie hätte ich einen Vorwand, Zoe zu kontaktieren, falls wir uns in Oviedo nicht begegneten.

Aber natürlich hoffte ich inständig, sie würde sich für den Camino Primitivo entscheiden, und sei es nur, um sich zumindest die Option für ein Treffen offenzuhalten. Paradoxerweise hoffte ich gleichzeitig, dass wir uns bis dahin nicht mehr begegnen würden.

55

ZOE

CARTOON: Eine ältere, hellhäutige Frau wandert den Camino, langsam und bedächtig. Ihr Sündenbündel ist offen und leer, ihr Gesicht strahlt. Ein Stück weiter vorn erwartet sie ein Schwarzer mit schütterem, von Grau durchsetztem Haar. Er hat einen Picknicktisch vorbereitet.

STORY: Marianne, Französin, ist zweiundachtzig. Sie und ihre drei besten Freundinnen hatten davon geträumt, den Camino zu gehen, seit sie in der Grundschule zum ersten Mal von ihm hörten. Doch die Zeit hatte nie gepasst: Sie waren entweder zu jung, zu beschäftigt oder zu sehr in die Familie eingespannt gewesen. Jetzt haben sie sich damit arrangiert, dass sie zu alt sind. Bis auf Marianne.

Marianne ist seit zehn Jahren Witwe und hatte einen Schlaganfall, von dem ihr ein leichtes Hinken geblieben ist. Ihre Tochter ist der Meinung, sie sollte in ein Pflegeheim gehen, aber Marianne findet, ihr Leben sei noch lange nicht vorbei, und sie würde gern ihren Dank gegenüber der Kirche bekunden, die ihr durch viele schwere Zeiten hindurchgeholfen hat. Sie beschließt, für sich und ihre Freundinnen den Camino zu gehen. Ihre Tochter besteht darauf, dass sie jeden zweiten Tag anruft, und überprüft dann, ob Marianne noch alle Sinne beisammenhat: *Wie heißt unser Präsident? Was ist die Hauptstadt von Marokko?*

Marianne beginnt den Weg in ihrer Heimatstadt, so wie es die

Pilger im neunten Jahrhundert taten, und nimmt ein Foto von sich und ihren drei Freundinnen mit. Bei jeder Aufnahme, die von ihr gemacht wird, hält sie das Foto hoch und postet es auf Facebook. Sie schafft pro Tag nur fünf bis acht Meilen. Unterwegs lernt sie Moses kennen, einen sechzigjährigen Kenianer, der in einem katholischen Waisenhaus aufgewachsen ist. Nachdem er sich sein ganzes Leben lang um andere Waisenkinder gekümmert hat, geht er jetzt den Pilgerweg, um Gott für sein gutes Schicksal zu danken. Er ist in Rom gestartet und wandert zehn bis sechzehn Meilen am Tag, bleibt jedoch immer zwei Nächte an einem Ort, weil er einen Tag lang alles ansehen, alles verstehen, jede Kirche und jedes religiöse Bauwerk besichtigen will. Jeden zweiten Abend wartet er nun auf Marianne. Wenn sie mit ihrer Tochter telefoniert, hält er sein Handy bereit, um ihr per Google beim Beantworten der Fragen zu helfen.

Keiner von ihnen hatte vorher die Gelegenheit, seine Erfahrungen und Gedanken zu teilen, weil andere Pilger schneller gehen. Bis sie einander fanden.

Ich arbeitete mehr, als ich es seit Jahren getan hatte. Ich bekam einen Vertrag vom *Chronicle*, und Stephanie schrieb mir launige E-Mails mit Anregungen und Korrekturen. Um welche Routen es ging, war ihr ziemlich egal – allein die Personen zählten. Sie liebte den Cartoon mit Martin – und den Cartoon-Martin –, aber ich konnte sie überzeugen, dass eine ganze Serie nur über ihn der Vielfalt des Camino nicht gerecht würde. Ich sagte, er habe seine eigene Geschichte und schreibe einen Blog darüber; den könne sie ja am Ende des Artikels einfügen für den Fall, dass jemand Interesse hätte, ihm zu folgen.

Okay, aber können wir ein paar Amerikaner haben? Abgesehen von der Gruppe, die ich in Saint-Jean-Pied-de-Port getroffen hatten, waren da nur Ed Walker und ich.

Ich behielt mein Tempo bei, um sicherzugehen, dass ich

Santiago rechtzeitig vor meinem Flug erreichen würde. Und Oviedo. Martins Argument für den Camino Primitivo klang schlüssig. Die Küstenstrecke mochte im neunten Jahrhundert hübsch gewesen sein, jetzt jedoch verlief auf dem ursprünglichen Weg die Autobahn, und viele der Strände waren in die Hände von Baugesellschaften gefallen.

Mit etwas Anstrengung könnte ich es bis zum 28. April nach Oviedo schaffen, und bei der Vorstellung, dort auch die Brasilianerinnen wiederzutreffen, wurde mir warm ums Herz. Wenn ich ehrlich war, wollte ich natürlich auch Martin wiedersehen – sehr sogar. Nur wollte ich mir vorher sicher sein, dass ich wirklich bereit wäre. Einmal wachte ich nachts auf und musste an etwas denken, das er zu mir gesagt hatte: *Ich wünschte, du hättest mir schon in Saint-Jean-Pied-de-Port Gelegenheit gegeben, dich zu verstehen.* Die Zeit war damals noch nicht reif gewesen, aber ebenso sehr wie einen Geliebten brauchte ich jetzt einen Freund.

Dank Martins Leihgabe konnte ich meine unmittelbaren finanziellen Probleme klären, einschließlich der Gebühr für das Flugticket. Ich hatte sein Geld erst nicht annehmen wollen, aber dann dachte ich, dass jemand, der sich Hotelübernachtungen und Drei-Sterne-Restaurants leisten konnte, es nicht großartig vermissen würde – und sobald das Geld vom *Chronicle* da wäre, würde ich meine Schulden begleichen.

Ich hatte Arbeit und freute mich auf ein Treffen mit der Redaktion in San Francisco, um zu sehen, ob sie weitere Angebote für mich hätten. Ich überlegte, ob ich dorthin umziehen sollte. Die Bay Area hatte mir immer schon besser gefallen als L. A., aber im Moment schien es mir eine zu weitreichende Entscheidung. In L. A. wohnten meine Freunde, auch wenn meine Töchter es im Moment nicht taten. Sollte ich vielleicht näher zu ihnen ziehen? Wenn ich an meine Heimkehr in die Staaten dachte, spürte ich gerade weniger Verbundenheit als hier auf dem Camino, wo ich jede Nacht in einer anderen Unterkunft verbrachte.

Meine Verpflegung wurde besser. Vegetarisch war nicht allzu schwer, nachdem ich gelernt hatte, die Fallen zu vermeiden: *salada mixta* enthielt Thunfisch, *menestra* – ein ansonsten leckerer Gemüseeintopf – war mit Schinken zubereitet, sowie gelegentlich auch die *bocadillo vegetal*. Schinken galt in Spanien offenbar nicht als Fleisch. Mein einziger Luxus war jeden Abend nach getaner Arbeit ein Glas Rosé.

Camille schrieb in einer Mail, ich könne ohne Liebe doch nicht glücklich werden: ein Spanier, vielleicht? Die hätten als Liebhaber einen guten Ruf – wobei sie keine persönliche Erfahrung beisteuern könne. Wie es aussah, hatte sie mir vergeben, dass ich sie schon den halben Weg von Cluny bis nach Saint-Jean-Pied-de-Port hatte fahren lassen.

In Castro Urdiales war ich vollkommen überwältigt von der Silhouette der Kirche am Hafen, wo ich hinter einem der großen Fenster eine beleuchtete Madonna mit Kind erkannte. Ich verspürte spontan den Wunsch, Martin davon zu erzählen – wie ich das Kunstwerk ohne meinen Negativfilter gegenüber der Kirche jetzt wahrnahm. Seine Äußerung zu Keith und dessen Möglichkeit der Entscheidung war bei mir hängengeblieben, und ich hatte das Gefühl, dass meine Trauer und mein Schmerz mit jedem Schritt weniger wurden, oder zumindest der Teil, der aus meinem Schuldgefühl erwuchs. Und ich konnte mir eingestehen, dass die Wut, die die Kruzifixe am Wegesrand in mir entfacht hatten, ebenso auf Keith gerichtet gewesen war wie auf meine Mutter.

Ich würde nie mit Sicherheit wissen, was Keith auf seiner letzten Fahrt durch den Kopf gegangen war, aber ich hatte nicht mehr das Gefühl, dass ich mit ihm am Steuer saß. Und obwohl ich Keith vermisste, dachte ich in meiner nächtlichen Unruhe an Martin. Für eine neue Beziehung war ich noch nicht bereit – aber ich war bereit, sie in Erwägung zu ziehen.

Die Etappe nach Laredo war schwerer, als sie hätte sein sollen. In der Nacht davor hatten außer mir nur drei andere Pilger im Gruppenraum übernachtet, aber anscheinend hatten sie alle diverse Kleidungsstücke in Ziploc-Tüten verwahrt, die zu den unmöglichsten Zeiten eingepackt, begutachtet und wieder verstaut werden mussten.

An der Autobahn entlangzugehen, mit all den Abgasen und dem Lärm und der notwendigen erhöhten Aufmerksamkeit, war immer anstrengend. Einer meiner Turnschuhe hatte ein Loch in der Sohle, und bei beiden lösten sich die Nähte. Es regnete den ganzen Tag, so dass selbst normale Wanderschuhe durchweicht worden wären.

Nach kurzer Besichtigung von Laredo im Regen fand ich eine *pensione*. Normalerweise startete ich morgens früh genug, um bis halb zwei am Ziel zu sein, wenn alles außer den Restaurants zumachte. Nach Mittagessen und Siesta arbeitete ich bis elf Uhr nachts an meinen Cartoons. Die Zeichnungen anzufertigen war einfach; es waren die Geschichten, die mehr Zeit brauchten. In Laredo schlief ich allerdings gleich nach meiner Ankunft ein.

Dadurch verpasste ich das Mittagessen – selbst das spanisch-späte –, aber die Küche erklärte sich freundlicherweise bereit, mir um 18 Uhr Tortilla mit Salat zuzubereiten. Das Problem war nur, dass ich durch die Zeitplanverschiebung vergaß, nach meinen Socken zu sehen, die ich zum Trocknen auf die Heizung gelegt hatte. Das Zimmer war zwar warm, aber die Wärme kam nicht aus der Heizung. Ich würde am nächsten Tag also nasse Strümpfe tragen müssen.

Die Strecke nach Laredo verlief die ganze Zeit am Meer entlang und viel davon sogar am Strand. Ich hatte das Küstenpanorama des Camino bislang immer genossen, aber weil ich schon lange in Kalifornien lebte, war es auch nicht so atemberaubend, als wenn ich aus Arizona gekommen wäre. Und auf Sand ist das Laufen schwierig. Meine Schuhe waren undicht und meine Socken rutschig. Als ich nach fünf Meilen Schuhe und Strümpfe auszog, hatte ich natürlich Blasen. Nicht nur eine, sondern mindestens zwei an jedem kleinen Zeh und eine, die sich gerade unter meiner linken Fußsohle bildete.

Monsieur Chevalier hatte mir Blasen prophezeit, und nach neun Wochen ohne war ich wohl zu siegessicher gewesen. Es war nun nicht so, dass ich noch nie im Leben Blasen bekommen hätte – das passierte früher jedes Mal, wenn ich zu Hause neue Sandalen kaufte. Die Taktik bei neuen Sandalen besteht allerdings darin, nur kurze Strecken am Stück zu laufen und dazwischen ein, zwei Tage Pause zu machen – und das war hier unmöglich. Auf dem Camino hatte ich schon erlebt, wie an sich toughe junge Männer abends nur noch humpeln konnten, zu Sandalen wechselten und sich die dicken Lederstiefel an den Rucksack banden – oder ganz und gar aufgaben. Ich hatte mich dann immer überlegen gefühlt und insgeheim gefreut, dass in dieser Hinsicht mein Alter keinen Nachteil darstellte. Zu früh gefreut. Nach nur zehn Meilen musste ich in Nojo haltmachen.

Es war schlimmer als gedacht. Inzwischen prangte auch am großen Zeh eine riesige Blase, weil ich zum Schonen der kleinen Zehen anders gegangen war. Als ich schließlich alle Blasen aufgestochen und mit Fäden versehen hatte, sahen meine Füße wie Nadelkissen aus.

Ich war sicher gewesen, dass ich es mit Leichtigkeit rechtzeitig nach Santiago schaffen würde, um meinen Flug zu kriegen. Ha! Bestimmt lachte Gott sich jetzt in Fäustchen. Mit Martins Geld könnte ich natürlich auch einen Bus oder Zug nehmen und dort bis zum 13. Mai an meinen Cartoons arbeiten …

Auf. Gar. Keinen. Fall.

Am nächsten Tag ging es den Füßen nicht besser. Eine Blase sah sogar aus, als könnte sie entzündet sein. Ich musste also eine

Apotheke finden und vielleicht auch einen Arzt. Die nächste größere Stadt wäre Santander, zwanzig Kilometer entfernt. Plus Bootsfahrt, von der meine Mitpilger mir versichert hatten, sie sei eine anerkannte Tradition. Als ob das eine Rolle spielte. Und natürlich tat es das.

Ich kam nur langsam voran. Quälend langsam. Ich sehnte mich nach den Blasenpflastern, die Nicole mir an meinem zweiten Tag gegeben hatte. Ich hatte mich für stark gehalten – ich musste mir nur meine neu definierten Wadenmuskeln ansehen, um mich an die erklommenen Berge zu erinnern –, fühlte mich jetzt aber wie verkrüppelt und musste bangen, dass mein Weg wegen ein paar roter nässender Hautstellen bald beendet wäre. Wunden am übrigen Körper wären egal gewesen, doch die Füße waren entscheidend. Wenn sie beim Wandern nicht heilten, müsste ich den Bus nehmen, denn für eine Pause hatte ich keine Zeit.

Warum nur fühlte sich das wie Schummeln an? Es war ja nicht so, als hätte ich mir selbst auferlegt: Geh oder stirb! Ich tat es für niemand anderes. Und ich hatte auch keinen Deal mit dem Universum nach dem Motto: Wenn ich bis Santiago laufe, habe ich all meine Schuldigkeit an Keith beglichen.

»Der Weg geht dich«, hatte Richard in Tramayes gesagt. »Wenn Sie den Camino gehen, werden Sie finden, was Sie verloren haben«, hatte Monsieur Chevalier mir versichert. Würde eine einzige Busfahrt die Wirkung der tausend Meilen, die ich bisher gegangen war, wiederaufheben? Aus Gründen, die ich nicht nachvollziehen konnte, lautete die Antwort unwiderruflich ja. Nicht zu gehen, würde mir wie Betrug vorkommen – mein Seelenfrieden war in greifbarer Nähe, und wenn ich nicht zu Fuß ginge, würde ich ihn nie erreichen ... nie *verdienen*.

Als ich zum Hafen kam, an dem die Fähre nach Santander ablegte, war es schon spät – zu spät für einen spanischen Arzt, es sei denn, ich ginge ins Krankenhaus. Aber ich fand eine Apo-

theke und kaufte ausreichend Desinfektionsmittel und Blasenpflaster, um mein eigenes Geschäft zu eröffnen.

Vom Schiff aus bot sich ein schöner Ausblick auf die Stadt,
die sich mit kirchturmbesetzten Hügeln und Hafenanlagen
samt Docks vor mir ausbreitete. Kein so schöner Anblick waren
meine Füße, die ich jetzt schon mal notdürftig verarztete. Meine Mitreisenden waren bestimmt schockiert, vielleicht sogar
angewidert, aber es tat zu weh, als dass ich darauf hätte Rück-
sicht nehmen können. Einer tätschelte mir die Schulter und
murmelte: »*Buen Camino.*«

Nachdem ich eine Herberge gefunden und meine Füße ausreichend versorgt hatte, wusch ich meine Kleidung und setzte
mich auf ein Glas Rosé in ein Lokal. An den Müll auf den Fuß-
böden spanischer Bars, auf denen Einwickelpapiere und alles
Mögliche herumlagen, hatte ich mich mittlerweile gewöhnt –
übrigens ein krasser Gegensatz zu den Toiletten, in denen es
immer sauber war. Jemand hatte mir erzählt, der Müll werde
absichtlich hingeworfen, damit die Putzleute etwas zu tun hätten, weil es sonst das Arbeitslosenproblem des Landes noch
weiter verschlimmerte.

»Warum gehe ich?«, fragte ich mich selbst, doch es kam keine Antwort. Ich bestellte ein zweites Glas Wein.

»Du musst nichts beweisen«, sagte das Teufelchen auf meiner
Schulter. Für niemanden zu Hause würde es einen Unterschied
machen, ob ich tausend Meilen gegangen wäre oder tausendzweihundert. Beide Strecken waren für Unbeteiligte unvorstellbar, und es würden auch so schon alle in Ehrfurcht verfallen – oder mich für verrückt erklären. Der Barkeeper hob die
Flasche, und ich nickte.

Santiago selbst war keine große Sache. Der Kopf des Heiligen
Jakobus? Wahrscheinlicher waren ein leichtgläubiger Schafhir-
te und ein kluger Kopf des neunten Jahrhunderts, der eine Ge-
schäftsidee witterte – auch wenn er keinesfalls ahnen konnte,

dass sie sich selbst tausend Jahre später noch auszahlte. Selbst wenn es tatsächlich der Kopf von Jesu Jünger wäre, der per Steinschiff nach Spanien gekommen war – na und? Eine nette Anekdote der Geschichte, die ich auch nach einer Busfahrt besichtigen könnte. Warum war ich so versessen darauf, zu Fuß zu gehen? Wunderglaube oder Sturheit? Oder etwas anderes?

Was ich gelernt hätte, hatte Monsieur Chevalier gefragt. Dass ich laufen könne, hatte ich geantwortet. Jetzt konnte ich es nicht mehr, also war dies vielleicht meine Lektion: nicht zu stolz zu werden und nichts als selbstverständlich hinzunehmen, so wie ich es bei Keith getan hatte. Aber beinhaltete die Lektion auch, dass ich trotzdem genug Vertrauen in mich haben durfte, um unabhängig zu bleiben? Die Botschaft war mir nicht klar, was aber auch mit dem dritten Glas Wein zusammenhängen konnte.

Ich schlief schlecht, obwohl es im Schlafsaal ruhig war. In meinen Träumen wirbelten meine Cartoon-Figuren durcheinander; Monsieur Chevalier versicherte, ich werde finden, was ich suche; die Brasilianerinnen lachten; und in Oviedo wartete Martin. Am Morgen hatte ich immer noch keine Antwort, aber meine Füße waren nicht mehr so rot und meine Strümpfe getrocknet. Ich stand auf, nahm etwas von Martins Geld, um mir vernünftige Schuhe zu kaufen, und pinselte die Füße mit Jodtinktur ein. Dann tat ich, was ich jeden Tag tat, einen Tag nach dem anderen.

Ich ging weiter.

MARTIN

Ich ging weiter und genoss die Abwechslung zwischen Stadt und Natur. Zwischen Portugalete und Castro Urdiales verlief ein eindrucksvoller Wander- und Radweg, etwa zwanzig Kilometer über Landstraßen durch idyllische Gegend. Das Beste aus zwei Welten und perfekt für den Karren.

Am Abend las ich eine Mail des amerikanischen Fotografen, den wir in Estaing in der Kirche getroffen hatten. »Danke noch mal für die Geschichtsstunde, und hoffentlich gefällt Ihnen das Foto.« Das tat es. Eine Überraschung war, dass direkt vor unseren Füßen die Farben der Steine ein Herz ergaben – bestimmt ein bewusst gestaltetes Zeichen. Mir war es damals nicht aufgefallen, aber Zoe, der Künstlerin, mit Sicherheit.

Die Eisenbahnbrücke zwischen Boo de Piélagos und Mogro überquerte ich unerlaubterweise zu Fuß, anstatt den im Reiseführer empfohlenen Zug zu nehmen – oder den langen Umweg, den die Puristen bevorzugten. Meine Stimmung war nicht die beste, weil Sarah sich nicht mehr meldete, und was Zoe und unser Treffen in Oviedo anging, wurde ich immer pessimistischer.

Allmählich machte ich mir auch Gedanken, wie es nach der Messe weitergehen sollte, die jetzt nur noch zwei Wochen entfernt war. Diese grundlegende Frage hatte ich auf meiner Wanderung noch nicht in den Fokus genommen. Ich war mehr damit beschäftigt gewesen, Unterkünfte, Essen und Hinweisschilder zu finden, und hatte sprichwörtlich in den Tag

hineingelebt. Zwischendurch fragte ich mich, ob Maarten, der
Holländer, mit diesen Fragen irgendeinen Fortschritt machte.

Zudem gab es ein weiteres Thema, mit dem ich mich auseinandersetzen musste. Selbst nach zehn Wochen Wanderung
mit dem Karren, in denen ich mittlerweile gelernt hatte, wie ich
meine Füße, die Stöcke und meinen Körper bewegen musste,
um effektiv voranzukommen, würde ich lieber einen Rucksack
aufsetzen. Für ein Fahrzeug auf Rädern, bzw. auf einem Rad,
war es ausgesprochen wendig, aber mit zwei Beinen würde es
dennoch nie konkurrieren können. Das Ding über Zäune zu heben, die manchmal sogar kurz nacheinander auftauchten, ging
schmerzlich auf den Nacken und alle Körperregionen darunter.

Der chinesische Fabrikant hatte eine Liste detaillierter Fragen geschickt, was nur bedeuten konnte, dass es ihm ernst war.
Allerdings ohne ein Angebot. Von den Deutschen und den
Franzosen kam nichts mehr. In irgendeiner britischen Militär-
einrichtung wurde ein Zwilling meines Wagens diversen Tests
unterzogen, die zweifellos härter waren als alles, was ich meinen Karren hier zumutete.

Jonathan, der Chinese und die Deutschen würden zu einem
Urteil kommen, aber ich fürchtete, dass meine Zielgruppe auf
Menschen wie Maarten beschränkt wäre, die ohnehin keinen
Rucksack tragen konnten, anstatt alle einzubeziehen, die eine
Wahl hatten.

Das Familienhotel in Mogro, in dem ich ein Zimmer reserviert
hatte, lag nur wenige Minuten von einem Lokal entfernt. Dessen
Koch wäre auch in San Sebastián nicht fehl am Platz gewesen –
ich bekam ein Degustationsmenü aus Foie Gras, Wildpilzen,
Oktopus und Kalbfleisch serviert, zu dem ich als Erstes ein Glas
Rosé trank und dann, nachdem ich die Weinsammlung im Re-
gal entdeckt hatte, den größten Teil einer Flasche fünfzehn Jahre
alten Rioja, von dem ich ein Glas für meinen Wirt übrig ließ.

In Erinnerung an meine Nacht mit Dead Walker lehnte ich einen abschließenden Brandy lieber ab, aber der wurde dann doch serviert, aufs Haus. Wieder im Hotel, schrieb ich einen kontemplativen Eintrag über Menschen, denen man auf dem Camino begegnet. Wie beispielsweise Zoe.

Als ich ihn am nächsten Morgen mit einem doppelten Espresso in der Hand und zwei Aspirin im Bauch ein zweites Mal las, war er mir nur ein bisschen peinlich. Er hätte schlimmer sein können.

Wie sich herausstellte, war er schlimm genug. Als ich mein Handy einstecken wollte, sah ich, dass um drei Uhr morgens eine Nachricht eingegangen war. Britische Zeit: zwei Uhr. Von Julia: *Ruf mich an. Dringend.*

Ich kehrte in mein Zimmer zurück und rief sie an. Es war das erste Gespräch seit neun Monaten, wenn man es überhaupt Gespräch nennen konnte. Sarah hatte Tabletten geschluckt: Julias Schlaftabletten plus Wodka. *Ja, meine Schlaftabletten – was soll das jetzt schon wieder heißen?* Sarah ging es einigermaßen. Man hatte ihr den Magen ausgepumpt, und sie hatte eine Nacht im Krankenhaus verbracht. Die sicher unangenehme Maßnahme war wohl eher als Lektion gedacht und nicht so sehr eine Sache auf Leben und Tod gewesen.

Natürlich war das ein Hilfeschrei, du verdammter selbstgefälliger *Arsch*! Ob sie dich braucht? Ob sie dich verdammt nochmal braucht? Was denkst du wohl, verdammte Scheiße? Nein, sie will nicht mit dir sprechen. Nein, komm bloß *nie* mehr zurück! Geh doch hin und zieh nach Scheiß-*Amerika*!

Ich schrieb Sarah: *Ich komme nach Hause.*

Nach ihren zweiwöchigen Schweigen kam daraufhin umgehend eine Antwort: *Bitte nicht.*

Ich will dich sehen.

Alles wieder gut. Wäre es aber nicht, wenn ich euch beide hier ertragen müsste. Und dann, weil sie mich nur zu gut kannte und wusste, dass ich einem Experten eher glauben würde als einer Siebzehnjährigen: *Hab heute Morgen mit der Psychiaterin gesprochen. Sie war gut. Ich will schon mit dir reden, aber erst, wenn ich weiß, was genau ich sagen will. Okay?*

Wirst du weiter zu ihr gehen?

Eine Zeitlang. Okay?

Okay. Hab dich lieb, Sarah.

xxx

* * *

Die einundzwanzig Kilometer nach Santillana del Mar marschierte ich wie unter Autopilot. Es nieselte den ganzen Tag, und der Weg führte an irgendwelchen landwirtschaftlichen Rohrleitungen entlang, die mit den hässlichen gelben Pfeilen bemalt waren. Alles, woran ich dachte, war, dass ich nach England zurückreisen, dort das Angebot der Deutschen annehmen und mit dem Geld eine Wohnung in London mieten würde, um Sarah vor der Frau in Sicherheit zu bringen, die potentiell tödliche Schlaftabletten liegen ließ, so dass meine verstörte Teenagertochter sie finden konnte.

Ich verstaute meine Sachen in einem bis an die Schmerzgrenze kitschigen Hotel und fand eine *sidería* – ein typisch baskisches Apfelweinhaus. Obwohl ich schon am Vorabend viel getrunken hatte, bestellte ich einen Drink. Wo war Dead Walker, wenn man ihn brauchte? Was hätte er gesagt? Was würde Zoe sagen? Dass ich in mich hineinhorchen solle? Verdammte Scheiße!

Während ich den Barkeepern zusah, wie sie den Touristen allerlei abenteuerliche Tricks vorführten, wurde mir bewusst, wie sehr meine Wut alles andere vernebelte. Zoe hatte recht. Es gab durchaus Dinge, mit denen ich mich noch nicht auseinandergesetzt hatte.

57

ZOE

Meine Blasen verheilten allmählich, und es kamen keine neu-
en dazu. Der Camino gab mir mehr Meer und alle möglichen
Arten von Wegen, einschließlich küstenschlängeliger Schnell-
straßen mit unfassbar blauem Wasser auf der einen und vor-
beirasenden Riesenlastwagen auf der anderen Seite – leider
viel zu oft diejenige, auf der ich gehen musste. Zu Hause hätte
ich der Stadtverwaltung böse Briefe geschickt. Hier war ich in
der Hand des Heiligen Jakobus. Oder meiner unruhigen und
unsicheren eigenen. Ich achtete aufmerksam auf die Straßen.
Hin und wieder mochte das Schicksal ein unschuldiges Opfer
fordern, aber ich würde nicht dazugehören.

In Santillana del Mar waren die kopfsteingepflasterten Straßen so alt wie die inquisitorischen Folterwerkzeuge im Museum, ansonsten war die Stadt aber modern und voller Touristen,
so dass ich zum Glück nicht die Geister jener armen Seelen
wahrnahm, deren Blut die Erde zu meinen Füßen getränkt hatte. Ich zeichnete einen lachenden Kellner, der den Apfelwein
aus einiger Höhe in mein Glas goss, damit es sprudelte.

Ich liebe Ihre Cartoons, schrieb Stephanie. *Die alte Dame hat
mich zum Weinen gebracht; Sie haben etwas geradezu Heiliges in
sie hineingezeichnet. Ich hoffe, ihre Tochter liest das nicht. Haben
Sie auf dem Weg Ihren Glauben gefunden?*

Anstatt die Frage zu beantworten – zu kompliziert –, ließ ich
meine Cartoons für mich sprechen. »Marianne«, die ich in ei-

ner Herberge in Moissac getroffen hatte, hatte tatsächlich etwas Magisches ausgestrahlt.

Außerdem kam eine Mail dieses amerikanischen Fotografen samt dem Foto, das er an dem schrecklichen Regentag vor der Kirche in Estaing geschossen hatte. Ich saß in einem Cybercafé und starrte es an und konnte mich kaum davon losreißen. Nicht nur, dass Martin und ich wie ein Paar wirkten. Es war mein Gesichtsausdruck. Ich konnte mich nicht erinnern, wann ich das letzte Mal so glücklich ausgesehen hatte.

Auf der einsamen Landstraße hinter Ribasdella fuhren keine Lastwagen, und zwischen mir und dem Ozean verlief nur ein weißer Zaun. Nach einem kurzen Abstecher ins Landesinnere kehrte der Camino danach ein letztes Mal ans Meer zurück, bevor er endgültig die Küste verließ und mich auf Straßen und Wege mit dichtbelaubten, überhängenden Bäumen führte.

Am nächsten Tag war ich der Meinung, ich hätte eine Abkürzung erwischt, verirrte mich dann aber. Spät am Morgen stand ich plötzlich im Nebel, meilenweit nur von niedrigen Büschen umgeben, auf denen taubesetzte Spinnennetze glitzerten. Ich blieb wohl etwa eine Stunde lang sitzen und nahm den Anblick in mich auf.

Als ich mich in Bilbao von Martin verabschiedet hatte, war mir bewusst gewesen, dass ich mehr Zeit für mich allein brauchte. Mir war klargeworden, wie sehr ich mich auf Keith' Bedürfnisse und Vorlieben eingestellt hatte: kleine Dinge, zum Beispiel, wann wir zu Bett gingen, auf welcher Seite ich schlief oder dass ich keinen Blumenkohl mehr kochte. Zugeständnisse und Kompromisse, die man in einer Langzeitbeziehung nun mal macht und die sich mit der Zeit anhäufen. Jetzt aber war ich in keiner Beziehung mehr. Ich wollte wissen, welche Bedürfnisse mein alleiniges Ich einforderte.

Vielleicht, weil ich bewusst darüber nachdachte, spürte ich, wie die einzelnen Schichten – Teile von mir, die durch meine

Beziehung zu Keith entstanden waren – nach und nach abbröckelten. Einen Tag vor Oviedo machte ich eine Bestandsaufnahme und hatte das Gefühl, mir selbst wieder nahe genug zu sein. Ich wusste wieder, wer ich war. Martin würde um fünf vor dem Touristenbüro stehen. So wie ich.

Der letzte Abschnitt vor Oviedo war lang, zumindest hätte ich ihn früher einmal als lang bezeichnet – über zwanzig Meilen. Ich nahm sie kaum wahr. Ich gab mich keinen Illusionen hin, dass aus Martin und mir nach diesem Treffen, das mich natürlich an den Fünfziger-Jahre-Film *Die große Liebe meines Lebens* erinnerte, mehr würde als ein Urlaubsflirt, aber meinem Selbstvertrauen als Singlefrau in ihren sprichwörtlich besten Jahren würde es immensen Auftrieb geben.

Die Umgebung war typisch für den spanischen Teil des Jakobswegs, aber auf die schlimmste Art: lange Strecken auf Straßen ohne Fußwege, dafür jedoch mit Baustellen, was das Ausweichen vor dem Verkehr erschwerte. Irgendwann war die alte Stadt jedoch erreicht und das einundzwanzigste Jahrhundert vergessen: enge Gassen wie Schluchten zwischen hohen Steinmauern, Innenhöfe, die zu Kirchen führten, Cafés, die bei dem guten Wetter Außentische aufstellen konnten. Es war noch früh, und ich rechnete damit, dass Martin ein Hotelzimmer organisierte, so wie in Saint-Jean-Pied-de-Port. Ich trank einen Kaffee und zeichnete den Bettler, der mich am Stadtrand angesprochen hatte.

Das Touristenbüro war nicht leicht zu finden – ich hatte die Größe der Stadt unter- oder meinen Orientierungssinn überschätzt. Vielleicht wollte ich auch unbewusst, dass Martin als Erster da wäre.

War er aber nicht. Wer mich dort erwartete, war Paola. Fast hätte ich vergessen, dass der Grund für dieses Datum auch das Wiedersehen mit den Brasilianerinnen war, die von hier aus ihre nächste Reise antraten.

Wir umarmten uns, doch bevor ich sie nach ihrer dreiwöchigen Pause fragen konnte oder was ihre Tochter mache und ob die anderen auch schon da seien, wich sie zurück und lächelte leicht gequält. Ich hatte in meinem Leben schon viele schlechte Nachrichten überbracht und kannte den Blick. Sofort schoss mir durch den Kopf, dass allein meine Gedanken an diesen Schmachtfetzen, in dem Deborah Kerr aufgrund eines Unfalls nicht zum verabredeten Treffen mit Cary Grant kommen kann, Martin verhext hatten. Er hatte einen Unfall gehabt … ein Lastwagen hatte ihn überfahren …

Paola musste den Schrecken in meinem Gesicht gesehen haben und sagte schnell: »Es tut ihm leid, aber er schafft es nicht. Er hat mich gebeten, dir das hier zu geben.«

Sie reichte mir ein Päckchen. Während mich die Erleichterung überwältigte, dass er nicht tot war, zitterten mir beim Öffnen die Hände.

Im Paket lagen das blaue Kleid aus der Boutique in Saint-Jean-Pied-de-Port, mein Muschel-Anhänger und ein Brief.

Liebe Zoe,
Du hattest recht: Der Weg kann uns etwas lehren, und wir müssen allein sein, um über die Lektionen nachzudenken. Danke für den Talisman. Seine Magie hat mich bis hierher geführt, und ich hoffe, sie geht wieder auf Dich über und bringt Dich sicher nach Santiago und zurück nach Hause. Wobei Du ihn gar nicht nötig hast: Deine Kreativität ist wahrhaft erstaunlich. Danke für Deine Hilfe mit Sarah. Wir haben noch keine endgültige Lösung gefunden, aber Du hast mir geholfen, eine neue Perspektive einzunehmen. Oder mir zumindest zu der Einsicht verholfen, dass ich es muss.
Ich hoffe, Du findest den Frieden, nach dem Du suchst.
Buen Camino
Martin

58

MARTIN

In einem Hotel wenige Kilometer hinter Oviedo machte ich halt. Meine Erschöpfung war eher geistiger Natur, nachdem Paola mich auf dem Marktplatz abgefangen und ich ihr die Situation erläutert hatte.

Zoe hatte recht gehabt: Wir mussten unsere aktuellen Probleme lösen, bevor wir etwas Neues anfangen konnten. Ich hatte es versucht. Ich war in einer Woche zweihundert Kilometer gelaufen und hatte mit niemandem gesprochen, außer um mir Essen und Unterkunft zu organisieren. Ich hatte eine nach vernünftigem Ermessen ausreichende Zeit mit Nachdenken verbracht – über Sarahs Bedürfnis nach elterlicher Führung, über die Freiheit, die sie brauchte, um ihre eigenen Fehler zu machen, und über den alles komplizierenden Faktor: Julias und meine Beziehung. Genau das war der Grund, aus dem Menschen pilgerten. Und das Ergebnis? Nichts. Nur Frustration und Ärger, wobei sich Letzteres auch der unmäßigen Zeitverschwendung galt, die dieser Weg mit sich brachte.

Was Zoe betraf: Wenn ihr zwei Monate Jakobsweg nicht ausgereicht hatten, um sich Keith' Selbstmord zu verzeihen, würde das noch lange ein heikles Thema bleiben. Sie hatte keine Antworten auf meine Probleme und ich nicht auf ihre. Falls sie tatsächlich um fünf aufgetaucht war, dann sicher nur, um mir genau das zu sagen. Oder um die Brasilianerinnen zu treffen. Wir könnten uns in den verbleibenden zwei Wochen immer noch über den Weg laufen. Diese Entscheidung bliebe nun dem Universum überlassen.

Als ich zum Essen nach unten ging, saß dort eine Gruppe aus fünf Männern mittleren Alters an einem Tisch und lauschte dem Vortrag – vielleicht auch dem Tischgebet – eines sechsten, ziemlich großen Kerls mit Brille. Am Ende seiner Rede bat er mich, der am anderen Ende des Raumes einen Tisch gewählt hatte, sich doch zu ihnen zu setzen.

Sein Name war Felipe. Die Männer waren alte Freunde, die mittlerweile über ganz Spanien verteilt lebten, aber jedes Jahr gemeinsam den Camino gingen – als eine Art Ritual zur Aufrechterhaltung ihrer Männerfreundschaft. Einer von ihnen fuhr jeweils den Transporter mit ihrer Ausrüstung und etwaigen Fußlahmen. Es wurde viel getrunken, gut gegessen und natürlich gelaufen und geredet. Alle außer Felipe waren verheiratet, aber ich dachte sofort, wenn ich mit ihnen und den Brasilianerinnen in einer Herberge nächtigen würde, könnte ich den Schlaf vergessen.

Nach dem Essen setzte sich einer von ihnen neben mich, und wir unterhielten uns eine Weile. Marco stammte ursprünglich aus Italien, war Hämatologe und sprach ausgezeichnet Englisch. Er war nicht besonders groß und sah aus, als hätte er sich irgendwann einmal die Nase gebrochen – oder von einem eifersüchtigen Ehemann brechen lassen. Vielleicht der Preis für sein ausschweifendes Liebesleben? Er war in dritter Ehe verheiratet, hatte mit zwei der Frauen Kinder und noch eines aus einer außerehelichen Liaison. Er betrachtete das Ganze jedoch philosophisch und war optimistisch, dass ihm seine jetzige Frau bis ins hohe Alter erhalten bliebe.

Normalerweise vertraue ich mich einem Mann nicht so schnell an, nicht einmal Jonathan, aber Marco redete sehr offen über sich selbst, und es passte zum Abend. Ich erzählte ihm von meiner Scheidung und von Sarah und, nach einem Digestif, ein bisschen von der Situation mit Zoe. Zu den ersten beiden Themen konnte er nicht viel beisteuern, außer, dass ich das Vergangene loslassen solle. Dann drängte er mich zu mehr Details über die, aus seiner Sicht, große Chance mit Zoe. Er interpretierte es so, dass sie vermutlich jemanden suche, der sie von ihren Problemen ablenke – und mit ein wenig gut getimter Überredungskunst sicher schnell »rumkriegen« werde. Und sie dann wohl nie mehr wiedersehen. Wenn es das sei, was ich wolle: fein. Wenn nicht, solle ich warten, bis sie nach Amerika zurückgekehrt sei und im Kontext ihrer Familie über eine mögliche Beziehung nachdenken könne – anstatt hier, in ihrer Übergangsphase. Es klang nach einem guten Rat.

59

ZOE

CARTOON: Ein Mann mit einem Karren geht einen Weg entlang, hinter ihm Staubwolken. Sein Sündenbündel ist halb gefüllt und zugeschnürt. Er blickt zurück: Sein Gesichtsausdruck zeigt Entschlossenheit, das Beste aus dem vor ihm Liegenden zu machen, vermischt mit Bedauern über das, was er zurücklässt. Im Vordergrund sitzt eine Frau bei einem Glas Wein – um sie herum sind weitere Pilger, die sie aber gar nicht wahrnimmt. Sie scheint ganz in sich selbst zu ruhen.

STORY: Der Camino dehnt sich aus und zieht sich zusammen wie ein Akkordeon; die Menschen gehen in ihrem eigenen Rhythmus, aber durch Pausen und Verletzungen trifft man sich in einem Café, in einer Herberge oder Bäckerei wieder. Man umarmt sich, lädt einander zu Getränken ein, tauscht Geschichten aus. Jedes Mal ist einem bewusst, dass man den anderen am nächsten Tag wiedersehen könnte – oder nie mehr.

Der Karrenmann ist schon lange unterwegs, und seine Augen haben sich mehr und mehr der Welt um ihn herum geöffnet, doch auf dem Camino ist es wie im Leben: wenn man weitergeht, kann es bedeuten, dass man etwas – oder jemanden – zurücklässt.

Als Wanderer ist er sportlich und entschlossen, aber jetzt braucht er eine andere Art von Kraft: Die Enttäuschungen des Lebens haben sein Herz verhärtet, und er muss zulassen, dass es bricht.

Über dem Camino weht eine Magie, und hinter der nächsten Wegbiegung warten neue Treffen und neue Freunde – und vielleicht die Antwort, die er sucht.

Ich hätte Martin böse sein können, aber es war mein Stolz, der verletzt war, und daran trug er keine Schuld. Das blaue Kleid machte mich noch trauriger, denn es weckte erneut das schlechte Gewissen in mir, weil ich ihn in Saint-Jean-Pied-de-Port hatte sitzenlassen. Ich war enttäuscht, dass ich die nächsten zwei Wochen nicht mit ihm zusammen gehen würde und wir nicht gemeinsam in Santiago ankämen. Ich wusste nicht, warum mir das etwas ausmachte, aber so war es. Aber da ich nun mal nichts daran ändern konnte, nahm ich mir vor, nicht weiter darüber nachzudenken. Immerhin war ich nach drei Wochen der Trennung wieder mit meinen alten Bekannten, den Brasilianerinnen, zusammen.

Paola hatte mich in ihre Herberge mitgenommen, wo ich mich eine Weile unter die Dusche stellte, um meine Fassung zurückzugewinnen. Als ich fertig war, lag auf dem Etagenbett eine junge Frau, die sich in ihr Handy eingestöpselt hatte.

»Tina«, sagte Paola mit einem Nicken in ihre Richtung. »Meine Tochter. Sie ist allein von Brasilien hierhergeflogen.« Das Mädchen lächelte mir kurz zu. Sie war eine jüngere, schlankere Version ihrer Mutter, mit großen blauen Augen, die durch den drum herum gemalten Eyeliner noch größer wirkten. Als nächste kam Margarida, mit einer großen Einkaufstasche in der Hand.

»Gute Boutiquen in Spanien«, sagte sie. »Und in Italien auch. Hast du Bernhard gesehen?«

Den hatte ich seit Frankreich nicht mehr zu Gesicht bekommen und gedacht, er wäre auf dem Camino Francés unterwegs.

»Er will sich hier mit mir treffen ... mit uns allen«, sagte Margarida. Sie zeigte mir eine Reihe Nachrichten auf ihrem Handy.

Er traf rechtzeitig zum Abendessen ein, zusammen mit Renata und Fabiana. Vom Camino Francés aus führt eine spezielle Route von León nach Oviedo, der gut 120 Kilometer lange *Camino San Salvador*. Vom berühmten Camino Francés brachte Bernhard jede Menge Geschichten mit: Ein Pärchen hatte den flachen Teil ausgelassen, um per Flugzeug zum Grand Prix zu fliegen; ein Koreaner hatte sich als Navigationshilfe jeden Tag einen anderen Wanderer ausgesucht, dem er mit zwei Schritten Abstand folgte und auch immer dann Pause machte, wenn sein Navigator pausierte, mit strikter Weigerung, ihn zu überholen; ein Priester hatte für zwei Pilger spontan eine Hochzeit improvisiert, damit sie sündenfrei die Ehe vollziehen konnten.

Bernhard hatte auch Todd getroffen, dessen ausrangierte Ausrüstung mich durch die Pyrenäen gerettet hatte.

»Todd ist nicht ganz dicht im Kopf. Er nimmt immer die kürzeste Route, die ihm seine Landkarte anzeigt, und läuft deswegen ständig auf der Straße, was ganz schlecht für die Füße ist.« Tina hing förmlich an seinen Lippen, was Bernhard sichtlich genoss.

Seine Zusammenfassung des Camino Francés lautete: »Zu viele Pilger, zu viel Kommerz.« Ich denke, er meinte: zu viel Konkurrenz, zu wenig umsonst.

»Und flach«, fügte er hinzu. »Flach und langweilig. Perfekt für den Karrenmann.«

»Wo ist Martin überhaupt?«, wollte Renata wissen.

Paola nahm mir die Antwort ab. »Der ist heute Morgen hier durchgelaufen. Er zieht weiter.«

Fabiana war gedämpfter Stimmung. Sie hatte die Pause als spirituelle Auszeit genutzt und offenbar einen Teil ihrer Frömmigkeit wiedererlangt. Jetzt, mit Margarida in der Nähe, würde sie es schwer haben, diesen Zustand aufrechtzuerhalten.

Und so begann meine letzte Etappe auf dem Camino: zwei Wochen für etwas über hundertzwanzig Meilen. Was einst unvorstellbar anmutete, schien jetzt kaum mehr der Rede wert. Der Küstenabschnitt meiner Wanderung war einsam gewesen, und wie um meinen emotionalen Aufruhr zu spiegeln, hatte die Schönheit von Ozean und Landschaft den krassen Gegensatz zu Betonbauten und moderner Stadt noch gesteigert.

Jetzt wanderte ich auf dem Camino Primitivo, dem ältesten aller Jakobswege, wo meine Füße hin und wieder auf genau die Steine traten, auf denen Pilger mehr als tausend Jahre zuvor bereits gegangen waren. Ich fühlte mich demütig und stark zugleich und in Gesellschaft guter Menschen. Darin schloss ich selbst Bernhard mit ein.

Am nächsten Tag schlief er aus, und Renata startete früh. Fabiana war in ein Gespräch mit Paola vertieft, wonach mir Tina und Margarida verblieben.

»Bist du schon anderswo gewandert?«, fragte ich Tina.

»Nein, ich mache das hier nur für meine Mutter.«

»Warum, glaubst du, will sie, dass du den Camino gehst?«

»Mein Vater ist hier gestorben.«

Gesprächskiller. Margarida war die Erste, die das Schweigen brach. »Ich glaube, für sie geht es auf diesem Weg um Liebe.«

Tina sah nicht aus, als würde sie über die Verliebtheit ihrer Eltern nachdenken wollen.

Margarida hielt daran fest. »Das ist eine sehr romantische Geschichte.«

Aber nur, wenn man romantische Geschichten mit Unhappy End mag ... Ich persönlich wunderte mich sehr über Paolas Bedürfnis, diesen Weg wieder und wieder zu gehen.

Am Abend war ich nur noch allein unterwegs und steuerte die Herberge in Grado an. Die Brasilianerinnen übernachteten im Hotel, und wir hatten verabredet, dass ich sie dort später zu

Massagen und einem anschließenden Abendessen besuchen würde. Eine weitere Wandergruppe, die gerade ihren ersten Tag hinter sich hatte, stieß zu uns: sechs Spanier zwischen vierzig und sechzig Jahren. Zwei von ihnen sprachen gut Englisch – der große, ernsthafte Felipe sowie Marco, mit typisch südländisch-gutem Aussehen samt Schlafzimmerblick, für das Latinos berüchtigt sind.

Am folgenden Tag trafen wir uns auf dem Weg.

»Warum gehst du diesen Camino und nicht den traditionellen?«, fragte ich Marco auf Spanisch.

»Den Camino Francés? Zu viele Amerikaner.« Er grinste. »Außerdem sind wir den schon gegangen. In Abschnitten, über drei Jahre.«

»Ich glaube, für den Ansturm der Amerikaner kannst du Hollywood verantwortlich machen«, sagte ich. »Anscheinend gibt es einen Film.«

Marco lachte. »Den habe ich gesehen. Und er hat einen Riesenfehler.«

Er führte das zunächst nicht weiter aus, aber am Abend, als er und seine Freunde darauf bestanden, die Brasilianerinnen und mich zu einem Drink einzuladen, kam er darauf zurück.

»Seht her«, sagte Marco. »Guckt euch das an und sagt mir, ob es realistisch ist.«

Wir scharten uns um sein Handy, auf dem er eine Szene aus *Dein Weg* abspielte, irgendwo aus der Mitte. Ich erkannte Martin Sheen aus *Apocalypse Now*: ihm wurde von einem Roma der Rucksack gestohlen, und er rannte dem Jungen hinterher. Ich wollte mich gerade über den Rassismus beschweren und betonen, dass ich niemals Angst gehabt hätte, dass mir irgendjemand irgendetwas wegnehmen könnte – abgesehen von dem verschwundenen Rucksack in Saint-Jean-Pied-de-Port, für den niemand etwas konnte. Doch Paola kam mir zuvor. Mit schallendem Lachen deutete sie auf den Mini-Bildschirm. »Er rennt.

Er *rennt!* Wer kann noch rennen, nachdem er den ganzen Tag den Camino gegangen ist?«

Am nächsten Morgen lief ich erneut ein Stück mit Marco, bevor er in einer Bar haltmachte, um auf seine Freunde zu warten. Ich nahm an, dass ich ihn am Abend wiedersehen würde, doch erst einmal genoss ich den Kontrast: Ich wanderte zwar ein Stück allein, war aber nicht mehr einsam.

Der Anstieg nach Pola de Allande nahm kein Ende, aber die Landschaft, die mich zum Teil an Frankreich erinnerte, war wunderschön und das Wetter wärmer. Ich wollte jede Szene, jede Erfahrung achtsam in mich aufnehmen, damit ich sie später immer wieder aus der Erinnerung abrufen könnte. Der Drang zu zeichnen war so stark wie seit Jahren nicht mehr. Um mich herum leuchteten die Farben, und ich stellte mir vor, wie ich sie auf Papier bannte, sah die Pinselstriche direkt vor mir und sehnte mich nach meinen Malfarben. Gleichzeitig arbeitete ich im Geiste an Cartoons über das spanische Sixpack.

Abends war ich richtig fleißig, nicht nur mit meinen Zeichnungen, sondern erneut mit Massagen für die Brasilianerinnen. Sobald die Spanier mitbekamen, dass ich Massagen gab, reihte sich auch Marco ein. Von den fünfen, die jeweils wanderten, schien er der fitteste zu sein, und ich ahnte, dass es ihm eher um die Möglichkeit zu plaudern ging als um wehe Füße. Vielleicht auch um mehr als Plaudern.

Nachdem er mich während der Fußmassage in Pola de Allande eine Weile sehr eindringlich angesehen hatte, setzte er sich beim Abendessen direkt neben mich. Ich dachte an Camilles Kommentar über spanische Liebhaber. Margarida zwinkerte mir mehrmals zu.

»Guter Mann«, flüsterte sie mir zwischendurch ins Ohr. »Knackiger Po.«

Das war die Art von Gesprächen, wie sie meine Töchter

führten. Ich musste schmunzeln – und er hatte wirklich einen hübschen Hintern.

In der Nacht erhielt ich eine Mail von Stephanie vom *Chronicle*. Sie liebte den Karrenmann. Ich hatte nicht vorgehabt, Martin noch einmal zu zeichnen oder gar mich selbst in einem Cartoon zu zeigen. Aber das wusste Stephanie ja nicht.

Sie legen unglaublich viel Aussagekraft in Ihre Bilder, schrieb sie. *Wird das Schicksal die beiden wieder zusammenbringen?*

Ich war überzeugt, dass die Antwort nein lautete. Falls Martin und ich uns noch einmal begegneten, dann, weil einer von uns es sich anders überlegte und den anderen suchte, und darüber waren wir mittlerweile wohl hinaus. Mit der Rückgabe der Muschel hatte Martin seine – mangelnden – Absichten klar genug bekundet. Ich hatte seine Bankdaten. Sobald ich Geld vom *Chronicle* bekäme, würde ich ihm sein Geld zurückzahlen. Und das war's.

60

MARTIN

Auf dem Weg nach Castroverde, fünf Tage von meinem Ziel entfernt und einer Lösung des Problems mit Sarah kein Stückchen näher, hatte ich eine Begegnung der außergewöhnlichen Art. Aus der Stadt kam mir ein Mann entgegen, der einen Karren zog, allerdings einen sehr viel primitiveren als meinen. Er sah aus wie ein Golf-Trolley, wie ihn Maarten an jenem schicksalhaften Morgen vor neun Monaten in Cluny auf dem Rücken getragen hatte. Beim Näherkommen erkannte ich, dass es genau *der* Golf-Trolly war, den Maarten bei seinem Aufbruch aus Cluny hinter sich hergezogen hatte: die reparierte Version mit den verbesserten Rädern. Er zog ihn immer noch.

Nach einer weiteren Minute standen wir einander gegenüber. Er erkannte mich ebenfalls, und wir fielen uns in die Arme, aller sprichwörtlichen britischen und holländischen Zurückhaltung zum Trotz. Er hatte an Gewicht verloren, den Trolley jedoch behalten. Unsere Reparaturen hatten sich bewährt, und das Team der ENSAM in Cluny wäre mit Sicherheit begeistert. Ich schoss eine Reihe Fotos für sie und für meinen Blog.

Seit wir uns zuletzt gesehen hatten, war Maarten über den Camino Francés bis nach Santiago gewandert (drei Monate), dann über den Camino del Norte bis zur französischen Grenze, wo er wegen des schlechten Wetters eine Weile haltmachte, und wieder zurück nach Santiago (etwas über drei Monate) und anschließend auf dem Caminho Português nach Lissabon und zurück (drei Monate).

»Donnerwetter! Und wann gehst du wieder nach Hause?«

»Wenn ich irgendwann zu alt zum Laufen bin. Dann gehe ich direkt ins Pflegeheim. Ich habe mein Haus verkauft und kann jetzt ab und zu in einer Pension übernachten und gut essen. Und muss mich weder mit meinen Verwandten noch mit der holländischen Regierung herumstreiten.«

Zoe hatte er nicht gesehen. Ich nahm an, dass sie noch hinter mir war.

Ich überredete Maarten, den halben Kilometer in die Stadt zurückzulaufen und mit mir zu übernachten. Es war, wie einen guten alten Freund wiederzutreffen, und wir hatten einander viel zu erzählen. Wie sich herausstellen sollte, war diese Einladung eine der schlechteren Entscheidungen meines Lebens.

Im Hostel besah er sich meinen Wagen genauer und probierte ihn aus. »Wenn du den bauen lässt, bin ich vielleicht dein erster Kunde«, kommentierte er. »Der ist definitiv besser.«

»Finde ich nicht.« Der deutsche Akzent war unverkennbar: Bernhard stand hinter uns. Wahrscheinlich war er gerade aus dem Hostel gekommen. Paola hatte mich schon vorgewarnt, dass wir ihn irgendwann wohl wiedersähen. Was auch immer der Camino ihn gelehrt haben mochte, Demut war es nicht. »Wie ich sehe, hast du eine Bremse eingebaut – wie ich es dir vorgeschlagen habe«, fügte er hinzu.

»Schön, dich zu sehen«, sagte ich. »Maarten, Bernhard. Bernhard, Maarten. Obwohl er weder Ingenieur ist noch einen Karren durch halb Europa gezogen hat, versteht Bernhard mehr von dem Ding als wir beide zusammen.«

Und nichts von Sarkasmus. Margarida und Renata waren inzwischen auch dazugekommen, und ich hätte das Thema gern beendet, aber Bernhard dachte nicht daran. »Zwei Räder bringen bessere Balance. Der holländische Wagen ist stabil, der englische schlingert.« Er demonstrierte einen schlingernden Gang. »Karrenmann ist anderer Ansicht.«

»Stimmt.«

»Dann sollten wir ein wissenschaftliches Experiment durchführen. Wir machen ein Wettrennen.«

»Mein Gott – weißt du überhaupt, was Wissenschaft ist?«

Margarida lief ins Hostel. Es stand außer Frage, dass sie mit ihren Kameradinnen zurückkehren würde. Und wie es danach weiterginge.

»Na, wenn du meinst«, sagte ich.

Margarida kehrte nicht nur mit den Brasilianerinnen zurück, sondern auch mit den sechs Spaniern. Jetzt fehlte allein Zoe, aber die war offenbar ein paar Kilometer hinter uns in O Cávado.

Meiner Einschätzung nach wäre Bernhard in einem Sprint der Bessere, aber ich war schon mal einen Marathon gelaufen, also wäre für mich eine längere Strecke besser. Von den relativen Vorzügen meines Karrens einmal abgesehen, hatte ich einen weiteren großen Vorteil: Ich war damit vertraut. Wenn ich Bernhard mit einem Wagen, den ich seit fast drei Monaten jeden Tag sechs oder mehr Stunden hinter mir herzog, nicht schlagen konnte, könnte ich die Sache ohnehin vergessen. Und ich wollte diesen kleinen Scheißer nur zu gern in seine Schranken weisen.

Marco, der hübsche Hämatologe, erklärte sich selbst zum Schiedsrichter. Der Camino führte am Hostel vorbei, und wir marschierten etwa fünfhundert Meter zurück. Auf die Herberge zu würden wir erst bergan und dann bergab laufen. Der Weg war breit genug für beide Wagen, was gut war, weil ich keine Lust hatte, in irgendwelchen Kurven Ausbremsspielchen zu spielen.

Marco erlaubte mir, eine Tasche abzunehmen, um das Gewicht anzugleichen. Ich hatte meine Stöcke, Bernhard musste mit einer Hand den Trolleygriff halten. Er zog sein T-Shirt aus, ich tat es ihm gleich.

Nachdem sich die Brasilianerinnen, Maarten, die Spanier und ein paar andere neugierige Pilger an der Strecke aufgestellt hatten, eröffnete Marco per Trillerpfeife das Rennen, und wir liefen los. Nach nur wenigen Schritten wurde mir das Problem bewusst: Ich war mit dem Ding nie gerannt, und durch die längeren Schritte stießen meine Fersen gegen die Tasche, was die Stolpergefahr erhöhte. Ich musste also kleinere Schritte machen. Bergauf halfen mir zwar die Stöcke, aber nicht so sehr wie bei meinem üblichen Tempo.

Bernhard lief direkt neben mir. Ich wusste nicht, ob er sich absichtlich zurückhielt oder schon am Limit war, so wie ich, dessen Muskeln und Gelenke dagegen protestierten, dass sie nach einem langen Tagesmarsch derart beansprucht wurden. Marco joggte ohne jede Behinderung locker neben mir her.

Kurz vor Erreichen der Hügelkuppe keuchte ich bereits heftig, aber das tat Bernhard auch, und ich spürte, dass er nur mühsam mithalten konnte. Wenn ich den höchsten Punkt mit einem kleinen Vorsprung erreichte, würde ich den beim Abwärtslaufen ausbauen können. Ich legte mich mächtig ins Zeug und setzte zum Überholen an. Und dann, gerade als das Rad meines Karrens auf Bernhards Höhe war, merkte ich, wie es blockierte. Ich wusste sofort, was passiert war: Bernhard hatte die Handbremse angezogen. Ich musste stehen bleiben, und er zog an mir vorbei.

Meine Reaktion erfolgte mehr aus Instinkt als aus Ärger – getrieben von dem Wunsch, ihn zurückzuhalten. Ich schob einen meiner Stöcke in die Speichen seines linken Rades und ließ erst los, als das Drehmoment mein Handgelenk erfasste und ich herumgerissen wurde. Bernhard wurde ebenfalls herumgedreht, stolperte, versuchte, sich festzuhalten, aber dann purzelten er und Maartens Trolley in den Graben am Wegesrand. Ich blieb stehen und wartete. Bernhard brüllte, aber nur in meine Richtung. Marco hob die Hand – das Rennen war vorbei – und ging zu Bernhard. Margarida und Paolas Tochter Tina rannten ebenfalls los, erreichten Bernhard gleichzeitig, ließen sich neben ihm auf die Knie fallen, stutzten und sahen einander an. Ihre Blicke sprachen Bände: *Ich dachte, ich wäre mit ihm zusammen.*

Bernhard war unverletzt, aber nachdem er sich aufgerichtet hatte, versetzte Marco seinem verletzten Ego einen weiteren Schlag, indem er mich zum Sieger deklarierte. Bernhard war zwar gerissen genug gewesen, meinen Karren außerhalb von Marcos Sichtfeld zu sabotieren, aber er hatte nicht mit dem Videoschiedsrichter gerechnet. Renata hatte das Rennen gefilmt und genau an der richtigen Stelle gestanden, um seinen Betrug digital festzuhalten.

Ich blieb stehen, während die anderen Maartens Trolley wiederaufrichteten. Er war nicht weiter beschädigt, aber mein Stock hatte etwas abbekommen. Dann wartete ich, bis alle außer Renata sich wieder auf den Weg zum Hostel machten.

»Was ist eigentlich mit Torben passiert?«, erkundigte ich mich.

»Der ist den Camino Francés weitergelaufen. Wir haben keinen Kontakt mehr.« Sie lachte. »Ich habe es dir ja gesagt: In Beziehungen bin ich nicht so gut. Sex, ja, den kann ich. Aber Beziehungen nicht unbedingt.«

»Eins zu null für dich – ich bin in beidem nicht besonders.«

Langsam, ganz langsam setzte ich mich in Bewegung. Als mein Körper von der Wucht meines Stocks herumgerissen worden war, hatte ich einen deutlichen Knacks im Knie gespürt.

61

ZOE

Nach einem frühen Start erreichte ich gegen Mittag Castro-verde und sah Renata draußen in einem Café sitzen. Ein leerer Teller zeugte von der Tortilla, die sie schon gegessen hatte, und jetzt machte sie sich über ein Stück Tarta de Santiago her, den traditionellen spanischen Mandelkuchen aus Galicien: saftig, leicht zitronig und vermutlich ohne Mehl gebacken.

»Lange Nacht«, sagte sie.

Für die Brasilianerinnen sollte so ein Ausspruch schon etwas heißen. Ich hatte die Party am Vorabend absichtlich gemieden. Aber neuen Leuten immer wieder dieselben Geschichten zu erzählen hatte seine Nachteile. Es bedeutete mir nichts mehr, wenn die Leute staunten, wie weit ich schon gegangen war.

»Oh.« Dann registrierte ich ihren Gesichtsausdruck und er-innerte mich daran, dass es in Bernhards Nähe immer irgend-welche Kabbeleien gab. »Männerprobleme?«

Renata nickte. »Martin und Bernhard.«

Ich stellte meine Kaffeetasse ab. »Haben sie sich geprügelt?«

Spontan sah ich Gregory Peck und Charlton Heston vor mir, wie sie im Film *Weites Land* bei einem nächtlichen Kampf ihre Rivalität austrugen.

Renata schüttelte den Kopf. »Sie haben sich ein Wagenren-nen geliefert.«

Meine Vision der beiden Schauspieler wurde von nur Letzte-rem in *Ben Hur* ersetzt.

»Zentaur versus Golfer«, fügte sie hinzu. »Martin hat gewonnen. Ich hab's auf Video, wenn du es sehen willst.«

»Schon gut, danke. Aber heilsam, dass sie ihre ganze negative Energie mal rauslassen konnten.« Ich schämte mich ein wenig, als ich an meine Blaubeerbieraktion zurückdachte. Martin und Bernhard hatten offenbar einen Weg gefunden, ihre Feindseligkeit auf zivilisierte Weise auszutragen, ohne jemandem Schaden zuzufügen.

»Vielleicht«, erwiderte Renata, »aber ich bin nicht sicher, wie fit Martin heute Morgen ist.«

Erschöpft vom Rennen oder von der anschließenden Feier? Ich fragte nicht weiter nach.

»Da ist noch mehr«, erzählte Renata weiter. »Bernhards Geheimnis hat sich offenbart. Zwei Geliebte. Zwei brasilianische Geliebte.«

»Margarida und … Fabiana?«

»Nicht ich und Paola?« Sie tat beleidigt und lachte dann. »Du hast trotzdem nicht ganz richtig getippt. Margarida und Tina. Vielleicht bringt Paola sie jetzt alle um. Tina ist jung, sie wird darüber hinwegkommen. Aber Margarida …« Sie zuckte die Achseln.

»Hat er …?«

»Ja, er hat mit beiden geschlafen. Alle Männer mögen junge Mädchen, aber Bernhard mag auch ältere Frauen. Wobei ich glaube, dass ich ihm *zu* alt wäre. Leider.«

Ich dachte an all die Male, die er in Frankreich »mit Frauen geschlafen« hatte. Vielleicht war ich in unserer gemeinsamen Nacht in der *gîte* seinen Avancen nur entkommen, weil er eine bessere Option gehabt hatte. Aber …

»Etwa in den Gruppenräumen?«

»In Frankreich haben sie es mal im Etagenbett über mir versucht, aber zum Glück konnte ich Bernhards Fuß auf der Leiter erwischen. Er hatte seine Schlafmaske dabei, und ich hätte zu

317

gern gewusst, was er damit vorhatte. Aber ich wollte nicht unter ihnen zerquetscht werden, falls das Bett zusammengebrochen wäre.«

»Woher weißt du dann, dass sie tatsächlich …«

»Wenn die Leute Sex haben wollen, finden sie einen Weg. Im Schlafsaal fangen sie erst leise an, aber dann ist es ihnen egal. Tina natürlich nicht, schließlich ist ihre Mutter dabei. Aber nachts ist ja meistens der Waschsaal leer; vielleicht haben sie es auf der Waschmaschine getrieben, oder …«

»Okay, okay, ich will es gar nicht wissen.«

»Jetzt gehe ich allein weiter«, sagte Renata. »Ich bin diese Seifenoper leid.«

Sie bestellte noch einen Kaffee, und ich nutzte die Gelegenheit, um als Erste aufzubrechen.

Dann holte Tina mich ein – mit nichts an Gepäck außer einer Flasche Wasser. Sie joggte fast.

»Niemand redet mit mir.«

»Ah. Bernhard?«

»Genau. Aber das Problem ist Margarida. Die stellt sich ziemlich an.«

»Was ist mir dir?«

»Ich bin im Urlaub. Leider mit meiner Mutter.«

Bernhard war der Nächste, der mich einholte. Bis heute war es selten vorgekommen, dass mich jemand überholt hatte. Dieser Tag entsprach ganz und gar nicht dem üblichen Muster.

»Hast du Tina gesehen?«

»Warum?«

»Ich muss mit ihr reden.«

»Sie ist ein ganzes Stück weiter vorn«, sagte ich.

Er überholte. Fast erwartete ich, als Nächstes Martin zu sehen, aber ich hätte wissen müssen, dass es Margarida wäre.

»Hast du Bernhard gesehen? Hast du's gehört?«

»Ja und ja.«

Nach einer Weile fragte ich: »Warum gehst du eigentlich den Camino, Margarida?«

Sie sah mich an wie ein Reh das Scheinwerferlicht. »Ich glaube, es ist gut nachzudenken. Wo mein Leben hingeht, meine ich.«

»Gute Idee«, sagte ich. »Dazu hast du ja noch Zeit.«

Diesmal war ich diejenige, die davonzog.

Bis Lugo hatte ich diese Bernhard-Brasilianerinnen-Sache abgehakt. Das Schöne am Camino ist, wenn man ihn allein geht und einigermaßen fit ist, dass man sich eins mit der Natur fühlt: Die Zeit scheint stillzustehen, und alles andere ist ausgeblendet. Es wehte ein frischer Wind, das Panorama mit seinen heidebewachsenen Hügeln und Windrädern war beeindruckend, und ich war entschlossen, jeden Moment dieser letzten Tage zu genießen.

Die Stadt selbst war ebenfalls eindrucksvoll. Hoch auf einem Hügel gelegen und rundum von einer alten römischen Stadtmauer umgeben, beschwor sie nicht nur Bilder von Pilgern herauf sondern auch von El Cid und seinen Truppen. Vielleicht spukte mir aber immer noch Charlton Heston im Kopf herum – was mir etwas peinlich war, denn seine Begeisterung für die National Rifle Association fand ich natürlich grässlich.

Lautes Rufen holte mich in die Realität zurück: Marco saß in der Altstadt in einer Bar und bestand darauf, mich zu einem Drink einzuladen. »Und heute Abend«, sagte er, »würde ich dich gern zum Essen ausführen. Darf ich?«

Dies waren weder Martin noch der Seelenfrieden, den ich suchte. Ich dachte an den etwas unangenehmen Abend mit Henri in Pommiers. Aber ich hatte nicht das Gefühl, dass ich Marco ausnutzen würde. Er war geschieden – seit einigen Jahren, wie ich vermutete –, und ich hatte den Eindruck, dass er das Leben genoss und ein Auf und Ab von Eroberung und Abfuhr gewohnt war. Sein fast kindlicher Enthusiasmus würde mich auf lange Sicht stören, aber für den Moment war das nicht von Belang.

»Sehr gern«, erwiderte ich.

Vor dem Essen lieh Marco mir seinen Computer. Ich hatte den Mädchen einige Male gemailt, aber seit Saint-Jean-Pied-de-Port nicht mehr mit ihnen geskypt. Lauren hatte Geburtstag, und Tessa war hingeflogen, um mit ihr zu feiern. Ich kündigte ihnen meinen Skype-Anruf an und sah dann in meine Mails. Albie schrieb, der Makler habe einen potentiellen Käufer für das Haus gefunden.

Lauren war begeistert – oder zumindest erleichtert –, von mir zu hören.

»Ich habe mein Ticket auf den letzten Flug aus Santiago am 13. Mai umbuchen lassen, also bin ich am 14. zu Hause.«

»Santiago?«, fragte Tessa nach.

»Du bist in *Chile*?«, meinte Lauren.

Mir fiel ein, dass ich ihnen nie von meiner Pilgerei erzählt hatte, sondern nur, dass ich in Frankreich und Spanien unterwegs wäre. Sie und der Camino waren so sehr Teil meines Lebens, dass nur schwer nachvollziehbar war, wie ich beides so lange hatte getrennt halten können.

»Was? Wie weit, hast du gesagt?«

»Was meinst du mit: zu Fuß?«

»Ich dachte, du hast was gegen Religion.«

Die meisten Antworten würden warten müssen. Ich gab ihnen eine Kurzfassung.

»Kannst du auf dem Rückweg in New York haltmachen?«, fragte Lauren. »Ich vermisse dich.«

Lauren vermisste mich? Ich merkte, dass sie mir etwas verschweigen wollte, aber dann konnte sie doch nicht mehr an sich halten. »Ich wollte es dir vorher nicht sagen, wegen Keith und allem, aber … du wirst Oma. Im Juli ist Termin.«

62

MARTIN

Nach achtzehn Meilen beim Londoner Marathon machten sich Probleme bemerkbar.

Ich lief weiter, obwohl ich wusste, dass sich mein Knieschaden dadurch verschlimmern würde. Bei der Einundzwanzig-Meilen-Marke verfiel ich ins Gehen und konnte nur noch hoffen, es überhaupt ins Ziel zu schaffen. Zwei Meilen vor dem Ende gab ich auf, weil ich endgültig einsehen musste, dass ich sonst eine Operation riskierte.

Aber ich hatte zu spät aufgehört und fühlte mich in zweierlei Hinsicht als Verlierer: Das Knie musste operiert werden, und die Finisher-Medaille hatte ich trotzdem nicht bekommen.

Jetzt, in Spanien, weniger als eine Woche von Santiago entfernt, nach eintausendneunhundert Kilometern, die ich meinen Karren bergauf und bergab gezogen hatte, über Feldwege, Waldsteige, Landstraßen, durch Schnee und Schlamm und Sand, an Autobahnen entlang sowie – auf dem Rücken – über Absperrgitter, Felsen und Zäune, bestand akute Gefahr, dass sich die Geschichte wiederholte.

Auf meinem Zimmer gönnte ich dem Knie mit einem kalten Umschlag eine Stunde Pause, dann versuchte ich, es zu strecken und zu belasten. Es war erträglich. Beim Marathontraining hatte das andere Knie rebelliert, aber im vertretbaren Rahmen.

Ich hatte noch einen Tag Reserve. Ich konnte abwarten, wie es sich am nächsten Tag anfühlte.

Am Morgen schien es einigermaßen okay. Ich ging früh los und beschloss, es bis nach Lugo zu versuchen, meinem ursprünglich geplanten Ziel. Ganz behutsam.

Behutsam erwies sich als schwierig. Es blieb hügelig. Bergan war es nicht so schwer, aber in den Bergabphasen musste ich bei jedem Schritt die Stöcke und das andere Knie voll belasten, um das verletzte dann vorsichtig nachziehen zu können.

Ich nahm jede Gelegenheit zur Pause wahr. Renata holte mich ein, als ich mein Bein in einem Fluss kühlte, und schenkte mir mehr Mitgefühl, als ich verdiente.

»Natürlich musstest du seine Herausforderung annehmen, Martin.«

»Du bist überraschend verständnisvoll. Die meisten Frauen würden sagen, dass das vollkommen idiotisch war.«

»Ich bin nicht die meisten Frauen. Ich habe bessere Voraussetzungen, um Männer zu verstehen. Wie du dir vielleicht denken kannst.«

Sie sah mich an und lächelte. Ich musterte ihr kräftiges Kinn und dachte: Aha?

»Tut mir leid, ich hatte keine Ahnung … Ich hoffe, das ist eine gute Sache? Ist es lange her?«

»Noch nicht so lang. Das ist einer der Gründe, weshalb ich pilgere. Mit Menschen, die mich neu kennenlernen.«

»Du scheinst gut klarzukommen.«

»Das war mein Plan.«

Wir wanderten eine Weile schweigend nebeneinanderher, bis ich wieder eine Pause machen musste und sie weiterging.

Als ich meine Unterkunft erreichte, machte mein Knie mir so viel Probleme, das ich beschloss, doch einen Tag Pause einzulegen. Ich hatte ein Privatzimmer im ersten Stock mit schöner Aussicht. Die Hostels in Spanien waren mit der Zeit gegangen und hatten sich auf das zunehmende Alter und Vermögen der

Gäste eingestellt, daher boten sie neben den üblichen Schlafsälen häufig sogar Doppelzimmer an.

Der Besitzer brachte mir Eis und ein belegtes Brötchen. Ich verschanzte mich auf meinem Zimmer und rechnete Zeit und Entfernung nach. Wenn ich den nächsten Tag pausierte, würde ich es gerade eben noch schaffen – zumindest, wenn ich weiter den Plan verfolgen wollte, von Santiago aus per Zug zur Pariser Messe zu reisen. Ich könnte natürlich auch ein Flugzeug nehmen. Das würde am selben Tag um einiges später gehen und wäre vermutlich sogar billiger. Also neuer Plan: Ankunft in Santiago am 13. Mai, mit spätem Flug nach Paris am selben Abend. Das war auch Zoes Abreisetag. Wir könnten uns auf dem Flughafen begegnen.

Ich fuhr den Rechner hoch, um zu buchen, und fand eine kurze E-Mail von Sarah: Es gehe ihr gut, mit Julia komme sie zurecht, und sie sei bereit, mit mir zu reden, sobald ich nach England zurückkehre, womit sie in frühestens vierzehn Tagen rechne.

Was ich herauslas, war der für sie am wenigsten schmerzvolle Weg, sich zwei Wochen Aufschub zu erkaufen, ohne dass ich sie nervte. Seit ihrer Überdosis hatte ich nichts mehr über Zoe gepostet.

Von Jonathan gab es schlechte Nachrichten:

Wie alle bisherigen Erfahrungen vermuten lassen, bleibt der Rucksack die beste und kostengünstigste Methode, um in den Bergen geringe Lasten zu transportieren. Für schwere Lasten: Esel, Pferde, Maultiere. Dein Wagen hat sich besser gehalten als jede andere Option mit Rädern, die wir bis dato getestet haben, aber letztlich sind zwei gesunde Beine nicht zu schlagen. Tut mir leid, dass ich Dir nichts Besseres mitteilen kann, aber ich dachte, vor der Messe solltest Du es wissen.

Die Deutschen und die Chinesen könnten zu ähnlichen Schlussfolgerungen kommen, auch ohne selbstgetestete Prototypen. Allmählich schien das deutsche Angebot das Beste zu sein, das ich aus der Sache herausschlagen konnte.

Es war schon nach 22 Uhr, als ich draußen vor dem Fenster lautes Lachen hörte. Unten spazierte ein Pärchen auf das Hostel zu, und ich nahm an, dass es keine Pilger wären – außer, die Frau wäre Margarida. Sie trug ein kurzes Kleid und Schuhe mit hohen Absätzen und hatte die schönsten Beine, die ich seit langem gesehen hatte.

Als sie ins Licht kam, sprang mir allerdings die Farbe ihres Kleides ins Auge. Und der Mann, der Zoes Hand hielt und kurz davor war, sie zu küssen … war Marco.

63

ZOE

Das Abendessen wurde bedeutsamer, als ich erwartet hatte. »Wir kochen hier«, sagte Paola, bevor ich das Hostel verließ. »Wenn du zurückkommst, kannst du uns alles erzählen.« Die Spannung, die dort in der Luft lag, war ein noch schlagenderes Argument, mit Marco auszugehen, als das Essen an sich oder die Gesellschaft. Margarida war offenbar schon im Schlafsaal. Tina saß im Aufenthaltsraum, hatte ihre Ohrhörer eingestöpselt und starrte vor sich hin. Bernhard war so schlau gewesen, woanders einzukehren.

Fabiana wirkte ausgehfertig. »Margarida muss unter Leute«, sagte sie. Sie trug ein schwarzes Kleid und sah gut aus, wobei ich ihr gerade empfehlen wollte, ein buntes Tuch dazu umzubinden. Aber dann war sie es, die mir Modetipps gab. »Hast du nichts anderes anzuziehen?«

Ich sah aus ... wie eine Pilgerin. Fabiana ging mit mir in den Schlafsaal, in dem Margarida sich unter einer Decke zusammengerollt hatte. Ich zog das blaue Kleid von Martin aus meinem Rucksack.

»Wie wäre es damit? Auch wenn ich mir nicht vorstellen kann, dass es passt.«

Fabiana lächelte. »Guck einfach nicht in den Spiegel.«

Ich zog die Wanderklamotten aus, die seit Wochen meine Uniform bildeten, und hüllte mich in Martins Geschenk. Fabiana holte ein Paar hohe Schuhe von Margarida, die prompt passten. Als ich in den Spiegel sah, zuckte ich zusammen. Elf Wochen lang hatte ich nur Hosen und Pullover getragen.

Ich erkannte mich kaum wieder: eine schlanke Frau mit gesundem, strahlendem Teint und ausgeprägter Wadenmuskulatur, die nicht unbedingt das war, was sich ein Model wünschte, aber straff und wohlgeformt. Das Blau des Kleides betonte meine Augen. Martin hatte gut gewählt. Es passte, zumindest den Maßen nach, auch wenn ich beim Anblick der Person im Spiegel nicht sicher wusste, wer das war. Auf keinen Fall sah ich wie eine werdende Großmutter aus.

Ich bedauerte, dass es nicht Martin war, der mich in dem Kleid ausführte. Ihm hätte ich erzählen können, wie sehr mich Laurens Bekanntmachung bewegte. Ich freute mich für sie: Mutter zu sein war offensichtlich das, was sie wollte. Aber sie war noch so jung, und dass *ich* meine Kinder so früh bekommen hatte, hatte mich daran gehindert, meine Lebensträume zu verfolgen …

Aber stimmte das tatsächlich? Mein neues, achtsames Ich wollte das so nicht akzeptieren. Vielleicht hatte ich auch deswegen Kinder bekommen, weil ich Angst hatte, als Zeichnerin zu versagen. Und ob es auch etwas mit dem zu tun gehabt hatte, was Camille passiert war, wollte ich nicht weiter ergründen.

»Oh, wow!«, sagte Fabiana. Margarida richtete sich in ihrem Bett auf und fügte »Sexy Hexy« hinzu.

Also gut. Großmutter zu werden bedeutete nicht, dass ich jetzt anfangen musste zu stricken.

Paola stylte mir noch die Haare, und als ich ging, kam ich mir wie ein frisch überholtes Aschenputtel vor. Marco brauchte tatsächlich einen Moment, bis er mich erkannte.

»*Eres muy hermosa*«, sagte er und küsste mich auf die Wange. Sehr schön.

Er war ein kultivierter und gewandter Begleiter, geistreich und scharfsinnig, und seine leicht schiefe Nase passte zu seinem Charakter. Dass er als Spanier keinerlei Probleme mit der Sprache und der Speisekarte hatte, war ein klarer Vorteil, aber er schien der Typ zu sein, der überall gut zurechtkäme.

Und das Essen war hervorragend. Marco bestellte eine Reihe vegetarischer Gerichte für uns beide. Wir redeten über seine erwachsenen Kinder, die er nicht so oft sah, wie er es gerne würde. »Ich arbeite zu viel.« Er war Arzt, das wusste ich bereits, und nun erfuhr ich mehr über seine Arbeit in der Klinik und als freiwilliger Helfer in Haiti.

»Dann führst du ja ein sehr ausgeglichenes Leben – deine Arbeit ist von Bedeutung, und im Urlaub kannst du auf den Putz hauen«, sagte ich.

Er runzelte die Stirn, und ich formulierte es um. »Du kannst das Leben genießen.«

»Ganz bestimmt«, erwiderte Marco. »Ich bin noch jung und gesund. Ich gehe jedes Jahr einen der Caminos, ich reise viel, ich habe viele Freunde.«

»Bist du auch mal einsam?«, fragte ich, dachte aber mehr an mich selbst als an ihn. Wie würde meine Zukunft wohl aussehen, wenn ich den Camino hinter mir hätte?

»Ja«, sagte Marco, plötzlich ernst. »Aber … nach der richtigen Frau kann man ewig suchen.«

Er begleitete mich zu meinem Hostel, das nicht weit von seiner *pensione* entfernt lag. Auf hohen Schuhen zu laufen war nach dem vielen Wandern gar nicht so einfach. Da nahm er meine Hand.

Es fühlte sich seltsam an. Als ich vor dem Kuss die Augen schloss, wurde aus seltsam vollkommen falsch. Ich reagierte auf das unmittelbare Problem, indem ich meinen Kopf leicht drehte und die Wange anbot; so verabschiedeten sich Freunde in Europa nun mal. Doch sein Eigentlich-erwarte-ich-mehr-Blick konnte nicht unbeantwortet bleiben.

Ich war jetzt ziemlich sicher, dass ich keinen richtigen Gutenachtkuss wollte – oder gar mehr. Unsere Energien passten nicht zusammen, aber es war nicht nur das. Ich hatte das Gefühl zu betrügen – nicht Keith, sondern Martin.

Während ich noch zwischen *Ich mag dich wirklich gern* und *Ich habe Paola eine Massage versprochen* schwankte, nahm er mein Gesicht zwischen seine Hände. Ich stand schon mit einem Fuß im Blumenbeet, als die Hosteltür aufgestoßen wurde.

Paola kam angerannt, ohne weiter auf Marco zu achten. »Kannst du bei Tina bleiben? Ich muss ins Krankenhaus.«

»Krankenhaus?«, fragten Marco und ich gleichzeitig nach.

»Fabiana und Margarida sind eingeliefert worden. Sie haben eine Überdosis. Ich muss nach ihnen sehen und ihre Familien verständigen. Dein Freund Felipe ist bei ihnen.«

»Was für eine Überdosis?«, fragte Marco, der Arzt.

Paola zögerte. »Alkohol.«

»Ich fahre dich ins Krankenhaus.«

Paola wollte keine Zeit verlieren, und ich nickte Marco zu. Ich war immer noch unschlüssig, was ich gesagt hätte, wären wir nicht unterbrochen worden, aber keinesfalls traurig, dass es nun so kam – von den Umständen einmal abgesehen.

Tina saß mit Zöpfen und im Minnie-Maus-Schlafanzug im Gemeinschaftsraum. Niemand hätte geglaubt, dass sie alt genug für Alkohol war – nicht einmal in Spanien, wo man ihn mit sechzehn schon trinken durfte. Jetzt würde ich Tränen und Elend ertragen müssen – dachte ich.

»Glaubst du, es war meine Schuld?«, wollte sie wissen.

»Warst du etwa dabei? Hast *du* den Alkohol getrunken?« Ich merkte, dass ich zu Martins Sprachrohr wurde.

»Natürlich nicht.« Brasilianischer Akzent, kalifornisches Augenverdrehen.

»Fabiana und Margarida haben ihre eigenen Probleme, das hat nichts mit dir oder Bernhard zu tun.«

»Bernhard. Der ist so was von … überhaupt nicht wichtig.«

Dann: »Warum sagt ihr, du und Martin, nicht einfach, was ihr fühlt? Füreinander?«

Ich versuchte immer noch zu ergründen, wer ihr was gesagt hatte, als Paola zurückkam. Tina verschwand, ohne gute Nacht zu sagen. Ich sah ihre Mutter an und zuckte die Achseln. »Alles okay. Wie geht es Fabiana und Margarida?«

Während ich Paola einen Kräutertee kochte, brachte sie mich auf den neuesten Stand. Fabiana und Margarida hatten mit den Einheimischen getrunken. Beiden war schlecht geworden, aber Fabiana verlor das Bewusstsein. Der Notarzt wurde verständigt. Man wollte sie über Nacht zur Beobachtung im Krankenhaus behalten.

»Und Margarida bleibt bei ihr«, ergänzte sie.

Ich hörte Zwischentöne in ihrer Stimme. »Du hast sie dazu verdonnert?«

Paola schüttelte den Kopf. »Nein, aber ich glaube, sie ist jetzt endlich zur Vernunft gekommen. Zeit, dass sie erwachsen wird.«

»Und Felipe?«

»Felipe fährt morgen früh wieder hin. Er ist ein guter Mann. Er versteht Fabiana.«

»Hatte sie Liebeskummer? Wegen eines verheirateten Mannes?«

Paola sah mich überrascht an. »Hat sie es dir erzählt?«

Ich schüttelte den Kopf. »Eigentlich nicht, aber ich habe es mir irgendwie gedacht.«

»Bin ich genauso durchschaubar?«

»Du?«

»Kennst du meine Geschichte? Ich habe auch meinen Mann verloren, wie du.«

Vor zwölf Jahren war Paola den Camino das erste Mal gegangen – den traditionellen Camino Francés, fünfhundert Meilen, ab Saint-Jean-Pied-de-Port.

»Damals habe ich meinen Rucksack die ganze Zeit getragen«, sagte sie. »Mein Mann und ich machten eine echte Pilgerreise. Er war katholischer Priester und hatte sein Amt aufgegeben, um mich zu heiraten. Aber er wusste, eines Tages würde er dafür bezahlen müssen. Wir beide wussten es.«

Tina stand in der Tür. Die Spannung zwischen ihnen schien sich aufzulösen. Sie ging zu ihrer Mutter und schmiegte sich in ihre Arme – eine Haltung, die für beide vertraut schien.

»Er bekam Krebs, und irgendwann konnten die Ärzte nichts mehr für ihn tun.«

»Papa hatte sich immer gewünscht, den Camino zu gehen«, sagte Tina. Sie musste damals vier oder fünf gewesen sein. Ich fragte mich, woran sie sich noch selbst erinnerte und was sie nur aus Familienerzählungen wusste.

»Es waren harte sechs Wochen«, sagte Paola. »Zeitweise kamen wir nur sehr langsam voran. Manchmal habe ich seinen Rucksack auch noch getragen. In Melide ist er gestorben. Zwei Tage vor Santiago.«

Ihre Geschichte rief meine eigene Trauer wieder wach.

»Es musste viel organisiert werden. Und dann bin ich mit seiner Asche wieder nach Hause geflogen – einem Teil seiner Asche. Etwas davon habe ich in Melide gelassen und den Rest nach São Paolo mitgenommen.« Paola lächelte. »Jetzt verstehst du, dass wir sowohl auf dem Camino wie auch in Brasilien eine Heimat haben, er und ich.«

Danach hatte Paola beschlossen, auch andere Menschen auf den Weg zu bringen. Sie schrieb zwei Bücher auf Portugiesisch, und jeder in Brasilien erfuhr ihre Geschichte. Jetzt leitete sie Camino-Touren. In ihrer Heimat war sie wahrscheinlich so etwas wie eine Legende.

»Jedes Jahr komme ich mit einer anderen Gruppe her, und jedes Jahr höre ich in Melide auf. Weiter gehe ich nicht.«

»Du bist *noch nie* bis nach Santiago gegangen?«

Paola schüttelte den Kopf. »In den letzten zwei Tagen kann man sich nicht mehr verlaufen – das schaffen die Gruppen auch ohne mich. Ich glaube, sie genießen es sogar.«

Ich dachte an Martin, der mir meine Muschel zurückgegeben hatte, obwohl ich sie gar nicht gewollt hatte. Mir wurde klar, dass ich den Camino ohne sie beenden musste – um zu zeigen, dass ich an mich selbst glaubte, mehr noch als an Glück oder Schicksal. Monsieur Chevalier hatte gesagt, die Muschel sei dazu bestimmt, nach Santiago zu gehen. Jetzt wusste ich, wem ich sie geben würde.

MARTIN

Ich blieb einen Tag in Lugo, ruhte mein Knie aus und zwang mich, nicht allzu viel über Zoe und Marco nachzudenken. Für Zoe war es bestimmt gut: ein Schritt in ihr neues Leben, ohne gleich eine neue Beziehung zu riskieren. Marco würde nach diesem Urlaubsflirt mit Sicherheit wieder zu seiner Frau und seiner Familie zurückkehren. Ich fragte mich, ob Zoe wusste, dass er verheiratet war. Ich wollte nicht, dass sie verletzt würde, aber es war nicht an mir, irgendetwas zu sagen oder zu tun – oder zu verurteilen. Trotzdem hätte ich auf den sprichwörtlichen Fensterplatz bei dieser Romanze gut verzichten können. Sowie darauf, auch noch ihr Outfit beigesteuert zu haben.

Am Abend wagte ich mich die Treppe hinunter. Die Schwellung war ein wenig zurückgegangen, aber das Knie hatte sich nicht so gut erholt, wie ich gehofft hatte. Ich saß draußen vor dem Haus an einem Tisch und hielt nach ankommenden Pilgern Ausschau, als ich Tina entdeckte.

»Immer noch hier?«, rief ich.

»So sieht's aus.« Sie kam zu mir. Sie wirkte bedrückt.

»Wieso?«

»Fabiana ist krank.«

»Etwas Ernstes?«

Sie zuckte mit den Schultern. »Ich soll nicht darüber reden, aber … du kannst es dir wahrscheinlich denken.«

»Zu viel gefeiert?«

»Schnaps. Sie ist das nicht gewohnt. Erst geht sie zum Gottesdienst, dann betrinkt sie sich. Ist fast an ihrem Erbrochenen
erstickt – total eklig.« Sie verdrehte die Augen. Dann betrachtete sie mein Bein, das ich auf einen Stuhl gelegt hatte. »Hat
Bernhard dein Bein verletzt?«

»Ich selbst habe mein Bein verletzt. Ich hätte nicht mit ihm
um die Wette laufen müssen. Oder seine Spielchen mitspielen.
Wenn du beim Älterwerden etwas lernst, dann, dass die meisten deiner Probleme selbstverschuldet sind. Wie bei Fabiana.«

Darüber musste sie kurz lachen, und ich wagte mich ein
wenig weiter vor. »Lass mich raten: Sie war mit Margarida unterwegs.«

»Genau.« Schweigen. Dann: »Du hast es gesehen, oder? Nach
dem Rennen.«

»Was ist mit dir? Bist du okay?«

»Klaro.« Wo hatte ich das schon gehört? *KS.*

»Hast du schon gegessen?«

»Noch nicht.«

Ich zog einen Zwanzig-Euro-Schein aus meiner Handy-Hül-
le. »Ich kann nicht laufen. Geh du doch bitte los und hol uns
Tortillas – oder Burger oder Chips oder was auch immer, ja?«

Zwanzig Minuten später war sie wieder da und hielt mir grinsend eine große viereckige Schachtel hin. Pizza. Und Cola.

»Ich brauche mal einen Rat«, sagte ich.

»Von mir?« Sie lachte. »Wegen Zoe, richtig?«

»Falsch. Ich habe eine Tochter in ungefähr deinem Alter. Ihre
Mutter und ich haben uns vor etwa einem Jahr getrennt, und sie
tut sich schwer damit.«

»Wem sagst du das?«

Das klang ermutigend. Beim Essen erzählte ich ihr mehr.

»Also, was meinst du, was sie will, das ich tue? Was würde sie
mir sagen, wenn sie es könnte?«

333

Tina schlürfte an ihrer Coladose. »Glaub ihr nicht, wenn sie sagt, sie wäre nicht in diesen … Typen verliebt. Wie heißt er?«

»Keine Ahnung.«

»Frag sie. Jedenfalls ist sie bestimmt in ihn verliebt – sonst würde sie nicht diese ganzen Sachen machen, die du für blödsinnig hältst. Man verliebt sich immer in die Falschen, aber man will sie seinen Eltern gegenüber nicht verteidigen müssen, weil die dir dann nur sagen, dass der Typ nicht richtig für dich ist … was du ja sowieso schon weißt. Also sagst du ihnen, dass du nicht verliebt bist.«

»Wie bei Bernhard?«

»Weißt du, wie scheiße das ist, mit deiner Mutter zu verreisen, die dich die ganze Zeit beobachtet? Und eine ihrer … *Klientinnen* … die alt genug ist, um seine, also Bernhards, Mutter zu sein … und dann bringt sie fast jemanden um, weil sie Sachen macht, die noch nicht mal *ich* machen würde, aber *ich* bin hier das …«

»Ich habe das selbst noch nicht erlebt, aber ich glaube, ›scheiße‹ ist das richtige Wort.«

»Ich wünschte, ich hätte einen Vater wie dich.«

»Warum?«

»Weil dir deine Tochter so wichtig ist. Ich dachte, du fragst mich wegen Zoe, aber du hast wegen Sarah gefragt. Als wäre sie in deinem Leben das Wichtigste.« Plötzlich, wie aus dem Nichts, begann sie zu weinen.

Ich legte ihr eine Hand auf die Schulter, dann beide, und wusste nicht recht, was ich tun sollte, da wir beide saßen, aber sie lehnte ihren Kopf auf meinen Arm und schluchzte. Irgendwann beruhigte sie sich und richtete sich wieder auf.

»Tut mir leid.«

»Ist schon okay. Du hättest mich vor einem Jahr mal sehen sollen. Und dein Dad ist nicht da?«

»Er ist gestorben, als ich fünf war. Und weißt du, was er in

334

den letzten Monaten seines Lebens gemacht hat? Er ist mit meiner Mutter diesen Scheiß-Camino gegangen. Während ich bei meiner Tante und meinen Cousinen war und darauf wartete, dass er zurückkommt. Ich wusste, dass irgendwas nicht stimmte, aber niemand hat mir gesagt, dass ich ihn nie wiedersehen würde.« Pause. »Das war kein selbstgemachtes Problem.«

»Da hast du recht. Du hattest also das Gefühl, dass deine Mutter ihm wichtiger war?«

»Sag ihr bloß nicht, dass ich das erzählt habe. Sie hat ja nur getan, was er wollte. Ich glaube, unser Weg jetzt soll dazu dienen, es wiedergutzumachen … dadurch, dass sie mich mitnimmt. Sie denkt, sie tut etwas für mich, aber eigentlich ist es anders herum. Weißt du, was ich meine?«

»Ja. Ich wünschte, ich könnte irgendetwas sagen, das dir hilft. Aber wie du inzwischen weißt, fällt mir noch nicht einmal ein, wie ich meiner Tochter helfen könnte.«

»Sie ist dir wichtig. Du setzt sie an erste Stelle. Sie ist die Nummer eins, und wenn sie das weiß …«

»Vielleicht versucht deine Mutter jetzt ja auch, dich an erste Stelle zu setzen.«

Es war das Beste, das mir einfiel.

Während die Sonne unterging, blieb ich noch eine Weile allein sitzen und fühlte mich seltsam ruhig – und das nicht, weil ein Teenager mir ein Kompliment gemacht hatte. Es war eher so, dass sie den ganzen Wirrwarr in eine einfache Frage kondensiert hatte: Was musste ich tun, um Sarah an erste Stelle zu setzen?

Die ebenso einfache Antwort – die ich in der letzten Woche, ach was, im ganzen letzten Jahr gemieden hatte – lautete: den Konflikt mit Julia lösen. Und der einzige Weg, das zu tun, wäre, ihr zu verzeihen.

Ich rang mit mir. Die eine Sache, die mich durch die ganze Trennungs- und Scheidungsgeschichte hindurch aufrecht gehalten hatte, war mein Gefühl der moralischen Überlegenheit gewesen. *Ich* hatte mir nichts zuschulden kommen lassen. Julia war diejenige gewesen, die fremdgegangen war. Ich hatte mir gemeinsame Zeit mit meiner Tochter versagt, damit sie unseren Hass aufeinander nicht zu spüren bekäme. Ich hatte Julia mein ganzes Geld überlassen.

Zoe hatte ihrer Mutter vergeben. Es war nicht ganz vergleichbar. Bei Untreue geht es nicht nur um Moral – so etwas ist persönlich. Aber im Gegensatz zu Zoes Mutter hatte Julia gesagt, es tue ihr leid. Sie hatte einen Fehler gemacht und gewollt, dass wir unsere Ehe wieder hinbekämen. Und ich war zu sehr mit meinem selbstgerechten Zorn beschäftigt gewesen, um ihr zuzuhören.

Wieder in meinem Zimmer, schrieb ich eine E-Mail. Ich wollte es nicht länger aufschieben, so wie das »hab dich lieb« für Sarah, aber ich konnte es nicht von Angesicht zu Angesicht klären. Darin waren Sarah und ich uns gleich.

Liebe Julia,
wir müssen wegen Sarah etwas unternehmen, und ich glaube,
das bedeutet, dass wir Frieden schließen und mehr kooperieren
sollten. Lass mich derjenige sein, der anfängt. Ich verzeihe Dir
Deine Affäre. Bitte entschuldige, dass ich das nicht schon viel
früher getan habe. Obwohl ich weiß, dass es zu spät ist, unsere
Ehe zu retten, worum Du damals gebeten hattest, bin ich bereit,
alles Erdenkliche zu tun, damit es Sarah gutgeht.
In Liebe,
Martin

Das »In Liebe« kam spontan – und unerwartet – und war der einzige Teil, den ich spontan wieder löschen wollte. Aber natürlich entsprach es der Wahrheit. Sonst wäre ich nicht die ganze Zeit so wütend gewesen.

Ich stellte mich darauf ein, dass es eine Weile hin- und hergehen würde, mit Anklagen, Verletzungen und Zu-Kreuze-Kriechen, bis wir eine Einigung erreichten, von der Sarah profitieren würde. Julia würde kaum mit derselben männlichen Nüchternheit eines Ingenieurs antworten.

Aber wie üblich lag ich auch damit falsch. Nachdem ich geduscht und meine Kleider gewaschen hatte, wartete in meinem Postfach bereits eine Antwort. *Gott sei Dank – oder wen auch immer du getroffen hast.* Danach ging es nur noch um Sarah. Und wie um sicherzustellen, dass ich mir nicht das kleinste Fitzelchen moralischer Überlegenheit mehr leisten konnte, schrieb sie:

Ich schätze, Du weißt, dass Sarah auf ein Medizinstudium hofft, womit sie bis weit über 21 hinaus studieren wird.
Ich nehme an, dass das der Grund für den Scheck war, den Du mir geschickt hattest. Er hat uns beiden gezeigt, dass Du auf jeden Fall weiter an ihr interessiert bist, auch wenn Du Dich erst mal eine Weile nicht mehr gemeldet hast. Ich kann Dir versichern, dass das Geld gut für sie angelegt ist.

Ich befürchtete immer noch, dass weder Julia noch ich es hinbekämen, komplett auf irgendwelche Seitenhiebe zu verzichten, und fragte mich auch, was hinter diesem »oder wen auch immer du getroffen hast« steckte. Aber der Anfang war gemacht. Ich bedankte mich bei ihr und fragte das Offensichtliche: *Was soll ich tun?*

Die Antwort kam umgehend. *Du musst mir nicht vergeben. Aber Du solltest Deine Wut auf mich abbauen, damit wir gemeinsam überlegen können, was gut für Sarah ist. Wenn Du das schaffst, finden wir gemeinsam eine Lösung.*

Ja, das könnte ich schaffen.

65

ZOE

In meinen letzten Wochen auf dem Jakobsweg hatte ich den Geist eines jeden Pilgers aus Vergangenheit und Gegenwart gespürt, der mich Richtung Santiago vorantrieb, daher wunderte ich mich, warum zum Teufel ich mich an meinem Abend in Melide so einsam fühlte. Ich befand mich jetzt auf dem Camino Francés, und das *Pulpo*, ein bekanntes Oktopus-Lokal, war voll mit Pilgern aus beiden Richtungen, die ihre Erfahrungen austauschten und miteinander die Aufregung teilten, nur noch zwei Tage vom Ende entfernt zu sein. Von meinen Freunden des Camino Primitivo war jedoch keiner dabei. Ich war sogar einen Tag länger hiergeblieben in der Hoffnung, dass die Brasilianerinnen noch kämen, aber sie ließen sich nicht blicken.

Ich empfand eine seltsame Leere. Immer wieder musste ich an Paolas Mann denken, der in dieser Stadt kurz vor dem Ende des Jakobswegs verstorben war. Was war der Sinn? Wäre ich in L. A. geblieben und zu einer Therapeutin gegangen, hätte ich das alles auch ohne Blasen an den Füßen aufarbeiten können. Ich fragte mich, wo Martin war.

»Fast geschafft«, sagte eine Stimme hinter mir, und erst als sie »und dann können wir entscheiden, ob es Zeitverschwendung war« hinzufügte, erkannte ich sie.

»Renata!«

Sie ließ sich auf die Holzbank gegenüber fallen. Ihre Schultern erschienen mir runder als vorher.

»Wo sind die anderen?«, erkundigte ich mich.

»Noch nicht so weit. Ein oder zwei Tage hinter uns. Ich muss das jetzt endlich hinter mich bringen.«

»Warum gehst du eigentlich?« Von den Brasilianerinnen war sie diejenige, von der ich am wenigsten wusste.

Renata riss ein Stück von dem Brot ab, das von meinem Essen noch übrig war. »Um nachzudenken. Das ist doch der Sinn der Sache, oder nicht?«

»Über irgendwas Bestimmtes?«

»Das Leben?«

Tja, das schränkte es natürlich ein. Ich schätze, ich hatte ebenso wenig preisgegeben. Renata lachte. »Du zuerst. Du hast schon mehr Zeit auf dem Camino verbracht. Du bist … wo gestartet?«

Ich wollte gerade Cluny sagen, als ich erkannte, dass das nicht stimmte. »Los Angeles. Da habe ich die Tür hinter mir zugezogen und alles – wirklich alles – hinter mir gelassen. Das ist der Sinn der Sache, oder nicht?«

»Du hast also dein Hab und Gut zurückgelassen. Vermisst du etwas?«

Ich schüttelte den Kopf. Um ehrlich zu sein, vermisste ich in diesem Moment noch nicht einmal meine Töchter, auch wenn ich mich schon freute, sie bald wiederzusehen. Und …

»Mein Mann ist gestorben«, erklärte ich. »Vor vier Monaten.« Vier Monate. Die Zeit war vergangen, ohne dass ich es bewusst gemerkt hatte. »Es tut mir schrecklich leid, dass es passiert ist, und ich wünschte, ich hätte irgendetwas tun können, um es zu verhindern, aber … ich vermisse ihn nicht.«

»Martin?«

»Du meinst, er hat seinen Platz eingenommen? In Frankreich hätte ich das vielleicht noch zugelassen, glaube ich, aber es wäre ein Fehler gewesen. Ich musste erst wieder herausfinden, wer ich selbst bin.«

»Und hast du?«

»Eigentlich nicht.«

»Paola hat erzählt, du hättest deine künstlerische Ader wiederentdeckt.«

»Ich hatte etwas Tiefgreifenderes erwartet. Vielleicht lebe ich schon zu lange in Kalifornien.«

»Das wird's sein. Du beginnst eine neue Karriere, du entdeckst Kräfte, die du nie in dir vermutet hättest, vielleicht hast du dich auch verliebt … und dann sagst du, du hättest nichts Wichtiges herausgefunden?«

Ich hörte auch Monsieur Chevalier, wie er sagte: »Der Camino hat Ihnen all das gegeben, ganz zu schweigen davon, dass Sie Ihrer Mutter verzeihen, um Ihren Mann trauern und sich selbst vergeben konnten. Und Sie wollen immer noch mehr?« Ja, das wollte ich.

»Irgendetwas fehlt noch.«

»Wie fühlt es sich an? Das, was du vermisst? Diese Lücke … dieses Loch?«

»Es ist so ein Gefühl … als hätte ich einen Teil von mir verloren.«

»Okay. Erzähl mir eine Geschichte. Ich mag Geschichten. Erzähl mir deine wichtigste Geschichte.«

Ich brauchte nicht weiter nachzudenken. Ich erzählte ihr von Camille und unserer Reise von St. Louis nach San Francisco, zweitausend Meilen pro Fahrt, mit dem Schlenker über Fergus Falls, um auf dem Rückweg meine Familie zu besuchen. Und von dem Streit, der dort ausgebrochen war.

Mein Vater war nicht da gewesen, und meine Mutter musste etwas geahnt haben. Als sie das Tischgebet sprach, fügte sie eine lange Passage über ungeborene Kinder ein, und Camille verließ den Raum.

»Mörderin«, hatte sie gesagt. Camille und ich waren ohne Essen wieder aufgebrochen.

340

Selbst jetzt noch merkte ich, wie ich vor lauter Scham eine Gänsehaut bekam – ich schämte mich für meine Mutter und dafür, dass ich Camille dieser Situation ausgesetzt hatte.

»Sie war der Grund, weshalb ich nach Frankreich gereist bin«, sagte ich.

»Eine lange Reise, um ein Problem zu erschaffen … und nun wieder, um es zu heilen.«

»Zu spät. Meine Mutter starb, bevor wir uns wieder versöhnen konnten.«

»So was passiert.« Der Kellner stellte ein Holzbrett mit Scheiben von *pulpo* unter Paprikastücken vor sie hin.

»Ich hätte etwas unternehmen können.« Ich dachte an meine Wut nach Laurens Geburt, die ich durch Meditation hatte in den Griff bekommen wollen. Meine Mutter hatte eine Karte geschickt. *Herzlichen Glückwunsch zur Geburt.* Sonst nichts. Ich fühlte mich beleidigt. Aber ich hätte es auch als Friedensangebot interpretieren können. Als Neuanfang. Wenn ich das gewollt hätte.

Jetzt, über zwanzig Jahre nach ihrem Tod, erzählte ich Renata, was ich hätte tun können. »Ich hätte sie einladen können, sie bitten, mich zu besuchen. Alles runterschlucken und ihr sagen, dass ich sie bei mir haben möchte und brauche.« Ich hätte mit dem Kind auch einfach bei ihr auftauchen können. Ich dachte daran, dass Lauren gesagt hatte, sie vermisse mich.

»Reue«, sagte Renata mit vollem Mund, »ist Energieverschwendung. Ich habe so viele Menschen beleidigt, dass niemand mehr übrig ist, der mit mir redet. Ich habe mich von meiner Familie entfremdet. Vor kurzem ging meine Beziehung in die Brüche. Wir waren nur drei Jahre zusammen, aber seitdem bin ich Single. Mit der Kirche bin ich schon lange über Kreuz.«

»Weswegen?«

»Politik. Aber alles ist politisch. Bei großen Angelegenheiten bin ich gut, bei einzelnen Menschen nicht so sehr. Also gehe ich siebenhundert Meilen, um mich zu ändern. Indem ich allein bin.« Sie lachte.

»Spielt nicht mit anderen.«

»Hm?«

»So was sagen Lehrer in der Schule. Über Kinder, die ... eigenständig sind. Wenn wir das über Erwachsene sagen, ist es als Witz gemeint.«

»Genau so ist es. Ich kann mit anderen auf Dauer nicht gut spielen. Aber ich fühle mich auch allein wohl. Das ist mir wichtiger als alles andere. Erzähl mal, wie du dich gefühlt hast ... in deiner Geschichte.«

»Das habe ich dir gesagt. Furchtbar. Meine Mutter hat mich verstoßen, und dann ...«

»Du musst geahnt haben, dass so etwas passiert. Ich meine, du hast deine Freundin nach einer Abtreibung zu deiner Mutter mitgenommen. Ich wollte wissen, wie du dich gefühlt hast, als du in dem alten Auto durch Amerika gefahren bist.«

»Camille hatte solche Angst ...«

»Wie es *dir* ging, will ich wissen. Du warst jung, du warst lange unterwegs, du hast einer Freundin geholfen, du hast rebelliert – die Grenzen deiner Mutter ausgetestet, wichtige Dinge aufs Spiel gesetzt ... Das war vielleicht das Mutigste, was du je in deinem Leben getan hast. Das Beste. Diese Geschichte definiert dich. Deshalb hast du sie mir erzählt.«

»Aber sie hatte ... Konsequenzen.«

»Natürlich. Alle großen Dinge haben Konsequenzen ... Schmerz und den Verlust von irgendetwas, vielleicht für immer. Deswegen bist du hier, oder nicht? Du bist nach Frankreich gekommen, um Camille zu finden. Aber du hast Angst, zu tun ... zu *sein*, was du damals warst. Ich glaube, das ist es, was dir fehlt.«

66

MARTIN

Vor meinem Aufbruch aus Lugo setzte ich mich zu einem frühen Frühstück in die Küche und wartete auf Paola. Wie erhofft, kam sie allein nach unten, ganz gemäß ihrer Rolle als Gruppenleiterin.

»Wie ich hörte, ist eine von euch krank geworden«, sagte ich, und sie nickte.

»Fabiana. Aber so was kommt auf einer Reise schon mal vor und war auch nicht so schlimm. Wir haben immer noch genügend Zeit und hoffen, dass wir morgen weiterkönnen. Renata ist schon mal vorgegangen – mit meiner Erlaubnis.«

»Tja, ich gehe jetzt gleich weiter und wollte nur noch *Buen Camino* sagen, für den Fall, dass wir uns nicht mehr sehen. Aber vielleicht in Santiago.«

»In Santiago werden wir uns leider nicht sehen. Tina und ich gehen nur bis Melide. Ein Agent des Reiseveranstalters holt die anderen am Ende ab, und wir treffen uns dann in Madrid wieder.« Sie musste gemerkt haben, dass ich auf eine Erklärung wartete, und fügte hinzu: »Mein Mann ist in Melide gestorben. Bevor wir Santiago erreichen konnten. Deshalb höre ich dort auf, in Erinnerung an ihn. Jedes Mal, wenn ich den Weg gehe.«

»Nur, dass der Weg diesmal anders ist, oder nicht?«

»Wie kommst du darauf?«

»Du hast deine Tochter bei dir. Diesmal geht es also eher um die Zukunft als um die Vergangenheit. Wenn du das willst.«

343

Das Recht auf gute Ratschläge hatte Monsieur Chevalier bei-
leibe nicht für sich gepachtet.

Ich brauchte zwei recht ungleiche Tage bis nach Melide. Am
ersten war der Weg flach, und ich zog an San Román de Retorta,
meinem ursprünglichen Ziel, vorbei, weil ich dachte, dass jeder
heute gewonnene Kilometer am nächsten Tag einer weniger
wäre. Meine Muskeln hatten von der eintägigen Pause pro-
fitiert – mein Knie nicht so sehr.

In As Seixas angekommen, erhielt ich einen erheblichen Mo-
tivationsschub: eine lange E-Mail von Sarah. Es war in erster Linie eine Auflistung ihrer Prüfungsergebnisse, aber im Grunde
war der Inhalt egal. Was zählte, war, dass sie ihrem Vater einen
Brief geschrieben hatte oder zumindest das moderne Äquivalent eines Briefes. Das Medium war die Botschaft. Meine Erleichterung wog alle Sorgen um mein Knie, um die Rentabilität
des Karrens und um Zoe wieder auf.

Am zweiten Tag brauchte ich, bei einem Start kurz nach Sonnenaufgang, zwölf Stunden für vierzehn Kilometer. Ich warf
das Doppelte der empfohlenen Dosis entzündungshemmender
Schmerzmittel ein, die ich in Lugo gekauft hatte, aber mein
Knie war auf Fußballgröße angeschwollen.

In Melide machte ich im ersten Hotel halt, das ich sah. Vor
mir checkte gerade eine schlanke Frau um die vierzig ein und
erkundigte sich, mit deutschem Akzent, nach ihrem Rucksack,
der per Transportservice geliefert worden war.

Ihr jüngerer Begleiter brauchte kein Wort zu sagen, damit ich
wusste, woher er kam. Es war Bernhard. Ich beobachtete das
Ganze: ein Zimmer, ihre Kreditkarte. Ein Win-win-Geschäft –
wenn man denn auf so was steht.

Als er sich umdrehte, sah er mich. »Du hast dir das Knie verletzt?«

»Wie kommst du darauf?«

»Ich habe dich gehen sehen – vor einer Minute.«

»Tja, stimmt. So ist es.«

»Hab ich dir doch gesagt, dass der Wagen schlecht für die Knie ist.«

Anstatt ihm meine Faust ins Gesicht zu hauen, ging beziehungsweise humpelte ich lieber in die Bar. Ich legte mein Bein auf einen Stuhl und fuhr meinen Laptop hoch. Die Deutschen hatten eine Mail geschickt. Die anderen Deutschen.

Wir möchten Ihnen noch einmal für die Möglichkeit danken, dass wir Ihnen schon vorab ein Angebot für Ihre Erfindung unterbreiten durften. Wie vereinbart, ist dieses Angebot jetzt abgelaufen. Zudem ist uns bekannt, dass eine schwedische Firma zusammen mit einem chinesischen Hersteller an einem fast identischen Design arbeitet. Wir würden uns freuen, wenn Sie uns bei einem Ihrer zukünftigen Projekte wieder kontaktierten.

Es war vorbei. Ich musste nicht groß raten, wer der chinesische Hersteller sein könnte, und hatte auch wenig Zweifel, wer hinter der schwedischen Firma steckte. Für rechtliche Schritte fehlte mir jede Handhabe. Es wäre sinnlos, ein schwedisches – oder chinesisches – Unternehmen wegen eines nicht patentierten Designs zu verklagen, das als Komplettverkauf nur siebeneinhalbtausend Euro gebracht hätte. Das Projekt war gestorben. Ich hatte noch nicht einmal die schlechteste aller denkbaren Möglichkeiten erreicht.

Aber ich war selbst schuld. Ich hatte mein Design überbewertet und ein im Rückblick großzügiges Angebot ausgeschlagen. Und so, zwei Tage vor Santiago und mit verletztem Knie, bestand kein Grund mehr, den Camino zu beenden. In meinen Blog schrieb ich, dass der Karren wunderbar intakt sei, mein Knie jedoch nicht, und ich deshalb meine Reise abbrechen würde. Dann stornierte ich meinen Flug von Santiago nach Paris: kein Grund mehr zur Eile.

Ich verbrachte eine halbe Stunde mit dem Lesen der Postkarten, die an der Glastür und der Wand daneben befestigt waren. Allesamt zeugten sie vom Unterwegssein – manche Schreiber hatten nur das Minimum von hundert Kilometern bewältigt, einer war sogar von Norwegen aus gestartet. Was sie gemein hatten, war die Erwartung, in etwa zwei Tagen Santiago zu erreichen, ihre Urkunde abzuholen und einen persönlichen Sieg zu feiern. Ich ging auf mein Zimmer, zog eine Geschäftskarte aus meinem Rucksack und fügte sie der Ausstellung hinzu. Sie war kleiner als die Postkarten, aber sie markierte einen weitaus wichtigeren Moment. Das Ende.

Dann ging ich ins Hotelrestaurant und betrank mich.

Am Morgen bestand kein Zweifel mehr, dass es die richtige Entscheidung gewesen war, hier aufzuhören – ganz unabhängig von der Absage der Deutschen. Mein linkes Knie sah genauso schlimm aus wie mein rechtes nach dem Marathon. Mit viel Glück würde ich um eine Operation herumkommen, aber mit Glück war ich in letzter Zeit nicht gerade gesegnet gewesen.

Auf den Straßen von Melide tummelten sich jede Menge Pilger. Mehr noch als sonst hätte ich mich ihnen gern entzogen. Aber ich hatte einen Kater und nichts weiter zu tun. Nach einem ausgedehnten Frühstück humpelte ich langsam und auf beide Stöcke gestützt zur nächsten Apotheke.

Ich kaufte Paracetamol und mehr Bandagen, suchte mir dann ein Restaurant, nahm das frühnachmittägliche spanische Abendessen mit ein paar Gläsern Rosé zu mir. Dann kehrte ich ins Hotel zurück und folgte der spanischen Tradition der Siesta. Ich war durch und durch deprimiert. Mir fehlten zwei verdammte Tage. Der ganze Sinn und Zweck meiner Wanderung war dahin, genau wie mein Knie. Ein sinnloses Unterfangen.

Kein Geld, kein Haus, keine Partnerin. Zoe würde etwa um diese Zeit in Santiago ankommen – ohne mich.

Letzteres tat mehr weh, als ich erwartet hatte. Ich musste unbewusst darauf spekuliert haben, dass wir uns vorher noch einmal begegnen und den Weg gemeinsam beenden würden.

67

ZOE

CARTOON: Ein junger Mann sitzt im Schneidersitz am Straßenrand und starrt auf sein iPad; seine Schuhsohlen hängen halb herunter. Er blickt so konzentriert auf sein Gerät, dass er den herannahenden Lastwagen nicht bemerkt, der ihn zu überfahren droht. Auf der Anhöhe hinter ihm steht ein traditioneller Pilger mit Kutte, Wanderstab und Muschel, der von Blumen und Vögeln umgeben ist.

STORY: Wer macht die Regeln? Unter Pilgern besteht eine ungeschriebene Hierarchie. Wahre Pilger geben so wenig Geld aus wie möglich, unabhängig davon, was sie sich leisten könnten und welche Auswirkungen ihre Sparsamkeit auf das Gastgeberland hat. Sie übernachten in Schlafsälen, tragen ihre Rucksäcke selbst, machen Pause, wenn sie müde sind, und vertrauen auf ihr Glück, wenn sie eine neue Unterkunft suchen. Auf der nächsten Stufe sind diejenigen, die in Pensionen oder den immer häufiger angebotenen Privatzimmern der Herbergen übernachten, oftmals im Voraus gebucht, aber sie gehen trotzdem noch den ganzen Weg und tragen ihr Gepäck selbst. Allerdings gibt es auch diejenigen, die ihr Gepäck transportieren lassen – acht Euro (etwa zehn Dollar) pro Tag ist der gängige Tarif. Nächste Stufe: Pilger, die hin und wieder den Bus oder ein Taxi nehmen, wenn ein Abschnitt zu anstrengend oder zu langweilig wird oder sie müde oder verletzt sind. Noch eine Stufe tiefer rangieren die Touristen, die nur die eine oder andere Strecke

348

mit kleinem Tagesrucksack wandern, um »ein Gefühl dafür« zu bekommen – oder die gar mit dem Auto von Pilgerort zu Pilgerort fahren.

Chris, 26, aus Iowa, argumentiert, dass die frühen Pilger die schnellste Route zwischen ihren Unterkünften in Klöstern und Abteien genommen hätten. Er wandert meist auf stark befahrenen Straßen, die der Camino eher meidet, aber damit ist er der alten Strecke aus dem Mittelalter vermutlich sehr viel näher. Im Hostel ist er oft der Erste. Doch der Camino lehrt den Pilger, seine eigenen Grenzen zu respektieren, und wenn er diese Lektion nicht lernt, werden seine Füße oder seine Knie dafür sorgen, dass er Santiago nur noch mit dem geschmähten Bus erreichen kann.

Neben den Regeln für das Wandern an sich gibt es jene, die die Pilger selbst mitbringen und die sie dann – mehr oder weniger – dem Leben auf Wanderschaft in einer fremden Kultur anpassen müssen: was und wann sie essen, mit wem sie sich anfreunden, was sie von sich selbst preisgeben.

Chris geht den Weg, um sich zu beweisen, doch die alten Pilger taten es, um Gott zu finden, Vergebung zu erlangen oder Dank zu spenden. Um heute ihre *compostela* zu erhalten – die Urkunde, die die Vollendung des Jakobswegs bescheinigt –, sollten Pilger aus spirituellen Gründen unterwegs sein, aber diese Beschreibung bleibt ungenau, denn es gibt nicht mehr nur den einen Weg zur Erleuchtung, zum Büßen von Sünden oder zum Überwinden von Schmerz.

Eine einzige Regel gibt es allerdings, die nicht gebrochen werden darf: Wer die *compostela* will, muss die letzten sechzig Meilen (einhundert Kilometer) zu Fuß laufen oder die doppelte Strecke mit dem Fahrrad bewältigen.

Ich müsste den Text noch ein wenig kürzen, bevor ich ihn Stephanie schicken könnte, aber ich schmunzelte, als ich an Todd dachte, dessen erste Lektion des Camino mir durch die Pyrenäen geholfen hatte.

Die letzte Etappe, von A Rúa nach Santiago de Compostela, war dreizehn Meilen lang. Mein Camino war fast beendet, und während ich es zum Teil auch bedauerte, spürte ich zum anderen das erste Mal seit Wochen den Sog der Realität. Monsieur Chevalier hatte drei Prophezeiungen gemacht – vier, wenn man dazu zählte, dass ich finden würde, was ich verloren hätte. Die erste war richtig gewesen: Ich hatte Blasen bekommen. Dann hatte er gesagt, der Camino werde mich verändern, und das hatte er, auf vielfache Weise. Aber würde ich weinen, wenn ich die Kathedrale sähe? In Conques hatte ich um meine Mutter geweint und in den Pyrenäen um Keith. Worum sollte ich sonst noch weinen?

Ich wanderte mit Marco und Felipe: Angesichts der Menge an Pilgern war es schlichtweg unmöglich, allein zu bleiben. Felipe redete wenig und schien noch mehr in sich gekehrt als sonst. Er hatte viel Zeit mit Fabiana verbracht und vielleicht gehofft, mit ihr zusammen zu gehen. Ich hätte gern Renata an meiner Seite gehabt, dann hätten wir beide Anteil am Schicksal der jeweils anderen nehmen können, aber ich hatte sie seit Melide nicht mehr gesehen.

Die übrigen Brasilianerinnen waren zwei Tage hinter uns und lösten ihre Probleme. Ich hatte ihnen versprochen, Fotos zu schicken, und hoffte, sie würden es schaffen, bevor ich zum Flughafen müsste. Mir blieben zwei Tage und zwei Nächte in Santiago, um mich vor meinem Rückflug zu erholen und um vielleicht sogar das Schwingen des silbernen *botafumeiro* in der Kathedrale zu erleben.

So, wie ich es verstanden hatte, blieb es mehr oder weniger dem Zufall überlassen, ob man das Pendeln des weltgrößten Weihrauchfasses erlebte oder nicht. Die Priester schwenkten es nicht mehr wie früher täglich – was einst den Zweck hatte, den

Geruch der ungewaschenen Pilger zu überdecken –, sondern nur noch zu besonderen Anlässen. Ich zweifelte mittlerweile nicht mehr daran, dass ich die Kathedrale erreichen würde, aber diese eine Sache müsste ich tatsächlich dem Schicksal überlassen. Ich sagte Marco, falls der *botufumeiro* am Tag meiner Ankunft durch die Kirche schaukelte, würde ich für den Beginn meines neuen Lebens nach San Francisco ziehen.

Der Camino führte uns durch kleine Dörfer mit Bars und Willkommensschildern sowie Verkaufsautomaten, was in den vorherigen Ortschaften völlig unpassend gewesen wäre. In jedem Lokal gab es Stempel – *sellos* – in den Pilgerpass. Für die letzten sechzig Meilen galt, dass man zwei Stempel pro Tag nachweisen musste: ein halbherziger Versuch, die Taxi-Pilger auszumanövrieren.

An einem Eisstand am Stadtrand von Santiago machten wir halt, um auf die übrigen Spanier der Gruppe zu warten. Während Marco sich einen Drink holte und Felipe unser Ziel anvisierte, beobachtete ich den beständigen Strom der Pilger, die den letzten, abschüssigen Teil ihres Wegs betraten. Sollte ich tatsächlich weinen, dann nicht aus Freude über irgendeine Erleuchtung, die Monsieur Chevalier für mich vorausgesehen hatte. Irgendwie hatte ich es geschafft, eintausendzweihundert Meilen zu laufen, ohne zu finden, was ich verloren hatte.

Meine Gedanken wurden unterbrochen, als jemand meinen Namen rief.

Ich sah mich um und entdeckte den Menschen, mit dem ich am allerwenigstens gemeinsam in Santiago einlaufen wollte: Bernhard. Nein, das war unfair. Auf dem Jakobsweg zählte auch Vertrautheit, und Bernhard war fast so lange mit mir gewandert wie Martin.

Er kam in Begleitung einer Frau um die vierzig, die er als Andrea vorstellte, eine weitere Deutsche also.

»Wir haben es fast geschafft, du und ich«, meinte er grinsend.

351

»So sieht's aus«, sagte ich. »Wie ich hörte, habt ihr, du und Martin, euch ein Wettrennen geliefert.«

»Das stimmt. Und ich habe gewonnen.«

»Da habe ich aber anderes gehört.«

Er breitete die Hände aus und lächelte. »Ich bin hier. Er nicht.«

»Was soll das denn heißen?«

»Er ist in Melide. Hat aufgehört.«

Marco und Felipe kamen dazu, und Bernhards Grinsen versiegte.

»Fertig. Kaputt. Karrenmann kann nicht mehr«, sagte Bernhard und deutete auf sein Knie.

Ich konnte es nicht glauben. Martin hätte sich von nichts aufhalten lassen. Er hatte heute ankommen wollen, spätestens heute, um seinen Zug nach Paris zu erwischen. In mir keimte der Verdacht, dass meine Entscheidung, zwei Tage vor meinem Rückflug hier einzutreffen, etwas damit zu tun haben könnte.

»Sag mir einfach, was passiert ist.«

Bernhard grinste wieder und zog sein Handy hervor. Eine Minute später hielt er es mir vor die Nase. Martins Blog. Sein Knie war im Eimer, er konnte nicht mehr weitergehen. Felipe nahm mir das Handy ab.

Auch wenn es damals so nicht beabsichtigt gewesen war, hatte ich diesen Weg mit Martin begonnen. Bei den vielen verschiedenen Routen hatten wir uns immer für dieselben entschieden. Ob uns das nun passte oder nicht: Unsere Caminos waren miteinander verknüpft.

Ich konnte Santiago bereits sehen. Das Universum hatte sich um mich gekümmert – und mir trotz aller Widrigkeiten sogar den Flug nach Hause gesichert. Wenn ich weiterginge, würde ich die Stadt erreichen und auch mein Flugzeug. Ich dachte an die wohlige Vertrautheit von L. A., an glatte weiße

Bettwäsche, an die entspannte Sprechweise der Kalifornier und an ungesüßtes Frühstücksmüsli. An mein zukünftiges Leben mit meinen Kindern, Enkelkindern und einem neuen Job. Nach der Pilgerserie würde ich vielleicht einen anderen Käufer für meine Cartoons finden, mich in mein Leben als Großmutter einfinden und bei einer meiner Töchter wohnen. Vielleicht gäbe es irgendwann auch wieder einen Mann in meinem Leben.

Wenn ich nach Melide zurückginge, würde ich meinem Glück ins Gesicht spucken. Erwischte ich mein Flugzeug nicht, hätte ich keinen Rückflug mehr und auch kein Visum. Ich hatte Martin sein Geld noch nicht zurückgegeben. Ich wusste nicht, wann mich der *Chronicle* bezahlen würde, aber es würde ohnehin nicht für einen Flug nach Hause reichen. Wenn ich die Geburt ihres Kindes verpasste, würde Lauren mir das nie verzeihen. *Ich* würde es mir nie verzeihen.

Aber ich wollte, dass Martin aufhörte, sich selbst kaputtzumachen – diese Art der Selbstsabotage hatte er in seiner Ehe gemacht und in der Beziehung zu seiner Tochter, und jetzt machte er es wieder.

Das Universum würde nicht für ihn umkehren.

Mittlerweile waren die drei anderen Spanier eingetroffen.

»Kannst du euren Fahrer anrufen?«, fragte ich Marco.

»Sie will, dass er Karrenmann nach Santiago fährt!«, lachte Bernhard.

»Kannst du helfen?«, fragte ich Marco unbeirrt weiter. »Irgendwelche Schmerzmittel oder so?«

»Er wird nicht mehr gehen«, sagte Bernhard. »Er hat aufgegeben. Er ist …«

Dann merkte er, dass Felipe ihn ansah, und hielt abrupt inne. Von der Seite konnte ich nur ansatzweise erkennen, woran es lag: irgendetwas wortwörtlich Überwältigendes in Felipes Gesichtsausdruck. Ich hatte ihn bisher nur als körperlich großen

Mann betrachtet, aber jetzt spürte ich auch seine innere Größe, oder mehr noch: eine gelassene, würdevolle Seelenstärke. Bernhard bekam sie mit voller Wucht ab. »Komm mal mit«, sagte Felipe. Bernhard folgte ihm, und sie verschwanden hinter den Eiswagen.

Wenige Minuten später fuhr der Transporter der Spanier vor. Es gab eine angeregte Diskussion auf Spanisch, einiges Kopfschütteln, dann Nicken, als sie alle in die Richtung sahen, in die Felipe und Bernhard verschwunden waren.

»Wir fahren zusammen zurück«, sagte Marco und warf meinen Rucksack ins Auto. Das spanische Sixpack stieg ein und danach zu meiner großen Überraschung auch ein kleinlauter Bernhard. Andrea war weitergegangen. Ich setzte mich auf den Beifahrersitz, und wir fuhren nach Melide.

Bernhard zeigte uns das Hotel, kam aber nicht mit rein. Als er weggehen wollte, hielt Felipe ihn auf und streckte ihm seine Hand entgegen. Es dauerte eine Weile, bis Bernhard sie ergriff. Dann kamen die anderen Spanier an die Reihe, und zum Schluss schüttelte Bernhard mir die Hand. »Ich bitte um Entschuldigung«, sagte er. »Ich hoffe, ihr kriegt ihn irgendwie nach Santiago.«

Ich sah ihm nach, wie er in Richtung Innenstadt davonmarschierte, und fragte Felipe: »Was hast du zu ihm gesagt?«

»Er geht den Camino, weil er ein Mann werden will. Das ist nicht so einfach. Für junge Menschen heutzutage sogar noch schwieriger. Wir kennen uns damit ja schon etwas aus.«

»Verrätst du mir denn nun, was du zu ihm gesagt hast?«

»Nein.« Er lächelte kurz, dann ging er uns voran ins Hotel.

Plötzlich wurde ich nervös. Ich hatte Martin seit Bilbao nicht mehr gesehen, und bei der letzten – schriftlichen – Kommunikation war es um die Muschel gegangen. Wie würde er es finden, dass ich zu ihm umgekehrt war? Mit den sechs Spaniern sah es so aus, als hätte ich Verstärkung mitgebracht, als würde

354

ich ein Nein nicht akzeptieren. Und das hatte ich tatsächlich auch nicht vor.

Er saß in der Hotelbar.

Ich hatte die Verstärkung dringend nötig.

68

MARTIN

Es hatte keinen Sinn, in Selbstmitleid zu zerfließen. Ich humpelte mit meinem Rechner nach unten und bestellte einen Kaffee. Als ich meinen Blog aufrief, war ich überwältigt. Ich hatte Dutzende von Nachrichten bekommen: moralische Unterstützung, mitfühlende Anteilnahme und gute Ratschläge. Es war eine ganze Reihe neue Follower dazugekommen, weil diese amerikanische Zeitung unter Zoes Cartoon auch meine URL angegeben hatte. Die interessierten sich nicht für den Karren, sondern nur für den Karrenmann. Tatsächlich ging es in keinem einzigen Kommentar um die kommerziellen Auswirkungen, die mein Nicht-Erreichen von Santiago haben könnte – es ging allein um mich.

Außerdem hatte ich drei neue E-Mails. Jonathan, der nichts von dem deutsch-chinesischen Debakel wusste, meinte, zwei Tage dürften für eine nüchterne wirtschaftliche Entscheidung keine Rolle spielen: Melide sei genauso gut wie Santiago, solange der Karren intakt geblieben sei. Sarah hatte einen langen, aufmunternden Text verfasst mit der Beteuerung, sie sei stolz auf mich. Und von Julia kam Folgendes:

Ich nehme an, es sollte darum gehen, die Tauglichkeit Deines Wagens unter Beweis zu stellen, was Dir offenbar gelungen ist, ob du nun bis zum Ende gehst oder nicht. Aber ohne jetzt zynisch klingen zu wollen: Ich glaube, es ging um mehr als das.

*Falls Du losgezogen bist, um ein paar Antworten zu finden,
dann ist Dir das offenbar gelungen, und das ist gut für uns alle.
Ich hoffe, Dein Knie erholt sich, ohne dass Du wochenlang auf
fremde Hilfe angewiesen sein wirst ;-)*

Während ich das alles noch auf mich wirken ließ, spürte ich
eine Hand auf meiner Schulter. Ich drehte mich um, und da
stand Zoe. Und hinter ihr die sechs Spanier.

Das Letzte, was ich wollte, war, ihnen meine Niederlage ein-
zugestehen. Und das Zweitletzte, mich zum Weitergehen überreden lassen.

Zoe musste es mir angesehen haben. Sie versuchte einen anderen Ansatz. »Marco will sich dein Knie ansehen. Und dann
gehen wir was essen. Ich kenne ein gutes *pulpo*-Lokal.« Es war
einfacher, keinen Widerstand zu leisten.

Marco und ich steuerten eine gepolsterte Bank im Foyer an,
und ich zog meine Trekkinghose hoch. Er brauchte nur eine
Minute, um eine Meniskusruptur zu diagnostizieren, und danach kaum ein paar Sekunden, um mir das Laufen zu verbieten.

Ich sah zu Zoe auf der anderen Seite der Bar und überlegte.
Sie hatte extra diesen Umweg gemacht – ich nahm an, dass sie
ein Stück zurückgegangen war –, um mich nach Santiago zu
schaffen. »Ich brauche einfach nur stärkere Entzündungshem-
mer und Schmerzmittel«, sagte ich.

»Du brauchst Ruhe und vielleicht eine Operation. Wenn du
weitergehst, brauchst du ganz sicher eine.«

»Gib mir einfach Morphium oder Kodein oder was auch
immer du verschreiben darfst.«

»Das darf ich nicht. Es würde nur den Schmerz ausblenden.
Das wäre … unverantwortlich.«

Ich ließ das Wort einen Moment lang in der Luft hängen und
deutete dann auf Zoe, die bei seinen Freunden saß.

»Weiß sie, dass du verheiratet bist?«

Er sah eine Weile zur Bar, aber nicht zu Zoe, sondern zu Felipe. Dann spreizte er auf diese typisch italienische Art die Finger seiner nach oben geöffneten Hand und zuckte die Achseln.

»Ich werde etwas finden. Du bist erwachsen: Triff deine eigenen Entscheidungen und trage die Konsequenzen.«

Das *Pulpo* war ein typisches Pilgerlokal. Zoe suchte einen Weg, mich zum offiziellen Ende des Camino zu scheuchen, und wich Fragen über ihren eigenen Zeitplan aus. Meiner Erinnerung gemäß blieben ihr noch zwei Tage – was ausreichen würde, sofern ich in der Lage wäre, meine normale Tagesdistanz zu bewältigen.

»Ich schaffe das nicht.«

Zoe legte ihre Gabel beiseite. »Nur damit du's weißt: Ich lass dich das jetzt nicht sabotieren. Du kommst mit nach Santiago – und wenn ich dich tragen muss!«

Nach einer Flasche Rosé und einer hölzernen Platte voll Oktopus etwa derselben Farbe hatte sie mich so gut wie überzeugt. Das Knie war vermutlich sowieso kaputt, und wenn ich noch sechsundfünfzig Kilometer aus ihm herausholen könnte, wäre ein Punkt meiner Bucket-List abgehakt, und ich hätte noch zwei Tage mit Zoe.

»Du hattest übrigens recht bei meiner Tochter und mir«, sagte ich. »Und meiner Ex.«

»Recht womit?«

»Dass ich ihr vergeben musste.«

»Das habe ich so nicht gesagt. Ich bin in dieser Hinsicht nicht gerade ein leuchtendes Beispiel.«

»Na ja, aber was du gesagt hast, hat geholfen, auch wenn es etwas anderes war, als du jetzt meinst. Ich habe mich mit Julia ausgesöhnt. Ihr verziehen, dass sie meinen Boss gevögelt hat.« Das Letzte musste ich hinzufügen. Nur, um zu demonstrieren, dass mein Ärger nicht ganz unberechtigt gewesen war. Lediglich egoistisch. Zoe reagierte angemessen schockiert und mitfühlend.

Sie wirkte insgesamt viel gefasster und in sich ruhend, so dass ihre Fröhlichkeit nach Ostabat im Nachhinein sogar ein wenig übertrieben erschien.

»Wie fühlst du dich jetzt, mit all den Angelegenheiten zu Hause?«, erkundigte ich mich.

»Bereit, mein Leben wieder anzupacken. Und meine Tochter erwartet ein Kind.«

»Das erste?«

»Mhm. Sprich es ja nicht aus!«

* * *

Selbst vollgepumpt mit Schmerzmitteln und bei leichterem Wagen – nachdem Zoe darauf bestanden hatte, einen Teil dessen zu tragen, was ich nicht ohnehin schon im Hotel zurückgelassen hatte –, empfand ich den nächsten Morgen als brutal. Wir starteten kurz nach Einsetzen der Dämmerung, und der Weg war tröstlich eben, da wir die Berge hinter uns hatten. Aber ich wusste, dass ich gerade das zerstörte, was von meinem Meniskus noch übrig war. Und alles nur, weil ich es nicht über mich brachte, Zoe zu sagen, dass es ohnehin keinen Sinn mehr hatte … dass mein Karrenprojekt gestorben war.

Nach weniger als einem Kilometer musste ich stehen bleiben. Ich schnallte mich ab und schluckte noch ein paar von Marcos Tabletten in der Annahme, dass ich stark genug wäre, um zwei Tage lang eine Extraportion zu vertragen. Zoe schälte mir eine Mandarine. Sie hatte Nüsse, Obst und Schokolade mitgenommen.

Während ich mich zum Weitergehen hochstemmte – mit steifem Knie ein ziemlich ungelenkes Manöver –, schnappte Zoe sich den Karren und lief leichtfüßig mit ihm davon. Ich wäre wohl kaum in der Lage, ihn ihr wieder abzujagen, also gab ich mich nach ein wenig Alibiprotest geschlagen und ließ sie den Wagen ziehen.

»Hey, das geht ja ziemlich leicht«, sagte sie.

»Das war die Idee. Aber warte, bis wir an eine Steigung kommen.«

»Dann kannst du ihn ja wieder nehmen.«

Sie hatte mir die Stöcke gelassen, die ich ausgiebig nutzte. Ich schaffte einen weiteren Kilometer, sehr langsam und mit Pausen.

»Gib mir eine Minute, damit ich sehe, ob ich mein Kniegelenk noch beugen kann«, sagte ich. Ich fasste meinen Knöchel und zog vorsichtig den Fuß nach hinten. »Im Außenfach der kleineren Packtasche ist eine Bandage.«

Zoe fand sie und bandagierte das Knie, so fest es ging. Jetzt brauchte ich nur noch Krücken, und nach einigem Experimentieren verkürzte ich die Stöcke so weit, dass ich mich bei ausgestreckten Armen von oben mit den Handflächen darauf abstützen konnte.

»Fünfhundert Meter«, sagte ich.

»Lass uns erst mal sehen, ob du hundert schaffst.«

Zoes Schätzung kam der Sache deutlich näher. Ich brauchte dreiundzwanzig Hundert-Schritt-Einheiten und zwei mit fünfzig Schritten, um bis zur Tür der Herberge in Boente, dem nächsten Dorf, zu gelangen. Wir waren fünf Kilometer weit gekommen. In der Bar löste Zoe die Bandage, und der Schmerz wurde deutlich weniger. Ich ließ mich auf einen Stuhl fallen, kramte meinen Pass hervor und gab ihn Zoe. Als sie zurückkam, lächelte sie.

»Ich habe uns ein Zimmer auf eins organisiert.«

»Ich hoffe, du meinst damit Erdgeschoss.«

»Sag ich doch. Es war letzte Nacht nicht belegt, also können wir auch jetzt schon rein, wenn wir wollen.« Sie wandte sich ab, sicherlich ein wenig verlegen über das »Uns« und »Wir«.

Der Schmerz im Knie ließ ohne die Belastung merklich nach, aber ich wusste, dass mich weder eine Wagenladung Schmerzmittel noch Zoes Aufmunterungsversuche durch einen weiteren Tag bringen würden.

»Ich werde hier abbrechen«, sagte ich. »Tut mir leid.«

»Mit den Krücken ging es auch nicht?«

Ich schüttelte den Kopf.

Zoe überlegte. »Also gut. Dann nehmen wir morgen ein Taxi nach Santiago. Eine Fahrt in … wie viel? Neunzig Tagen?«

Aber das genau war das Problem. Ich war so weit gekommen, ohne zu mogeln. Genau wie Zoe. Die offizielle Regel für den letzten Abschnitt war auch unsere.

»Du kannst es noch schaffen, wenn du jetzt weitergehst«, sagte ich. »Dann nehme ich morgen ein Taxi und bin sogar vor dir da.«

»Wir ziehen das hier zusammen durch.«

»Mit dem Wagen im Kofferraum.« Noch während ich es sagte, wurde mir das Problem, die ganze Blödsinnigkeit der Sache bewusst. Der verdammte Wagen! Und das, nachdem Zoe angedeutet hatte, dass sie sogar ihren eigenen Camino opfern würde. Wofür? Sie ging zur Bar und ließ mir somit Zeit, diese Frage für mich selbst zu beantworten.

Als sie mit zwei Kaffee wiederkam, war ich zu der Erkenntnis gelangt, dass mir meine Beziehung zu Zoe wichtiger war als meine Beziehung zu einem wertlosen Karren.

Wir saßen in der Bar, nippten an unseren Kaffees und tauschten unsere jeweiligen Einschätzungen der Brasilianerinnen aus. Für das gemeinsame Zimmer bliebe noch ausreichend Zeit.

»Der Karren ging ganz leicht zu ziehen«, sagte sie dann.

»Das war die Grundidee. Aber ich hab ja auch die Hälfte meiner Sachen weggeworfen.«

»Würde er dein Gewicht tragen?«

»Wie meinst du das?«

»Wenn du dich draufsetzen könntest, könnte ich dich ziehen.«

»Vergiss es.«

»Ich meine es ernst.«

»Nein. Abgesehen davon, dass ich mich nicht von dir nach Santiago ziehen lassen werde, würde das Ding zusammenbrechen, wenn ich mich draufsetze. Es ist so konstruiert, dass das Gewicht auf die Seitenstreben verteilt werden muss.«

»Könntest du den Wagen nicht umbauen?«

»Darin sehe ich keinen Sinn. Zunächst einmal wäre ich viel zu schwer für dich …«

»Ich bin stärker, als du denkst.«

»Nicht stark genug, um fünfundsiebzig Kilo zu ziehen. Nicht bergauf.«

»Ich würde kleine Schritte machen. Wie in den ersten Bergen in Frankreich, als ich noch nicht so fit war wie jetzt. Aber bis nach Santiago ist es sowieso nur flach.«

»Woher weißt du das?«

»Steht im Reiseführer.«

»Egal. Jedenfalls hat das alles keinen Sinn, denn a) kann ich ihn sowieso nicht umbauen, weil ich keinen Schweißbrenner und keine Stahlrohre habe, die in dieser Gegend sicher schwer aufzutreiben sind; b) würde es vielleicht sowieso nicht funktionieren; und c) sehe ich auch keinen Unterschied darin, ob ich in auf dem Karren oder in einem Taxi sitze. Außer, dass du dich dabei halb umbringst.«

Ich klang verärgert. Ich *war* verärgert, nachdem ich es bis fast nach Santiago geschafft hatte und Zoe jetzt blödsinnige Vorschläge machte, anstatt die Sache einfach hinzunehmen.

Sofort kam die Retourkutsche. »So spricht also der große Ingenieur. ›Es würde vielleicht sowieso nicht funktionieren.‹ Und wenn du keinen Unterschied darin erkennst, ob du in einem Taxi fährst oder ob du das gemeinsam mit deiner Partnerin durchstehst, ihre Hilfe annimmst und tatsächlich etwas beendest, das du angefangen hast, anstatt wieder Selbstsabotage zu betreiben … Muss ich erst einen richtigen Drink holen, damit dir das in deinen Schädel geht?«

»Wäre vielleicht besser. Ich bin da nicht so schnell. Und ich schätze, ich habe dich bisher nicht als meine Partnerin gesehen.«

»Deine Camino-Partnerin. Sei mal nicht zu voreilig. Ich hole uns noch einen Kaffee. Und du kannst dir in der Zwischenzeit überlegen, ob du mir sagst, was für Rohre du brauchst, oder ob du mir ein Einzelzimmer zahlst.«

Nachdem sie es so formulierte, blieb mir wohl kaum eine Wahl. Natürlich hatte sie recht – diese Frau, die ich zu Anfang als seltsam und verspannt eingeschätzt hatte, weil sie mein Angebot für Essen und Unterkunft so brüsk abgelehnt hatte. Aber ich brauchte die Zeit, die sie in der Bar stand, um die Schmach zu verdauen, in meinem Karren sitzend von einer – ja, es machte durchaus einen Unterschied – *Frau* gezogen zu werden. Ich dachte, der Camino hätte mich alle Lektionen gelehrt, die ich hatte lernen müssen, aber für das Ende hatte er sich noch einen Knaller aufgespart.

Zoe kam mit einem Kaffee für sich und einem Scotch – es war zehn Uhr früh – für mich zurück.

»Durchmesser: eindreiviertel Inch, also achtzehn Millimeter, mindestens. Und ich brauche etwa sechs Meter davon, um sicherzugehen. Dürfte nicht allzu teuer sein. Vielleicht in Melide. Wir könnten morgen früh mit dem Taxi hinfahren.«

»Nicht, wenn du deinen Flug erwischen willst.« Sie gab mir den Zimmerschlüssel. »Wenn ich wieder da bin, solltest du ein praktikables Design vorweisen können. Damit ich hier nicht meine Zeit verschwende.« Sie zog Block und Stifte aus ihrem Rucksack, legte die Sachen auf den Tisch und ging zur Tür.

»Halt«, rief ich. »Du musst noch etwas wissen. Die Investoren haben ihr Angebot zurückgezogen. Ich gehe nicht auf die Messe. Ich muss also keinen Flug erwischen. Tatsächlich besteht gar kein Grund, überhaupt nach Santiago zu gehen.«

Zoe sah mich eine Weile an, und in ihrem Blick lag wohl so etwas wie Frustration über meinen letzten Versuch der Selbstsabotage.

»Richtig«, meinte sie dann. »Überhaupt kein Grund.«

»Wir brauchen einen Schweißbrenner«, sagte ich.

»Das sagtest du bereits.«

Ich räumte ihr keine großen Chancen ein.

In unserem Zimmer machte ich mich an den neuen Entwurf. Ich würde mit dem auskommen müssen, womit der Karren im Moment ausgestattet war, plus dem, was Zoe mir brachte, vorausgesetzt, sie fände Stahlrohr und Schweißgerät. Ich wünschte, ich hätte sie noch um ein Paket Bolzen in verschiedenen Größen gebeten, um Klebeband sowie um Scharniere – was mir erst jetzt, mit fortschreitendem Design einfiel. Und außerdem um Werkzeug. Natürlich: Werkzeug! Ich würde vor Ort etwas auftreiben müssen.

Die Stelle, an der mein Gewicht logischerweise am besten getragen würde, lag direkt über dem Rad. Ich könnte mich dort in Sitzposition zusammenkauern, aber auch dafür müsste der Wagen verlängert werden. Da das also ohnehin unumgänglich war, beschloss ich, das Gewicht über ein ausreichend langes Stück zu verteilen, damit ich mein Bein ausstrecken könnte.

Die Option, dass ich flach auf dem Rücken läge, den Po oberhalb des Rades und Kopf und Schultern nach hinten gerichtet, erschien mir gefährlich – mein Kopf würde ungeschützt hervorragen und beim Umrunden von Ecken schlimmstenfalls gegen Bäume und Wände stoßen. Für gerade Strecken wäre es allerdings eine gute Lösung. Ich entwarf eine einfache Verlängerung, die hochgeklappt werden konnte, so dass sie entweder einen Sitz oder eine Liegefläche bot, ähnlich einem Autositz. Daher die Scharniere. Ich würde etwas aus den Rohren basteln müssen.

Ich breitete die Skizzen auf dem Tisch aus, legte mich eine halbe Stunde in die Badewanne, nahm dann ein paar Schmerztabletten und schlief ein.

69

ZOE

Schweißbrenner und Stahlrohre. Okay. Ich konnte nur hoffen, dass das, was Martin geschrieben hatte, für einen Spanier Sinn ergab.

Ohne über alternative Transportmittel nachzudenken, drehte ich um und ging nach Melide zurück. Ich nahm sogar automatisch meinen Rucksack mit. Schwang ihn über die Schulter, gab ihm mit dem Ellbogen einen Schubs, schob den anderen Arm durch den Riemen. Er war so sehr Teil von mir geworden, dass ich die ersten ein, zwei Meilen, in der mir etliche Pilger entgegenkamen, überhaupt nicht an ihn dachte.

Etwa eine Meile vor Melide sah ich Bernhard auf mich zukommen. Er wirkte verkatert – und überrascht, wahrscheinlich, weil ich in die falsche Richtung lief.

Er war freundlich – tatschlich wirkte er sogar einigermaßen zerknirscht. Felipe musste ihm ganz schön den Kopf gewaschen haben.

Ich erklärte, woher ich kam und warum.

»Du kannst Martin nicht mit dem Wagen ziehen.«

»Weil ich eine Frau bin? Ich bin zweitau…«

»Weil du ungefähr fünfzig Kilo wiegst und er achtzig. Und der Karren ist so gebaut, dass das Gewicht an den Seiten …«

»Das weiß ich. Er will ihn umbauen.«

Ich zeigte ihm die Liste.

»Kannst du mir erklären, was er vorhat? Ganz genau?«

»Dafür habe ich keine Zeit.«

»Du kannst es ja unterwegs erzählen.«

Er begleitete mich zurück nach Melide.

Bernhard war es dann auch, der nach zwei erfolglosen Versuchen in einem Fahrradgeschäft und einem Werkzeugladen die Autoreparaturwerkstatt entdeckte.

Ich versuchte auf Spanisch zu erklären, was wir wollten.

Bernhard, der in der Zwischenzeit einen Rundgang durch die Werkstatt gemacht hatte, hob ein Stück Metall hoch. »Frag ihn, ob er so was hat, nur länger.«

In den nächsten dreißig Minuten wurde mir klar, dass ich als Dolmetscherin keine Zukunft hätte und auch nie wieder das Innere einer Autowerkstatt sehen wollte. Ich kam mir vor, als hätte ich mich in einem riesigen Baumarkt verlaufen, und jeder Angestellte schickte mich wieder zurück zu Gang zehn, obwohl ich alle Artikel dort schon hundertmal begutachtet hatte. Am Ende halfen alle mit, selbst die Frau des Werkstattbesitzers. Rohre wurden angeschleppt und aus mir unerfindlichen Gründen abgelehnt oder akzeptiert, ebenso eine Auswahl an Metallplatten, Drähten, Bolzen und Dingen, die offensichtlich weder auf Spanisch noch auf Englisch einen Namen hatten. Als wir fertig waren, hatten wir eine Kiste voller Schrott gesammelt, die sie mir verkaufen würden.

Fehlte nur noch der Schweißbrenner.

Sie hatten einen, wollten ihn aber nicht verleihen. Ich schlug vor, dass der Schweißer mitkäme und ich seine Arbeitszeit bezahlen würde.

Nein. Sie hätten viel zu tun, und es sei kurz vor Mittag, vielleicht also später? Nächste Woche? Könnte ich den Wagen nicht auch zu ihnen bringen? *Wenn* ich das täte, wie viel würden dann etwa vier Stunden Arbeit daran kosten? Okay, das bezahle ich, aber ich nehme das Gerät per Taxi mit und bringe es wieder zurück. Ich lasse auch meinen Reisepass hier. Bitte?

»Genug jetzt«, sagte die Frau des Besitzers. »Ihr Mann kennt sich mit dem *soldador* aus? Er wird ihn nicht kaputtmachen?«

Ich nickte, und sie benutzte Körpersprache, um ihren Mann zu überreden.

Auf diesen Moment hatte Bernhard wohl gewartet. »Werkzeug«, sagte er. »Metallsäge, Schraubendreher …«

Señora verstand und nickte erneut.

Bernhard neigte sich zu mir und sagte leise: »Das wird nicht einfach. Richte ihm viel Glück aus. Ich geh dann mal weiter.«

Er war schon aus der Tür, als mir einfiel, dass ich all das Zeug gar nicht bezahlen konnte.

Ich dachte daran, was ich Martin an den Kopf geworfen hatte … dass er kein schlechterer Mensch wäre, wenn er sich auch mal helfen ließe. Jetzt kam der Bumerang zurück. Aber was tun?

Ich könnte Martin um das Geld bitten. Falls ich wieder nach Boente zurückgehen wollte, denn selbst nach all der Zeit hatte ich seine Handynummer nicht. Es passte für mich nicht zum Camino, und natürlich hatte ich selbst nicht mal ein Handy.

Ich könnte Lauren anrufen, aber meine Kinder sollten mich als unabhängig erleben. Und wie sollte ich das Ganze mit Martin und dem Wagen erklären – und dass ich wahrscheinlich mein Flugzeug verpassen würde …

Ich zog einen Zettel aus meinem Reisepass, der seit Cluny dort steckte, stellte mich vor die Tür und beobachtete den Pilgerstrom. Schon beim ersten Versuch hatte ich Glück und fand ein amerikanisches Pärchen, das bereit, ja, sogar hocherfreut war, mir sein Handy zu leihen. »Ich bin Marcie, und das ist Ken, wir sind aus Delaware und versuchen, jeden Tag auf dem Camino etwas Gutes zu tun. Für unser Karma. Also müssen wir *dir* danken, dass du uns schon am Vormittag dazu verhilfst.«

Es schien Ewigkeiten zu dauern, bis jemand abhob.

»Zoe?«

»Camille, ich brauche deine Hilfe. Ich … da ist … ich muss jemanden nach Santiago bringen. Jemanden aus Cluny … Martin? Ich hatte ihn in meiner E-Mail erwähnt. Jedenfalls muss er unbedingt nach Santiago. Für seine Tochter. Wenn ihm das nicht gelingt, dann hat er schon wieder etwas nicht geschafft, und dann … Er muss seinen Wagen umbauen …«

»Halt, halt!« Camille lachte. »Du bist verliebt. Und du willst meinen Rat? Dann musst du allerdings langsamer sprechen.«

»Nein, ich will Geld.«

»Wie viel?«

Ich nannte ihr die Summe.

»Kannst du da mit Kreditkarte bezahlen?«

Ich ging in die Werkstatt und gab Camilles Bankdaten weiter.

»Ich kann dir gar nicht genug danken. Ich zahle es dir zurück, wenn …«

»Du zahlst gar nichts zurück. Das ist ein Geschenk.« Ihr Tonfall machte unmissverständlich klar, dass sie nicht weiter darüber diskutieren wollte.

»Danke.«

»Ich bin es, die zu danken hat. Ich danke dir, Zoe. Endlich, endlich kann ich mich bei dir bedanken.« Mein Gott, sie weinte. Und ich auch. Mir war nie in den Sinn gekommen, ihr die Schuld daran zu geben, dass ich mit meiner Mutter gebrochen hatte – aber *sie* hatte sich schuldig gefühlt. Und in den fünfundzwanzig Jahren, in denen ich nie einen Besuch in Cluny hinbekommen hatte, und nachdem ich nun auch so schnell wieder von dort verschwunden war, hatte ich ihr nie die Möglichkeit eingeräumt, sich bei mir zu bedanken.

»Dieser Wagen«, sagte sie dann, »ist das so eine Art Rikscha, mit einem einzigen großen Rad?«

»Ja«, sagte ich, und Camille lachte. »Mein Gott, du hast dich in diesen verrückten Engländer aus der ENSAM verliebt. Natürlich! Den hätte ich nach Jim als Nächstes zum Abendessen eingeladen. Aber ich dachte, der ist eigentlich viel zu ernst. Hab ich recht?«

»Zum Teil«, sagte ich. »Ich schreibe dir, sobald ich in Santiago bin. Ich hab mir dieses Handy nur geliehen …«

Ken und Marcie lehnten jegliche Bezahlung ab.

Als ich mit dem Schweißgerät und der Kiste Metallteile, die aussah wie etwas, das man zum Sperrmüll rausstellte, in Boente aus dem Taxi stieg, war Martin nirgends zu entdecken. Sein Karren stand unter der überdachten Auffahrt, und ich stellte die Sachen daneben. Der Herbergsbesitzer gab mir einen zweiten Zimmerschlüssel. Martin lag im Bett und schlief tief und fest. Er sah nicht gut aus, aber sein Atem ging gleichmäßig. Schmerzmittel plus Alkohol, vermutete ich, plus die Erschöpfung nach dem quälend anstrengenden Weg. Auf dem Tisch lagen Zeichnungen des umgebauten Karrens. Ich beschloss, ihn schlafen zu lassen, und nahm die Skizzen mit nach draußen, um zu prüfen, ob die Einzelteile mit dem übereinstimmten, was Bernhard zusammengesammelt hatte.

Das musste ich aber gar nicht: Bernhard war schon dabei.

»Was machst du denn hier?«, fragte ich.

»Ich gehe den Camino.«

Bernhard nahm mir die Zeichnung ab. Er runzelte die Stirn, brummte vor sich hin und nickte.

»Wo ist er?«

»Schläft.«

»Wir fangen ohne ihn an. Aber erst mal müssen wir das Design überarbeiten.«

»Lieber nicht.«

»Diese Konstruktion ist … problematisch.« Ich konnte sehen, dass er damit rang, seine Arroganz zu unterdrücken. »Martin konnte ja nicht wissen, was für Material wir kriegen würden.«

Bernhard setzte sich eineinhalb Stunden vor den Karren und

die Materialkiste und malte auf dem Skizzenpapier herum, das ich ihm brachte.

Dann machte er sich an die Arbeit. Er schien mit dem Schweißbrenner umgehen zu können, arbeitete zügig, mit Schutzbrille, und instruierte mich, was ich ihm anreichen und was ich festhalten solle. Der Besitzer kam nach draußen gerannt und schrie, ob wir seine Herberge in Brand stecken wollten.

Bernhard sah ihn ernst an. »Wollen Sie einen Sterbenden daran hindern, zur Absolution nach Santiago gefahren zu werden?«

Der Mann blieb und reichte Bernhard das Werkzeug an.

Wir arbeiteten den ganzen Nachmittag, ohne dass Martin aufgetaucht wäre. Als wir fertig waren, sah der Wagen wie eine Krankentrage auf einem Rad aus.

»Hier«, sagte Bernhard und deutete auf zwei Stahlrohre, die hinten hervorstanden. »Ich habe extra Griffe montiert. Ausnahmsweise ist das eine Rad mal ein Vorteil – da ist an beiden Seiten genug Platz.«

»Und das wird funktionieren?«

»Natürlich wird das funktionieren«, sagte der Kerl, der vorher gesagt hatte, es würde nicht funktionieren. »Aber die extra Griffe haben einen Grund. Du wirst das Ding nicht allein ziehen können.« Er warf das Schweißgerät in die Kiste und trabte auf ein Bier an die Bar.

Der Herbergsbesitzer bot an, das Schweißgerät nach Melide zurückzubringen. Die Seele eines Mannes zu retten zählte am Himmelstor möglicherweise mehr, als nach Santiago zu wandern. Vielleicht sogar dann, wenn es sich um einen britischen Atheisten mit kaputtem Knie handelte.

70

MARTIN

Als ich aufwachte, brauchte ich eine Weile, um zu erkennen, dass es sechs Uhr nachmittags und nicht morgens war. Und wo ich war und warum. Und dass mein Knie immer noch geschwollen war. Und dass Zoe auf dem Bett neben mir lag.

Sie musste gemerkt haben, dass ich wach war. Sie sprang auf, und ihr Gesichtsausdruck verriet mir, dass mein Plan nicht funktioniert hatte.

»Kein Erfolg?«

»Nein … ich meine doch, aber vielleicht anders, als du wolltest.«

Halb hatte ich gehofft, sie würde kein Schweißgerät oder keine Rohre finden. Mit dem mir nicht vertrauten Werkzeug würde ich Stunden brauchen, ohne Garantie auf Erfolg. Und das Umbauen selbst würde höllisch auf die Knie gehen.

Zoe führte mich zum Carport. Mit meinen zu Krücken umfunktionierten Wanderstöcken brauchte ich fünf Minuten.

Ach, du liebe Zeit! Die Arbeit war schon erledigt – oder zumindest war *irgendeine* Arbeit erledigt worden. Das Ergebnis ähnelte meinem Design nur ansatzweise; wie Handwerker das nun mal gerne tun, hatte der Schweißer beschlossen, seine eigenen Ideen umzusetzen. Ich verfluchte Zoe innerlich, weil sie mich nicht geweckt, und mich selbst, dass ich keine klareren Anweisungen gegeben hatte.

Scheiße, scheiße, scheiße.

Zoe stand neben mir, beobachtete mich und hoffte offenbar auf eine positive Reaktion. Ich schaffte keine. »Gib mir ein paar Minuten, um das genauer anzusehen«, brachte ich schließlich mühsam hervor.

»Willst du ein Bier?«, fragte sie.

Ich bezweifelte, dass mein Magen eins vertragen würde. »Nur Wasser«, antwortete ich.

Ruhig bleiben … Die Zerstörung meines Karrens machte mir schwer zu schaffen. Aber das hätte sie auch, wenn der Schweißer exakt meinem Design gefolgt wäre.

Als Erstes überprüfte ich die Schweißnähte. Professionell. Zumindest so professionell, wie man es von einer ländlichen Werkstatt erwarten konnte. Das war keine Überraschung. Aber das Design?

Es gab nur eine Möglichkeit, es zu testen. Vorsichtig ließ ich mich auf die Trage sinken. Die Streben hielten. Die ganze Struktur hielt. Ich wackelte ein wenig hin und her. Immer noch okay. Dann wippte ich auf und ab und simulierte so die Belastung, der der Wagen auf dem Weg ausgesetzt wäre. Als Zoe mit den Getränken wiederkam, wippte ich noch immer.

»Hält er es aus?«

»Der Karren ja. Aber was ist mit dir?«

ZOE

Beim Essen redeten wir weder über den Karren noch über Santiago. Stattdessen erzählten wir einander, was uns der Camino gelehrt hatte.

»Ich habe gelernt, Hilfe anzunehmen«, sagte Martin. »Ganz egal, was morgen passiert … danke.«

»Darauf trinken wir.« Auf meinem Weg in die Bar hatte ich einen Umweg über sein – unser – Zimmer genommen und das blaue Kleid angezogen.

Es war kein Kleidungsstück, das eine frühere Zoe Witt getragen hätte, und ich war nicht sicher, ob eine zukünftige es anziehen würde, aber Marcos Reaktion darauf war eindeutig gewesen, und ich hatte mich dabei gut gefühlt.

Auch wenn ich in weltlicher Hinsicht nicht so abgeklärt sein mochte wie Camille, hatte ich doch zwei wunderbare Kinder und lebenslange Erfahrung mit Männern, die ich so sehr geliebt hatte, wie ich es eben konnte. Wenn mein Sexleben in den letzten Jahren durch Gewohnheit, Alter und, wie ich jetzt begriff, Keith' Existenzangst gelitten hatte, so hatte ich davor jedoch durchaus eins gehabt. Mein Körper hatte bewiesen, dass er ohne Hilfsmittel eine Strecke von zwölfhundert Meilen bewältigen konnte – sogar eine Marathondistanz an nur einem Tag, und das mit Rucksack, bergauf und bergab. In den nächsten zwei Tagen würde er Martin nach Santiago ziehen. Ich war stolz auf meinen Körper, allen Makeln zum Trotz.

Als ich in die Bar kam, sah Martin mich so verdattert an, dass mein Selbstvertrauen kurz ins Wanken geriet. Aber das Grinsen des Barkeepers mitsamt dem kleinen Pfiff versetzten mich sofort in meine Zwanziger zurück. Ich blieb vor Martin stehen und versuchte, mich cool zu geben.

»Ist nicht gerade Herbergs-Outfit«, sagte ich.

»Marco hat es immerhin gefallen, oder?«

Abrupt bekam ich das Gefühl, als hätte ein Nadelstich den Ballon meines Selbstbewusstseins zum Platzen gebracht: *Was hast du dir eigentlich gedacht, du dumme Gans – du wirst bald Großmutter!*

Dann radierte ich den Gedanken schnell wieder aus. Inzwischen kannte ich diesen Mann ja. Ich hatte seine Reaktion gesehen, als ich hereinkam. Er war eifersüchtig. Aber mehr noch tat er, was er immer tat: Selbstsabotage.

Damit kannte ich mich aus und wusste, wie man reagieren konnte. Ich war wegen Keith früher zu Bett gegangen und hatte Blumenkohl von der Speisekarte gestrichen. Heute könnte ich erste Schritte unternehmen, mich Martin anzupassen.

Stattdessen sagte ich: »Ja, Marco hat es tatsächlich gefallen. Sehr sogar.«

Nachdem ich es gesagt hatte, merkte ich, dass ich ins andere Extrem verfallen war – die schnippische Defensive. Auch nicht gut.

Ich dachte daran, was ich zu Renata gesagt hatte: dass meine Wut eine Mauer zwischen mir und meiner Mutter aufgebaut hatte, während ich die ganze Zeit die Chance gehabt hätte, die Hand zur Versöhnung auszustrecken.

»Marco ist ein netter Kerl, aber …«, fügte ich versöhnlich hinzu. »Wir haben schön zu Abend gegessen, und um ehrlich zu sein, fühlte es sich falsch an, das Kleid zu tragen, aber ich dachte, ich würde dich nie mehr wiedersehen und …«

»Du siehst toll aus.«

»Es war … ist … ein Symbol für einen Neuanfang. Und du warst ein Teil davon.«

»Warst?«

Er konnte nicht aus seiner Haut. Ich aber auch nicht. »Der Camino verändert einen. Ich freue mich, dass du deiner Exfrau vergeben konntest, das ist eine große Geste, aber du verurteilst Frauen immer noch. Du wolltest mich nicht wiedersehen; was zum Teufel spielt es also für eine Rolle, ob Marco …«

»Hey, hey, schon gut. Lass mich kurz was dazu sagen. Es tut mir leid, ich habe einfach nur reagiert, weil …«

Erst jetzt fiel mir auf, dass ich immer noch stand. »Er hat mir nur einen Gutenachtkuss gegeben«, sagte ich.

»Nein, wirklich, es tut mir leid. Du hast recht – es geht mich gar nichts an.«

»Was ich eigentlich erzählen wollte, war, dass ich, als er mich küsste, nur an dich denken konnte.«

Martin stand umständlich auf und nahm mich in die Arme. Dann gab er mir einen Kuss. Was auch immer das über den Abend hinaus bedeuten mochte – in diesem Moment fühlte es sich richtig an. Übereinstimmung.

Der Barkeeper brachte uns zwei Gläser mit irgendeinem hochprozentigen Alkohol. Er wirkte erleichtert.

Wir tranken zügig aus und gingen, langsam, in unser Zimmer, wo ich im Badezimmer verschwand und trotz aller zu erwartenden Reife Herzklopfen bekam. Ich hatte kein Negligé und zögerte und betrachtete mein gerötetes Gesicht im Spiegel. Sollte ich mich trauen? Beim Waschen und Zähneputzen dachte ich darüber nach. Ich war nie eine Femme fatale gewesen und würde es jetzt mit Sicherheit auch nicht mehr werden. Trotzdem …

Ich probierte ein paar Posen vor dem Spiegel. Ich war zwar stolz auf meinen Körper, aber ich konnte mir auch nichts vormachen. Die Arme über den Kopf zu heben wirkte Wunder

376

gegen die Schwerkraft, und da ich nichts anhatte und vor einem Mann stehen würde, der mich noch nie nackt gesehen hatte – außer vor ein paar Wochen durch eine Mattglasscheibe im Hotel –, fand ich, dass allein der erste Eindruck entscheidend wäre.

Mein Eindruck von ihm war nicht der erste. Zumindest nicht von der Hüfte an aufwärts, was auch alles war, was ich sah. Und das sah gut aus. Schlanker und trainierter als Keith zuletzt und mit einer Sehnsucht im Blick, die Keith am Anfang sehr wohl gehabt hatte.

Ich stand mit oben abgestützten Armen im Türrahmen und versuchte, nonchalant zu wirken.

»Oh, ein Queensize-Bett und keine Cartoons auf den Vorhängen«, plapperte ich, aber Martin hörte gar nicht zu.

»Du musst schon herkommen«, sagte er.

Ich schob mich unter die Decke und gab ihm einen Kuss. Beim ersten Mal funktioniert es ja meist noch nicht richtig, und ich hatte Sorge, seinem Knie weh zu tun, aber es war eine Verbindung da, weil er spürte, wie einfühlsam ich mit seiner Verletzung umging, und weil ich spürte, wie er sich auf meine Bedürfnisse einließ. Für mich war seine körperliche Reaktion sehr befriedigend, und zum ersten Mal hatte ich das Gefühl, hinter der Maske auch seine Verletzlichkeit zu sehen. Engumschlungen schliefen wir ein.

72

MARTIN

Als ich am Morgen erwachte, war Zoe nicht da, und einen kurzen Moment lang dachte ich, sie wäre wieder auf und davon, aber dann kam sie mit Kaffee – für mich schwarz und ohne Zucker –, und ich dachte: Sie weiß, wie ich meinen Kaffee trinke. Ich wette, von Marco hätte sie das nicht gewusst. Als weitere Bestätigung, dass sie die letzte Nacht nicht bereute, gab sie mir einen Kuss, dann machten wir uns an die Vorbereitung für die letzte Etappe nach Santiago. Ich hatte keine Eile, weil die Nacht noch wohlig in mir nachklang. Mit den Schmerzmitteln und dem Alkohol und meinem verletzten Knie war ich nicht gerade in Bestform gewesen, aber Zoe schien es nicht gestört zu haben.

Wir sortierten alles aus, was wir nicht mehr brauchten, bis hin zu Zoes Isomatte, um etwas zu Ende zu führen, das ich vor siebenundachtzig und Zoe vor neunundachtzig Tagen begonnen hatte: den Weg nach Santiago. Ich hätte den Aufenthalt hier im Zimmer gern um eine oder gar drei weitere Nächte verlängert, aber nach meiner Kalkulation würde Zoe ihren Flug schon jetzt um einen Tag verpassen, selbst wenn wir Santiago in den zwei Tagen erreichten, die ab hier normalerweise dafür nötig wären.

Ich versuchte noch einmal, mein Knie zu belasten in der vagen Hoffnung, es könnte sich vielleicht doch ausreichend erholt habe, aber ein scharfer, stechender Schmerz stellte umgehend klar, dass wir bei Plan A bleiben mussten.

Wir starteten um halb sechs, kurz vor Sonnenaufgang. Ich wollte so viel Zeit für Pausen haben, wie nur irgend möglich. Genau wie am gestrigen Tag lautete unser Ziel A Rúa. Sollten wir es schaffen, müssten wir bis Santiago noch einmal dieselbe Entfernung bewältigen. Zoe schäumte fast über vor Energie. Sie würde sie brauchen.

So früh am Morgen war es auf dem Camino noch ruhig. Das Erlebnis, beim Wandern den Sonnenaufgang zu sehen, hatten wir uns bis kurz vor dem Ende unseres Weges aufgespart.

Ich merkte schnell, dass es für mein Knie im Liegen besser war als im Sitzen, auch wenn ich mich dabei hilfloser fühlte. Als Kompromiss stellten wir etwa dreißig Grad Neigung ein. Das selbstgefertigte Scharnier funktionierte.

Der erste Abschnitt der Strecke war breit genug, dass mein Kopf nicht Gefahr lief, irgendwo gegengestoßen zu werden. Auch würden die hinteren Griffe einigen Schutz bieten. Allmählich fing ich an, mich für den Schweißer aus Melide zu erwärmen.

Zoe marschierte mit beeindruckender Geschwindigkeit, bis der Weg irgendwann anstieg und sie langsamer wurde. Die Federung funktionierte einwandfrei, und selbst auf Steinen waren meine Knie durch die Stoßdämpfer besser vor Erschütterung geschützt, als ich erwartet hätte. In dieser Hinsicht war die Qualität meines ursprünglichen Wagens also bewahrt worden.

»Leg ruhig eine Pause ein«, rief ich.

»Mir geht's prima. Denk dran: Ich bin genauso weit gewandert wie du. Inzwischen sogar mehr als du.«

Tja, aber sicher nicht mehr lange. Das Problem war nicht das Design des Wagens, sondern schlicht und ergreifend die Steigung und mein Gewicht.

Dann verlief die Straße über etwa fünfzig Meter leicht bergab, und Zoe wurde wieder schneller. Hinter der nächsten Kurve jedoch erwartete uns ein wirklich steiler Anstieg. Den würde sie mich bestimmt nicht hochziehen können. Und ich sah, dass sie das ebenfalls erkannte.

Am Fuß der Anhöhe saß jemand unter einem Baum, trank aus seiner Thermoskanne und beobachtete das – erneute – Ende unseres hoffnungslosen Unterfangens: der unausstehliche Bernhard.

»Braucht ihr Hilfe?«, fragte er.

* * *

Die brauchten wir tatsächlich. Selbst mit Zoe vorn und Bernhard, der von hinten schob, war es enorm anstrengend. Sie zogen und schoben eine Stunde lang und machten jede Viertelstunde Pause.

Bei der zweiten Pause meinte Zoe zu Bernhard: »Sag's ihm.«

»Kannst du ja machen, wenn du willst.«

Zoe erzählte die Geschichte vom Neudesign des Wagens und dem Zusammenbau. Ich war sprachlos.

Eine Stunde später lag ein weiterer langer Anstieg vor uns, und ich konnte sehen, dass Zoe erschöpft war und den Tränen nahe. Sie nahm ihren Rucksack ab und warf ihn an den Wegesrand. Was eher symbolischen als praktischen Wert hatte.

»Das reicht«, sagte ich. »Du hast es wirklich versucht.« Da weinte sie tatsächlich.

Bernhard stand unsicher dabei. Allein würde er es auch nicht schaffen.

»Verdammte Scheiße! Da höre ich auf, das Universum um Hilfe zu bitten, weil ich selbst Verantwortung übernehmen will, und was passiert? Nein, ich gebe nicht auf.« Erneut packte Zoe die Griffe.

In diesem Moment schickte das Universum seine Antwort.

Eine Vierergruppe – zwei Männer, zwei Frauen – schloss zu uns auf. Es waren Spanier, alle etwa Mitte zwanzig.

»Wo seid ihr denn gestartet?«, wollte eine der Frauen wissen.

»Cluny«, antwortete Zoe als Leiterin unserer Expedition. »Frankreich. Zweitausend Kilometer. Und Bernhard kommt aus Stuttgart.«

Bis zu meiner schicksalhaften Verbannung auf den Passagiersitz war ich laut meinem GPS exakt zweitausendzwölf Kilometer gelaufen. »Karren auf über zweitausend Kilometer Camino getestet« wäre eine exzellente Schlagzeile gewesen, hätte sich irgendjemand noch dafür interessiert. Vielleicht würde es den Verkauf der schwedisch-chinesischen Kooperation ankurbeln.

Die Frau sah verdutzt in die Runde. »So etwa?«

Zoe lachte. »Nein, so erst seit heute Morgen.«

Ohne weitere Rücksprache fassten die zwei Männer die hinteren Griffe und halfen beim Schieben.

73

ZOE

Am Ende glaubte ich nicht nur an das Schicksal in all seiner Launenhaftigkeit, sondern an die besondere Kraft des *Camino*. Wieder einmal wurde mir bewusst, dass wir manche Dinge nun mal nicht allein schaffen. Martin hatte lernen müssen, Hilfe anzunehmen, und das nicht nur von mir. Und wie sich herausstellte, auch nicht nur von Bernhard. Ich hatte gehofft, Martin innerhalb drei oder vier Tagen nach Santiago zu schaffen, und wollte mir erst danach Sorgen um abgelaufene Aufenthaltsgenehmigungen samt Abschiebung machen sowie darüber, dass ich weder ein gültiges Flugticket besaß noch Geld, um ein neues zu kaufen. Doch das Universum hatte seinen eigenen Plan.

Der Weg schenkte mir all das, was mir die Muschel vor einer halben Ewigkeit in dem Antiquitätenladen in Cluny versprochen hatte: nicht nur einen Neuanfang, sondern auch jene Liebe, die Venus' Geburt verkündete. Universelle Liebe. Wir hatten vergessen, dass dies ein Pilgerweg ist, den viele Menschen aus spirituellen oder religiösen Gründen gehen, und dass uns alle ein gemeinsames Ziel verband. Jedes Mal, wenn ich kurz vor dem Aufgeben war, kam jemand dazu – Mann, Frau, jung, alt, aus Irland, Korea, Ungarn oder sonstwo – und packte mit an, um Martin nach Santiago zu schaffen. An den Stempel-Stationen wurden wir neugierig beäugt und erhielten jeder einen Stempel in den Pilgerpass – auch Martin.

»Du bist vorher zweitausend Kilometer gelaufen. Da wollen wir jetzt nicht kleinlich sein.«

»Es gibt Leute, die das im Rollstuhl machen.«

»Wenn er weniger Mühe hat, dann habt ihr mehr. Kommt unterm Strich aufs Gleiche raus.«

Ich wurde umarmt, gedrückt, ermutigt und gepriesen. Ich hatte das Gefühl zu schweben. Falls Gott nicht bei mir war, so war es Keith auf jeden Fall, das konnte ich spüren. Er gab mir seinen Segen und wünschte alles Gute, was auch immer das Leben für mich bereithalten mochte.

»Wie weit wollt ihr heute noch?«, fragte eine ältere Frau, als wir für Orangensaft und je einen weiteren Stempel am Weges-rand haltmachten. Da wir so früh losgegangen waren, hatten wir bereits zwölf Meilen geschafft. A Rúa zu erreichen wäre ein Kinderspiel.

Ich sah Martin an und er mich. Doch es war Bernhard, der aussprach, was wir beide dachten.

»Bis Santiago. Wir gehen den ganzen Weg.«

Noch während Bernhard »Santiago« sagte und somit erneut die Aussicht bestand, dass ich meinen Flug erreichte, fragte ich mich allerdings, ob es am späten Nachmittag, wenn die meis-ten Pilger ihr Quartier bezogen hätten, immer noch genügend Menschen geben würde, die uns halfen.

In A Rúa, dreizehn Meilen vor dem Ziel, bot sich uns ein merkwürdig mittelalterlicher Anblick: Sechs Pilger in Kapu-zenroben aus Sackleinen, alle mit klassischem Wanderstab und typischem Pilgerhut, traten aus einer Herberge oder deren Café und steuerten mit würdevollen Schritten auf uns zu.

Die zwei freiwilligen Karrenschieber, die vor etwa einer hal-ben Stunde den Staffelstab übernommen hatten, blieben ste-hen, damit wir das Schauspiel genauer betrachten könnten. Als sie noch etwa zwanzig Meter entfernt waren, zogen die sechs

Pilger ihre Roben bis fast zur Nase hoch und senkten die Köpfe, als wären sie tief in Kontemplation versunken.

Bei uns angekommen, rissen sie dann alle auf einmal ihre Kopfbedeckungen herunter.

»Martiiien! Zoe!«

Margarida! Samt den anderen Brasilianerinnen – und zwar *allen* – plus Monsieur Chevalier.

»Paola!« Sie hatte meine Muschel tatsächlich auch über Melide hinaus getragen. Oder war es andersherum?

Sie lächelte. »Dachtest du etwa, ich würde meine Tochter mit dem da allein lassen?« Sie warf Bernhard einen strengen Blick zu.

Monsieur Chevalier schmunzelte.

»Und Renata? Ich dachte, du wärst vorausgegangen.«

Renata nickte. »Bin ich auch. Aber dann haben sie mir eine Nachricht geschickt …« Sie zuckte die Achseln. »Vielleicht lerne ich jetzt doch, mit anderen zu spielen.«

Bernhard hatte Kontakt mit dem spanischen Sixpack gehalten und die Spanier wiederum mit den Brasilianerinnen. Sie alle hatten in A Rúa haltgemacht und auf uns gewartet, damit wir den letzten Abschnitt gemeinsam gehen könnten. Und natürlich, um uns mit dem Wagen zu helfen. Jetzt kamen auch die Männer aus der Bar, allerdings ohne Pilgerroben. Umarmungen rundum, abgesehen von Martin, der ja lag, und von Bernhard, der etwas abseits stand – bis Felipe seine Hand schüttelte und auch ihn in den Arm nahm. Fabiana erzählte, sie und Margarida hätten die Roben in Melide ausgeliehen.

Beim Aufbruch übernahmen drei der Spanier je einen Haltegriff, und gerade, als Renata den vierten nehmen wollte, scheuchte Monsieur Chevalier sie freundlich beiseite und fasste selbst mit an. Und während sich die anderen Helfer unterwegs immer wieder abwechselten, verließ er nie seinen Platz. Tina tänzelte um uns herum, filmte und fotografierte und war sichtlich froh, dass die Sache bald ein Ende hätte.

»Kennst du Monsieur Chevalier gut?«, fragte ich Paola irgendwann.

»Wir haben uns in Saint-Jean-Pied-de-Port kennengelernt, als ich meinen Vortrag hielt«, erzählte sie. »Und als wir uns in Melide dann wieder über den Weg liefen … haben wir beschlossen, zusammen weiterzugehen.« Sie zuckte mit den Schultern und sah zu *Monsieur*. Mein Blick ging zur Jakobsmuschel um ihren Hals, und ich lächelte.

»Warum habt ihr nicht einfach ein Taxi genommen?«, wollte Tina wissen.

»Das entspricht doch nicht dem Geist des Camino, oder?«, meinte ich.

»Wir schummeln im Leben bei so vielem«, sagte Fabiana. »Aber manche Dinge zählen eben mehr als andere.«

Es war ein langer Weg bis zu dem Eisstand, an dem ich zwei Tage zuvor Bernhard wiederbegegnet war. Diesmal gingen wir an ihm vorbei die Straße hinunter, bis wir die Brücke mit dem Ortsschild erreichten.

Santiago.

Ich sah Martin an und spürte eine unausgesprochene Vereinbarung. Das letzte Stück würden wir nur zu zweit gehen. Die Brasilianerinnen lächelten, dann umarmten und küssten sie uns und zogen allein voraus. Tina hakte sich bei ihrer Mutter unter.

Wir waren noch etwa eine Meile unterwegs, erst durch die Randbezirke, dann durch die engen, von unzähligen Touristen bevölkerten Gassen der Altstadt, wo mir bewusst wurde, dass ich jetzt Teil einer tausendzweihundert Jahre alten Geschichte war. Bedächtig zog ich Martin im Karren hinter mir her, und wir sprachen kaum ein Wort. In dieser letzten halben Stunde tauchten Bilder meines gesamten Camino vor mir auf, und ich war so sehr in Gedanken versunken, dass ich weder Martins Gewicht wahrnahm noch die Pilger um uns herum. Wir erreichten die Kathedrale und damit das allerletzte Hindernis: Treppen. Martin stemmte sich aus dem Sitz und nahm seine Stöcke.

»Ich will gehen. Mit dir zusammen.«

»Und den Wagen hierlassen?«

»Ich brauche ihn nicht mehr.«

»Ohne dich kann ich ihn aber leicht nach oben ziehen.«

»Nein, lass. Es ist egal.«

Jemand rief »Zoe!«, und wir drehten uns um.

Die Brasilianerinnen kamen auf uns zugerannt und schwenkten die Papprollen mit ihren Urkunden. Dem Gefühl nach hatte ich meine bereits erhalten: in Form meines zerschlissenen Pilgerausweises mit fast einhundert Stempeln.

»Sie hat sich ihre Urkunde verdient«, sagte Fabiana und nahm Margarida in den Arm. »Sie hat mich gerettet.«

»Nein, ich habe sie fast umgebracht«, korrigierte Margarida zerknirscht. »Aber es hat mir mehr Angst gemacht als ihr, glaube ich.«

»Und mir erst«, sagte Felipe. Er hielt Fabianas Hand.

Tina drückte mich. »Ich habe auf die *compostela* verzichtet, Wegen der Taxis. Aber nächstes Mal mach ich es richtig.«

Monsieur Chevalier sah Paola an, in seinem Blick lag Bewunderung. Wer wäre besser geeignet, um sie in Zukunft auf dem Camino zu begleiten? Vielleicht könnte sie *Monsieur* sogar zu ein wenig Schummelei verführen.

»Geht ihr zum Gottesdienst?«

»Ja, wir sehen uns dort«, sagte ich.

Aber erst später. Martin und ich waren noch nicht fertig.

Zusammen gingen wir die letzten fünfzig Meter. Martin stützte sich schwer auf mich. Beim Näherkommen hörten wir Musik. Ein Quartett mit einem geöffnetem Violinkoffer vor sich spielte ein Ständchen unter dem Torbogen, durch den Tausende, vielleicht sogar Millionen von Pilgern vor uns gegangen waren. Ich kramte alles Kleingeld aus meinen Taschen. Es war klassische Musik – dieselbe, die ich vor so vielen Wochen und Meilen bei Nebel im Wald gehört hatte. Carmens Ouvertüre »Einzug der Toreros« wäre eigentlich passender gewesen, aber mit dieser Arie war es umso magischer: »L'amour est un oiseau rebelle« – Die Liebe ist ein wilder Vogel. Sie beschwor den Triumph des Geistes herauf, während mein Körper und meine Seele sich zu ihren Klängen gleichsam in die Luft schwangen.

Seite an Seite blieben wir einen Moment lang stehen und bestaunten die prachtvolle Fassade der Kathedrale. Wir hatten es geschafft. Trotz allem – trotz der Hindernisse, die vielleicht das Schicksal, wahrscheinlicher aber wir selbst uns in den Weg gelegt hatten – hatten wir es geschafft. Zusammen.

Meine Beine begannen zu zittern, und ich dachte schon, ich müsste mich gleich zu den anderen Pilgern legen, die auf den Pflastersteinen gegen ihre Rucksäcke lehnten, da packte Martin mich am Arm. »Da drüben. Den kenne ich.«

»Wie viele Schmerzmittel hast du eingeworfen? Das ist Bernhard.«

»Nein, der ältere Typ.« Bernhard wurde beglückwünscht: eine Frau umarmte und drückte ihn und schien ihn gar nicht wieder loslassen zu wollen, während ein älterer Mann danebenstand. Vermutlich seine Eltern. »Das ist ein Professor der Ingenieurswissenschaften. Dietmar Hahn. Ein Deutscher.«

»Was du nicht sagst.«

»Gut, natürlich ist er Deutscher, aber in Akademikerkreisen gilt er als das arroganteste Arschloch in diesem Fach.«

»Ist er gut?«

»Als arrogantes Arschloch? Brillant. In seinem Fachbereich? Absolute Weltklasse. Aber niemand will mit ihm arbeiten. Stell dir vor, du musst sein Sohn sein! Du lieber Himmel! Alles verstehen heißt alles verzeihen …«

Martin winkte, die drei besprachen sich kurz, dann kamen sie zu uns herüber. Dietmar Hahn kannte Martin dem Namen nach, aber sie waren sich noch nie begegnet. Er schien mir nicht arroganter als die meisten Amerikaner, die ich kannte, während sie sich in einer Diskussion über die Technik des Karrens ergingen. Tatsächlich schien er einigen Respekt vor Martin zu haben. Vor seinem Sohn wohl nicht so sehr.

»Bernhard kommt zwei Tage zu spät – was sich bei einem zukünftigen Ingenieur nicht gerade gut macht.«

Sofort sprang Martin in die Bresche. »In der Zeit hat er meinen Wagen neu designt. Und umgebaut. Ohne ihn wäre ich jetzt nicht hier.«

Bernhards Vater nickte bedächtig. »Denken Sie, aus ihm könnte ein kompetenter Ingenieur werden?«

Martin sah erst Bernhard an, dann wieder dessen Vater. »Ich bin drei Monate mit ihm zusammen gewandert. Er wird mit allem Erfolg haben, was er sich in den Kopf setzt.«

* * *

Ein paar Minuten saßen wir einfach nur schweigend da und ließen die Kathedrale mit all ihrem Getümmel auf uns wirken. Dann war Messe, leider mit ein wenig Zeitdruck, weil ich zum Flughafen wollte, sobald die Mönche ein letztes Mal die Seile betätigt hätten. Die Kirche mochte auf verwöhnte Touristen herabsehen, war sich aber nicht zu gut gewesen, Marcos Spende anzunehmen, mit der er den Einsatz des *botafumeiro* am Ende des Gottesdienstes erwirkte. Während das Weihrauchfass über uns Hunderten von Pilgern hin- und herschwang, hatte ich das Gefühl, noch einmal am Glockenseil in Conques zu ziehen, wo die von Monsieur Chevalier prophezeite Wandlung begonnen hatte: Ich hatte meiner Mutter vergeben, hatte begriffen, was mit Keith passiert war, und schließlich auch das wiederentdeckt, was ich aufgegeben hatte. Das Glockenläuten damals war allerdings als Abschied von Martin gedacht gewesen.

Über den öffentlichen Computer am Flughafen las ich die Nachricht von Lauren: Das Haus war für mehr Geld verkauft worden als erwartet, und Albie hatte vorab fünfzehntausend Dollar auf mein Konto überwiesen. Ich loggte mich ein, tippte Martins Kontonummer und bezahlte meine Schulden. Als Verwendungszweck schrieb ich *Camino Karma*.

Auf dem Heimflug dachte ich, in einen Mittelsitz gepfercht, über die vielen guten Gründe nach, aus denen ich den Camino nicht hätte gehen sollen.

Ich war nie mehr als zehn Meilen an einem Tag gelaufen. Auf dem Camino war ich drei Monate lang jeden Tag erheblich mehr gegangen. Laut Martins GPS waren es 2038 Kilometer gewesen – und die letzten zwei Tagesabschnitte war ich sogar doppelt gegangen, also konnte ich noch fünfzig dazuzählen. Über eintausendzweihundert Meilen, und das teils auf den härtesten Varianten des Camino.

Ich hatte nie zuvor sportlichen Ehrgeiz entwickelt. Während meine Freundinnen in ihren Vierzigern sich mehr und mehr für Marathons interessierten, hatte ich mich lieber weiter an die Kunst gehalten. Und selbst ein Marathon klang sinnvoller als drei Monate voller Kälte, Blasen und Übernachtungen in freier Natur bei Regen.

Es war ein katholischer Pilgerweg, und ich hatte mit der Kirche gebrochen.

Mein Mann war gerade gestorben, und ich war pleite.

Ich wohnte fünftausend Meilen vom klassischen Camino entfernt, hatte ihn in Frankreich begonnen, wo ich kaum die Sprache verstand, und in Spanien beendet, wo ich niemanden kannte.

Es hatte viele Gründe gegeben, den Camino nicht zu gehen. Trotzdem war ich ihn gegangen. Einen Tag nach dem anderen.

Es war das Schicksal gewesen, das mich auf den Weg geschickt hatte, und dennoch bestand seine Lektion darin, mich weniger darauf zu verlassen als je zuvor.

Ich lernte, dass es nicht nur wichtig ist zu wissen, woran man festhält und was man loslässt, sondern auch, wozu man zurückkehrt.

Monsieur Chevalier hatte recht gehabt. Ich hatte Blasen bekommen. Der Camino hatte mich verändert. Seelenfrieden? Mir war klar, dass auch die Zukunft Herausforderungen bereithielt. Aber ich wusste jetzt, ich würde sie irgendwie bewältigen.

Ich hatte gefunden, was ich verloren hatte – den Glauben an mich selbst und den Mut, für das wirklich Wichtige auch Risiken auf mich zu nehmen. Beim Anblick der Kathedrale in Santiago empfand ich Scham über meine eigene Dummheit und gleichzeitig Ehrfurcht, weil die Menschheit imstande war, eine so großartige Leistung zu vollbringen, und ich spürte eine in der Form noch nie erlebte Zugehörigkeit.

Und dann weinte ich.

Epilog

MARTIN

Das Universum war uns wohlgesinnt, zumindest in entscheidenden Momenten und wenn ich ihm seine Aufgabe durch meine bescheuerte Borniertheit nicht unmöglich machte. Mein Meniskus wuchs nicht auf wundersame Weise nach, und ich musste mich einer zweiten Knieoperation unterziehen. Während meiner Genesung kümmerte sich Jonathan um mich. Julia und ich trafen uns nachmittags mal auf einen Kaffee und schafften es, einander nicht die Köpfe abzureißen, sobald einer von uns in schlechte Angewohnheiten zurückfiel. Sarahs Abschlusszeugnis ermöglichte ihr ein Medizinstudium, und sie war dabei, ihre Optionen zu wägen. Der Student war komplett von der Bildfläche verschwunden, und sie wirkte emotional gefestigter. Unabhängig davon, ob das mit dem verbesserten Verhältnis zwischen ihren Eltern zu tun hatte oder nicht, hatten wir für die Zukunft ein stabileres Sicherheitsnetz geschaffen.

Dank Paolas Tochter wusste Julia über Zoe Bescheid, denn Tina hatte ihr Videomaterial der letzten Etappe auf *YouTube* gestellt und mit meinem Blog verlinkt, zusammen mit einer teenagermäßig rührseligen Bemerkung zum romantischen Gehalt der ganzen Geschichte. Julias einziger Kommentar lautete, sie hoffe, ich werde nicht nach Amerika ziehen und Sarah erneut allein lassen.

Jonathan sah Tinas Video ebenfalls. Als Gepäcktransportmittel war meine Erfindung kein großer Gewinn, aber als

Krankentransportvehikel in den Bergen, für Soldaten und auch Zivilisten ohne Zugriff auf Hubschrauber, wäre sie durchaus einsetzbar. Eine konventionelle Trage über steile Bergpfade zu hieven stellte selbst für vier Leute eine Herausforderung dar. Meine Einradliege könnte bereits von zweien – oder einem Tier – weitaus bequemer und sicherer gezogen und geschoben werden. Da die British Army nicht auf eine chinesische Imitation warten wollte, unterstützte sie lieber großzügig die Genialität eines Bürgers ihres eigenen Staates.

Als ich meine Krücken endlich los war, erhielt ich also ein mehr als zufriedenstellendes Angebot für das Design samt Beratervertrag für dessen kontinuierliche Weiterentwicklung. Und Bernhard bekam ein hübsches Sümmchen für seinen Anteil.

Danach bewarb ich mich auf eine freie Stelle in der Abteilung für Siedlungsflächen meiner alten Universität. Meine Kenntnisse in Designtheorie fanden auch in der Architektur Verwendung, und der Camino hatte mein Interesse neu entfacht. Vor allem wollte ich Sarah nahe sein, zumindest noch für eine Weile. Die Universität bot mir eine Anstellung zum neuen Studienjahr.

Ich schrieb eine kurze Nachricht an Zoe und bedankte mich, dass sie mir das Geld zurückgezahlt hatte. Was ich eigentlich schreiben wollte, war: *Komm und verbring Dein Leben mit mir.* Was ich natürlich nicht tat. So sehr hatte der Camino mich nun auch nicht verändert.

Epilog

ZOE

Mein Flug von Santiago ging über New York. Dort besuchte ich Lauren – und merkte, dass sie mich tatsächlich brauchte. Sosehr ich auch damit hadern mochte, Großmutter zu werden – ihre Zweifel zum Mutterwerden waren weitaus größer. Derart verunsichert hatte ich sie noch nie erlebt. Aber als ich am Ende abreiste, war sie wieder wie das kleine Mädchen, das am ersten Schultag verkündet hatte, ich dürfe sie nicht zum Abschied küssen, weil sie nun kein Baby mehr sei. Zur Geburt ihres Sohnes Lars sechs Wochen später flog ich wieder hin und freute mich, dass ich ihr geben konnte, was ich selbst von meiner Mutter nicht bekommen – und nicht erbeten – hatte.

Ich konnte mit ansehen, wie meine Tochter aufblühte und erstrahlte, während sie sich in ihr Kind verliebte, und war sicher, sie würde gut zurechtkommen. Und nach einer weiteren Woche war sie froh, mich auch wieder loszuwerden. Sie weigerte sich, ihren Kampf mit der Versicherungsgesellschaft aufzugeben. Ich wünschte ihr viel Erfolg und kündigte an, sie, Tessa und all ihre zukünftigen Kinder könnten sich gern alles teilen, was an Geld dabei herauskäme. Nach allem, was ich mittlerweile wusste, war ich überzeugt, dass Keith genau das gewollt hätte.

Drei Monate lang war mein Zuhause jede Nacht eine andere Herberge gewesen, und jetzt besaß ich weder ein Haus noch Besitztümer, noch Verpflichtungen. Kraft des *botafumeiro* flog ich nicht nach L. A., sondern nach San Francisco, mietete ein

Studio-Apartment und schlief ein paar Wochen auf dem Fußboden. Das nächtliche Schnarchen und Rascheln und die Tortilla am Morgen vermisste ich mehr als ein Bett.

Ich arbeitete weiter an meinen Cartoons. Der *Chronicle* en-
gagierte mich für das Ressort der politischen Satire, und wie
sich herausstellte, war ich mit meinem Talent, beim Zeichnen
Charakter und Persönlichkeit einzufangen, in diesem Bereich
noch viel besser aufgehoben. Meine Pilgerserie, einschließlich
einiger Cartoons, die nicht veröffentlicht worden waren, bekam
eine eigene Ausstellung in der Galerie meiner Freundin Corrina, nur einen Block von meiner neuen Wohnung entfernt. Ich
hielt mich an Martins Rat, das Urheberrecht für die Bilder zu
behalten.

Vor der Vernissage war ich mächtig nervös, nicht nur, weil
ich wollte, dass die Cartoons gut ankämen, oder weil ich jedes
einzelne mit Herz und Seele gezeichnet hatte, sondern weil ich
sie verkaufen wollte. Ich wollte, dass mich Keith – durch die
Kinder, bei deren Erziehung er mich so sehr unterstützt hatte –
als unabhängige Frau erlebte und stolz auf mich wäre. An der
Ironie, dass dies sein Opfer umso sinnloser machte, konnte ich
leider nichts ändern.

Ich wollte, dass die Lektionen, die mich der Camino gelehrt
hatte, bei Menschen an der Wand hingen, die sich davon gleichermaßen angesprochen fühlten. Richard und Nicole konnten
nicht kommen, schrieben jedoch, dass meine Zeichnung von
ihnen in Tramayes hinge, und für ihr Haus in Sydney kauften
sie per Katalog meinen Cartoon von Marianne und Moses.

Ich hatte Martin eingeladen und meine Mail immer wieder
neu formuliert, weil ich die richtigen Worte wählen wollte.
Ich dachte, dass eines Tages vielleicht ein neuer Mann in mein
Leben treten könnte und ich aus dem, was mit Keith schiefgelaufen war, etwas gelernt hatte. Zumindest würde ich mich
nicht mehr aus Angst vor Zurückweisung zurückhalten oder

fürchten, ich könnte mein Leben nicht allein bewältigen. Dass Martin mir gegenüber seinen eigenen Standpunkt vertreten hatte – Manny hatte das nie versucht, und Keith hatte sich zurückgezogen –, gefiel mir sehr. Und dass er bereit gewesen war, sich zu ändern. Und seine Zielstrebigkeit. Ich hatte gelernt, seinen britischen Humor nicht nur zu verstehen, sondern auch zu mögen, und im Tausch hätte ich ihm ein wenig amerikanischen Optimismus anbieten können. Aber er meldete sich nicht.

Die Galerie war voll. Aus allen Ecken des Landes waren Freunde angereist gekommen. Ich beobachtete, wie die Gäste sich Wein von den Tabletts nahmen, und widerstand dem Drang, mich hinter sie zu stellen, während sie meine Bilder begutachteten. Nach zehn Minuten verkündete Corrina, ich hätte einen ersten Käufer: für beide Cartoons des »Karrenmanns«.

Ich sah mich um, und da stand er: ohne Bart und definitiv ein Wanderer, kein Jäger.

»Ich konnte doch nicht zulassen, dass meine Bilder bei irgendwelchen Fremden an der Wand hängen«, sagte er.

Am liebsten hätte ich mich ihm an den Hals geworfen, aber er strahlte wieder diese typisch britische Zurückhaltung aus.

»Ich bin den ganzen verdammten Weg nach San Francisco geflogen«, sagte er dann.

»Ich weiß ...«

»Und krieg dafür nicht mal eine Umarmung?«

Ich warf mich ihm an den Hals, und sein Kuss beamte mich auf die andere Seite des Atlantiks.

»Stell dir vor«, sagte er, »ich hab das Design ans britische Militär verkauft ...«

»Wow!«

»... und sie überredet, dass ich den neuen Prototyp in den Alpen teste – auf dem Weg nach Rom.«

»Ah, Italien. Von wo aus?«

»Wieder ab Cluny. Ich gehe erst nach Assisi und ab da auf dem Franziskusweg. Mir bleiben ein paar Monate, bis ich meine neue Stelle anfange. Mein Arzt sagt, das Knie ist wieder fit. Ich hab mir überlegt, ob du wohl mitkommen möchtest.«

»Und um mich das zu fragen, bist du hier?«

»Mehr oder weniger. Ich bin gern mit dir zusammen gegangen, aber es kam ja immer irgendwas dazwischen. Ich dachte, wir könnten es noch mal versuchen.«

Er musste eine Weile darüber nachgedacht haben, aber in dem Moment fühlte es sich an, als wäre er spontan und ich diejenige, die Zeit zum Überlegen und Planen brauchte. Mein Herz sagte ja, aber …

»Ich … ich weiß nicht recht. Ich bin hier ziemlich einge-spannt. Darf ich ein bisschen darüber nachdenken? Es wäre schön, wieder nach Cluny zu fahren. Camille zu besuchen. Sie und ihr Mann haben sich getrennt.«

Ich dachte immer noch darüber nach, als Tessa ankam. Sie mochte Martin. Und sie brachte ein Geschenk mit, einen Glücksbringer. Sie hatte ihn auf dem Markt entdeckt und war überzeugt, er würde mir gefallen.

Es war ein kleiner Anhänger aus Email – eine Taube. Ein wilder Vogel? Ein Friedenszeichen. Aber mehr noch: Die Taube ist das Symbol für den Pilgerweg des Heiligen Franziskus von Assisi.

Anmerkung der Autoren

Wir sind den Chemin / Camino von Cluny nach Santiago de Compostela auf der in diesem Buch beschriebenen Route – vor allem Martins Variante des Célé – von Februar bis Mai 2011 selbst gegangen (siebenundachtzig Tage, 2038 Kilometer).

Von März bis Juni 2016 wanderten wir von Cluny nach Saint-Jean-Pied-de-Port (Zoes Route) und weiter nach Santiago über den Camino Francés (neunundsiebzig Tage, wobei wir diesmal, wie Zoe, kein GPS mitnahmen, also können wir nur schätzen, dass es um die 1900 Kilometer waren).

Zu diesem Roman wurden wir von unseren Wanderungen und den Menschen, die wir dabei kennenlernten, inspiriert – und doch kann er auf keinen Fall die exzellenten Reiseführer ersetzen, die es zu den Jakobswegen gibt. Während wir uns im Hinblick auf die Strecke, das Timing und die meisten Orte um große Genauigkeit bemühten, haben wir uns bei Unterkünften und Lokalen hin und wieder ein paar Freiheiten genommen, aber Letztere können sich ohnehin von Jahr zu Jahr unterscheiden. Alle Figuren – Pilger, Wanderer, Gastgeber und Angestellte in Unterkünften – sind frei erfunden, und ihr Verhalten in dieser Geschichte ist unabhängig von dem, was Sie erwarten mag. Eine Ausnahme bilden allerdings unsere Gastgeber 2011 im *L'Oustal* in Corn, die unsere Stimme für das beste Essen in einem *chambre d'hôte* erhielten.

Auf unserem ersten Camino hat uns das Glockenläuten der Klosterkirche Sainte-Foy aus Conques verabschiedet. 2016 schienen die Glocken nicht mehr eingesetzt zu werden.

Danksagung

Den ersten Entwurf zu diesem Buch verfassten wir 2012, ein Jahr nach unserem ersten Camino, und nach dem zweiten im Jahr 2016 schrieben wir daran weiter. Die Menschen, die wir dort jeweils trafen, lieferten die Vorlagen für viele der Geschichten und Charaktere. Ein junger Belgier, Matthias, war der einzige andere Pilger, den wir auf dem Chemin de Cluny trafen, und er war es, der uns ermutigte, für eine »reife« Liebesgeschichte zusammenzuarbeiten.

Auf dem Weg bis zur Publikation war uns unser Lektor David Winter ein unermüdlicher und weiser Führer.

Unsere Testleser lieferten uns dabei auf allen Etappen wertvolles Feedback, von »Vielleicht solltet ihr es lieber als *ein* Buch schreiben, nicht als zwei« bis hin zu »Ihr habt den Akzent in San Sebastián vergessen«: Jon Backhouse, Danny Blay, Lahna Bradley, Jean und Greg Buist, Tania Chandler, Angela Collie (der erste Mensch, den diese Geschichte inspirierte, selbst den Camino zu gehen), Robert Eames, Amy Jasper, Cathie und David Lange, Rod Miller, Helen O'Connell, Rebecca Peniston-Bird, Midge Raymond, Robert und Michèle Sachs, Debbie und Graeme Shanks, Daniel Simsion, Dennis Simsion, Dominique Simsion, Sue und Chris Waddell, Geri und Pete Walsh, Fran Willcox und Janifer Willis.

Ana Drach und Cori Redstone versorgten uns mit Hintergrundinformationen für die brasilianischen und amerikanischen Charaktere.

Großer Dank gilt wiederum dem Team bei Text Publishing,

das sich um die Herstellung und Vermarktung des Buches kümmerte – insbesondere Michael Heyward. W. H. Chong, Jane Finemore, Kirsty Wilson, Shalini Kunahlan, Kate Sloggett, Anne Beilby und Khadija Caffoor.

Ebenso bedanken wir uns bei Cordelia Borchardt vom Fischer Verlag, Deutschland, und Jennifer Lambert von Harper-Collins, Kanada, für ihre wertvollen Lektoratskommentare.